席珍

儒有席上之珍以待聘

〔清〕方元鹍　撰

黄灵庚　整理

七律指南

上册

浙江大学出版社

图书在版编目（CIP）数据

七律指南 ／（清）方元鹍撰 ；黄灵庚整理． -- 杭州 ：
浙江大学出版社，2025. 2.（2025.7 重印） -- ISBN 978-7-308
-25646-9

Ⅰ．I207.227

中国国家版本馆 CIP 数据核字第 2025FW5906 号

七律指南

（清）方元鹍　撰　黄灵庚　整理

责任编辑	宋旭华　姜泽彬
责任校对	吴　庆
封面设计	周　灵
出版发行	浙江大学出版社
	（杭州市天目山路148号　邮政编码310007）
	（网址：http://www.zjupress.com）
排　　版	浙江大千时代文化传媒有限公司
印　　刷	杭州宏雅印刷有限公司
开　　本	787mm×1052mm　1/32
印　　张	19.875
字　　数	326千
版 印 次	2025年2月第1版　2025年7月第2次印刷
书　　号	ISBN 978-7-308-25646-9
定　　价	92.00元

版权所有　侵权必究　　印装差错　负责调换

浙江大学出版社市场运营中心联系方式：（0571）88925591；http://zjdxcbs.tmall.com

前　言 ◎

　　方元鹍（1753—1814），字震旸，别字海槎，初号啸楼，晚号铁船，浙江金华人。元鹍出身寒门，世代为农。由于家贫，五岁那年，靠祖父接济，入塾读书。乾隆三十年乙酉（1765）中乡试。嘉庆六年辛酉（1801），中殿试三甲，赐同进士出身。三年后，留京官工部主事。平生酷爱吟咏，"为诸生数十年，及成进士，官工部，须发苍然，偃仰一室，悲忧愉乐之境，一寓之于诗"。阮元称其"博取典籍，约以性灵，朗邑如李白，质直如元结，奔泻如任华，怪迂如刘叉，幽阻如李贺，修洁如姚合，孤往如方干"，推挹甚至。著有《铁船诗钞》《燕台杂咏》传世，是清代乾嘉时期一位重要的浙籍诗人。

　　《七律指南》（以下简称《指南》）是一部探索七律诗体流派、沿革之选本，选辑跨度，始自盛唐杜甫，历中唐、晚唐、北宋、南宋、金、元、明初、明中期，而终于晚明，相当于是一部疏理七律诗体演变的诗史。方元鹍于七律诗流派作过深入、精湛研究，借助于选辑、点评，表达其诗学见解，供后人创作七律借鉴。

《指南》分甲、乙二编，甲编首有方元鹍自序，强调"律以杜为宗"。故二编皆首选杜诗，视为七律诗"样式"。方氏概括杜律两种类型：一是"排比铺张，雄浑赡博"；一是"清劲流转，质朴萧疏"。后人学杜沿袭此两类型，因而衍生风格迥异的流派，且作为此书选辑依据。甲编杜律之后，选辑王维、陶岘、崔颢、李颀、崔曙、高适、岑参、李白、韦应物、张谓、刘长卿、李嘉祐、皇甫曾、皇甫冉、郎士元、戴叔纶、韩翃、钱起、卢纶、李端、司空曙、耿湋、崔峒、李益、武元衡、杨巨源、韩愈、柳宗元、刘禹锡、杨汝士、李远、李商隐、杜牧、许浑、殷尧藩、薛逢、赵嘏、李群玉、温庭筠、刘沧、李频、曹唐、罗隐、唐彦谦、郑谷、崔涂、韩偓、吴融、韦庄、张蠙、张泌、徐夤、陈陶五十二人，而白居易、元稹、王建、张籍、姚合等三十一家阙如，宋诗七律，甲编无王禹偁、林逋、贺铸、苏轼、黄庭坚、吕本中、陈师道、张耒、杨万里诸家，而均见选录于乙编。盖二编非并时编刻，乙编只是对甲编所作补益而已，并无特别深意。

但是，王维、陶岘、崔颢、李颀、崔曙、高适、岑参、李白、韦应物、张谓、刘长卿、李嘉祐等，几与杜甫并时，所选律诗，不见得是学杜之作，且风格各异。方氏用意，在于指斥"摹拟"。如选崔颢《黄鹤楼》："昔人已乘黄鹤去，此地空馀黄鹤楼。

黄鹤一去不复反，白云千载空悠悠。晴川历历汉阳树，芳草萋萋鹦鹉洲。日暮乡关何处是，烟波江上使人愁。"点评云："前散后整，结意宽然，意兴所至，不关造作。青莲效之，固无谓。后人必推此为三唐第一，亦小儿强作解事也。"视为唐律中绝品，无人可及。李白仅选二首，都是摹拟崔诗之作。《登金陵凤凰台》："凤凰台上凤凰游，凤去台空江自流。吴宫花草埋幽径，晋代衣冠成古丘。三山半落青天外，二水中分白鹭洲。总为浮云能蔽日，长安不见使人愁。"点评云："缩《黄鹤》前四句为两句，然不如崔诗之生趣远出也。"《鹦鹉洲》："鹦鹉来过吴江水，江上洲传鹦鹉名。鹦鹉西飞陇山去，芳洲之树何青青。烟开兰叶香风暖，岸夹桃花锦浪生。迁客此时徒极目，长洲孤月向谁明。"点评云："此首摹崔诗，却有意趣，但'芳洲之树'终觉添设，不及'白云'句之自然。结句意竭，远不如崔。"宋代郭功甫选一首，自似是摹拟之作。《凤凰台次李太白韵》："高台不见凤凰游，浩浩长江入海流。舞罢青蛾同去国，战残白骨尚盈丘。风摇落日催行棹，湖拥新沙换故洲。结绮临春无处觅，年年荒草向人愁。"点评云："功甫与王荆公登凤凰台作此诗，援笔立就，一座尽倾。"选此四首诗，用意相当明确：诗是不能摹拟的，即便如高手李白，也相形见绌，难及原创妙境，且每下愈况。方氏不言郭功甫摹拟太白，但云"援笔立就，

3

一座尽倾"，那是绩学所致，与因循摹拟完全不同。学殖深厚，工夫纯熟，至及所用，如颖脱而出，无雕饰痕迹。在方氏看，郭氏虽"次韵太白"，非拟旧也，乃创新也。上例大概用以界定何者为创新、何者为摹拟。

方氏以为唐人学杜七律，以李商隐最为著名，《指南》选其诗二十首，点评云："少陵后，义山当为一大宗。其雄伟工丽，亦出少陵，特意少词多，未免迷闷凑砌之病，读者分别观之可也。"如《杜工部蜀中离席》："人生何处不离群，世路干戈惜暂分。雪岭未归天外使，松州犹驻殿前军。座中醉客延醒客，江上晴云杂雨云。美酒成都堪送老，当垆仍是卓文君。"方氏点评云："前四句拟杜逼真，五、六空衍无意，结语尤纤佻不称。"他如批评《隋宫》"玉玺不缘归日角，锦帆应是到天涯"二句："'日角''天涯'，巨细不伦，终非佳对。"批评"于今腐草无萤火"一句："'腐草'二字添设，今亦不应，遂'无萤火'也。"批评《马嵬》一诗："本传只言海上蓬莱，摭入邹衍大九州，添设。次句俗，三四太衍，结殊失体裁。"批评《重有感》一诗："结句杂凑，不成文理。"总之，方氏对李义山评价不高。宋、元以后，义山西昆体盛行，如杨亿、刘筠等，"捃摭义山字句，镂错成章，于篇法句意，多不求连贯"。如杨亿《汉武》"力通青海求龙种，死讳文成食马肝"二句，虽后世称道不置，方氏以为"上句指穷兵，于求仙亦不相属也"，算不上是佳作，也是一味贬斥之意。

这大概与方元鹍以"真"为本色的诗学思想大有关系。方氏以为作诗如交友。"诗无真意羞存稿，友不深交懒致书"（《觊破》）。所以他写的诗，真实记录其一生行迹，抒发其诚挚感情，"使人见我诗，诗中即见我"（《漫言》）。方氏也以"真"作为选辑、点评七律标准。书名"指南"，本意即在于此。由于"真"，则气脉连贯，结构紧密完整。杜甫《诸将》："锦江春色逐人来，巫峡清秋万壑哀。正忆往时严仆射，共迎中使望乡台。主恩前后三持节，军令分明数举杯。西蜀地形天下险，安危须仗出群材。"方氏云："春秋似杂出。然前四句一气贯下，俱作忆中时景，亦合。"意思是，首二句既写春，又写秋，粗看混杂，三句"忆"字，点出前四句是"忆中情景"，故"一气贯下"，无续混杂之病。岑参《早朝大明宫呈两省僚友》："鸡鸣紫陌曙光寒，莺啭皇州春色阑。金阙晓钟开万户，玉阶仙仗拥千官。花迎剑佩星初落，柳拂旌旗露未乾。独有凤凰池上客，阳春一曲和皆难。"方氏云："起二句'早'字，三四句'朝'字，五六'早朝'合写，结句和贾舍人，逐层清出，篇法完密。"反之，由于不"真"、摹拟造作，则气脉中断，东拉西扯，勉强凑合。西昆体的病根，在于刻意摹拟，失其本真。《指南》往往用"不贯""不属""杂凑""含糊"摒斥之。

在宋代，黄庭坚被称为学杜最成功的一位，成为江西诗派之祖。方氏指出，"山谷学杜之一体，锻炼刻苦，别成一家，遂开西江宗派。然其诗脱去蹊径，为时世妆者，多不喜之。东坡所谓'如蝤蛑、江瑶柱，格韵绝高，不可多食'，此公论也"。又云："山谷诗实清而腴，后人徒得其粗疏，失其雅炼，西江派遂堕入恶道。"所谓"恶道"，指徒学杜之形式，凑合词语，全不管意思，江西派流于此弊。如曾幾《荔子》："异方风物鬓成斑，荔子尝新得破颜。兰蕙香浮襟解后，雪冰肤在酒醋间。绝知高味倾瑶柱，未觉丰肌病玉环。似是看来终不近，寄声龙目尽追攀。"点评分析云："首句'风物''鬓斑'不贯，四句'在'字欠熨贴，五六工而雅矣，结又含糊不成语。大约茶山诗，系先有一联佳句在胸，而先后足成者。"如评吕本中《夜坐》"所至留连不计程，两年坚卧厌南征"首二句云："'坚卧'则竟不出矣，与上'留连'亦不甚贯。"评《孟明田舍》首句"未嫌衰病出无驴"云："'衰病'与'出无驴'不贯。"《指南》选江西诗派作者不多，评价也不甚高，且以反面教材处置之。

"真"又在于写景"清明""真切"，读之如临其境，赏心悦目。张泌《题华严寺木塔》："六街晴色动秋光，雨霁凭高只易伤。一曲晚烟浮渭水，半桥斜日照咸阳。休将世路悲尘事，莫指云山认故乡。回首汉宫楼阁暮，数声钟鼓自微茫。"方氏云："写景清切，不作廓落语。唐人登览诗皆如此。"

方氏点评苏轼写景诗，如《连雨江涨》："越井冈头云出山，牂牁江上水如天。床床避漏幽人屋，浦浦移家蜑子船。龙卷鱼虾并雨落，人随鸡犬上墙眠。只应楼下平阶水，长记先生过岭年。"点评云："曹松《霍山诗》：'月将河汉分岩转，人与龙蛇共窟眠。'极力作奇语，无此真切也。"《是日宿水陆寺寄北山清顺僧》："草没河堤雨暗村，寺藏修竹不知门。拾薪煮药怜僧病，扫地烧香净客魂。农事未休侵小雪，佛灯初上报黄昏。年来渐识幽居味，思与高人对榻论。"点评云："篇法从老杜化出，而不摹其调，此坡公高于黄、陈处。"又如陆游《登赏心亭》："蜀栈秦关岁月遒，今年乘兴却东游。全家稳下黄牛峡，半醉来寻白鹭洲。黯黯江云瓜步雨，萧萧木叶石城秋。孤臣老抱忧时意，欲请还都涕已流。"点评云："气机流动，声调慨慷，耿耿之怀，不忘君国。此种诗于杜亦称具体。"诗若不"真"，则景物不明晰，读之如堕云雾，即是"廓落语"。如宋祁《拟杜子美峡中意》："天入虚楼倚百层，四方遥谢此登临。惊风借壑为寒籁，落日容云作暝阴。岷井北抛王粲宅，楚衣南逐女婆砧。十年不识长安道，九篇宸开紫气深。"方氏云："起手摹杜'花近高楼'，句法殊蒙晦。'北抛''南逐'，亦滞。"意思是，此诗开头二句从杜甫《登楼》"花近高楼伤客心，万方多难此登临"来，结构混乱，不成句子，所以"殊蒙晦"。"北抛""南逐"所用典故，司空见惯，毫无生意，故云"亦滞"。吕本中始倡江西诗派而宗山谷，不无拼凑之病。如《孟明田舍》："未嫌衰病出无驴，尚喜冬来食有鱼。往事高低半枕梦，故人南北数行书。茅茨独倚风霜下，粳稻微收雁鹜馀。欲识渊明只公是，尔来吾亦爱吾庐。"方氏云："'衰病'与'出无驴'不贯，三句凑，六句'微收'二字欠妥，七句拙，亦不贯下。"几无一是处，视如反面教材。

甲编卷四全选金诗，未选辽、西夏作者，评价金诗也比宋诗高。若以"正统论"言，辽、金、西夏皆为夷人，非华夏正统，均不足为训。但是，大清帝国崛起于金源，承传金人血脉，金国自然也被列入"正统"地位。元鹍虽为汉人，受此时代限制，不必苛求于他。蜀学在两宋时期屡受排斥，而盛传金国，苏轼诗文也大受金国朝野青睐。元鹍以为金人七律受之于东坡为多，无摹唐习气，盖属事实。如评宇文虚中《郊居》云："体物细润。"评《泾王许以酒饷龙溪老人几月不至以诗促之》云：

"气机生动，仿佛东坡。"评吴激《晚春言怀寄燕中知旧》云：
"风神逸秀。"评祝简《晚泊济阳》"云底残阳远树明"句云："真
景。"评党怀英《吊石曼卿》云："即用本事，警切。"评
赵秉文《上清宫》云："闲闲公风骨清超，实为金源风雅提唱。"
皆无"摹唐"习气。此卷以元好问为殿军，代表金诗最高水平，
评述云："遗山天才清赡，诗格老苍，声调之美，铿轰金石，
波澜之阔，澶漫鱼龙。盖得少陵之神魄，而不袭其形貌，固
可以笼络数百年来跳踉之习，非直弁冕金元已也。"

　　方氏批评最为激烈者，即明代中晚期的"摹唐"诗，尤
其于前、后七子如李梦阳、何景明、徐祯卿、边贡、李攀龙、
王世贞、宗臣、谢榛等人之作，皆抨击之不遗馀力，径斥之为
"伪诗""诗奴"。何者谓"诗奴"？方氏云："学诗慎勿
为诗奴，寄人门户随指呼。"（《学诗》）没有灵性、个性
而一味摹拟他人，皆可斥之"诗奴"，其诗即"伪诗"。诗
之格调、性灵不可摹拟、仿制。诗需要创新，要有个性，不
同于他人。方氏于李东阳《立春日车驾诣南郊》点评云："王
元美（即王世贞）谓茶陵之于何、李，犹陈涉之启汉高。余
则譬诸吴楚荐食，九鼎在周，氏羯恣吞，正朔归晋也。"李
东阳开生硬"摹唐""学杜"恶习，至李梦阳登峰造极。方
氏于杨一清《出连云栈》点评云："应宁（即杨一清）七律，

李献吉（即李梦阳）谓其唐宋调杂，瑕瑜靡掩。此种下劣见解，至今盲人犹奉其说，可怪也。渠意不过以填实句者为唐，参理解者为宋。然元、白、张、王既多近理，杨、刘、宋、晏唯工摭实。不知唐、宋于何界画。即老杜之一气折旋，明白如话者，亦必以为窜入宋调也。"李梦阳是前七子"摹唐"领袖，选其诗十首，"掊击尤甚，一首中几无完句。然论而存之，意在正变具列，宜忌并陈，待学者之自采趋舍"。如《谒陵》："本朝陵墓傍居庸，闻说先皇驻六龙。一自玉舆回朔漠，遂令金殿锁秋峰。明禋衮职虽多预，备物祠官岂尽供。报祀独知今上切，每于霜露见愁容。"点评云："起句、五六句真乃婴儿学语。割其句，袭其调，并其惓惓忠爱之私，而亦似之。所谓学叔敖之衣冠，而并摹其声音笑貌也。"《秋怀》（三首）："庆阳亦是先王地，城对东山不窆坟。白豹寨头惟皎月，野狐川北尽黄云。天清障塞收禾黍，日落溪山散马群。回首可怜鼙鼓急，几时重起郭将军。"点评云："此即何大复（即何景明）所谓木革之音，如摇鞞铎者。'回首可怜'，割杜句，恶劣。"其二曰："宣宗玉殿空山里，野寺霜黄锁碧梧。不见虎贲移大内，尚闻龙舸戏西湖。芙蓉断绝秋江冷，环佩凄凉夜月孤。辛苦调羹三相国，十年垂拱一愁无。"点评云："句句拆洗少陵，读之失笑。'调羹'，字凑。'一愁无'，不成语。"其三曰:"大同宣府羽书同,莫道居庸设险功。安得昔时白马将,横行早破黑山戎。书生误国空谈里,禄食惊心旅病中。女直外连忧不细,急将兵马备辽东。"点评云:"虽云'摹杜',其一种猛憨躁急之气,实杜所无。书生空谈误国,庸语也,加一'里'字,则小儿语矣。对句尤杂凑。"后七子以李攀龙为首,选其诗亦十首,如《送赵户部出守淮阳》:"仙郎起草汉明光,几载军储事朔方。五马新为淮海郡,三台旧署度支章。行车麦秀随春雨,卧阁花深对夕阳。时忆上林词赋客,鸿书遥下楚云长。"点评云:"于鳞(即李攀龙)七律酷摹李颀,格调可观,藻饰亦美,但气脉多不连贯,句意亦欠清晰。十篇以外,句重字复,底里尽见矣。"《怀子相》:"蓟门秋杪送仙槎,此日开樽感岁华。卧病山中生桂树,怀人江上落梅花。春来鸿雁书千里,夜色楼台雪万家。南粤东吴还独往,应怜薄宦滞天涯。"点评云:"'山中桂树',用淮南《招隐》。'江上梅花',用《落梅曲》。然桂树何以卧病而生?梅花何以怀人而落?此种诗骤看似佳,细按难解,学之遂成含糊不清之病,贻误不浅也。"七子贻误后人,特举陈子龙为例,云:"此君瓣香七子,习气尤深,所选《明诗》纯是门户之见,乃矜诩格律,漫为高论以文之,殆犹辨狂水之淄渑,刻蛙部之商羽者与?"其言辞之峻,于此可见一斑。

方元鹍以自己创作经验告戒后世："今人自今古自古，莫把古人支门户。"（《题研道人诗卷》）好诗不是摹拟出来的。称得上好诗，是指直摅胸襟、无矫揉造作之痕、独具风格者。这样的诗是为"真诗"。方氏对"真诗"大加赞美，且引以为学习榜样。如戚继光，本非以诗人称，选《盘山绝顶》一首："霜角一声草木衰，云头对起石门开。朔风虏酒不成醉，落叶归鸦无数来。但使雕戈销杀气，未妨白发老边才。勒名峰上吾谁与，故李将军舞剑台。"点评云："无意求工而生趣勃勃。"徐渭以作诗"本乎情"，直抒"灵性"而不以"摹唐"为事，则选其作十首，云："天池野逸清奇，别具风骨。或谓其诗才粗黠，为雅人所少。然比于七子之伪诗，十篇一律，固昂然鸡群之鹤矣。"如《青州赠鼍矶砚以诗奉答》："恭承锦字题文石，尚带青州海气浓。蜃影几痕凝墨绣，雀台万瓦贱漳铜。醉来好蘸张颠发，老去羞笺郑氏虫。应有红丝螭匣底，宫鬟争捧写蘋风。"袁宏道评云："义山词色，少陵音调。"点评云："雕镂奇丽，以昌谷体入律，自来未有。"可谓之英雄所见略同。但是，方氏并非无原则一味赞同袁氏，而是实事求是，是其所是，非其所非。其选袁宏道诗二首，点评云："中郎力诋王、李之派，以为'唐诗色泽鲜新，如旦晚脱笔砚者。今诗才脱笔砚，已是陈言。岂非流自性灵与出自剽拟异与'？斯言深中七子膏肓，宜闻者之豁然起也。然公安诗派，殊无足观。总由门户各分，是非瞀乱，如五季之王，兵强马壮者便为之，良可慨矣。"

《指南》对于入选之诗的点评，或者涉入作品真伪。如甲编卷四刘彧《春阴》："似雨非晴意思深，宿酲牵率泥重衾。苦怜燕子寒相并，生怕梨花晚不禁。薄薄帘帏欺欲透，悠悠歌管压来沉。南园北里狂无数，唯有芳菲识此心。"点评云："此诗亦入《林和靖集》中。《瀛奎律髓》又作王平甫诗。兹从《中州集》选入。"此诗究为何人所作，于今已不可辨矣。又，乙编卷三程俱《九日写怀》："节物惊心两鬓华，东篱空绕未开花。百年将半仕三已，五亩就荒天一涯。岂有白衣来剥啄，亦从乌帽自欹斜。真成独坐空搔首，门柳萧萧噪暮鸦。"点评云："此诗自注：'系用高适《九日酬颜少府》诗中语也。'自来选家，俱误作适诗，承讹踵谬，以南宋诗附入盛唐而不觉，尚断断于唐宋之辨，何哉？"案：是指"真成独坐空搔首"，用高适《九日酬颜少府》诗"纵使登高只断肠，不如独坐空搔首"，遂误以为高适之作。乙编卷四戴表元《游阳明一洞天呈王理得诸君》："禹穴苍茫不可探，人传灵笈锁烟岚。初晴鹤点青边嶂，欲雨龙移黑处潭。北斗斋坛天寂寂，东风仙洞草毵毵。堪怜尹叟非关吏，犹向江南逐老聃。"点评云："《全唐诗》以此为唐彦谦诗。味其意境，于帅初为近。"案：

13

此诗见《剡源集》，当属戴表元之作。

　　《指南》对于入选名家名作，态度平允，是非分明。如杜甫《阁夜》"卧龙跃马终黄土"，点评云："'跃马'代公孙，与'卧龙'连用，亦未妥。"案：卧龙诸葛亮是忠臣，公孙述是大奸，忠奸连在一起，用事不伦，是为"未妥"。《九日蓝田崔氏庄》："羞将短发还吹帽，笑倩旁人为正冠。"点评云："冠''帽'字犯复。"案：律诗犯忌，用字重复。《咏怀古迹》："诸葛大名垂宇宙，宗臣遗像肃清高。三分割据纡筹策，万古云霄一羽毛。伯仲之间见伊吕，指挥若定失萧曹。运移汉祚难恢复，志决身歼军务劳。"点评云："起句犷，次句'肃'字凑，四句殊鹘突，亦费解，结句甚拙。"犷，是指粗率。凑，是指凑合。鹘突即糊涂。拙，笨拙，无灵气。意思是说类此短拙都是律诗之病，即老杜也不能免。"摹杜"者类此都不能分辨，必以糟粕为精华，"茫乎若瞽者之闻钟揣钥以为日"也。但是，方氏点评，或见不甚到位处。如杜甫《诸将》："汉朝陵墓对南山，胡虏千秋尚入关。昨日玉鱼蒙葬地，早时金碗出人间。见愁汗马西戎逼，曾闪朱旗北斗殷。多少材官守泾渭，将军且莫破愁颜。"点评云："'殷'字韵欠稳，此句究觉凑泊。"案：殷有二音，一音 yīn，在《广韵·欣韵》。一音 yān，深红色，在《广韵·山韵》。《左传》成公二年："自始合，而矢贯余手及肘，余折以御，左轮朱殷，岂敢言病？"杜预注："殷，音近烟，今人谓赤黑为殷色。"此云"朱旗北斗殷"，旗上画北斗星。殷，形容"朱旗"，朱也是黑红色，正与"闪"字相应。山、间、殷，山韵；关、颜，删韵。唐代山、删合韵，并无"欠稳"之处。点评所谓"出韵"，均以《广韵》为依据，实际上唐人用韵并没有那么严格，如"鱼虞模""支脂微"多用不分。类此小疵，不足掩其大醇。

《指南》惟见嘉庆十六年刻本，这次整理，即以此为底本。原书入选作者，甲编唐五十三人，宋三十六人，金五十五人，元四十四人，明六十五人；乙编唐二十八人，宋四十九人，元三十七人，未选金、明二代，二编计三百六十七人。"知人论世"，乃读诗之不祧门法。入选作者皆无小传，不方便读者读诗及方氏点评，故于每位作者之下补入小传。小传多据《全唐诗》《宋诗钞》《宋诗纪事》《元诗选》《元儒考略》《明诗综》《历代诗馀》及方志等书删改，不再一一注明其出处。俗体字如"淫"作"滛"之类、避讳字如"玄"作"元"之类径改规范字，讹误文字也径改，如"钱端琮"误作"钱端琓"之类。整理容有失当处，敬请读者批评指正，吾将拜而受之矣。责编姜泽彬改正了拙稿诸多疏误，深表谢忱。时维癸卯之岁，仲秋八月，写于婺州丽泽寄庐。

目 录 ◎

序

　　律以杜为宗，取其合变也。夫排比铺陈，雄浑赡博，杜之一体也。义山效之，而不免于肤。清劲流转，质朴萧疏，杜之一体也。香山似之，而不免于俗。山谷云："世上几人学杜甫，谁得其皮与其骨。"山谷得其骨矣，然所殚力者，则清劲而兼拗句之一格，非杜之全也。流而为粗犷，转而为谐谑，西江体遂为世诟病矣。元人矫其失，复为华赡铺张之习。《秋兴》八首，规规模仿，不逮，则退为义山《无题》，寿陵馀子之学邯郸，未得国能，先失故步，以此易彼，均等弊耳。明弘正以还，黜宋尊唐，祧父媚祖，茫乎若瞽者之闻钟、揣籥以为日，燕归人之见晋国里社先庐而泫然以泣也。噫！可哀也已。故是编分杜为二体，以冠唐、宋、金、元、明作者，虽不必尽合，亦未至南辕而北辙焉，则以此为七字句之首途也可。

　　嘉庆十六年腊月，铁船居士方元鹍题于豆花书屋。

七律指南甲编卷一　唐一百三十首

金华方元鹍铁船评点

杜　甫

字子美，其先襄阳人，曾祖依艺为巩令，因居巩。甫天宝初应进士不第，后献三大礼赋，明皇奇之，召试文章，授京兆府兵曹参军。安禄山陷京师，肃宗即位灵武，甫自贼中遁赴行在，拜左拾遗。以论救房琯，出为华州司功参军。关辅饥乱，寓居同州同谷县，身自负薪采梠，餔糒不给。久之，召补京兆府功曹，道阻不赴。严武镇成都，奏为参谋，检校工部员外郎。武与甫世旧，待遇甚厚，乃于成都浣花里种竹植树，枕江结庐，纵酒啸歌其中。武卒，甫无所依，乃之东蜀，就高适。既至而适卒。是岁蜀帅相攻杀，蜀大扰，甫携家避乱荆楚，扁舟下峡，未维舟而江陵亦乱，乃溯沿湘流，游衡山，寓居耒阳。卒，年五十九。元和中归葬偃师首阳山。有《杜工部集》。

诸将五首

五首开合变化，纯以议论为诗，无杜之才力、胸襟与其所遇之时，不可模拟。

汉朝陵墓对南山，胡虏千秋尚入关。昨日玉鱼蒙葬地，早时金碗出人间。现愁汗马西戎逼，曾闪朱旗北斗殷。"殷"字韵欠稳，此句究觉凑泊。多少材官守泾渭，将军且莫破愁颜。

韩公本意筑三城，拟绝天骄拔汉旌。汉旌不当云"拔"。旧注以下五字连读，谓筑城以绝天骄拔旌之路，亦迂曲。岂谓尽烦回纥马，翻然远救朔方兵。胡来不觉潼关险，龙起犹闻晋水清。独使至尊忧社稷，诸君何以答升平。

洛阳宫殿化为烽，休道秦关百二重。沧海未全归禹贡，蓟门何处尽尧封。朝廷衮职谁争补，天下军储不自供。稍喜临边王相国，肯销金甲事春农。

回首扶桑铜柱标，冥冥氛祲未全消。越裳翡翠无消息，南海明珠久寂寥。殊锡曾为大司马，总戎皆插侍中貂。炎风朔雪天王地，只在忠良翊圣朝。

锦江春色逐人来，巫峡清秋万壑哀。正忆往时严仆射，共迎中使望乡台。春秋似杂出，然前四句一气贯下，俱作忆中时景，亦合。主恩前后三持节，军令分明数举杯。西蜀地形天下险，安危须仗出群材。

◎案：殷或音烟，深红色。《左传》"左轮朱殷"是也。
如是亦稳。

拔，出类拔萃之意，固通。

秋兴八首 录四首

秋兴八首，只是抚今追昔，随事托兴。注家分章摘句，牵合支离，以为如一篇不可分拆，何其陋也。

闻道长安似弈棋，百年世事不胜悲。王侯第宅皆新主，文武衣冠异昔时。直北关山金鼓振，征西车马羽书迟。鱼龙寂寞秋江冷，故国平居有所思。

瞿唐峡口曲江头，万里风烟接素秋。此首起句谓从峡口望曲江，但万里风烟相接耳。下专顶曲江自合。毛氏以为宜承赋两地者，非。花萼夹城通御气，芙蓉小苑入边愁。朱帘绣柱围黄鹄，锦缆牙樯起白鸥。回首可怜歌舞地，秦中自古帝王州。

昆明池水汉时功，武帝旌旗在眼中。织女机丝虚夜月，石鲸鳞甲动秋风。波漂菰米沉云黑，露冷莲房坠粉红。关塞极天唯鸟道，江湖满地一渔翁。

昆吾御宿自逶迤，紫阁峰阴入渼陂。香稻啄馀鹦鹉粒，碧梧栖老凤凰枝。佳人拾翠春相问，仙侣同舟晚更移。彩笔昔游干气象，白头吟望苦低垂。张氏谓"吟望"难通，是"今"字之误，可从。

◎案：铁船误也。《白头吟》，古乐府名，非"吟望"连文。望，怨也。《汉书·汲黯传》"不能无少望"，颜师古注："望，怨也。"改"今"，无据。

咏怀古迹五首　录二首

群山万壑赴荆门，生长明妃尚有村。一去紫台连朔漠，独留青冢向黄昏。画图省识春风面，环佩空归月夜魂。千载琵琶作胡语，分明怨恨曲中论。*"黄昏"以虚对实，"向"字觉无着落。六句虽以"月夜魂"救转，然终是趁韵之病。*

◎案：向，对也，通也。与"连"字对，连，达也。皆有着落。

"月夜魂"，言有月之夜也。宋本诸集皆如此。清仇兆鳌《杜诗详注》作"夜月魂"，言夜中有月，则语病矣。

趁韵，谓作诗硬凑韵脚，不顾内容是否得当。宋尤袤《全唐诗话》卷六："（权龙褒）好赋诗而不知声律……尝吟夏日诗：'严霜白皓皓，明月赤团团。'或曰：'岂是夏景？'答曰：'趁韵而已。'"

诸葛大名垂宇宙，宗臣遗像肃清高。三分割据纡筹策，万古云霄一羽毛。伯仲之间见伊吕，指挥若定失萧曹。运移汉祚终难复，志决身歼军务劳。*起句犷。次句"肃"字凑。四句殊鹘突，亦费解。结句甚拙。怀古诗作史论，老杜已先之矣。*

◎案：四句状孔明潇脱濩落，一羽毛扇，指挥若定矣。

将赴成都草堂途中有作先寄严郑公五首 录三首

得归茅屋赴成都，直为文翁再剖符。但使闾阎还揖让，敢论松竹久荒芜。三句承次句，四句应首句。鱼知丙穴由来美，酒忆郫筒不用沽。五马旧曾谙小径，几回书札待潜夫。

处处清江带白蘋，故园犹得见残春。雪山斥堠无兵马，锦里逢迎有主人。休怪儿童延俗客，不教鹅鸭恼比邻。五六承四句。习池未觉风流尽，况复荆州赏更新。

竹寒沙碧浣花溪，橘刺藤梢咫尺迷。过客径须愁出入，居人不自解东西。次联紧承"迷"字。书签药裹封蛛网，野店山桥送马蹄。肯藉荒庭春草色，先判一饮醉如泥。

登楼

花近高楼伤客心，万方多难此登临。锦江春色来天地，玉垒浮云变古今。北极朝廷终不改，西山寇盗莫相侵。次句陡接"万方多难"，已伏后半意，而"锦江春色"即以兴"北极朝廷"，"玉垒浮云"即以兴"西山寇盗"，仍是一串也。可怜后主还祠庙，日暮聊为梁甫吟。

宿府

清秋幕府井梧寒，独宿江城蜡炬残。永夜角声悲自语，中天月色好谁看。风尘荏苒音书绝，关塞萧条行路难。已忍伶俜十年事，强移栖息一枝安。首句破"府"，次句破"宿"，三四承"宿"字，即于景中带出情。五六言情，便一气贯下。七句束上，八句仍缴足"宿"字。此篇法之最完密者。

蜀相

丞相祠堂何处寻，起句拙直。锦官城外柏森森。映阶碧草自春色，隔叶黄鹂空好音。三顾频烦天下计，两朝开济老臣心。出师未捷身先死，长使英雄泪满襟。

恨别

洛城一别四千里，胡骑长驱五六年。草木变衰行剑外，兵戈阻绝老江边。思家步月清宵立，忆弟看云白昼眠。闻道河阳近乘胜，司徒急为破幽燕。三承首句、四承次句，五六实赋恨别，结句跳出题外作冀望，篇法便宽转有馀。

送韩十四江东觐省

兵戈不见老莱衣，叹息人间万事非。我已无家寻弟妹，君今何处访庭闱。"万事非"，即引起下句"无家寻弟妹"。四句仍合到首句。黄牛峡静滩声转，白马江寒树影稀。峡静闻声，江寒见影，句中自为呼应。此别应须各努力，故乡犹恐未同归。

阁夜

岁暮阴阳催短景，天涯霜雪霁寒宵。五更鼓角声悲壮，三峡星河影动摇。野哭千家闻战伐，夷歌几处起渔樵。卧龙跃马终黄土，人事音尘漫寂寥。结句意晦，且以"跃马"代公孙，与"卧龙"连用，亦未妥。

野望

西山白雪三城戍，南浦清江万里桥。海内风尘诸弟隔，天涯涕泪一身遥。唯将迟暮供多病，未有涓埃答圣朝。跨马出郊时极目，不堪人事日萧条。起联以西南括尽望中之境，三四因野望而伤己之流落，五六推开见忧家，亦复忧国，无奈极目萧条也。"望"字中有如许关系。

严公仲夏枉驾草堂兼携酒馔

竹里行厨洗玉盘，花边立马簇金鞍。非关使者徵求急，自识将军礼数宽。百年地僻柴门迥，五月江深草阁寒。看弄渔舟移白日，老农何有罄交欢。

送李八秘书赴相公幕

青帝白舫益州来，巫峡秋涛天地回。石出倒听枫叶下，
橹摇背指菊花开。石根高出，则落叶声反在上，故云"倒听"；橹势向前，则见岸花常在后，故云"背指"，亦自为呼应句。贪趋相府今晨发，恐失佳期后命催。南极一星朝北斗，五云多处是三台。

登高

风急天高猿啸哀，渚清沙白鸟飞回。无边落木萧萧下，
不尽长江滚滚来。次联下五字寻常语耳，加以"无边""不尽"，便宛然高处所见。万里悲秋常作客，百年多病独登台。艰难苦恨繁霜鬓，潦倒新停浊酒杯。五六意已尽，结句未免支撑。

◎案：潦倒，疏旷之意，非穷困潦倒也。此用嵇康《与山巨源绝交书》典故，谓"浊酒杯""潦倒粗疏"也，以自宽解之，非勉强支撑也。

小寒食舟中作

佳辰强饮食犹寒，隐几萧条带鹖冠。春水船如天上坐，
老年花似雾中看。"船如天上"，由春水长；"花似雾中"，以老年故，

两句中亦自为呼应。娟娟戏蝶过闲慢，片片轻鸥下急湍。云白山青万馀里，愁看直北是长安。

九日蓝田崔氏庄

老去悲秋强自宽，兴来今日尽君欢。羞将短发还吹帽，笑倩旁人为正冠。"冠""帽"，字犯复。蓝水远从千涧落，玉山并高两峰寒。明年此会知谁健，醉把茱萸子细看。末句或谓看"茱萸"，或谓看"蓝水""玉山"。余以为直作看会中人，更与上"知谁"字有关照也。

返照

楚王宫北正黄昏，白帝城西过雨痕。返照入江翻石壁，归云拥树失山村。衰年病肺唯高枕，绝塞愁时早闭门。不可久留豺虎乱，南方实有未招魂。

夜

露下天高秋水清，空山独夜旅魂惊。疏灯自照孤帆宿，新月犹悬双杵鸣。次联每句上下截看，"悬"字属"新月"，谓月下闻杵鸣耳，不甚着意。唯"江鸣夜雨悬""悬"字下得险。明七子喜用此字，往往不求甚解，由粗心以皮毛学杜也。南菊再逢人卧病，北书不至雁无情。步檐倚杖看牛斗，银汉遥应接凤城。

奉寄章十侍御

淮海维扬一俊人，金章紫绶照青春。指麾能事回天地，训练强兵动鬼神。湘西不得归关羽，河内犹宜借寇恂。朝觐从容问幽仄，勿云江汉有垂纶。

至日遣兴奉寄北省旧阁老两院故人二首

去岁兹辰捧御床，五更三点入鹓行。欲知趋走伤心地，正想氤氲满眼香。无路从容陪语笑，有时颠倒著衣裳。何人错忆穷愁日，愁日愁随一线长。结意不明晰，亦拙。

◎案：苏东坡云："《唐杂录》谓官中以女工揆日之长短。冬至后日晷渐长，此当日增一线之功。"黄庭坚云："此说为是。"

王　维

字摩诘，河东人。工书画，与弟缙俱有俊才。开元九年进士。擢第，调太乐丞。坐累为济州司仓参军，历右拾遗、监察御史、左补阙、库部郎中，拜吏部郎中。天宝末，为给事中。安禄山陷两都，维为贼所得，服药阳喑，拘于菩提寺。禄山宴凝碧池，维潜赋诗悲悼，闻于行在。贼平，陷贼官三等定罪，特原之，责授太子中允，迁中庶子、中书舍人，复拜给事中，转尚书右丞。维以诗名盛于开元、天宝间，宁、薛诸王驸马豪贵之门，无不拂席迎之。得宋之问辋川别墅，山水绝胜，与道友裴迪浮舟往来，弹琴赋诗，啸咏终日。笃于奉佛，晚年长斋禅诵，一日忽索笔作书数纸，别弟缙及平生亲故，舍笔而卒，赠秘书监。有《王摩诘集》。

敕赐百官樱桃

语语斟酌，总见思深，"赐"字中边俱彻。

芙蓉阙下会千官，紫禁朱樱出上阑。才是寝园春荐后，非关御苑鸟衔残。归鞍竞带青丝笼，中使频倾赤玉盘。饱食不须愁内热，大官还有蔗浆寒。

奉和圣制从蓬莱向兴庆阁道中留春雨中春望之作应制

渭水自萦秦塞曲，黄山旧绕汉宫斜。銮舆迥出千门柳，阁道回看上苑花。云里帝城双凤阙，雨中春树万人家。为乘阳气行时令，不是宸游玩物华。起二句总括宫殿，三句从蓬莱向兴庆，四句阁道中留，五六雨中春望，结句尤颂扬得体。应制诗当推右丞第一。

和太常韦主簿五郎温汤寓目之作

汉主离宫接露台，秦川一半夕阳开。青山尽是朱旗绕，碧涧翻从玉殿来。新丰树里行人度，小苑城边猎骑回。闻道甘泉能献赋，悬知独有子云才。

酬郭给事

洞门高阁霭馀晖，桃李阴阴柳絮飞。禁里疏钟官舍晚，省中啼鸟吏人稀。晨摇玉佩趋金殿，夕奉天书拜琐闱。强欲从君无那老，将因卧病解朝衣。禁省清寂，晨夕辛劬，朝官况味写得亲切。

出塞

题系虚拟，非实境，故修词易好，不若老杜之当境造语，戛戛为难也。

居延城外猎天骄，白草连山野火烧。暮云空碛时驱马，秋日平原好射雕。护羌校尉朝乘障，破虏将军夜渡辽。玉靶角弓珠勒马，汉家将赐霍嫖姚。"马"字两见。凡重见之字，俱以尖圈别出。

积雨辋川庄作

积雨空林烟火迟，蒸藜炊黍饷东菑。漠漠水田飞白鹭，阴阴夏木啭黄鹂。山中习静观朝槿，松下清斋折露葵。野老与人争席罢，海鸥何事更相疑。*景物宛然，而句极平澹。*

陶　岘

潜之裔孙。开元中，家于昆山，与孟彦深、云卿、焦遂游，尝制三舟，一舟自载，一舟供宾客，一舟置饮馔。有女乐一部，奏清商之曲，逢山泉则穷其景物，吴越之士谓之水仙。

西塞山下回舟作

匡庐旧业是谁主，吴越新居安此生。白发数茎归未得，青山一望计还成。鸦翻枫叶夕阳动，鹭立芦花秋水明。从此舍舟何所诣，酒旗歌扇正相迎。*此开元间诗也，已刻画工细如此，谁谓盛唐专支架格耶？*

崔　颢

卞州人。开元十一年进士，有俊才，无士行，好蒲博饮酒。及游京师，娶妻择有貌者，稍不惬意，即去之，前后数四。累官司勋员外郎。

黄鹤楼

昔人已乘黄鹤去，此地空馀黄鹤楼。黄鹤一去不复反，白云千载空悠悠。晴川历历汉阳树，芳草萋萋鹦鹉洲。日暮乡关何处是，烟波江上使人愁。前散后整，结意宽然，意兴所至，不关造作。青莲效之，固无谓。后人必推此为三唐第一，亦小儿强作解事也。

行经华阴

此首超耸伟丽，又是一格。崔诗七律，只此二首，已独绝千古矣。

岧峣太华俯咸京，天外三峰削不成。武帝祠前云欲散，仙人掌上雨初晴。河山北枕秦关险，驿路西连汉畤平。借问路旁名利客，何如此地学长生。结句颓唐，尚觉不称。

李 颀

东川人，家于颍阳。擢开元十三年进士第，官新乡尉。

送魏万之京

朝闻游子唱离歌，昨夜微霜初渡河。鸿雁不堪愁里听，云山况是客中过。关城曙色催寒近，御苑砧声向晚多。莫见长安行乐处，空令岁月易蹉跎。此于鳞七字句之祖。毛西河谓明诗只顾体面，总不生活，全中是君恶习。然其格之整，调之圆，亦何可废也。

送李回

知君官属大司农，诏幸骊山职事雄。"职事雄"不妥。岁发金钱供御府，昼看仙液注离宫。四句滞相。千岩曙色旌门上，十月寒花辇路中。不睹声明与文物，七句笨。自伤流滞去关东。

寄司勋卢员外

高华典则，其声中黄钟之宫。然辞丽而意不甚清，究是一病。

流澌腊月下河阳，草色新年发建章。秦地立春传太史，汉宫题柱忆仙郎。归鸿欲度千门雪，侍女新添五夜香。五六欠清爽。早晚荐雄文似者，故人今已赋长杨。

宿莹公禅房闻梵

花宫仙梵远微微，月隐高城钟漏稀。夜动霜林惊落叶，晓闻天籁发清机。前路宜从宿禅房渐渐引入，"闻"字便有篇法，今入手即抢"梵"字。中二联难免凌乱重复矣。萧条已入寒空静，飒沓仍随秋雨飞。始觉浮生无住著，顿令心地欲皈依。

寄綦毋三

新加大邑绶仍黄，近与单车去洛阳。顾盼一过丞相府，风流三接令公香。三四句法跌宕，然"令公香"只是妆点，字面不甚清切也。于鳞诗多佳句，而不求可解，信是中是君之毒。南川粳稻花侵县，西岭云霞色满堂。共道进贤蒙上赏，看君几岁作台郎。

◎案：令公香，《襄阳记》："荀彧为中书令，好熏香，其坐处常三日香，人称令公香。"

崔　曙

宋州人。开元二十六年登进士第，以《试明堂火珠》诗得名。

九日登仙台呈刘明府

汉文皇帝有高台，此日登临曙色开。三晋云山皆北向，二陵风雨自东来。关门令尹谁能识，河上仙翁去不回。且欲近寻彭泽宰，陶然共醉菊花杯。首句破"仙台"，次句破"登"字，三、四台上所见，五、六以关尹衬出河上公、清仙台来历，结句随手带出"刘明府"并"九日"，篇法一气呵成。

高　适

字达夫，沧州蓨人。少潦落，不事生产，年过五十，始留意诗什。每吟一篇，已为好事者传诵。举有道科，授封丘尉。哥舒翰表为左骁骑兵曹，掌书记。禄山乱，拜监察御史。及翰兵败，奔赴行在，迁侍御史，历迁至剑南西川节度使。代宗时，为刑部侍郎，转散骑常侍，封渤海县侯。卒，谥曰忠。适喜言王霸大略，务功名，尚节义，逢时多难，以安危为己任。有唐以来诗人之达者，唯适而已。有《高适集》。

送李少府贬峡中王少府贬长沙

嗟君此别意何如，驻马衔杯问谪居。巫峡啼猿数行泪，衡阳归雁几封书。青枫江上秋天远，白帝城边古木疏。圣代即今多雨露，暂时分手莫踟蹰。起二句破清送贬意，中两联"峡中""长沙"分写，结句翻转别意作慰语，篇法极清。中用四地名，究碍格。

夜别韦处士

高馆张灯酒复清，夜钟残月雁归声。只言啼鸟堪求侣，无那春风欲送行。黄河曲里沙为岸，"曲里"二字稚。白马津边柳向城。莫怨他乡暂离别，知君到处有逢迎。

岑　参

南阳人，文本之后。天宝中进士，历安西、关西节度判官，试大理评事，摄监察御史。杜甫荐之，转左补阙、起居郎，累迁侍御史，出为嘉州刺史。有《岑嘉州集》。

西掖省即事

嘉州台阁诗，雅整可观。

西掖重云开曙晖，北山疏雨点朝衣。千门柳色连青琐，三殿花香入紫微。平明端笏陪鹓列，薄暮垂鞭信马归。官拙自悲头白尽，不如岩下掩荆扉。

奉和中书舍人贾至早朝

鸡鸣紫陌曙光寒，莺啭皇州春色阑。金阙晓钟开万户，玉阶仙仗拥千官。花迎剑佩星初落，柳拂旌旗露未乾。独有凤凰池上客，阳春一曲和应难。起二句"早"字，三四"朝"字，五六"早""朝"合写，结句和贾舍人，逐层清出，篇法完密。

使君席夜送严河南赴长水

娇歌急管杂青丝，银烛金杯映翠眉。使君地主能相送，河尹天明坐莫辞。三四叙题极清，兼饶韵致。春城月出人皆醉，野戍花深马去迟。寄声报尔山翁道，今日河南胜昔时。

暮春虢州东亭送李司马归扶风别庐

柳弹莺娇花复殷，红亭绿酒送君还。到来函谷愁中月，归去磻溪梦里山。帘前春色应须惜，世上浮名好是闲。西望乡关肠欲断，对君衫袖泪痕斑。首句暮春，次句东亭送别，三四归扶风别庐，前四句完题已明了。后半题外寓感，收到己身。

首春渭西郊行呈蓝田张二主簿

回风度雨渭城西，细草新花蹋作泥。嘉州七律最工，发端有清丽芊眠之致。秦女峰头雪未尽，胡公陂上日初低。愁窥白发羞微禄，悔别青山忆旧溪。闻道辋川多胜事，玉壶春酒正堪携。

赴嘉州过城固县访永安超公房

满寺枇杷冬著花，一起幽秀之极。老僧相见具袈裟。汉王城北雪初霁，韩信台西日欲斜。门外不须催五马，林间且听演三车。"五马""三车"对工，而句法开合不板。岂料巴山多胜事，为君书此报京华。

李　白

字太白，兴圣皇帝九世孙。其先隋末以罪徙西域，神龙初，遁还，客巴西。十岁通诗书，既长，隐岷山。州举有道，不应。喜纵横术，击剑为任侠，轻财重施。更客任城，与孔巢父、韩准、裴政、张叔明、陶沔居徂徕山，日沈饮，号竹溪六逸。天宝初，南入会稽，与吴筠善。筠被召，故白亦至长安。往见贺知章，知章见其文，叹曰："子，谪仙人也！"言于明皇，召见金銮殿，论当世事，奏颂一篇。帝赐食，亲为调羹。有诏供奉翰林，白犹与饮徒醉于市。自知不为亲近所容，益骜放不自修，与贺知章、李适之、汝阳王琎、崔宗之、苏晋、张旭、焦遂为酒中八仙。恳求还山，帝赐金放还。白浮游四方，尝乘舟与崔宗之自采石至金陵，著宫锦袍坐舟中，旁若无人。安禄山反，转侧宿松、匡庐间，永王璘辟为府僚佐。璘起兵，逃回彭泽。璘败，当诛。郭子仪请解官以赎，有诏长流夜郎。会赦，还寻阳，坐事下狱。时宋若思将吴兵三千赴河南，道寻阳，释囚，辟为参谋，未几辞职。李阳冰为当涂令，白依之。代宗立，以左拾遗召，而白已卒，年六十馀。有《李太白集》。

登金陵凤凰台

凤凰台上凤凰游，凤去台空江自流。*缩《黄鹤》前四句为两句，然不如崔诗之生趣远出也。*吴宫花草埋幽径，晋代衣冠成古丘。三山半落青天外，二水中分白鹭洲。总为浮云能蔽日，长安不见使人愁。

鹦鹉洲

鹦鹉来过吴江水，江上洲传鹦鹉名。鹦鹉西飞陇山去，芳洲之树何青青。*此首摹崔诗，却有意趣。但"芳洲之树"终觉添设，*

不及"白云"之句自然。烟开兰叶香风暖，岸夹桃花锦浪生。迁客此时徒极目，长洲孤月向谁明。结句意竭，远不如崔。

韦应物

　　京兆长安人。少以三卫郎事明皇，晚更折节读书。永泰中，授京兆功曹，迁洛阳丞。大历十四年，自鄠令制除栎阳令，以疾辞不就。建中三年，拜比部员外郎，出为滁州刺史。久之，调江州。追赴阙，改左司郎中，复出为苏州刺史。应物性高洁，所在焚香扫地。其诗闲澹简远，人比之陶潜，称"陶韦"云。有《韦苏州集》。

寄李儋元锡

　　去年花里逢君别，今日花开又一年。世事茫茫难自料，春愁黯黯独成眠。身多疾病思田里，邑有流亡愧俸钱。闻道欲来相问讯，西楼望月几回圆。有德之言，比嘉州"白发""青山"句更为深婉。

自巩洛舟行入黄河即事寄府县僚友

夹水苍山路向东，东南山豁大河通。寒树依稀远天外，夕阳明灭乱流中。孤村几岁临伊岸，一雁初晴下朔风。为报洛桥游宦侣，扁舟不系与心同。首句"巩洛舟行"，次句"入黄河"，中两联"即事"，结句"寄僚友"。

张　谓

字正言，河南人。天宝二年登进士第，乾元中为尚书郎，大历间官至礼部侍郎。

杜侍御送贡物戏赠

铜柱朱崖道路难，伏波横海旧登坛。越人自贡珊瑚树，汉使何劳獬豸冠。疲马山中愁日晚，孤舟江上畏春寒。由来此货称难得，多恐君王不忍看。朱崖路难，伏波功伟。方物有自贡之例，豸冠非送贡之人。末以不宝异物归美于君，其责侍御者备矣。

别韦郎中

星轺计日赴岷峨，云树连天阻笑歌。南入洞庭随雁去，

西过巫峡听猿多。峥嵘洲上飞黄蝶，"蝶"字疑"叶（葉）"字
之讹。滟滪堆前起白波。不醉郎中桑落酒，教人无奈别离何。

以"星轺计日"引起，下只虚叙别后所历之境，末以别酒兜转唤奈何，
情思欲飞矣。

◎案："飞黄蝶"，《文苑英华》《唐诗别裁集》作"飞
黄叶"。

刘长卿

字文房，河间人。开元二十一年进士。至德中，为监察御史，
以检校祠部员外郎为转运使判官，知淮西、岳鄂转运留后。
观察使吴仲孺诬奏，贬潘州南巴尉。会有为之辩者，除睦州
司马，终随州刺史。以诗驰声上元、宝应间。有《刘随州集》。

青溪口送人归岳州

洞庭何处雁南飞，江菼苍苍客去稀。帆带夕阳千里没，
天连秋水一人归。黄花褁露开沙岸，白鸟衔鱼上钓矶。歧路
相逢无可赠，老年空有泪沾衣。随州句格尚警拔，而篇脉不甚清，
起结尤多蒙晦，如此诗以雁飞突起，于送处、归处俱欠分明。

◎案："雁南飞"，时序为秋，是寓时于物象也。

送耿拾遗归上都

若为天畔独归秦，对水看山欲暮春。穷海别离无限路，隔河征战几归人。长安万里传双泪，建德千峰寄一身。想到邮亭愁驻马，不堪西望见风尘。一起即无眉目，全首意亦模糊。

献淮宁军节度使李相公

建牙吹角不闻喧，三十登坛众所尊。起二句甚劣。家散万金酬士死，身留一剑报君恩。渔阳老将多回席，鲁国诸生半在门。白马翩翩春草细，邵陵西去猎平原。结太轻脱，束不住全篇。

送李录事兄归襄邓

十年多难与君同，几处移家逐转蓬。白首相逢征战后，青春已过乱离中。行人杳杳看新月，归马萧萧向北风。汉水楚云千万里，天涯此别恨无穷。前半气格何减少陵，且步位亦极宽转。五六接入"归襄邓"，正好腾踔，乃平平衍去，竟成弩末矣。

长沙过贾谊宅

三年谪宦此栖迟，万古惟留楚客悲。首句入"宅"字太急，次句接"过"字太混。秋草独寻人去后，寒林空见日斜时。汉文有道恩犹薄，湘水无情吊岂知。寂寂江山摇落后，怜君何事到天涯。结句漫无收束，若作借谊自寓，亦不醒。

登馀干古县城

孤城上与白云齐，万古荒凉楚水西。次句当接"登"字，方与下联贯。官舍已空秋草绿，女墙犹在夜乌啼。平江渺渺来人远，落日亭亭向客低。沙鸟不知陵谷变，朝飞暮去弋阳溪。结颇用意，然"沙鸟"与"夜乌"复。

使次安陆寄友人

新年草色远萋萋，久客将归失路蹊。"路蹊"不妥。暮雨不知涢口处，春风只到穆陵西。三四紧接次句，极有风调，但"春风"句颇费解。孤城尽日空花落，三户无人自鸟啼。君在江南相忆否，门前五柳几枝低。末句"低"字趁韵。

自夏口至鹦鹉洲夕望岳阳寄源中丞

汀洲无浪复无烟，楚客相思益眇然。于题之节次不甚清，亦蒙在"楚客"句也。汉口夕阳斜度鸟，洞庭秋水远连天。孤城背岭寒吹角，独戍临江夜泊船。贾谊上书忧汉室，长沙谪去古今怜。宜结到"寄源中丞"，忽入怀古，殊泛。

李嘉祐

字从一，赵州人。天宝七年擢第，授秘书正字。坐事谪鄱江令，调江阴。入为中台郎。上元中，出为台州刺史。大历中，复为袁州刺史。与严维、刘长卿、冷朝阳诸人友善。为诗丽婉，有齐梁风。

送严员外

春风倚棹阖闾城，水国春寒阴复晴。细雨湿衣看不见，闲花落地听无声。日斜江上孤帆影，草绿湖南万里情。君去若逢相识问，青袍今已误儒生。首句虚笼"送"字，下三句只写时景，五六方是"送"字正面，结从"送"后，寓感己身，篇法亦井井。

自苏台至望亭驿人家尽空春物增思怅然有作因寄从弟纾

南浦菰蒋覆白蘋，东吴黎庶逐黄巾。野棠自发空流水，江燕初归不见人。三四正写"春物增思""人家尽空"即于句中带出。
远岫依依如送客，平田渺渺独伤春。那堪回首长洲苑，烽火
年年报房尘。刘文房常谓："郎士元、李嘉祐焉得与予齐称？"今观
此二诗，亦正无多让也。

皇甫曾

字孝常，润州丹阳人。晋高士谧之后。冉同母弟。天宝
十二载登进士第。历侍御史，坐事徙舒州司马、阳翟令。诗
名与兄相上下，当时比张氏景阳、孟阳云。

送商州杜中丞赴任

安康地理接商於，帝命专城总赋舆。夕拜忽辞青琐闼，
晨装独捧紫泥书。深山古驿分驺骑，芳草闲云逐隼旟。绮皓
清风千古在，因君一为谢岩居。首句"商州"，次句"中丞"，三
句拜命，四句趣装，五六虚拟道中所历，正足"赴"字，末用商州故事
作结，勉其荐贤也。

早朝日寄所知

长安雪后见归鸿，起句太空泛。紫禁朝天拜舞同。曙色渐分双阙下，漏声遥在百花中。炉烟乍起开仙仗，玉佩成行引上公。三四"早"字，五六"朝"字。共荷发生同雨露，不应黄叶久随风。

皇甫冉

字茂政，润州丹阳人。十岁能属文，张九龄深器之。天宝十五载举进士第一，授无锡尉。历左金吾兵曹。王缙为河南帅，表掌书记。大历初，累迁右补阙。奉使江表，卒于家。冉诗天机独得，远出情外。与弟曾为《二皇甫集》。

同温丹徒登万岁楼

高楼独上思依依，极浦遥山合翠微。江客不堪频北望，塞鸿何事又南飞。三四一意相生，言兵戈阻绝，人不堪北望，而雁独南飞也。丹阳古渡寒烟积，瓜步空洲远树稀。闻道王师犹转战，谁能谈笑解重围？

春思

此与沈佺期《卢家少妇》同一机杼。

莺啼燕语报新年，马邑龙堆路几千。家住层城临汉苑，心随明月到胡天。机中锦字论长恨，楼上花枝笑独眠。为问元戎窦车骑，何时反旆勒燕然？

秋日东林作

闲看秋水心无事，坐对寒松手自栽。庐岳高僧留偈别，茅山道士寄书来。燕知社日辞巢去，菊为重阳冒雨开。浅薄将何称献纳，临歧终日自徘徊。渐涉理趣，尚觉浑成，再作意，即晚唐与宋矣。

送李录事赴饶州

北人南去雪纷纷，雁叫汀沙不可闻。积水长天随远客，荒城极浦足寒云。山从建业千峰断，江到浔阳九派分。借问督邮才弱冠，"借问"二字与下不相呼应。府中年少不如君。前四句俱写"送"之时景，五六切"饶州"，结句补出"录事"。

郎士元

字君胄，中山人。天宝十五载擢进士第。宝应初，选畿县官，诏试中书，补渭南尉。历右拾遗，出为郢州刺史。与钱起齐名。自丞相以下出使作牧，二君无诗祖饯，时论鄙之。故语曰："前有沈宋，后有钱郎。"有《郎士元集》。

酬王季友秋夜宿露台寺见寄

石林精舍武溪东，夜叩禅扉谒远公。月在上方诸品静，心持半偈万缘空。苍苔古道行应遍，落木寒泉听不穷。更忆双峰最高顶，此心期与故人同。首句"露台寺"，次句"夜宿"，三四宿时实理，五六宿时虚境，结句归并己身，以足"酬"字意。

戴叔纶

字幼公，润州金坛人。师事萧颖士为门生。赋性温雅，善举止，能清谈，无贤不肖，相接尽心。工诗。贞元十六年陈权榜进士，尝在租庸幕下数年，夕惕匪息。吏部尚书刘公与祠部员外郎张继书，博访选材，日揖宾客，叔纶投刺，一见称心，遂就荐。累迁抚州刺史。政拟龚、黄，民乐其治，圄扉寂然，鞠为茂草，诏书褒美，封谯郡男，加金紫。后迁容管经略使，威名益振，治亦清明，仁恕多方，所至称最。德宗赋《中和节诗》，遣使者宠赐，世以为荣。还，上表请为道士，未几卒。叔纶初以淮、汴寇乱，鱼肉江上，携亲族避地来鄱阳，肄业勤苦，志乐清虚，闭门却扫，与处士张众甫、朱放素厚，范、张之期，曾不虚月。诗兴悠远，每作惊人。有《戴叔纶集》。

过贾谊旧居

楚乡卑湿叹殊方，赋鵩人非宅已荒。谩有长书忧汉室，空将哀些吊沅湘。雨馀古井生秋草，叶尽疏林见夕阳。过客不须频太息，咸阳宫殿亦凄凉。起句从"赋鵩"意，随手带出"旧居"。三四切事，实是此题正意，而随州翻用之便新。五六切"旧居"，正醒"过"字。结为"过客"翻出一比，破涕为笑矣。此诗警健不及随州，而清爽过之。

寄孟郊

乱馀城郭怕经过，到处闲门长薜萝。用世空悲闻道浅，入山偏喜识僧多。醉归花径云生履，樵罢松岩雪满蓑。石上幽期春又暮，何时载酒听高歌。

韩 翊

字君平，南阳人。天宝十三载进士。侯希逸节度淄青，表佐幕府。李勉任宣武，复辟之。俄以驾部郎中知制诰。时有两韩翊，其一为刺史，宰相请孰与，德宗曰："与诗人韩翊。"终中书舍人。

送客归江州

东归复得采真游，江水迎君日夜流。客舍不离青雀舫，人家旧住白鸥洲。风吹山带遥知雨，露湿荷裳已报秋。闻道泉明居址近，篮舆相访为淹留。*毛西河云：君平气调全卑，刻意纤秀，实启晚唐、宋、元、初明修辞饰事之习，亦关风会人也。*

送客一归襄阳二归浔阳

南归匹马会心期，东望扁舟惬梦思。熨斗山前春色早，香炉峰顶暮烟时。空林欲访庞居士，古寺应怀远法师。*三四地名分写，五六人物分写。*两地由来堪取兴，三贤他日幸留诗。

送丹阳刘太真

长安道上落花朝，羡尔当年赏事饶。*"赏事饶"，不妥。下*

箸已怜鹅炙美，开笼不奈鸭媒娇。春衣晚入青杨巷，细马初过皂荚桥。相访不辞千里远，西风好借木兰桡。中两联俱承赏事说，送意只于结处补足。

送王少府归杭州

归舟一路转青蘋，更欲随潮向富春。吴郡陆机称地主，钱塘苏小是乡亲。葛花满把能消酒，栀子同心好赠人。早晚重过渔浦宿，遥怜佳句箧中新。纤秀极矣。

寄徐州郑使君

江城五马楚云边，不羡雍容画省年。才子旧称何水部，使君还继谢临川。□□□□句四□□□句用事。射堂草遍收残雨，官路人稀对夕天。虽卧郡斋千里隔，与君同见月初圆。□千里共明月□结醒寄字。

送襄垣王君归南阳别墅

都门霁后不飞尘，草色萋萋满路春。双兔坡东千室吏，三鸦水上一归人。地名属对，工绝。愁眠客舍衣香满，走渡河桥马汗新。少妇比来多远望，应知蟢子上罗巾。结语太纤。

题张逸人园林

藏头不复见时人，爱此云山奉养真。露色点衣孤屿晓，花枝妨帽小园春。时携幼稚诸峰上，闲濯须眉一水滨。三四园林，五六园林情事。兴罢归来还对酌，茅檐挂着紫荷巾。

送刘将军

明光细甲照钘鍜，钘鍜，音鸦遐，颈铠也。昨日承恩拜虎牙。胆大欲期姜伯约，功多不让李轻车。青巾校尉遥相许，黑矟将军莫太夸。阙下来时亲伏奏，胡尘未尽不为家。结句近俚，要是赠武人诗也。

钱　起

字仲文，吴兴人。天宝十年，李巨卿榜及第。少聪敏，承乡曲之誉，初从计吏。至京口客舍，月夜闲步，闻户外有行吟声，哦曰："曲终人不见，江上数峰青。"凡再三往来，起遽从之，无所见矣，怪之。及就试粉闱，诗题乃《湘灵鼓瑟》，起辄就，即以鬼谣十字为落句。主文李暐深嘉美，击节吟味久之，曰："是必有神助之耳。"遂擢置高第。释褐授校书郎。尝采箭竹，奉使入蜀。除考功郎中。大历中，为太清宫使、翰林学士。起诗体制新奇，理致清赡，芟宋齐之浮游，削梁陈之嫚靡，迥然独立。王右丞许以高格，与郎士元齐名。士林语曰："前有沈宋，后有钱郎。"有《钱仲文集》。

赠阙下裴舍人

二月黄鹂飞上林，春城紫禁晓阴阴。长乐钟声花外尽，龙池柳色雨中深。阳和不散穷愁恨，霄汉常怀捧日心。献赋十年犹未遇，羞将白发对华簪。前四句阙下时景，后四句阙下心事。全诗专自写照，于"赠"意却无关会。

山中酬杨补阙见过

日暖风恬种药时，红泉翠壁薜萝垂。幽溪鹿过苔还静，深树云来鸟不知。青琐同心多逸兴，春山载酒远相随。却惭身外牵缨冕，未胜杯前倒接䍦。前四句写"山中"，五六"补阙见过"。结句"惭"字，一作"思"字，较圆醒。

卢 纶

字允言，河中蒲人。大历初，数举进士不第。元载取其文以进，补阌乡尉。累迁监察御史，辄称疾去。坐与王缙善，久不调。建中初，为昭应令。浑瑊镇河中，辟元帅判官，累迁检校户部郎中。贞元中，舅韦渠牟表其才，驿召之，会卒。有《卢纶集》。

晚次鄂州

云开远见汉阳城，犹是孤帆一日程。估客昼眠知浪静，舟人夜语觉潮生。三湘衰鬓逢秋色，万里归心对月明。旧业已随征战尽，更堪江上鼓鼙声。江舟情景，画不能到。

夜投丰德寺谒海上人

半夜中峰有磬声，偶逢樵者问山名。起极清超。大历十子，允言尚具风格。上方月晓闻僧语，下界林疏见客行。野鹤巢边松最老，毒龙潜处水偏清。愿得远公知姓氏，焚香洗钵过浮生。

至德中途中书事却寄李僴

乱离无处不伤情，况复看碑对古城。路绕寒山人独去，

月临秋水雁空惊。颜衰重喜归乡国，身贱多惭问姓名。今日
主人还共醉，应怜世故一儒生。写意中语，真切。

长安春望

东风吹雨过青山，却望千门草色闲。先情后景，"望"字便
有精神。家在梦中何日到，春来江上几人还。川原缭绕浮云外，
宫阙参差落照间。谁念为儒逢世难，独将衰鬓客秦关。

◎案："先情后景"，疑当作"先景后情"。

李　端

字正己，赵郡人。大历五年进士。与卢纶、吉中孚、韩
翃、钱起、司空曙、苗发、崔峒、耿湋、夏侯审唱和，号"大
历十才子"。尝客驸马郭暧第，赋诗冠其坐客。初授校书郎，
后移疾江南，官杭州司马，卒。有《李端集》。

宿淮浦忆司空文明

愁心一倍长离忧，夜思千重恋旧游。秦地故人成远梦，
楚天凉雨在孤舟。诸溪近海潮皆应，独树边淮叶尽流。别恨

转深何处写，前程惟有一登楼。起平塌、次联有格、三句忆司空，四句宿淮，五六专写淮景，结缴转忆字，却从宿后作排遣。"别恨"与"离忧"复。

司空曙

字文明，广平人。登进士第，从韦皋于剑南。贞元中为水部郎中，终虞部郎中。诗格清华，为"大历十才子"之一。有《司空曙集》。

题凌云寺

香山古寺绕沧波，石磴盘空鸟道过。百丈金身开翠壁，万龛灯焰隔烟萝。云生客到侵衣湿，花落僧禅覆地多。不与方袍同结社，下归尘世竟如何。

长安晓望寄程补阙

迢递山河拥帝京，参差宫殿接云平。风吹晓漏经长乐，柳带晴烟出禁城。天净笙歌临路发，日高车马隔尘行。独有浅才甘未达，多惭名在鲁诸生。起二句"长安"，三句清出"晓"

酬李端校书见赠

绿槐垂穗乳乌飞，忽忆山中独未归。青镜流年看发变，白云芳草与心违。乍逢酒客春游惯，久别林僧夜坐稀。昨日闻君到城阙，莫将簪弁胜荷衣。句调清婉。前六句怅己之未归山，末规校书已入山，莫更恋城阙也。

耿　湋

字洪源，河东人。登宝应元年进士第。官右拾遗。工诗，与钱起、卢纶、司空曙诸人齐名，号"大历十才子"。湋诗不深琢削，而风格自胜。有《耿湋集》。

上裴行军中丞

胡尘已灭天山外，闭阁层城白日曛。枥上骅骝嘶鼓角，门前老将识风云。旌旗四面寒山映，丝管千家静夜闻。更想他时看竹帛，功成不独霍将军。雄健有笔力。

送友人游江南

远别悠悠白发新，江潭何处是通津。潮声偏惧初来客，海味应甘久住人。漠漠烟光前浦晚，青青草色定山春。江洲亦有南回雁，未审何时北向秦。此种意境，已逗张王一派。结句望其寄书也。

崔　峒

博陵人。工文有声。初辟潞州功曹，后历左拾遗，终右补阙。词彩炳然，意思方雅，时人称其句为"披沙拣金，往往见宝"。

题桐庐李明府官舍

讼堂寂寂对烟霞，五柳门前聚晓鸦。流水声中视公事，寒山影里见人家。观风竞美新为政，计日还思旧触邪。可惜陶潜无限酒，不逢篱菊正开花。自韩翃至崔峒七人，皆在大历十才子数中，仅风调可观，无复盛唐浑厚气矣。后半不振。

李　益

字君虞，姑臧人。大历四年登进士第，授郑县尉。久不调，益不得意。北游河朔，幽州刘济辟为从事。尝与济诗，有怨望语。宪宗时，召为秘书少监、集贤殿学士。自负才地，多所凌忽，为众不容。谏官举其幽州诗句，降居散秩。俄复用为秘书监，迁太子宾客、集贤学士判院事，转右散骑常侍。太和初，以礼部尚书致仕，卒。益长于歌诗，贞元末与宗人李贺齐名，每作一篇，教坊乐人以赂求取，唱为供奉歌辞。其《征人歌》《早行篇》，好事画为屏障。有《李益集》。

盐州过胡儿饮马泉

绿杨著水草含烟，旧是胡儿饮马泉。几处吹笳明月夜，何人倚剑白云天。从来冻合关山道，今日分流汉使前。莫遣行人照容鬓，恐惊憔悴入新年。极力腾挪，尚有健拔之气。

武元衡

字伯苍，河南缑氏人。建中四年登进士第。累辟使府，至监察御史，后改华原县令。德宗知其才，召授比部员外郎，岁内三迁，至右司郎中，寻擢御史中丞。顺宗立，罢为右庶子。宪宗即位，复前官，进户部侍郎。元和二年，拜门下侍郎、平章事。寻出为剑南节度使。八年，征还秉政。早朝为盗所害，赠司徒，谥忠愍。有《临淮集》。

酬严司空荆南见寄

金貂再领三公府，玉帐连封万户侯。帘卷青山巫峡晓，烟开碧树渚宫秋。刘琨夜啸风清塞，谢朓题诗月满楼。白雪调高歌不得，美人南国翠蛾愁。华整，颇见风格。

杨巨源

字景山，河中人。贞元五年擢进士第。为张弘靖从事，由秘书郎擢太常博士、礼部员外郎，出为凤翔少尹。复召除国子司业。年七十致仕归，时宰白以为河中少尹，食其禄终身。有《杨巨源集》。

赠张将军

关西诸将揖容光，独立营门剑有霜。知爱鲁连归海上，肯令王翦在频阳。天晴红帜当山满，日暮清笳入塞长。年少功高人最羡，汉家坛树月苍苍。以功成思退，写将军身分既高。诗亦警拔。

送绛州卢使君

一清淮甸假朝纲，金印初迎细柳黄。辞阙天威和雨露，出关春色避风霜。龙韬何必陈三略，虎旅由来肃万方。宣谕生灵真重任，回轩应问石渠郎。警。

韩　愈

字退之，南阳人。少孤，刻苦为学，尽通六经百家。贞元八年擢进士第。才高，又好直言，累被黜贬。初为监察御史，上疏极论时事，贬阳山令。元和中，再为博士，改比部郎中、史馆修撰，转考功，知制诰，进中书舍人，又改庶子。裴度讨淮西，请为行军司马，以功迁刑部侍郎。谏迎佛骨，谪刺史潮州，移袁州。穆宗即位，召拜国子祭酒、兵部侍郎，使王廷凑。归，转吏部，为时宰所构，罢为兵部侍郎，寻复吏部。卒，赠礼部尚书，谥曰文。有《韩昌黎集》。

晋公破贼回重拜台司以诗示幕中宾客愈奉和

南伐旋师太华东，天书夜到册元功。将军旧压三司贵，相国新兼五等崇。鹓鹭欲归仙仗里，熊罴还入禁营中。长惭典午非材职，得就闲官即至公。*首二句破题面。三四出入将相，以互说见精采。五六正写"重拜"情事。末以己为司马非才，亦欲就闲作结。通篇唯"以诗示幕中"意未见。*

奉和库部卢四兄曹长元日朝回

天仗宵严建羽旄，春云送色晓鸡号。金炉香动螭头暗，玉佩声来雉尾高。戎服上趋承北极，儒冠列侍映东曹。太平时节身难遇，郎署何须叹二毛。*前六句专赋"元日朝"，结寓相勉意，虽板板作金华殿中语，而笔力自老健。*

柳宗元

字子厚，河东人。登进士第，应举宏辞，授校书郎，调

046

蓝田尉。贞元十九年，为监察御史里行。王叔文、韦执谊用事，尤奇待宗元，擢尚书礼部员外郎。会叔文败，贬永州司马。宗元少精警绝伦，为文章雄深雅健，踔厉风发，为当时流辈所推仰。既罹窜逐，涉履蛮瘴，居闲益自刻苦，其堙厄感郁，一寓诸文，读者为之悲恻。元和十年，移柳州刺史。江岭间为进士者，走数千里从宗元游，经指授者，为文辞皆有法，世号柳柳州。元和十四年卒，年四十七。有《柳河东集》。

南省转牒欲具江国图令尽通风俗故事

圣代提封尽海壖，狼荒犹得纪山川。华夷图上应初录，风土记中殊未传。椎髻老人难借问，黄茆深峒敢留连。南宫有意求遗俗，试检周书王会篇。柳州七律典赡清华，语语矜炼，可以跨越大历，而上跻天宝。

同刘二十八哭吕衡州兼寄江陵李元二侍御

衡岳新摧天柱峰，士林憔悴泣相逢。只令文字传青简，不使功名上景钟。三亩空留悬磬室，九原犹寄若堂封。遥想荆州人物论，几回中夜惜元龙。用事锻炼有法。

登柳州城楼寄漳汀封连四州刺史

一气奔赴，到底不懈，魄力直逼少陵。

城上高楼接大荒，海天愁思正茫茫。惊风乱飐芙蓉水，密雨斜侵薜荔墙。三四赋中兼比，尤妙。岭树重遮千里目，江流曲似九回肠。共来百越文身地，犹自音书滞一乡。

柳州寄丈人周韶州

越绝孤城千万峰，空斋不语坐高春。印文生绿经旬合，砚匣留尘尽日封。梅岭寒烟藏翡翠，桂江秋水露鼪鼯。丈人本自忘机事，为想年来憔悴容。前四句自说柳州，后四句说韶州，作两截看。

得卢衡州书因以诗寄

临蒸且莫叹炎方，为报秋来雁几行。林邑东回山似戟，牂牁南下水如汤。兼葭淅沥含秋露，橘柚玲珑透夕阳。非是白𬞟洲畔客，还将远意问潇湘。三四开说，言柳之炎甚于衡，正承首句"莫叹"意。五六承次句，"秋"字见衡未为炎也。结明寄诗之意，微觉欠醒。

岭南江行

瘴江南去入云烟，望尽黄茅是海边。山腹雨晴添象迹，潭心日暖长蛟涎。射工巧伺游人影，飓母偏惊旅客船。从此忧来非一事，岂容华发待流年。江行只于入手一点，以下专赋边海景物，末以迁客多忧作收结。

柳州峒氓

郡城南下接通津，异服殊音不可亲。青箬裹盐归峒客，绿荷包饭趁墟人。鹅毛御腊缝山罽，鸡骨占年拜水神。愁向公庭问重译，欲投章甫作文身。此亦总赋蛮俗服食之异，以郡城接通津一句引出，非即目也。结以投荒不欲生还寓悲愤，与上首一付机杼。

别舍弟宗一

零落残魂倍黯然，双垂别泪越江边。一身去国六千里，万死投荒十二年。桂岭瘴来云似墨，洞庭春尽水如天。欲知此后相思梦，长在荆门郢树烟。此到柳州后，其弟归汉郢间，作此为别，故有"荆门郢树"之句。"烟"字趁韵。

柳州城西北隅种柑树

小题亦具风格。

手种黄柑二百株，春来新叶遍城隅。方同楚客怜皇树，不学荆州利木奴。几岁开花闻喷雪，何人摘实见垂珠。若教坐待成林日，滋味还堪养老夫。结句俚。《楚词》："后皇嘉树，橘来服兮。"

衡阳与梦得分路别赠

十年憔悴到秦京，谁料翻为岭外行。伏波故道风烟在，翁仲遗墟草木平。直以疏慵招物议，休将文字占时名。今朝不用临河别，垂泪千行便濯缨。刘、柳自贬所同追赴都，俄又出柳柳州、出刘连州，故作此赠别。

刘禹锡

字梦得，彭城人。贞元九年擢进士第，登博学宏辞科，从事淮南幕府。入为监察御史。王叔文用事，引入禁中，与之图议，言无不从。转屯田员外郎，判度支盐铁案。叔文败，坐贬连州刺史，在道贬朗州司马。落魄不自聊，吐词多讽托幽远。居十年，召还，将置之郎署，以作《玄都观看花》诗涉讥忿，执政不悦，复出刺播州。裴度以母老为言，改连州，徙夔、和二州。久之，征入为主客郎中。又以作《重游玄都观》诗，出分司东都。度仍荐为礼部郎中、集贤直学士。度罢，出刺苏州，徙汝、同二州，迁太子宾客分司。禹锡素善诗，晚节尤精，不幸坐废，偃蹇寡所合，乃以文章自适，与白居易酬复颇多。有《刘宾客集》。

再授连州至衡阳酬赠别

去国十年同赴召，湘江千里又分歧。重临事异黄丞相，三黜名惭柳士师。归目并随回雁尽，愁肠正遇断猿时。桂江东过连山下，相望长吟有所思。刘、白唱和齐名，然梦得锻炼磨砻，不流入浅易，异于老元之偷格律矣。

送慧则法师归上都因呈广宣上人

昨日东林看讲时，都人象马蹋琉璃。雪山童子应前世，金粟如来是本师。一锡言归九城路，三衣曾拂万年枝。休公久别如相问，楚客逢秋心更悲。五六"归上都"，结句"呈广宣上人"。

荆门道怀古

南国山川旧帝畿，宋台梁馆尚依稀。马嘶古道行人歇，麦秀空城野雉飞。风吹落叶填宫井，火入荒陵化宝衣。徒使辞臣庾开府，咸阳终日苦思归。新警。

松滋渡望峡中

渡头轻雨洒寒梅，云际溶溶雪水来。梦渚草长迷楚望，夷陵土黑有秦灰。巴人泪应猿声落，蜀客船从鸟道回。十二碧峰何处所，永安宫外是荒台。首句照"渡"字，次句逗"望"字，三四切"松滋"，五六切"峡中"，结句实赋"望"字。通篇气力完足，词藻亦工。

西塞山怀古

空前绝后之作。

王濬楼船下益州，金陵王气黯然收。千寻铁锁沉江底，一片降幡出石头。人世几回思往事，第五句束上，却包六朝在内。山形依旧枕寒流。今逢四海为家日，故垒萧萧芦荻秋。

酬乐天扬州初逢席上见赠

巴山楚水凄凉地，二十三年弃置身。怀旧空吟闻笛赋，到乡翻是烂柯人。沉舟侧畔千帆过，病树前头万木春。五六作比体，语意深透，阅世之言。今日听君歌一曲，暂凭杯酒长精神。

赴苏州酬别乐天

吴郡鱼书下紫宸，长安厩吏送车轮。二南风化承遗爱，八咏声名蹑后尘。梁氏夫妻为寄客，陆家兄弟是州民。江城春日追游处，共忆东归旧主人。乐天常守苏而梦得继之，故有"承遗爱""蹑后尘"并"东都旧主"之语。此首诗格亦效乐天。

◎案："东都"，疑是"东归"之讹。

令狐相公自太原累示新诗因以酬寄

飞蓬卷尽塞云寒，战马闲嘶汉地宽。万里胡天无警急，一笼烽火报平安。三四作流对，殊警健。灯前妓乐留宾宴，雪后山河出猎看。珍重新诗远相寄，风情不似四登坛。

◎案：流对，流水对也。谓诗文中上下二句对仗且意思相连贯。明胡震亨《唐音癸签·法微三》："严羽卿以刘慎虚'沧浪千万里，日夜一孤舟'为十字格，刘长卿'江客不堪频北望，塞鸿何事又南飞'为十四字格。谓两句只一意也，盖流水对耳。"

送浑大夫赴丰州

风衔新诏降恩华，又见旌旗出浑家。故吏来辞辛属国，精兵愿逐李轻车。华重超腾，故是俊物。毡裘君长迎风驭，锦带酋豪蹋雪衙。其奈明年好春日，无人唤看牡丹花。结句似太易。

奉送浙西李仆射相公赴镇

建节东行是旧游，欢声喜气满吴州。次句俚。郡人重得黄丞相，童子争迎郭细侯。诏下初辞温室树，梦中先到景阳楼。自怜不识平津阁，遥望旌旗汝水头。

送源中丞充新罗册立使

相门才子称华簪，持节东行捧德音。身带霜威辞凤阙，"身带"，选本作"面带"，便欠雅。口传天语到鸡林。烟开鳌背千寻碧，日浴鲸波万顷金。想见扶桑受恩处，一时西拜尽倾心。

洛中寺北楼见贺监草书题诗

高楼贺监昔曾登，壁上笔踪龙虎腾。次句用拗不入调。中国书流尚皇象，北朝文士重徐陵。格亦老健。偶因独见空惊目，恨不同时便服膺。唯恐尘埃转磨灭，再三珍重属山僧。

◎案："笔踪"，一本作"神踪"。

054

杨汝士

字慕巢，虢州弘农人，虞卿从弟。元和四年擢进士第。牛僧孺、李宗闵待之善，引为中书舍人。开成初，由兵部侍郎出镇东川。入为吏部侍郎，终刑部尚书。

宴杨仆射新昌里第

隔坐应须赐御屏，尽将仙翰入高冥。文章旧价留鸾掖，桃李新阴在鲤庭。再岁生徒陈贺宴，一时良史尽传馨。当时疏传虽云盛，讵有兹筵醉绿醽。*此诗当时所称压倒元、白者。今看前四句，括尽本事，何等笔力，以白傅作较之，信不诬矣。*

李　远

字求古，蜀人。第太和进士，历忠、建、江三州刺史，终御史中丞。

听话丛台

有客新从赵地回，自言曾上古丛台。云遮襄国天边去，树绕漳河地底来。弦管变成山鸟哢，绮罗留作野花开。起四句有魄力，五六太熟。金舆玉辇无消息，风雨年年长绿苔。

赠写御容李长史

玉座尘消砚水清，龙髯不动彩毫轻。初分隆准山河秀，乍点重瞳日月明。宫女卷帘皆暗认，侍臣开殿尽遥惊。三朝供奉无人敌，始觉僧繇浪得名。此诗层次周详，极为工稳。刘后村以东坡古诗相比，诋此为小儿语，过矣。

七律指南甲编卷二　唐一百三十首

李商隐

字义山，怀州河内人。令狐楚帅河阳，奇其文，使与诸子游。楚徙天平、宣武，皆表署巡官。开成二年，高锴知贡举，令狐绹雅善锴，奖誉甚力，故擢进士第。调弘农尉，以忤观察使，罢去。寻复官，又试拔萃中选。王茂元镇河阳，爱其才，表掌书记，以子妻之，得侍御史。茂元死，来游京师，久不调。更依桂管观察使郑亚府，为判官。亚谪循州，商隐从之，凡三年乃归。茂元与亚皆李德裕所善，绹以商隐为忘家恩，谢不通。京兆尹卢弘正表为府参军，典笺奏。绹当国，商隐归，穷自解，绹憾不置。弘正镇徐州，表为掌书记。久之还朝，复干绹，乃补太学博士。柳仲郢节度剑南东川，辟判官，检校工部员外郎。府罢，客荥阳，卒。商隐初为文，瑰迈奇古。及在令狐楚府，楚本工章奏，因授其学。商隐俪偶长短，而繁缛过之。时温廷筠、段成式俱用是相夸，号三十六体。有《玉溪生集》。

赠别前蔚州契苾使君

何年部落到阴陵，奕世勤王国史称。夜卷牙旗千帐雪，朝飞羽骑一河冰。蕃儿襁负来青冢，狄女壶浆出白登。日晚鸊鹈泉畔猎，路人遥识郅都鹰。*自杨、刘唱和，昆体盛行，有元一代学者尤众。故少陵后，义山当为一大宗。其雄伟工丽，亦出少陵，特意少词多，未免迷冈凑砌之病，读者分别观之可也。*

杜工部蜀中离席

人生何处不离群，世路干戈惜暂分。雪岭未归天外使，松州犹驻殿前军。座中醉客延醒客，江上晴云杂雨云。美酒成都堪送老，当垆仍是卓文君。*前四句拟杜逼真，五、六空衍无意，结语尤纤佻不称。*

筹笔驿

猿鸟犹疑畏简书，风云常为护储胥。徒令上将挥神笔，终见降王走传车。管乐有才终不忝，关张无命欲何如？*"关张"句稍犷。*他年锦里经祠庙，梁父吟成恨有馀。*首二句即切题，不得移置祠庙。三句承上点"筹笔"，四句转到时事难为。五句应三句，六句应四句。结以祠庙作陪，篇法极密。*

058

隋宫

紫泉宫殿锁烟霞，欲取芜城作帝家。玉玺不缘归日角，锦帆应是到天涯。"玉玺"句欠妥。"日角""天涯"，巨细不伦，终非佳对。于今腐草无萤火，五句"腐草"二字添设，今亦不应，遂"无萤火"也。终古垂杨有暮鸦。地下若逢陈后主，岂宜重问后庭花。

马嵬

海外徒闻更九州，他生未卜此生休。空闻虎旅传宵柝，无复鸡人报晓筹。此日六军同驻马，当时七夕笑牵牛。如何四纪为天子？不及卢家有莫愁。本传只言海上蓬莱，撰入邹衍大九州，添设。次句俗。三四太衍，结殊失体裁。

重有感

玉帐牙旗得上游，安危须共主君忧。窦融表已来关右，陶侃军宜次石头。岂有蛟龙愁失水，更无鹰隼与高秋。昼号夜哭兼幽显，早晚星关雪涕收。三四少陵句法，后半仍是本色，结句杂凑，不成文理。

随师东

东征日调万黄金，几竭中原买斗心。军令未闻诛马谡，捷书惟是报孙歆。但须鸑鷟巢阿阁,岂假鸥鸦在泮林。可惜前朝玄菟郡,积骸成莽阵云深。*"买斗心"不妥,亦只次联佳,五六用比,与上首同一支撑法,总由意少不能变化也。*

井络

井络天彭一掌中,谩夸天设剑为峰。阵图东聚夔江石,边柝西悬雪岭松。*四句含糊,"悬"字尤不可解。* 堪叹故君成杜宇,可能先主是真龙。将来为报奸雄辈,*七句犷。* 莫向金牛访旧踪。

茂陵

汉家天马出蒲梢,苜蓿榴花遍近郊。内苑只知含凤觜,属车无复插鸡翘。玉桃偷得怜方朔,金屋修成贮阿娇。谁料苏卿老归国,茂陵松柏雨萧萧。*入手伟丽,但"蒲梢"字失检。三四"凤觜""鸡翘",有词无意。五六恶俗,亦引不起结句。*

◎ 案:《史记·乐书》:"后伐大宛,得千里马,马名蒲梢。"

南朝

玄武湖中玉漏催,鸡鸣埭口绣襦回。谁言琼树朝朝见,不及金莲步步来。敌国军营漂木柹,前朝神庙锁烟煤。满宫学士皆颜色,江令当年只费才。*咏南朝而只及齐、陈,又后主事独多,*

前后亦未免挽杂。六句、结句俱欠清爽。西昆如涂涂附，实作俑于义山。

九成宫

十二层城阆苑西，平时避暑拂虹霓。"拂虹霓"与"避暑"
不贯。云随夏后双龙尾，风逐周王八骏蹄。吴岳晓光连翠巘，
甘泉晚景上丹梯。荔枝卢橘沾恩幸，鸾鹊天书湿紫泥。结太堆垛，
亦无馀韵。

安定城楼

迢递高城百尺楼，绿杨枝外尽汀洲。贾生年少虚垂泪，
王粲春来更远游。永忆江湖归白发，欲回天地入扁舟。不知
腐鼠成滋味，猜意鹓雏竟未休。前四句气脉不贯。五六脍炙人口，
以为逼近少陵，然不甚了了，恐老杜无此闷句也。结以比体作支撑，义
山习套。

曲江

望断平时翠辇过，空闻子夜鬼悲歌。金舆不返倾城色，
玉殿犹分下苑波。死忆华亭闻唳鹤，老忧王室泣铜驼。天荒
地变心虽折，若比阳春意未多。结殊迷闷。

061

寄令狐学士

秘殿崔嵬拂彩霓，曹司今在殿东西。赓歌太液翻黄鹄，从猎陈仓获碧鸡。晓饮岂知金掌迥，五句不成语。夜吟应讶玉绳低。钧天虽许人间听，阊阖门多梦自迷。藻绩可观，亦无深意。

少年

外戚平羌第一功，生年二十有重封。次句俚。直登宣室螭头上，横过甘泉豹尾中。别馆觉来云雨梦，后门归去蕙兰丛。灞陵夜猎随田窦，不识寒郊自转蓬。末句意不完足。

行次昭应县道上送户部李郎中充昭义攻讨

将军大旆扫狂童，诏选名贤赞武功。入手有势。暂逐虎牙临故绛，远含鸡舌过新丰。"鸡舌"切郎官，对"虎牙"，极工，远胜"凤觜""鸡翘""螭头""豹尾"等句。鱼游沸鼎知无日，鸟覆危巢岂待风。早勒勋庸燕石上，仁光纶綍汉廷中。

喜闻太原同院崔侍御台拜兼寄在台同年之计

鹏鱼何事遇屯同，起句欠圆醒。云水升沉一会中。刘放未归鸡树老，邹阳新去兔园空。寂寥我对先生柳，赫奕君乘御史骢。若向南台见莺友，为传垂翅度春风。

◎案：先生柳，指五柳先生也。

九日

曾共山翁把酒时，霜天白菊绕阶墀。十年泉下无人问，
九日樽前有所思。不学汉臣栽苜蓿，五句用事欠醒。空教楚客咏
江蓠。郎君官贵施行马，东阁无因得再窥。此首气格清亮，于义
山为别调。

◎案：五句意谓不因胡俗改华风也。《史记·大宛列
传》："（大宛）俗嗜酒，马嗜苜蓿。汉使取其实来，
于是天子始种苜蓿、蒲陶肥饶地。及天马多，外国使来
众，则离宫别观旁尽种蒲陶、苜蓿极望。"

无题

义山无题，明是风怀，注家以寓言君臣为解，穿凿不通，真可唾弃。
飒飒东风细雨来，芙蓉塘外有轻雷。金蟾啮锁烧香入，
玉虎牵丝汲井回。贾氏窥帘韩掾少，宓妃留枕魏王才。春心
莫共花争发，一寸相思一寸灰。结俗极。

又

相见时难别亦难，起句亦俗。东风无力百花残。春蚕到死

丝方尽，蜡炬成灰泪始乾。晓镜但愁云鬓改，夜吟应觉月光寒。蓬莱此去无多路，青鸟殷勤为探看。如是言情，只是口头语。后人拟《无题》诗多襞积故事，镂刻艳词，甚至不求甚解，失义山之真矣。

杜　牧

字牧之，京兆万年人。太和二年擢进士第，复举贤良方正。沈传师表为江西团练府巡官，又为牛僧孺淮南节度府掌书记，擢监察御史，移疾分司东都。以弟颙病弃官。复为宣州团练判官，拜殿中侍御史、内供奉。累迁左补阙、史馆修撰，改膳部员外郎，历黄、池、睦三州刺史。入为司勋员外郎，常兼史职，改吏部。复乞为湖州刺史。逾年，拜考功郎中、知制诰，迁中书舍人，卒。牧刚直有奇节，不为龊龊小谨，敢论列大事，指陈病利尤切，其诗情致豪迈，人号为"小杜"，以别杜甫云。有《樊川集》。

奉和白相公圣德和平致兹休运岁终功就合咏盛明呈上三相公长句四韵

行看破腊好年光，万寿南山对未央。黠戛可汗修职贡，文思天子复河湟。应须日驭西巡狩，不假星弧北射狼。吉甫裁诗歌盛业，一篇江汉美宣王。气体雄整，后半尚有腾挪，去少陵未远。

题青云馆

虬蟠千仞剧羊肠，天府由来百二强。四皓有芝轻汉祖，张仪无地与怀王。三四意未圆融，而句法颇健拔。云连帐影萝阴合，枕绕泉声客梦凉。深处会容高尚者，水苗三顷百株桑。

◎案：水苗，种稻也。白居易《和三月三十日四十韵》："水苗泥易耨，畬粟灰难锄。"

怀钟陵旧游四首　录一首

滕阁中春绮席开，柘枝蛮鼓殷晴雷。垂楼万幕青云合，破浪千帆阵马来。未掘双龙牛斗气，高悬一榻栋梁材。"栋梁材"，凑。连巴控越知何有，珠翠沉檀处处堆。结意无聊，句调亦劣。

题宣州开元寺水阁阁下宛溪夹溪居人

六朝文物草连空，天淡云闲今古同。鸟去鸟来山色里，人歌人哭水声中。深秋帘幕千家雨，落日楼台一笛风。惆怅无因见范蠡，参差烟树五湖东。五六能写出繁庶景象。结意太迂远。

李给事中敏

一章缄拜皂囊中，懔懔朝廷有古风。元礼去归纶氏学，江充来见犬台宫。中敏论郑注告归颍阳，故用元礼事；郑注对于浴室，故用江充事。纷纭白昼惊千古，鈇锧朱殷几一空。五六殊不成语。曲突徙薪人不会，海边今作钓鱼翁。

酬张祜处士见寄长句

七子论诗谁似公，曹刘须在指挥中。荐衡昔日知文举，乞火无人作蒯通。祜见抑于白傅，故三四云然。北极楼台长挂梦，西江波浪远吞空。可怜故国三千里，虚唱歌词满六宫。"故国三千里"，祜《何满子》句也。

西江怀古

上吞巴汉控潇湘，怒似连山净镜光。次句不成语，疑有讹字。魏帝缝囊真戏剧，苻坚投棰更荒唐。千秋钓艇歌明月，万里沙鸥弄夕阳。范蠡清尘何寂寞，好风唯属往来商。临水即思范蠡，是何寄托？

◎案：怒似连山，用《文选·海赋》"波如连山"。净镜光，用庾信《登州中新阁诗》"池如明镜光"。

长安杂题长句六首　录一首

晴云似絮惹低空，紫陌微微弄袖风。韩嫣金丸莎覆绿，许公鞲汗杏粘红。丽句。烟生窈窕深东第，轮撼流苏下北宫。自笑苦无楼护智，可怜铅椠竟何功。

许　浑

字用晦，丹阳人。故相圉师之后。太和六年进士第，为当涂、太平二县令，以病免。起润州司马。大中三年，为监察御史，历虞部员外郎，睦、郢二州刺史。润州有丁卯桥，浑别墅在焉，因以名其集。有《丁卯集》。

金陵怀古

丁卯诗格已卑，唯队仗精工，句调圆稳，时俗易于步趋，义山外亦一宗派也。

玉树歌残王气终，景阳兵合戍楼空。松楸远近千官冢，禾黍高低六代宫。石燕拂云晴亦雨，江豚吹浪夜还风。英雄一去豪华尽，唯有青山似洛中。此诗从陈亡入手，逆挽六代，视梦得诗，又另一机杼。

咸阳城东楼

一上高城万里愁，蒹葭杨柳似汀洲。溪云初起日沉阁，山雨欲来风满楼。*起句率。三四"楼""阁"亦合掌。* 鸟下绿芜秦苑夕，蝉鸣黄叶汉宫秋。行人莫问前朝事，渭水寒波日夜流。

◎案：合掌，律诗对仗病忌。一联之中，语意重复或相近，谓之合掌。明谢榛《四溟诗话》："耿湋《赠田家翁》诗'蚕屋朝寒闭，田家昼雨闲'，此写出村居景象。但上句语拙，'朝''昼'二字合掌。"

登尉佗楼

刘项持兵鹿未穷，自乘黄屋岛夷中。南来作尉任嚣力，北向称臣陆贾功。*"鹿未穷"不成语，三四简括。* 箫鼓尚陈今世庙，旌旗犹镇昔时宫。*"今世""昔时"，俗调。* 越人未必知虞舜，一奏熏弦万古风。

朝台送客有怀

丁卯诗，此为高格。

赵佗西拜已登坛，马援南征土宇宽。越国旧无唐印绶，蛮乡今有汉衣冠。江云带日秋偏热，海雨随风夏亦寒。岭北归人莫回首，蓼花枫叶万重滩。

068

题崔处士山居

坐穷今古掩书堂，二顷湖田一半荒。荆树有花兄弟乐，橘林无实子孙忙。三四稍用意便新。龙归晓洞云犹湿，麝过春山草亦香。向夜欲归心万里，故园松月更苍苍。

村舍

尚平多累自归难，一日身闲一日安。次句俚。山径晓云收猎网，水门凉月挂渔竿。花间酒气春风暖，竹里棋声暮雨寒。三顷水田秋更熟，北窗谁拂旧尘冠。

晚自东郭回留一二游侣

乡心迢递宦情微，吏散寻幽趁落晖。林下草腥巢鹭宿，洞前云湿雨龙归。钟随野艇回孤棹，鼓绝山城掩半扉。"钟""鼓"对，亦合掌。今夜西斋好风月，一瓢春酒莫相违。老杜诗多即景生撰，故常有粗涩之句，不碍为高。丁卯句调对法，工贴极矣，而一如宿构陈言，此处可移彼处，其故何也？由其预有成料在胸，随题凑合，与义山同病。特义山有才调而取法高，故人不觉耳。

晚自朝台津至韦隐居郊园

秋来凫雁下方塘，系马朝台步夕阳。村径绕山松叶暗，柴门临水稻花香。云连海气琴书润，风带潮声枕簟凉。西去磻溪犹百里，可能垂白待文王。

殷尧藩

嘉兴人。元和中登进士第，辟李翱长沙幕府，加监察御史。

李节度平虏诗

百万王师下日边，将军雄略可图全。元勋未论封茅异，捷势应知破竹然。燕警无烽清朔漠，秦文有宝进蓝田。太平从此销兵甲，记取红羊换劫年。气格尚健拔。

送源中丞使新罗

赤墀奉命使殊方，官重霜台紫绶光。玉节在船清海怪，金函开诏抚夷王。云晴渐觉山川异，风便宁知道路长。谁得似君将雨露，海东万里洒扶桑。通篇华整，一作姚武功诗，气体殊觉不类。

送白舍人渡江

晓发龙江第一程，诸公同济似登瀛。海门日上千峰出，桃叶波平一棹轻。横锁已沉王濬筏，投鞭难阻谢玄兵。片时喜得东风便，回首钟声隔凤城。后半极力推拓。

送刘禹锡侍御出刺连州

遐荒迢递五羊城，归兴浓消客里情。次句不妥。家近似忘山路险，土甘殊觉瘴烟轻。梅花清入罗浮梦，荔子红分广海程。此去定知偿隐趣，石田春雨读书耕。

金陵怀古

黄道天清拥佩珂，东南王气秣陵多。江吞彭蠡来三蜀，地接昆仑带九河。四句未免太廓，然嘉、隆诸子，竟以此等句雄视一时矣。凤阙晓霞红散绮，龙池春水绿生波。华夷混一归真主，端拱无为乐太和。结句庸腐。

薛　逢

字陶臣，蒲州河东人。会昌初擢进士第。授为万年尉，直弘文馆。历侍御史、尚书郎。出为巴州刺史，复斥蓬州。寻以太常少卿召还，历给事中，迁秘书监，卒。有《薛逢集》。

开元后乐

莫奏开元旧乐章，乐中歌曲断人肠。邠王玉笛三更咽，虢国金车十里香。一自犬戎生蓟北，便从征战老汾阳。中原骏马搜求尽，沙苑年来草又芳。局法矫变，尚堪嗣响少陵。

汉武宫辞

汉武清斋夜筑坛，自斟明水醮仙官。殿前玉女移香案，云际金人捧露盘。绛节几时还入梦，碧桃何处更骖鸾。茂陵烟雨埋弓剑，石马无声蔓草寒。此义山派，篇中一意到底，气脉极清异，后来西昆之杂奏也。

长安夜雨

滞雨通宵又彻明，百忧如草雨中生。心关桂玉天难晓，运落风波梦亦惊。压树早鸦飞不散，到窗寒鼓湿无声。写雨夜景极切。当年志气都消尽，白发新添四五茎。

北亭醉后叙旧赠东川陈书记

调太滑。

二十年前事尽空，半随波浪半随风。谋身喜断韩鸡尾，辱命羞携楚鹄笼。符竹谬分锦水外，妻孥犹隔散关东。临歧莫怪朱弦绝，曾是君家入爨桐。结句委婉，似义山而能以意胜。

重送徐州李从事商隐

晓乘征骑带犀渠，醉别都门掺袂初。莲府望高秦御史，柳营官重汉尚书。斩蛇泽畔人烟晓，戏马台前树影疏。尺组挂身何用处，古来名利尽丘墟。

赵 嘏

字承祐，山阳人。会昌二年登进士第。大中间，仕至渭南尉，卒。嘏为诗赡美，多兴味。杜牧尝爱其"长笛一声人倚楼"之句，吟叹不已，人因目为"赵倚楼"。有《渭南集》。

长安晚秋

云物凄凉拂曙流，汉家宫阙动高秋。残星几点雁横塞，长笛一声人倚楼。赵倚楼以此得名当时，自是佳句。紫艳半开篱菊静，红衣落尽渚莲愁。鲈鱼正美不归去，空戴南冠学楚囚。结句直率。

登安陆西楼

楼上华筵日日开，眼前人事只堪哀。次句引起全诗，惜句法太弱。征车自入红尘去，远水长穿绿树来。云雨暗更歌舞伴，山川不尽别离杯。无由并写春风恨，欲下郧城首重回。登高眺远，景中有情。

降虏

广武溪头降虏稀，一声寒角怨金微。河湟不在春风地，歌舞空裁雪夜衣。四句似用宫人制纩衣事，然"歌舞"二字不明晰。铁马半嘶边草去，狼烟高映塞鸿飞。杨雄尚白相如吃，七句不可解。今日何人从猎归。

平戎

原注：时谏官谕北虏未回，天德军帅请修城备之。

边声一夜殷秋聱，牙帐连烽拥万蹄。武帝未能忘塞北，董生才足使胶西。冰横晓渡胡兵合，雪满穷沙汉骑迷。自古平戎有良策，将军不用倚云梯。一气挥成，通体雄健，承祐集中高唱。

长安月夜与友人话故山

宅边秋水浸苔矶，日日持竿去不归。杨柳风多潮未落，蒹葭霜冷雁初飞。重嘶匹马吟红叶，却听疏钟忆翠微。今夜秦城满楼月，故人相见一沾衣。前六句只写"故山"，全题俱于结句补出。

陪韦中丞宴扈都头花园

门下烟横载酒船，谢家携客醉华筵。寻花偶坐将军树，饮水方重刺史天。三句都头花园，四句中丞宴席，用事有炉锤。几曲艳歌春色里，断行高鸟暮云边。分明听得舆人说，愿及行春更一年。

和令狐补阙春日独游西街

左掖初辞近侍班，马嘶寻得过街闲。映鞭柳色微遮水，随步花枝欲碍山。暖泛鸟声来席上，醉从诗句落人间。此时失意哀吟客，更觉风流不可攀。结句弱。

上令狐相公

鹗在卿云冰在壶，代天才业奉訏谟。荣同伊陟传朱户，秀比王商入画图。昨夜星辰回剑履，前年风月满江湖。起二句俗调，三四亦平缓，唯五六句法可师。不知机务时多暇，犹许诗家属和无。

李群玉

字文山，澧州人。性旷逸，赴举一上而止，惟以吟咏自适。裴休观察湖南，延致之。及为相，以诗论荐授弘文馆校书郎。未几，乞假归，卒。有《李群玉集》。

凉公从叔春祭广利王庙

龙骧伐鼓下长川，直济云涛古庙前。海客敛威惊火旆，天吴收浪避楼船。阴灵向作南溟主，祀典高齐五岳肩。从此华夷封域静，潜薰玉烛奉尧年。气势颇壮健。

黄陵庙

小姑洲北浦云边，二女明妆自俨然。野庙向江春寂寂，古碑无字草芊芊。风回日暮吹芳芷，月落山深哭杜鹃。犹似含颦望巡狩，九疑如黛隔湘川。

温庭筠

字飞卿，旧名岐，并州人。宰相彦博之孙。少敏悟，天才雄赡，能走笔成万言。善鼓琴吹笛。文章与李商隐齐名，时号"温李"。连举进士不中。宣宗时，谪为随县尉，制曰："放骚人于湘浦，移贾谊于长沙。"舍人裴坦之词，世以为笑。有《汉南真稿》。

过五丈原

飞卿风调不及义山，而清快过之。

铁马云雕久绝尘，柳阴高压汉营春。天晴杀气屯关右，夜半妖星照渭滨。下国卧龙空悟主，中原逐鹿不由人。五六下语极有分寸，老杜过于喧张，遂开宋人争正统之纷纭也。象床锦帐无言语，从此谯周是老臣。

过新丰

一剑乘时帝业成，沛中乡里到咸京。寰区已作皇居贵，风月犹含白社情。泗水旧亭春草遍，千门遗瓦古苔生。至今留得离家恨，鸡犬相闻落照明。后半见新丰与故里同归湮没，只得遗事流传作话柄耳，然不甚清爽。

苏武庙

苏武魂消汉使前，古祠高树两茫然。云边雁断胡天月，陇上羊归塞草烟。回日楼台非甲帐，去时冠剑是丁年。茂陵不见封侯印，空向秋波哭逝川。起甚突，亦欠醒。"羊""雁"用事无迹，"甲帐""丁年"似胜"驻马""牵牛"之对。结句不达意。

奉天西佛寺

忆昔狂童犯顺年，玉虬闲暇出甘泉。宗臣欲舞千钧剑，追骑犹观七宝鞭。星背紫垣终扫地，日归黄道却当天。至今南顿诸耆旧，犹指榛芜作弄田。典丽有结构，此等作胜义山。

过陈琳墓

曾于青史见遗文，今日飘蓬过古坟。词客有灵应识我，霸才无主始怜君。石麟埋没藏春草，铜雀荒凉对暮云。莫怪临风倍惆怅，欲将书剑学从军。次联已与陈琳互写，霸才无主，并己身在内，观结句意自明。

马嵬驿

穆满曾为物外游，义山《马嵬诗》不嫌直斥，而飞卿托之穆满，又太迂远矣。六龙经此暂淹留。返魂无验青烟灭，埋血空生碧草愁。香辇却归长乐殿，晓钟还下景阳楼。甘泉不复重相见，谁道文成是故侯？结用少君事，不达意。

山中与诸道友夜坐闻边防不宁因示同志

龙沙铁马犯烟尘，迹近群鸥意倍亲。风卷蓬根屯戊己，月移松影守庚申。支干作对，亦系有意牵合，在当时则为新，后人不必效也。韬钤岂足为经济，岩壑何尝是隐沦。心许故人知此意，古来知者竟谁人。结句甚劣，亦难解。

题李卫公诗

蒿棘深春卫国门，九年于此盗乾坤。两行密疏倾天下，一夜阴谋达至尊。肉视具僚忘匕箸，气吞同列削寒温。当时谁是承恩者，肯有馀波达鬼村。如此气焰，卫公宜不得为有唐贤相矣。

春日偶作

西园一曲艳阳歌，扰扰车尘负薜萝。自欲放怀犹未得，不知经世竟如何。夜闻猛雨拚花尽，寒恋重衾觉梦多。钓渚别来应更好，春风还为起微波。善写意中，于飞卿为别调。

利州南渡

澹然空水对斜晖，曲岛苍茫接翠微。波上马嘶看棹去，柳边人歇待船归。数丛沙草群鸥散，万顷江田一鹭飞。"鸥""鹭"对，亦为合掌。谁解乘舟寻范蠡，五湖烟水独忘机。

刘　沧

字蕴灵，鲁人。大中八年进士第，调华原尉，迁龙门令。有《刘沧诗集》。

经炀帝行宫

此地曾经翠辇过，浮云流水竟如何。次句弱。香销南国美人尽，怨入东风芳草多。残柳宫前空露叶，夕阳川上浩烟波。行人遥起广陵思，古渡月明闻棹歌。

咸阳怀古

经过此地无穷事，起似作意而笔甚拙。一望凄然感废兴。渭水故都秦二世，咸阳秋草汉诸陵。天空绝塞闻边雁，叶尽孤村见夜灯。风景苍苍多少恨，寒山半出白云层。结句无意。

李　频

字德新，睦州寿昌人。少秀悟。逮长，庐西山，多所记览，其属辞于诗尤长。给事中姚合名为诗士，多归重，频走千里丐其品。合大加奖挹，以女妻之。大中八年，擢进士第。调秘书郎，为南陵主簿。判入等，再迁武功令。俄擢侍御史。守法不阿徇，累迁都官员外郎，表丐建州刺史。以礼法治下，建赖以安。卒官，父老为立庙梨山，岁祠之。有《建州刺史集》。

湘口送友人

中流欲暮见湘烟，苇岸无穷接楚天。去雁远冲云梦雪，离人独上洞庭船。三四句格清逸。风波尽日依山转，星汉通宵向水旋。零落梅花过残腊，故园归去及新年。

春日思归

春情不断若连环，起句俗。一夕思归鬓欲斑。壮志未酬三尺剑，故乡空隔万重山。音书断绝干戈后，亲友相逢梦寐间。却羡浮云与飞鸟，因风吹去又吹还。结句缠绵有意致。

崔 珏

字梦之。尝寄家荆州。登大中进士第，由幕府拜秘书郎。为淇县令，有惠政。官至侍御。

岳阳楼晚望

乾坤千里水云间，钓艇如萍去复还。楼上北风斜卷席，湖中西日倒衔山。怀沙有恨骚人往，鼓瑟无声帝子闲。何事黄昏尚凝睇，数行烟树接荆蛮。三四切"晚望"，五六切"岳阳"，不为高阔语，而题分自足。

曹　唐

字尧宾，桂州人。初为道士，后举进士不第。咸通中，累为使府从事。有《曹唐诗集》。

三年冬大礼五首　录一首

皇帝斋心洁素诚，自朝真祖报升平。华山秋草多归马，沧海寒波绝洗兵。银箭水残河影断，玉炉烟尽日华生。千官整肃三天夜，剑佩初闻入太清。典重鲜华，尧宾诗，此为高格。

罗　隐

字昭谏，馀杭人。本名横，十上不中第，遂更名。从事湖南、淮、润，无所合。久之，归投钱镠，累官钱塘令、镇海军掌书记、节度判官、盐铁发运副使、著作佐郎，奏授司勋郎。朱全忠以谏议大夫召，不行。魏博罗绍威推为叔父，表荐给事中。年七十七，卒。隐少聪敏，既不得志，其诗以风刺为主。有《罗隐集》。

中元甲子以辛丑驾幸蜀四首

亦老杜诸将之遗，沉郁苍凉，忠爱溢于言表。他日劝钱氏讨朱温，昭谏盖心乎唐室者也。

子仪不起浑瑊亡，西幸谁人从武皇。四海为家虽未远，九州多事竟难防。已闻旰食思真将，会待宸游致假王。应感两朝巡狩迹，绿槐端正驿荒凉。

爪牙柱石两俱销，一点渝尘九土摇。敢恨甲兵为弃物，所嗟流品误清朝。几时睿算歼张角，何处愚人戴隗嚣。跪望峻山重启告，可能馀烈不胜妖。结句犷气。

邪气奔屯瑞气移，起句亦犷。清平过尽到艰危。纵饶犬彘迷常理，不奈豺狼幸此时。九庙有灵思李令，三川悲忆恨张仪。

可怜一曲还京乐，重对红蕉教雪儿。

　　白丁攘臂犯长安，翠辇苍黄路屈盘。丹凤有怀云外远，玉龙无主渡头寒。静思贵族谋身易，危惜文皇创业难。不将不侯何计是？钓鱼船上泪阑干。归到己身作结。

暇日投钱尚父

　　牛斗星边女宿间，栋梁虚敞丽江关。望高汉相东西阁，名重淮王大小山。醴设斗倾金凿落，马归争撼玉连环。自惭麋鹿无能事，未报深恩鬓已班。

台城

　　晚云阴映下空城，六代累累夕照明。玉井已乾龙不起，金瓯虽破虎曾争。三四只切梁武事，不能该括六朝。亦知霸世才难得，却是蒙尘事最平。五六亦不甚醒。深谷作陵山作海，茂弘流辈莫伤情。

　　◎案：五六指诸葛孔明事。孔明深感献帝蒙尘，出而辅
　　　佐先主，其有复汉霸世之才也。朱璘《汉丞相诸葛亮
　　　传》："由是先主遂诣亮，凡三往，乃见。因屏人曰：
　　　'汉室倾颓，奸人窃命，主上蒙尘。孤不度德量力，欲
　　　信大义于天下，而知术浅短，遂用猖獗，至于今日，然

志犹未已。君谓计将安出？'亮以曹操未可与争锋，孙权可以为援，而不可图。若跨有荆、益，外结孙权，内修政理，则霸业可成，汉室可兴矣。先主称善。于是与亮情好日密，关羽、张飞等不悦，先主解之曰：'孤之有孔明，犹鱼之有水也，愿诸君勿复言。'羽、飞乃止。"

甘露寺火后

六朝胜事已尘埃，犹有闲人怅望来。次句引起三四，然粗率。只道鬼神能护物，不知龙象自成灰。犀惭水府浑非怪，燕说吴官未是灾。还识平泉故侯否？一生踪迹此楼台。甘露寺为李赞皇所造，故云。

金陵夜泊

冷烟轻霭傍衰丛，起句弱。此夕秦淮驻断蓬。栖雁远惊沽酒火，乱鸦高避落帆风。地销王气波声急，山带秋阴树影空。六代精灵人不见，思量应在月明中。结语所谓见鬼诗。

唐彦谦

字茂业，并州人。咸通时举进士，十馀年不第。乾符末，携家避地汉南。中和中，王重荣镇河中，辟为从事。光启末，贬汉中掾曹。杨守亮镇兴元，署为判官，累官至副使，阆、壁、绛三州刺史。彦谦博学多艺，文词壮丽，至于书画音乐，无不出于辈流，号鹿门先生。有《唐鹿门集》。

新丰

茂业赡博壮丽，亦出义山。

沛中歌舞百馀人，帝业初成里巷新。半夜素灵先哭楚，一星遗火下烧秦。貔貅扫尽无三户，鸡犬归来识四邻。惆怅故园前事远，晓风长路起埃尘。

长陵

长陵高阙此安刘，"安刘"字太借。祔葬累累尽列侯。丰上旧居无故里，沛中原庙对荒丘。耳闻明主提三尺，眼见愚民盗一抔。千载腐儒骑瘦马，渭城斜日重回头。五六佳句，唯"耳闻""眼见"对太板。结句写照，暗用郦生事。

蒲津河亭

宿雨清秋霁景澄，广亭高榭向晨兴。次句不妥。烟横博望
乘槎水，日上文王避雨陵。孤棹夷犹期独往，曲阑愁绝每长凭。
思乡怀古兼伤别，况此哀吟意不胜。结句甚累。

岐王宅

朱邸平台隔禁闱，贵游陈迹尚依稀。云低雍畤祈年去，
雨细长杨纵猎归。申白宾朋传道义，应刘文彩寄音徽。承平
旧物惟君尽，犹写雕鞍伴六飞。结句不可解，或有讹字。

◎案：六飞，古代皇帝车驾六马，疾行如飞，故云，此指
唐玄宗。此句谓岐王身为长子，平生不与弟玄宗争位，
日发度曲以自娱，犹似乘战马伴随玄宗，辅佐其位也。

毗陵道中

百年只有百清明，起调俚。狼狈今年又避兵。烟火谁开寒
食禁，簪裾那复丽人行。禾麻地废生边气，草木春寒起战声。
眇眇飞鸿天断处，古来还是阖闾城。

过浩然先生墓

人间万卷庞眉老，眼见堂堂入草莱。行客须当下马拜，

故交谁复裹鸡来。山花不语如听讲，溪水无情自荐哀。犹胜黄金买碑碣，百年名字已烟埃。以董生陵、乔公墓作衬，用事无痕。

郑　谷

字守愚，袁州人。光启三年擢第，官右拾遗，历都官郎中。幼即能诗，名盛唐末。有《云台编》《宜阳集》。

蜀中三首　录二首

马头春向鹿头关，远树平芜一望闲。雪下文君沽酒市，云藏李白读书山。江楼客恨黄梅后，村落人歌紫芋间。堤月桥灯好时景，汉庭无事不征蛮。

渚远江清碧簟纹，小桃花绕薛涛坟。极意点染，清丽可观。朱桥直指金门路，粉堞高连玉垒云。窗下断琴翘凤足，波中濯锦散鸥群。子规夜夜啼巴树，不并吴乡楚国闻。末句欠妥。

将之泸郡旅次遂州遇裴晤员外话旧因寄

昔年共照松溪影，松折溪荒僧已无。今日重思锦城事，雪消花谢梦何殊。此为扇对格，又谓之隔句对。乱离未定身俱老，骚雅全休道甚孤。我拜师门更南去，荔枝春熟向渝泸。

◎案：扇对格，指第一句对第三句，第二句对第四句。胡
　　仔《苕溪渔隐丛话前集·杜少陵四》："律诗有扇对
　　格，第一与第三句对，第二与第四对。如少陵《哭台州
　　郑司户苏少监诗》云：'得罪台州去，时危弃硕儒。移
　　官蓬阁后，谷贵殁潜夫。'"

崔　涂

字礼山，江南人。光启四年登进士第。工诗，深造理窟，
端能竦动人意。写景状怀，往往宣陶肺腑。

己亥岁感事

沉郁顿挫，少陵遗响。

正闻青犊起葭萌，又报黄巾犯汉营。岂是将皆无上略，
直疑天自弃苍生。瓜沙旧戍犹传檄，吴楚新春已废耕。见说
圣君能侧席，不知谁解请长缨。

赤壁怀古

汉室山河鼎势分,勤王谁肯顾元勋。不知征伐由天子,唯许英雄共使君。江上战馀陵是谷,渡头春在草连云。分明胜败无寻处,空听渔歌到夕曛。或诋此为诗论,此二冯劣解。唯题是赤壁,则用事尚未亲切也。结句粗率。

韩 偓

字致光,小字冬郎,京兆万年人。龙纪元年擢进士第。佐河中幕府,召拜左拾遗,累迁谏议大夫,历翰林学士、中书舍人、兵部侍郎。以不附朱全忠,贬濮州司马,再贬荣懿尉,徙邓州司马。天祐二年复原官。偓不赴召,南依王审知而卒。有《韩内翰集》《香奁集》。

八月六日作四首　录一首

金虎挺灾不复论,构成狂猘犯车尘。御衣空惜侍中血,国玺几危皇后身。图霸未能知盗道,饰非唯欲害仁人。黄旗紫气今仍旧,免使老臣攀画轮。四诗犷气多,视昭谏又降一格,故止录此。

乱后却至近甸有感

狂童容易犯金门，比屋齐人作旅魂。夜户不扃生茂草，春渠自溢浸荒园。关中忽见屯边卒，塞外翻闻有汉村。堪恨无情清渭水，渺茫依旧绕秦原。后半笔有馀力。

登南神光寺塔院

无奈离肠日九回，强携离抱立高台。写地势极雄阔，亦只是切题。中华地向城边尽，外国云从岛上来。四序有花长见雨，一冬无雪却闻雷。南宫紫气生冠盖，试望扶桑病眼开。

安贫

手风慵展八行书，眼暗休寻九局图。窗里日光飞野马，案头筇管长蒲芦。谋身拙为安蛇足，报国危曾捋虎须。举世可能无默识，七句晦而拙。未知谁拟试齐竽。

春尽

惜春连日醉昏昏，醒后衣裳见酒痕。细水浮花归别涧，断云含雨入孤村。写景尚浑成，然较老杜"归云拥树"句，气魄顿减矣。人间易得芳时恨，地迥难招自古魂。惭愧流莺相厚意，清晨犹为到西园。

◎案：杜甫《返照》："楚王宫北正黄昏，白帝城西过雨痕。返照入江翻石壁，归云拥树失山村。"此首前四句步杜韵也。

乱后春日途经野塘

世乱他乡见落梅，野塘晴暖独徘徊。船冲水鸟飞还住，袖拂杨花去又来。季重旧游多丧逝，吴季重《答魏太子笺》："厕坐众贤，数年之间，死丧略尽。"子山新赋极悲哀。眼看朝市成陵谷，始信昆明有劫灰。

残春旅舍

旅舍残春宿雨晴，恍然心地忆咸京。次句劣，并与下联不贯。树头蜂抱花须落，池面鱼吹柳絮行。禅伏诗魔归净域，酒冲愁阵出奇兵。两梁免被尘埃污，拂拭朝簪待眼明。"待眼明"，凑。

多情

香奁体，存此一首，亦录义山《无题》之例也。

天遣多情不自持，多情兼与病相宜。蜂偷崖蜜初尝处，注苏诗者，以崖蜜为樱桃，冬郎何一事两用耶？注家之谬，不待辨矣。莺啄含桃欲咽时。酒荡襟怀微駸駸，春牵情绪更融怡。水香剩置金盆里，琼树长须浸一枝。

◎案：诗词专以闺阁为题，多绮罗脂粉之语者，称香奁体。严羽《沧浪诗话》："香奁体，韩偓之诗，皆裾裙脂粉之语，有《香奁集》。"

吴　融

字子华，越州山阴人。力学富词调。昭宗龙纪初登进士，仕终翰林承旨。卜居阌乡皇天原北，后卒葬于营门右。

彭门用兵后经汴路三首

长亭一望一徘徊，千里关河百战来。细柳旧营犹锁月，祁连新冢已封苔。霜凋绿野愁无际，烧接黄云惨不开。若比江南更牢落，子山词赋莫兴哀。子华伤乱诗，雄壮中却极熨贴。

隋堤风物已凄凉，堤下仍多旧战场。金镞有苔人拾得，芦花无主鸟衔将。秋声暗促河声急，野色遥连日色黄。独上寒城正愁绝，戍鼙惊起雁行行。

铁马云旗梦眇茫，东来无处不堪伤。风吹白草人行少，日落空城鬼啸长。一自分争惊宇宙，可怜萧索绝烟光。曾为塞北闲游客，辽水天山未断肠。后半极能跳荡。

金桥感事

太行和雪叠晴空，二月春郊尚朔风。饮马早闻临渭北，射雕今欲过山东。百年徒有伊川叹，五利宁无魏绛功。日暮长亭正愁绝，哀筇一曲戍烟中。沉雄爽朗，用事尤精。

题湖城县西道中槐树

小题寄慨，顿挫近少陵。

零落欹斜此路中，盛时曾识太平风。晓迷天仗归春苑，暮送鸾旗指洛宫。一自烟尘生蓟北，五句接法，本薛陶臣《开元后乐》，而子华习用之。空同辈以此为未有之奇，转相则效，殊可笑也。更无消息幸关东。而今只有孤根在，鸟啄虫穿没乱蓬。

◎案：薛陶臣，名逢，蒲州人。会昌元年进士，调万年尉，后官巴州刺史。

偶题

贱子曾尘国士知，登门倒屣忆当时。西州酌尽看花酒，东阁编成咏雪诗。莫道精灵无伯有，寻闻任侠报爱丝。前半志旧日之思，五六冤其死而莫为报也。乌衣旧宅犹能认，粉竹金松一两枝。

富春

水送山迎入富春，一川如画晚晴新。云低远渡帆来重，潮落寒沙鸟下频。未必柳间无谢客，也应花里有秦人。严光万古清风在，不敢停桡更问津。

春归次金陵

春阴漠漠覆江城，南国归桡趁晚程。水上驿流初过雨，树笼堤去不离莺。三四出句佳、对句欠自然。迹疏冠盖兼无梦，地近乡园目有情。便被东风动离思，杨花千里雪中行。

韦　庄

字端己，杜陵人。见素之后，疏旷不拘小节。乾宁元年第进士，授校书郎，转补阙。李询为两川宣谕和协使，辟为判官。以中原多故，潜欲依王建，建辟为掌书记。寻召为起居舍人。建表留之。后相建，为平章事。有《浣花集》。

睹军回戈

端己感事诸诗，雄浑悲壮，几欲掩义山而希老杜。

关中群盗已心离，关外犹闻羽檄飞。御苑绿莎嘶战马，禁城寒月捣征衣。漫教韩信兵涂地，不及刘琨啸解围。昨日屯军还夜遁，满车空载洛神归。

闻官军继至未睹凯旋

嫖姚何日破重围，秋草深来战马肥。已有孔明传将略，更闻王导得神机。阵前鼙鼓晴应响，城上乌鸢饱不飞。何事小臣偏注目，帝乡遥羡白云归。通篇为"闻"字、"未睹"字旁敲侧击，十分醒透。

闻再幸梁洋

才喜中原息战鼙，又闻天子幸巴西。延烧魏阙非关燕，大狩陈仓不为鸡。兴庆玉龙寒自跃，昭陵石马夜空嘶。遥思万里行宫梦，太白山前月欲低。此首似义山而警健过之。

汧阳县阁

汧水悠悠去似绖，"绖"字韵不稳。远山如画翠眉横。僧寻野渡归吴岳，雁带斜阳入渭城。边静不收蕃帐马，地贫唯卖陇山鹦。牧童何处吹羌笛，一曲梅花出塞声。后半精警，兼饶风调。

喻东军

四年龙驭守峨嵋，铁马西来步步迟。五运未教移汉鼎，六韬何必待秦师。几时鸾凤归丹阙，到处乌鸢从白旗。独把一樽和泪酒，隔云遥奠武侯祠。

上元县

南朝三十六英雄，角逐兴亡尽此中。有国有家皆是梦，为龙为虎亦成空。三四调粗俗。残花旧宅悲江令，落日青山吊谢公。止竟霸图何物在？石麟无主卧秋风。

自孟津舟西上雨中作

乱世飘零，写来可念。

秋烟漠漠雨濛濛，不卷征帆任晚风。百口寄安沧海上，一身逃难绿林中。来时楚岸杨花白，去日隋堤蓼穗红。却到故园翻似客，归心迢递秣陵东。百口寄安于外，故到乡翻似客，而思及秣陵东也。

杂感

莫悲建业荆榛满，昔日繁华是帝京。莫爱广陵台榭好，也曾芜没作荒城。扇对格，视郑都官尤觉神俊。鱼龙雀马皆如梦，"鱼龙""雀马"，太凑。风月烟花岂有情。行客不劳频怅望，古来朝市几衰荣。

江上逢故人

前年送我曲江西，红杏园中醉似泥。今日逢君越溪上，杜鹃花发鹧鸪啼。来时旧里人谁在，别后沧波路几迷。江畔玉楼多美酒，仲宣怀土莫凄凄。此种当时自是奇格，至今摹仿，已成熟套，见而生厌矣。

江上题所居

故人相别尽朝天，苦竹江头独闭关。落日乱蝉萧帝寺，碧云归鸟谢家山。青州从事来偏熟，泉布先生老渐悭。五六用事已开宋习。不是对花长酩酊，永嘉时代不如闲。端己诗不一律，可收者甚多，实晚唐中矫矫。

张蠙

字象文，清河人。初与许棠、张乔齐名，登乾宁二年进士第，为校书郎、栎阳尉、犀浦令。入蜀，拜膳部员外，终金堂令。有《张蠙诗集》。

边情

穷荒始得静天骄，又说天边拟度辽。圣主尚嫌蕃界近，将军莫恨汉庭遥。草枯朔野春难发，冰结河源夏未消。惆怅临戎皆效国，岂无人似霍嫖姚。*与赵倚楼《平戎》一首气格略同。*

长安春望

明时不敢卧烟霞，又见秦城换物华。残雪未消双凤阙，新春已发五侯家。*"发"字未圆。*甘贫只拟长缄酒，忍病犹期强探花。故国别来桑柘尽，十年兵践海西艖。

夏日题老将林亭

百战功成翻爱静，侯门渐欲似仙家。墙头雨细垂纤草，水面风回聚落花。井放辘轳闲浸酒，笼开鹦鹉报煎茶。几人图在凌烟阁，曾不交锋向塞沙。*起、结皆俗，次联名句。*

钱塘夜宴别郡守

四方骚动一州安，夜列樽罍伴客欢。鬻栗调高山月迥，虾蟆更促海涛寒。夜景恰切钱塘。屏间佩响藏歌妓，幕外刀光立从官。沉醉不愁归棹远，晚风吹上子陵滩。

投所知

十五年看帝里春，一枝头白未酬身。次句未妥。自闻离乱开公道，渐数孤平少屈人。劣马再寻商岭路，扁舟重寄越溪滨。省郎门似龙门峻，应借风雷变涸鳞。乱世名场，实在情事。

张　泌

字子澄，淮南人。仕南唐为句容县尉，累官至内史舍人。

长安道中早行

客离孤馆一灯残，牢落星河欲曙天。鸡唱未沉函谷月，雁声新度灞陵烟。浮生已悟庄周蝶，壮志仍输祖逖鞭。何事悠悠策羸马，此中辛苦过流年。早行景写得爽健。

洞庭阻风

空江浩荡景萧然，尽日菰蒲泊钓船。青草浪高三月渡，绿杨花扑一溪烟。情多莫举伤春目，愁极兼无买酒钱。三四佳句，五六弱调。犹有渔人数家住，不成村落夕阳边。

春日旅泊桂州

暖风芳草竟芊绵，多病多愁负少年。弱柳未胜寒食雨，好花争奈夕阳天。溪边物色堪图画，林畔莺声似管弦。独有离人开泪眼，强凭杯酒亦潸然。首句"竟"字无着，次句俗，五六句庸，结亦衰苶。

晚次湘源县

烟郭遥闻向晚鸡，水平舟静浪声齐。"齐"字欠妥。高林带雨杨梅熟，曲岸笼云谢豹啼。二女庙荒汀树老，九疑山碧楚天低。湘南自古多离怨，莫动哀吟易惨凄。末句劣。

题华严寺木塔

六街晴色动秋光，雨霁凭高只易伤。一曲晚烟浮渭水，半桥斜日照咸阳。休将世路悲尘事，莫指云山认故乡。回首汉宫楼阁暮，数声钟鼓自微茫。写景清切，不作廓落语。唐人登览诗皆如此。

徐 夤

字昭梦，莆田人。登乾宁进士第，授秘书省正字。依王审知，礼待简略，遂拂衣去，归隐延寿溪。有《探龙》《钓矶》二集。

西华

五千仞有馀神秀，起句犷气。一一排云上沉寥。叠嶂出关分二陕，残冈过水作中条。巨灵庙破生春草，毛女峰高入绛霄。拜祝金天乞阴德，为民求主降神尧。此等句真可赋华矣，后人竭力叫嚣，不能道其一字也。

陈 陶

字嵩伯，岭南人。大中时游学长安。南唐升元中，隐洪州西山，后不知所终。有《陈陶诗集》。

赠容南韦中丞

普宁都护军威重，九驿梯航压要津。十二铜鱼尊画戟，三千犀甲拥朱轮。风云已静西山寇，闾井全移上国春。不独来苏发歌咏，天涯半是泣珠人。"泣珠"太借。

谪仙吟赠赵道士

汗漫东游黄鹤雏，缙云仙子住清都。三元麟凤推高坐，六甲风雷阒小壶。日月暗资灵寿药，山河拟作化生符。两联俱对句胜出句。若为失意居蓬岛，鳌足尘飞桑树枯。

七律指南甲编卷三　宋一百四十首

杨　亿

字大年，建州蒲城人。七岁善属文。雍熙初年十一召试诗赋，授秘书省正字。淳化中，命试翰林，赐进士第。真宗朝，历官知制诰。天禧中，拜工部侍郎、翰林学士兼史馆修撰。卒年四十七。赠礼部尚书，谥曰文。有《括苍》《武彝》《颖阴》《韩城》《退居》《汝阳》《蓬山》《冠鳌》等集及《内外制刀笔》。

汉武

蓬莱银阙浪漫漫，弱水回风欲到难。光照竹宫劳夜拜，露溥金掌费朝餐。力通青海求龙种，死讳文成食马肝。待诏先生齿编贝，那教索米向长安。杨、刘诸人择摭义山字句，镂错成章，干篇法句意，多不求连贯，当时谓之西昆体。如此诗五六，世盛称之，然上句指穷兵，于求仙亦不相属也。

104

南朝

五鼓端门漏滴稀，夜签声断翠华飞。繁星晓埭闻鸡度，细雨春场射雉归。步试金莲波溅袜，*以步步金莲牵合临波罗袜，凑。*歌翻玉树涕沾衣。龙盘王气终三百，犹得澄澜对敞扉。*前五句皆齐事，六句入陈后主，亦杂。末句不明晰。*

明王

玉牒开观检未封，斗鸡三百远相从。紫云度曲传浮世，白石标年凿半峰。河朔叛臣惊舞马，渭桥遗老识真龙。蓬山钿合愁通信，回首风涛一万重。*一句一意，不相连属，可谓离之两美，合之两伤。*

成都

五丁力尽蜀山通，千古成都绿酎浓。*此首亦句各为意，次句尤不分晓。*白帝仓空蛙在井，青天路险剑为峰。漫传西汉祠神马，已见南阳起卧龙。张载勒铭堪作戒，莫矜函谷一丸封。*大年诗品如是，乃目老杜为村夫子，妄矣。后之昆派极诋西江，以为粗野，亦市门之膏首靓妆而訾村姬之乱头粗服与？*

梁舍人奉使巴中

药署深严才草诏，剑关迢递忽乘轺。霜天历历巴猿苦，山路骎骎笮马骄。梁苑寒风吹别袂，瞿塘春水送归桡。紫垣遣使非常例，应有文星动九霄。

梨

繁花如雪早伤春，千树封侯未是贫。汉苑漫传卢橘赋，骊山徒识荔枝尘。次联即用陪衬，亦无法。九秋青女霜添味，五夜方诸月溜津。楚客狂醒朝已解，水风犹是猎汀蘋。末句衍。

刘　筠

字子仪，大名人。咸平元年进士，三迁右正言，直史馆，以司谏知制诰。出知邓、陈两州，召入翰林为学士。尝草丁谓、李迪罢相制，既而又命草制复留丁谓，筠不奉诏，遂出知庐州。再召为学士，月馀以疾知颍州。后召入翰林加承旨，未几，进户部龙图阁学士，再知庐州。为人不苟合，学问宏博，文章以理为主，辞尚致密，尤工篇咏，能侔揣情状，音调凄丽，自景德以来，与杨亿以文章齐名，号为杨刘，天下宗之。有《刀笔集》。

汉武

汉武天台接绛河，半涵霏雾郁嵯峨。次句衍。桑田欲看他年变，瓠子先成此日歌。夏鼎几迁空象物，秦桥未就已沉波。五六用陪比，不明晰。相如作赋徒能讽，却助飘飘逸气多。

怀旧居

毛竹千丛蔽野亭，晓猿惊后乱峰青。汉庭已奏三千牍，周室仍繙十二经。紫殿深沉频视草，缃帷寂寞自飞萤。振衣本为苍生起，肯向荀家只聚星。结句甚拙。

钱惟演

字希圣，杭州人。父吴越王俶归宋，赐第开封，因家焉。惟演有俊才，累官兵部尚书、枢密使，改崇信军节度使。卒于官。赠侍中，谥文僖。有《拥旄集》。

始皇

天极周环百二都，六王钟鐻接流苏。金椎漫筑甘泉道，匕首还随督亢图。已觉副车惊博浪，更携连弩望蓬壶。*中两联句调流动而意不甚贯，且"督亢""博浪"亦只是一意也。*不将寸土封诸子，刘项由来是匹夫。*结犷气，亦嫌，袭旧。*

汉武

一曲横汾鼓吹回，侍臣高会柏梁台。金芝烨煜凌晨见，青雀轩翔白昼来。立候东溟邀鹤驾，穷兵西极待龙媒。*"穷兵"句于前后意不连贯，读薛逢《汉武宫词》，便知西昆之驳杂矣。*甘泉祭罢神光灭，更遣人间识玉杯。

晏　殊

字同叔，临川人。十四岁，真宗召见，赐同进士出身，授秘书正字，累官同平章事。范仲淹、欧阳修、孔道辅皆出其门，富弼、杨察又为其婿，世以为知人。卒赠司空，谥元献。有《元献集》。

赋得秋雨

点滴行云覆苑墙，飘萧微影度回塘。秦声未觉朱弦润，楚梦先知蕆叶凉。元献学玉溪生，颇有神似之处。"秦声""楚梦"，措语的是义山，然无意理。野水有波增澹碧，霜林无韵湿疏黄。萤稀燕寂高窗暮，正是西风玉漏长。

春阴

十二重环阒洞房，愔愔危树俯回塘。风迷戏蝶闲无绪，露浥幽花冷自香。绮席醉吟消桂酌，玉台愁作涩银簧。梅青麦熟江城路，更与登高望楚乡。

示张寺丞王校勘

元巳清明假未开，小园幽径独徘徊。春寒不定斑斑雨，宿醉难禁滟滟杯。无可奈何花落去，似曾相识燕归来。五六元献先得出句，未有对，而王君玉续成之，要是天然妙语也。游梁赋客多风味，莫惜青钱万选才。

宋　庠

字公序，雍丘人。天圣初进士第一，累官翰林学士、参知政事。嘉祐三年，封莒国公。嘉祐中拜相，英宗即位，改封郑国公。罢为景灵宫使。治平元年，屡请老，以使相判亳州。以慎静为治，进位司空，致仕，卒赠太尉，谥元献。

展江亭成留题

绿鸭东陂已可怜，更因云窦注新泉。凿开鱼鸟忘情地，展尽江湖极目天。三四当时以为名句。向夕旧滩都浸月，遏空新树便留烟。六句欠清醒。使君直欲称渔叟，愿得闲州不记年。

宋　祁

庠弟，知寿、亳二州，用经术饰吏事，听讼以平恕决之，终工部尚书、翰林学士承旨，卒谥景文。

兄长莒公赴镇道出西苑作诗有长杨猎近寒熊吼太液歌馀瑞鹄飞语警迈予辄拟作一篇

莒公此联，本义山"赓歌太液翻黄鹄，从猎陈仓获碧鸡"之句，二宋俱昆体，亦当时习尚如此。

宝楼斜倚阙西天，北转楼阴压素涟。白雪久残梁覆道，黄头空守汉楼船。尘轻未损朝来雾，树暖才容腊外烟。弭节不妨饶怅恋，待歌鱼藻记他年。五句难解，七句不成语。

寒食假中作

九门烟树蔽春塵，小雨初晴泼火前。草色引开盘马地，箫声吹暖卖饧天。萦丝早絮轻无着，弄袖和风细可怜。鳌署侍臣贪出沐，琼糜珠馂愧颁宣。

拟杜子美峡中意

天入虚楼倚百层，四方遥谢此登临。起手摹杜"花近高楼"，句法殊蒙晦。惊风借壑为寒籁，落日容云作暝阴。岘井北抛王粲宅，楚衣南逐女嬃砧。"北抛""南逐"，亦滞。十年不识长安道，九篇宸开紫气深。

111

落花

坠素翻红各自伤，青楼烟雨忍相忘。将飞更作回风舞，已落犹成半面妆。沧海客归珠迸泪，章台人去骨遗香。五句不切，六句欠妥。可能无意传双蝶，尽付芳心与蜜房。

胡　宿

字武平，晋陵人。登天圣进士第，历馆阁。知湖州，广学舍，辟斋庐，增弟子员。湖学盛于东南，安定先生之教兴，皆其力也。与司马温公为考官，二苏以直言应制科，时论翕然。博学，通阴阳。庆历间，河北、京东同时地震，宿言必有内盗起于河朔。未几，王则以贝州叛。每谓同列曰："宿以诚事主，今白首矣，不忍丝发欺君，以丧平生之节。"官至枢密副使，以太子少师致仕。谥文恭。

飞将

曾从嫖姚立战功，胡雏犹畏紫髯翁。雕戈夜统千庐卫，缇骑秋畋五柞宫。后殿拜恩金印重，北堂开宴玉壶空。从来敌国威名大，麾下多称黑矟公。"紫髯翁""黑矟公"亦相犯。

次韵朱沉春雨之什

苍野迷云黯不归，远风吹雨入岩扉。石床润极琴丝缓，水阁寒多酒力微。夕梦将成还滴滴，春心欲断正霏霏。忧花惜月长如此，争得东阳病骨肥。昆体之清适者。

余 靖

字安道，韶州曲江人。皇佑四年，侬智高围广州，朝议起靖知桂广，经制广东西。贼乃趋广州，靖先移檄交趾及诸峒，使捍御。会朝廷命宣徽使狄青将兵至，大战于昆仑关，智高败走，靖选敢死士生擒智高母与弟送阙下，戮之。后知广州。先是，番舶装发，皆征税，靖奏罢之，以来远商。又戒官吏不得市南药。及归，不持南海一物。广俗轻扬，教之礼法，简而不苛，百姓怀之。终工部尚书，谥曰襄。

送刘学士知衡州

安道初亦昆派，及见欧公变体复古，遂弃华取实，故其诗坚炼有法，风骨特超。

朱幡新命汉诸侯，地扼荆湘占上游。醽醁水声侵古堞，祝融峰色入晴楼。昼垂三组乡枌过，春拥双旌岳寺游。"游"字韵重，前"上游"应改作"上流"。番直星垣归缓步，谪仙通籍著瀛州。

和董职方见示初到番禺诗

五方殊俗古难并，千载犹存故越城。客听潮鸡迷早夜，人瞻飓母识阴晴。波涛汹涌天边阔，犀象斓斑徼外生。太守不才当远寄，唯忧南亩废春耕。

贺孙抗员外春昼端居

万事皆从适意休，何须快马骋长楸。高人鼓吹鸣蛙地，当世神仙笑蹩楼。四句用事欠明晰。燕到卷帘如旧分，花开逢雨最闲愁。僧来便学尝茶诀，白乳旗枪带露收。

送张如京知安肃军

赐戟衔恩出斗城，塞门迢递草初青。新提司马临戎印，旧应依乌近极星。叔子戍吴长缓带，单于归汉已空庭。圯桥自得家传策，不问人间太白经。

欧阳修

字永叔，吉州人。举进士，累迁知制诰。夏竦以永叔党于杜韩范富，因以外甥张氏事污之，下开封府，治之无状。坐用张氏奁中物市田，出知滁州。召入修《唐书》，为翰林学士。未几，参知政事。蒋之奇言其帷箔事，连其子妇吴氏，诏诘之奇，辞穷坐贬。年六十，乞致仕。卒，谥文忠。博极群书，好学不倦，尤以奖进天下士为己任，延誉慰藉，极其力而后已。于经术，治其大指，不求异于诸儒。与尹洙皆为古学，遂为天下宗匠。苏明允以其文辞令雍容似李翱，切近适当似陆贽，而其才亦似过此两人。至其作《唐书》《五代史》，不愧班固、刘向也。有《六一居士集》。

松门

欧公诗以气格为主，盖力矫西昆之失，而一归于清亮流转。

岛屿松门数里长，悬崖对起碧峰双。可怜胜景当穷塞，翻使流人恋此邦。乱石惊滩喧醉枕，浅沙明月入船窗。因游始觉南来远，行尽荆江见蜀江。

戏答元珍

春风疑不到天涯，二月山城未见花。*起有意趣。*残雪压枝犹有橘，冻雷惊笋欲抽芽。鸟声渐变知芳节，人意无聊感物华。曾是洛阳花下客，野芳虽晚不须嗟。

再至西都

伊川不到十年间，鱼鸟今应怪我还。浪得浮名销壮节，羞将白发见青山。野花向客开如笑，芳草留人意自闲。却到谢公题壁处，临风清泪独潺潺。*一气清驶，东坡诗派亦胎息于此。*

怀嵩楼新开南轩与郡僚小饮

绕郭云烟匝几重，昔人曾此感怀嵩。霜林落后山争出，野菊开时酒正浓。解带西风飘画角，*五句不贯。*倚栏斜日照青松。会须乘醉携嘉客，蹋雪来看群玉峰。*老健。*

忆滁州幽谷

滁南幽谷抱千峰，高下山花远近红。当日辛勤皆手植，而今开落任春风。主人不觉悲华发，野老犹能说醉翁。谁与援琴亲写取，夜泉声在翠微中。*通体清脱。*

唐崇徽公主手痕和韩内翰

故乡飞鸟尚啁啾，何况悲笳出塞愁。起二句呼应不醒。青冢埋魂知不返，翠崖遗迹为谁留？玉颜自古为身累，肉食何人与国谋？行路至今空叹息，岩花涧草自春秋。

苏主簿挽歌

布衣驰誉入京都，丹旐俄惊反旧闾。诸老谁能先贾谊，君王犹未识相如。三年弟子行丧礼，千两乡人会葬车。我独空斋挂尘榻，遗编时阅子云书。句句切。

赠王介甫

翰林风月三千首，吏部文章二百年。韩子苍以次句为用《南史》谢朓事，荆公答诗误认为韩公。老去自怜心尚在，后来谁与子争先？朱门歌舞争新态，绿绮尘埃试拂弦。常恨闻名不相识，相逢樽酒盍流连。

梅尧臣

字圣俞，宛陵人。少以荫补吏，累举进士，辄抑于有司。

117

幼习为诗，出语已惊人。既长，学六经仁义之说。其为文章，简古纯粹。然最乐为诗。欧阳永叔与之友善，其意如韩愈之待郊岛云。有《宛陵集》。

送少卿张学士知洪州

朱旗画舸一百尺，五月长江水拍天。稳去先应望庐岳，暂来谁复见龙泉。阁经史部重为记，山识吴王旧铸钱。往迹可寻军士少，剩书遗逸附青编。宛陵诗以老劲胜，龚啸所谓去浮靡之习于昆体极敝之际也。"军士少"三字不明晰。

◎案："军士少"，一本作"军事少"。

送李中舍袭之宰南郑

莫问褒中道路难，襄阳直上几重滩。苍烟古柏汉高庙，落日荒茅韩信坛。出水槎头一丝挂，穿虹雨脚两桥残。"一丝挂""两桥残"俱装凑。土风大抵如南国，期会先时俗自安。结句拙。

送乐职方知泗州

长堤冻柳不堪折，穷腊使君单骑行。苏合轻裘霜莫犯，铜牙大弩吏先迎。山旁楚贾连樯泊，水上禹书寒磬清。六句"禹书"字凑不贯。试向郡楼东北望，烟波千里月临城。

次韵和长文社日谋祀出城

晓出春风已摆条，"摆"字俗。应逢社伯马蹄骄。坛边宿雨微沾麦，水上残冰拥过桥。燕子飞来依约近，雁行归去试教调。"调"字不妥。北扉西掖多才思，相与飘飘在沕寥。末句劣。

寄许主客

昨日山光寺前雨，今朝邵伯堰头风。野云不散低侵水，鱼艇无依尚盖蓬。藕味初能消酒渴，蓼芳犹爱照波红。扬州有使急回去，敢此寄声非塞鸿。结句不成语。

东溪

行到东溪看水时，坐临孤屿发船迟。野凫眠岸有闲意，老树着花无丑枝。真名句。短短蒲茸齐似剪，平平沙水净于筛。情虽不厌住不得，薄暮归来车马疲。结句拙极，宛陵诗工于发端，而结每苦意竭，亦一短也。

重送周都官

水上朱楼画角鸣，濛濛雨里榜舟轻。未逢甫里先生谒，多见吴兴太守迎。荷叶半黄莲子老，霜苞微绿橘林明。十年不到风烟改，君去将诗与画评。末句亦不清爽。

和韩钦圣学士襄阳闻喜亭

亭栏下望汉江水，净绿无风写镜明。日脚穿云射洲影，槎头摆子出潭声。樯帆落处远乡思，砧杵动时归客情。即《送李中舍》五六句意，而此较自然。使者徘徊有佳兴，七句劣。高吟不减谢宣城。

苏舜卿

字子美，梓州人。举进士，累迁大理评事。范文正公荐之校理集贤。有欲撼文正者，以事劾之，坐除名，以湖州长史卒。嘉祐中，追复其官。

夏中

苏、梅齐名，诗格亦略相敌。然子美理足气充，时或胜之。

院僻帘深昼景虚，轻风时见动竿乌。池中绿满鱼留子，庭下阴多燕引雏。雨后看儿争坠果，天晴因客曝残书。"书"字出韵。幽栖未免牵尘事，身世相忘在酒壶。

◎案："书"字在鱼部，不出韵。

望太湖

杳杳波涛阅古今，四无边际莫知深。次句拙。润通晓月为清露，气入霜天作暝阴。三四写湖景，未经人道。笠泽鲈肥人脍玉，洞庭柑熟客分金。"脍玉""分金"太滞，病在"人""客"二字也。风烟触目相招引，聊为停桡一楚吟。

杭州巽亭

公自登临辟草莱，赫然危构压崔嵬。凉翻帘幕潮声过，清入琴樽雨气来。畴昔山川何处好，生平怀抱此中开。东南地本多幽胜，此向东南特壮哉。末句率。

松江长桥未明观渔

曙光东向欲胧明，渔艇纵横映远汀。涛面白烟昏落月，岭头残烧混疏星。鸣榔莫触蛟龙睡，举网时闻鱼鳖腥。我实宦游无况者，拟来随尔带笭箵。首句破"未明"，次句破"观渔"，三四承首句写"未明"，五六承次句写"观渔"，末以己身作结，篇法极清。

中秋松江新桥对月和柳令之作

月晃长江上下同，画桥横绝冷光中。云头滟滟开金饼，水面沉沉卧彩虹。佛氏解为银色界，仙家多住玉华宫。起二句

121

"桥""月"分点，下联亦分承，五六意境极阔。地雄景胜言不尽，但欲追随乘晓风。结句笨极。

沧浪怀贯之

沧浪独步亦无悰，聊上危台四望中。秋色入林红黯澹，日光穿竹翠玲珑。酒徒漂落风前燕，诗社凋零霜后桐。君又暂来还径去，醉吟谁复伴衰翁。

丹阳子高得逸少瘗鹤铭于焦山之下及梁唐诸贤四石刻共作一亭以宝墨名之集贤伯镇为之作记远来求诗因作长句以寄

山阴不是换鹅经，京口今存瘗鹤铭。潇洒集仙来作记，风流太守为开亭。前四句还题极明了，唯"开亭""开"字未稳。两篇玉蕊尘初涤，四体银钩藓尚青。我久临池无所得，愿观遗法快沉冥。

游霅上何山

今古何山是胜游，起极清逸。乱峰萦转绕沧洲。云含老树明还灭，石碍飞泉咽复流。遍岭烟霞迷俗客，一溪风雨送归舟。自嗟尘土先衰老，底事孤僧亦白头。

122

沧浪静吟

独绕虚亭步石矼，静中情味世无双。"世无双"趁韵，俗。
山蝉带响穿疏户，野蔓盘青入破窗。二子逢时犹死饿，三闾
遭逐便沉江。我今饱食高眠外，唯恨澄醪不满缸。后半殊粗鄙，
"二子"对"三闾"，尤不妥。

春睡

别院帘昏掩竹扉，朝醒未解接春晖。身如蝉蜕一榻上，
梦似杨花千里飞。山谷《弈棋》诗从此脱胎，然二语嗒然似丧其耦，
宜欧公见而惊其将死也。嗒尔暂能离世网，陶然直欲见天机。此
中有德堪为颂，绝胜人间较是非。

◎ 黄庭坚《弈棋二首呈任公渐》其二次联："心似蛛丝游
碧落，身如蜩甲化枯枝。"

王安石

字介甫，号半山，抚州临川人。庆历二年进士，累除知
制诰。神宗在藩邸，见其文，异之，召为翰林学士。熙宁三年，
拜中书门下平章事。熙宁七年，罢。明年，再入相，九年罢。

卒年六十六，谥文公。有《临川集》。

金陵怀古四首　录一首

霸祖孤身取二江，子孙多以百城降。豪华尽出成功后，
逸乐安知与祸双。东府旧基留佛刹，后庭馀唱落船窗。黍离
麦秀从来事，且置兴亡近酒缸。半山锻炼精严，语语巉削，亦步骤
少陵。时昆体既衰，西江渐唱，风气转移，具有力焉。

次韵平甫金山会宿寄亲友

天末海门横北固，烟中沙岸似西兴。已无船舫犹闻笛，
远有楼台只见灯。警切。山月入松金破碎，江风吹水雪崩腾。
飘然欲作乘桴计，一到扶桑恨未能。

登宝公塔

倦童疲马放松门，自把长筇倚石根。江月转空为白昼，
岭云分暝与黄昏。炼字琢句，有屠鲸劓兕之能。鼠摇岑寂声随起，
鸦矫荒寒影对翻。当此不知谁客主，道人忘我我忘言。

登大茅山顶

一峰高出众山颠，疑隔尘沙道里千。俯视云烟来不极，

仰攀萝茑去无前。人间已换嘉平帝，地下谁通句曲天？陈迹
是非今草莽，纷纷流俗尚师仙。此诗冯氏讥为史断。冯学昆体，长
于征词，短于用意，故为高论以自文，不知前人从无此厉禁也。忌议论
者必其才平拙，讳用事者必其学空疏，非独操论之偏，实由立心不正。

平山堂

城北横冈走翠虬，一堂高视两三州。淮岑日对朱栏出，
江岫云齐碧瓦浮。墟落耕桑公恺悌，杯觞谈笑客风流。不知
岘首登临处，谁睹当时有此不。

葛溪驿

缺月昏昏漏未央，一灯明灭照秋床。病身最觉风露早，
归梦不知山水长。气格苍老。坐感岁时歌慷慨，起看天地色凄凉。
鸣蝉更乱行人耳，正抱疏桐叶半黄。

自金陵如丹阳道中有感

数百年来王气消，难将前事问渔樵。苑方秦地皆芜没，
山借扬州更寂寥。"苑方"本杜诗，然此二句太滞。荒埭暗鸡催月
晓，空场老雉挟春骄。五六即杨大年《南朝》次联意，而锤炼过之。
豪华只有诸陵在，往往黄金出市朝。

◎案：杨亿《南朝》次联："繁星晓埭闻鸡度，细雨春场射雉归。"

次御河寄城北会上诸友

客路花时只搅心，行逢御水半晴阴。背城野色云边尽，隔屋春声树外深。唐句格。香草已堪回步履，午风聊复散衣襟。忆君载酒相追去，红蓼青蚨定满林。

段氏园亭

欹眠随水转东垣，一点炊烟映水昏。漫漫芙蕖难觅路，翛翛杨柳独知门。青山呈露新如染，白鸟嬉游静不烦。朱雀航边今有此，可能摇荡武陵源。欹眠当是乘舟而行，然欠醒。三四翻用刘威诗，而下句意殊拙。结意亦不醒。

◎案：刘威《游东湖黄处士园林》次联："遥知杨柳是门处，似隔芙蓉无路通。"

示长安君

少年离别意非轻，老去相逢亦怆情。草草杯盘供笑语，昏昏灯火话平生。自怜湖海三年隔，又作尘沙万里行。欲问后期何日是，寄书应见雁南征。一气只如叙话，盖得老杜三昧，而为黄、陈之先导者。

次韵酬徐仲元

投老逍遥屺与堂，天刑真已脱桁杨。缘源静骞无鱼淰，度谷深追有鸟颃。每苦交游寻五柳，最嫌尸祝扰庚桑。相看不厌唯夫子，风味真如顾建康。字句极意刻削，亦伤元气。新法之扰，观诗可知其人。

次韵酬宋玘

洗雨吹风一月春，山红漫漫绿纷纷。褰裳远野谁从我，散策空陂忽见君。青眼坐倾新岁酒，白头追诵少年文。因嗟涉世终无补，久使高材壅上闻。文人结习，写得入情。

和杨乐道见寄

宅带园林五亩馀，萧条还似茂陵居。杀青满架书新缮，生白当窗室久虚。孤学自难窥奥密，重言犹得慰空疏。相思每欲投诗社，只待春蒲叶又书。"叶又书"不妥。

欲往净因寄泾州韩持国

紫荆山下物华新，只与都城共一春。令节想君携绿酒，故州怜我蹋黄尘。泔鱼已悔他年事，搏虎方收末路身。童习语，经运化便新。欲寄微言书不尽，试寻僧阁望西人。

127

读诏书

去秋东出汴河梁，已见中州旱势强。日射地穿千里赤，风吹沙度满城黄。写旱景，确。近闻急诏收群策，颇说新年又亢阳。贱术纵工难自献，心忧天下独君王。青苗术已献矣，其害愈于旱蝗。

上元喜呈贡父

车马纷纷白昼同，万家灯火暖春风。别开阊阖壶天外，特起蓬莱陆海中。尽取繁华供侠少，只分牢落与衰翁。不知太一游何处，定把青藜独照公。结语妙。

王　珪

字禹玉，成都华阳人。庆历中及第，试学士院，其文典丽有西汉风。治平四年，召至蕊珠殿，传诏令兼端明殿学士，赐盘龙金盆。神宗朝除参知政事，拜同中书门下平章，事集贤殿大学士。晚号志堂居士。有《华阳集》。

次韵和元厚之平羌

诏收新土凤林东，四百馀年陷犬戎。葱岭自横秦塞上，金城还落汉图中。轻裘坐款无遗策，解发来庭有旧风。零雨未濛音已捷，不劳归旅咏周公。禹玉诗格极雄整。

闻种谔脂米川大捷

神兵十万忽乘秋，西碛妖氛一夕收。匹马不嘶榆塞外，长城自起玉关头。君王别绘凌烟阁，将帅今轻定远侯。莫道无人能报国，红旗行去取凉州。一起有破竹之势，通首魄力完全。

陈　襄

字述古，侯官人。登第，事仁宗、英宗、神宗，官至枢密直学士、太常侍读。卒年六十四。

使还咸熙馆道中作

土旷人稀使驿赊，山中殊不类中华。白沙有路鸳鸯泊，芳草无情姊娌花。妙对天然，未经人用。毡馆夜灯眠汉节，石梁秋吹动胡笳。归来览照看颜色，斗觉霜毛两鬓加。

杨　蟠

字公济，章安人。举进士，为密、和二州推官。以诗知名。欧阳修赠诗，有"卧读杨蟠一千首，乞渠秋月与春光"之句。元祐中，苏轼知杭州，蟠为通判，与轼唱酬居多，有《杨蟠集》。

陪润州裴如晦学士游金山回作

世上蓬莱第几洲，长云漠漠鸟飞愁。海山乱点当轩出，江水中分绕槛流。天远楼台横北固，夜深灯火见扬州。回船却望金陵月，独倚牙旗坐上头。前人讥五六为庄宅牙人语，太过。此诗于金山极切，"游"字、"回"字，俱有着落，不似今人之浮廓也。

曾　巩

字子固，建昌南丰人。嘉祐二年进士，调太平州司法参军，召为集贤校理，出知福、明等州。神宗朝加史馆修撰、中书舍人，卒。有《元丰类稿》。

甘露寺多景楼

欲收佳景此楼中，徙倚阑干四望通。云乱水光浮紫翠，天含山气入青红。一川钟呗淮南月，万里帆樯海外风。老去衣襟尘土在，只将心目羡冥鸿。

刘 攽

字贡父，与兄敞同举庆历六年进士。历秘书少监，出知蔡州，召拜中书舍人，卒。弟子私谥曰公非先生。有《公非集》。

金陵怀古和韵 录次首

楼船西下势横江，元帅旌旗就约降。旋报前师覆张悌，亟传单骑馘王双。"双"字押得典，但出句"覆张悌"，系用本事引出陪客，终属牵合。燕焚正自当烟突，蚁溃何堪值水窗。回首三军欢奏凯，万牛行炙酒千缸。金陵城破，兵自城下水窗入。

131

孔武仲

字常父，新淦人。举进士，后除起居舍人，数月拜中书舍人，直学士院，迁礼部侍郎，以宝文阁待制知洪州。以文章名世，与兄文仲、弟平仲称"三孔"。有《清江集》。

清凉寺

白寺荒湾略舣舟，携筇来作上方游。何年巧匠开山骨，从古精兵聚石头。于岑寂中作雷轰电赫之语。故垒无人空向夕，高堂问话凛生秋。云庵快望穷千里，一借澄江洗客忧。

郑　侠

字介父，福清人。治平初，随父赴江宁监税，读书清凉寺。熙宁中，监安上门。时久不雨，公以本门所见饥民及新法之不便者为图状，发马递经银台投进，且曰："如行臣之言，十日不雨，乞斩臣宣德门外。"神宗观图长嘘，命冯京等体量新法而寝罢之，大开仓庾以赈饥民，下责躬诏，三日大雨。

荆公率百僚入贺，上出奏疏并图以示之，附丽新法者争言公诋毁良法，直奏惊御遂得罪云。中兴初，赠朝奉郎，官其孙一人。有《西塘先生文集》。

同子忠上西楼

偶因送客上西楼，共爱雄城枕海陬。雁翅人家千巷陌，犬牙商舶数汀洲。风吹细雨兼秋净，云漏疏星带水流。独有单亲头早白，迢迢东望不胜愁。

烟雨楼

仙人居处即鳌宫，更作层楼峭倚空。群岫西来烟漠漠，大江南去雨濛濛。"烟""雨"二字安放得好。花镳柳策熙怡里，耘笠渔蓑笑语中。别有夜楹千里月，凭栏清兴与谁同。

王　令

字逢原，广陵人。负不世之才，以书上王荆公，且以《南山》之诗求学，荆公深许之。尝作《论语义》，荆公答云："言词旨奥，直造孔庭，非极高明，孰能为之？"嘉祐中卒。荆公作诗哭之云："便恐世间无妙质，鼻端从此罢挥斤。"有《广陵集》。

金山寺

万顷清江浸碧澜，乾坤都向此中宽。楼台影落鱼龙骇，钟磬声来水石寒。日暮海门飞白鸟，潮回瓜步见黄滩。常时户外风波恶，只得高僧静处看。金山诗，只如此题分已足，益知张祜诗之真切，不可易也。

◎案：张祜《题金山寺》："一宿金山顶，微茫水国分。僧归夜船月，龙出晓堂云。树影中流见，钟声两岸闻。因思在朝市，终日醉醺醺。"

忆润州葛使君

六朝游观委蒿蓬，想像当时事已空。半夜楼台横海日，万家箫鼓过江风。金山寺近尘埃绝，铁瓮城高气象雄。欲放船随明月去，应留闲暇待诗翁。

郭祥正

字功父，一作功甫，当涂人。少有诗声，梅尧臣方擅名一时，见而叹曰："天才如此，真太白后身也。"登进士。熙宁中，知武冈县保信军节度判官，为王安石所诋。旋以殿中丞致仕。后复起判汀州，有政声，公馀与郡守陈轩觞咏酬酢。又知端州，弃去，隐于县之青山，题所居曰醉吟庵。著有《青山集》。

凤凰台次李太白韵

高台不见凤凰游，浩浩长江入海流。舞罢青蛾同去国，战残白骨尚盈丘。风摇落日催行棹，湖拥新沙换故洲。结绮临春无处觅，年年荒草向人愁。功甫与荆公登凤凰台作此诗，援笔立就，一座尽倾。

◎案：此诗亦是《黄鹤楼》体。

晁冲之

字叔用，一字用道，巨野人。举进士。绍圣初，以党论被逐，隐居具茨山下，号具茨先生。有《具茨集钞》。

送王敦素

龙蟠山色引衡庐，霜落江清影碧虚。鼓枻厌骑沙苑马，行厨欲食武昌鱼。运化杜句自佳。缓歌玉树翻新曲，趣入金銮续旧书。官达故人稀会面，君来相见肯如初。

◎案：运化杜句，杜甫《奉酬严公寄题野亭之作》："奉引滥骑沙苑马，幽栖真钓锦江鱼。"

米　芾

字元章，号海岳外史，太原人，徙居襄阳，又徙居吴。以恩补临光尉，历官太常博士，知无为军，召为书画学博士，擢礼部员外郎，出知淮阳军。芾为文奇险，不剽前人一语。特妙于翰墨，沉着飞翥，得献之笔意。有《襄阳集》。

望海楼

云间铁瓮近青天，缥缈飞楼百尺连。三峡江声流笔底，六朝帆影落樽前。几番画角催红日，无事沧洲起白烟。忽忆赏心何处是？春风秋月两茫然。

观音岩

秦驱禹凿已寥寥，却为高人得姓焦。鲍饵有时邀楚钓，三句意不醒。海云常觉护山樵。岩多阴雾龙藏角，虹挂苍林玉露膘。五六非食烟火人语也。浊气不侵灵贶下，方坛曾驻紫清飙。

姜光彦

字仲谦，号松庵，淄州人。

思社亭

十里松阴古道场，一亭还复枕潇湘。诗翁至死忧唐室，野客于今吊耒阳。窗户云生山雨集，岩溪花发晓风香。不唯临眺添惆怅，自是年来鬓已霜。

汪 藻

字彦章，婺源人。登进士第，历官中书舍人兼直学士院，擢给事中，迁兵部侍郎兼侍讲，进翰林学士。高宗尝以所御白团扇书"紫诰仍兼绾，黄麻似六经"十字赐之，有《浮溪文粹》十五卷附词一卷。

书宁州驿壁

过眼空花一饷休，坐狂犹得佐名州。虽遭泷吏嗤韩子，却喜溪神识柳侯。尽日野田行穲稏，有时云峤听钩辀。会将新濯沧浪足，蹋遍千岩万壑秋。

◎案：韩愈《泷吏》："南行逾六旬，始下昌乐泷。"

陈与义

字去非，号简斋，恼之孙，本蜀人，后徙居河南叶县。政和中登上舍甲科。绍兴中，累官翰林学士，知制诰，进参知政事，有《简斋集》十卷附《无住词》一卷。

伤春

简斋虽出西江派，而炼格甚高，选词弥洁。其雄伟之作逼近少陵，未可与西江派一例论也。

庙堂无策可平戎，坐使甘泉照夕烽。初怪上都闻战马，岂知穷海看飞龙。孤臣霜发三千丈，每岁烟花一万重。稍喜长沙向延阁，疲兵敢犯犬羊锋。

次韵尹潜感怀

胡儿又看绕淮春，叹息犹为国有人。国有人乎，下去一字，缩脚语。可使翠华周寓县，谁持白羽静风尘。五年天地无穷事，万里江湖见在身。共说金陵龙虎气，放臣迷路感烟津。合上首神魄似杜，而不袭其匡廓，观此可知明人习气之谬。

登岳阳楼

洞庭之东江水西，帘旌不动夕阳迟。登临吴蜀横分地，徙倚湖山欲暮时。万里来游还望远，三年多难更凭危。白头吊古风霜里，老木沧波无限悲。顾盼雄伟，句格绝高。

巴丘书事

三分书里识巴丘，临老避兵初一游。晚木声酣洞庭野，晴天影抱岳阳楼。四年风露侵游子，十月江湖吐乱洲。山谷"远水粘天吞钓舟""吞"字下得奇，简斋此"吐"字下得奇。未必上流须鲁肃，腐儒空白九分头。

舟次高舍书事

涨水东流满眼黄，泊舟高舍更情伤。一川木叶明秋序，两岸人家共夕阳。三四两句连看，以上句"明"字，即在夕阳中也。"秋序"易作"秋色"，似更醒。乱后江山元历历，世间歧路极茫茫。遥指长沙非谪去，古今出处两凄凉。结失粘，"非谪去"亦欠妥。

观江涨

涨江临眺足消忧，倚杖江边地欲浮。叠浪并翻孤日去，两津横卷半天流。鼋鼍杂怒争新穴，鸥鹭惊飞失故洲。可为一官妨快意，眼中唯觉欠扁舟。写出声势。

得席大光书因以诗迓之

十月风高客子悲，故人书到暂开眉。也知廊庙当推毂，无奈江山好赋诗。万事莫论兵动后，一杯当及菊残时。喜心翻倒相迎地，不怕寒林十里陂。开合抑扬，无限盘郁。

寄德升大光

君王优诏起群公，也复樵夫尺一中。易著青衫随世事，难将白发犯秋风。共谈太极非无意，能系苍生本不同。却倚紫阳千丈岭，遥瞻黄鹄九霄东。

观雨

山客龙钟不解耕，开轩危坐看阴晴。前江后岭通云气，万壑千林送雨声。梅压竹枝低复举，风吹山角晦还明。不嫌屋漏无乾处，正要群龙洗甲兵。

除夜二首　*录一首*

城中爆竹已残更，朔吹翻江意未平。多事鬓毛随节换，尽情灯火向人明。比量旧岁聊堪喜，流转殊方又可惊。明日岳阳楼上去，岛烟湖雾看春生。

怀天经智老因访之

今年二月冻初融，睡起苕溪绿向东。客子光阴诗卷里，杏花消息雨声中。西庵禅伯还多病，北栅儒先只固穷。忽忆轻舟寻二子，纶巾鹤氅试春风。

雨晴

天缺西南江面清，纤云不动小滩横。墙头语鹊衣犹湿，楼外残雷气未平。尽取微凉供稳睡，急搜奇句报新晴。今宵绝胜无人共，卧看星河尽意明。

晚步顺阳门外

六尺枯藜了此生，顺阳门外看新晴。树连翠筱围春昼，水泛青天入古城。梦里偶来那计日，五句欠醒。人间多事更闻兵。只应十载溪桥路，欠我婴姗勃窣行。结有韵致。

清明

雨晴闲步涧边沙，行入荒林闻乱鸦。寒食清明惊客意，暖风迟日醉梨花。书生投老王官谷，壮士偷生漂母家。不用秋千与蹴鞠，只将诗句答年华。此近后山体，简斋句格亦学后山，而天分胜之。又身遇时艰，避兵岭峤，故力厚思沉，言皆有物，异后山之闭门枯索也。

元日

五年元日只流离，楚俗今年事事非。后饮屠苏今已老，长乘舴艋竟安归。三四极清逸。携家作客真无策，学道剜心却自违。汀草岸花知节序，一身千恨独沾衣。末句凑。

题东家壁

斜阳步屟过东家，便置清樽不煮茶。高柳光阴初罢絮，嫩凫毛羽欲成花。群公天上分时栋，闲客江边管物华。醉里

142

吟诗空跌宕，借君素壁落栖鸦。写村舍景物，别有神味。

送熊博士赴瑞安令

衣冠衮衮相逢处，草木萧萧未变时。聚散同惊一枕梦，悲欢各诵十年诗。四句与荆公"白头追诵少年文"同一妙。山林有约吾当去，天地无情子亦饥。笑领铜章非失计，岁寒心事欲深期。

次韵张迪功

年年春日寒欺客，今日春无一半寒。不觉转头逢岁换，更须揩眼待花看。争新游女幡垂鬓，依旧先生日照盘。从此不忧风雪厄，杖藜时可过苏端。

三月二十日闻德音

尘隔斗牛三月馀，起句未妥。德音再与万方初。又蒙天地宽今岁，且扫轩窗读我书。自古安危关政事，随时忧喜到樵渔。零陵并起扶颠手，九庙无归计莫疏。意境深远，百炼得之。

重阳

去岁重阳已百忧，今年依旧叹羁游。篱底菊花唯解笑，镜中头发不禁秋。次联失粘。凉风又落宫南木，老雁孤鸣汉北州。如许行年那可记，漫排诗句写新愁。即景伤时，语极沉郁。

王庭珪

　　字民瞻，自号泸溪老人，安福人。贡太学，时方禁士人说诗，庭珪吟咏自若。登政和八年第，调茶陵丞。忤部使者，遂拂衣归，潭帅留之不得。尝著论极言招安大盗之害，洪帅李丞相纲奇其说，未及用而去。胡编修铨忤桧，谪岭表，亲交无敢通问，庭珪独往送以诗，而语峻惊人。有欧阳安永者上飞语告之，桧怒，令帅臣鞫，坐以谤讪，流夜郎。夜郎帅长囚视之。桧死，许自便。孝宗初召对，诏曰："粹然耆儒，凛有真节。"除国子主簿，不留。乾道间召对，又不留。逾年又召对内殿，蹒拜跪礼，赐坐劳问。庭珪固乞归，诏曰："年九十而行义益固。"除直敷文阁。有《泸溪逸稿》。

送胡邦衡之新州贬所二首
邦衡一疏，千载动容，何况当日诗却写得有生气。

囊封初上九重关，是日清都虎豹闲。百辟动容观奏牍，几人回首愧朝班。名高北斗星辰上，身堕南州瘴海间。不待他年公议出，汉廷行召贾生还。

大厦原非一木支，欲将独力挂倾危。痴儿不了公家事，男子要为天下奇。当日奸谀皆胆落，平生忠义只心知。端能饱吃新州饭，在处江山足护持。

春日山行

缓鞚青丝马不嘶，春山草长静柴扉。迸林新笋斑斑出，隔水幽禽款款飞。雨过泉声鸣岭背，日长花气扑人衣。云藏远岫茶烟起，知有僧居在翠微。合下《钓亭》诗，俱晚唐意境，与泸溪诗笔不类。

题郭秀才钓亭

野阔江寒一雁飞，碧芦花老鳜鱼肥。绕栏绿水秋初净，满棹白蘋人未归。醉任狂风揭茅屋，卧听残雪打蓑衣。他年欲访沙头路，会自携竿叩竹扉。神似赵倚楼。

次韵周公子秋日书怀

酒酣下笔不能休，写尽江南万斛愁。长史果为何物汉，中军不是致书邮。又闻战马将休息，且任浮鸥自去留。触目西风易增感，山川信美莫登楼。亦西江一派，泸溪本色。

刘时举主簿相别三十年忽遇于沅湘之间古夜郎郡也郡索窘俸馈不继垂橐而归相聚月馀赋诗为别

谪仙适窜夜郎道，主簿归从飞鸟边。但喜骑驴得佳句，忽忘挥麈是何年。且将肚束三条篾，敢望腰缠十万钱。剩斫湘南几竿竹，他时分我钓鱼船。工切。

周紫芝

字少隐，宣城人。绍兴中登第，历官枢密院编修右司，知兴国军，自号竹坡居士。有《太仓稊米集》及《竹坡诗话》。

凌歊晚眺

故乡南望几时回，落日登临眼自开。倚杖独看飞鸟外，开窗忽拥大江来。伤心不见姑溪老，抱病还寻宋武台。岁晚无人吊遗迹，壁间诗在半灰埃。炼格。

刘子翚

字彦冲，崇安人。以父死靖康之难，痛愤庐墓三年。以父任授承务郎，辟真定府幕，属通州兴化军。以执丧致羸疾，不堪吏事，辞归武夷山间。走父墓下，瞻望徘徊，涕泗呜咽，或累日而返。妻死不再娶，事继母吕氏及兄子羽尽孝友。侄珙敏而嗜学，教之不懈，所与游皆海内名士。少喜佛，归而读《易》，涣然有得。一日感微疾，谒家庙，泣别其母，与亲朋诀，付珙家事，指己所葬处。后二日卒，年四十七。学者称屏山先生。著有《屏山集》二十卷。

过邺中

屏山朗健沉雄，尚具中唐风格。

逐鹿营营一梦惊，事随流水去无声。黄沙日傍荒台落，绿树人穿废苑行。遗恨分香怜晚节，胜游飞盖尚高情。我来不暇论兴废，一点西山入眼明。

次韵张守壶山诗

松根系马望巉岏，乘兴攀跻不作难。日出渐看林雾散，潮来先觉海风寒。遥连钓石多红树，半出僧垣尽绿竿。不见双旌来视稼，忆君对酒岂能欢。

北风

雁起平沙晚角哀，北风回首恨难裁。淮山已隔胡尘断，汴水犹穿故苑来。紫色蛙声真倔强，翠华龙衮暂徘徊。庙堂此日无遗策，可是忧时独草莱。感慨殊深，语仍浑厚，老杜之遗。

原仲温其彦藻彦符致明集敝庐

清樽劝客且留连，乱后相从亦偶然。三径生涯乡社里，一秋心事菊花前。向来忧喜皆陈迹，老去光阴逐断弦。怀抱故人今有几，只应情话可忘年。高淡。

宿云际偶题

谷雨都无十日间，起松秀。落红栖草已斑斑。晓烟未放屋头树，春涨欲浮天际山。翠盖萦风沉远坂，渔舟惊浪落前湾。钟声认得林边寺，岁岁篮舆独往还。

秋意

又见庭梧一叶飞，起脱洒。物华心事两差池。百年未半老相逼，四序平分秋独悲。过岸山川云漠漠，残灯院落雨丝丝。客怀料理须杯酒，哭向穷途定是归。结句欠炼。

王　阮

字南卿，江州人。少好学，尚气节，自称将种。朱子讲学白鹿洞，阮从之游。庆元初，孽臣窃柄，附者如市，阮未尝一蹑其门。晚守临川，陛辞奏事，柄臣密客诱致之，迄弗往见，奉祠而归。其诗得之张紫薇安国，故不为徒作。有《义丰集》。

瀑布

南卿作瀑布诗，自谓凿空下语，以拟谪仙银河落九天之句，而不知实类徐凝恶诗也。

万仞青空不可攀，天将飞瀑挂其间。一双玉塔倚绝壁，两道白云腾半山。覆器以欹嗟鲁庙，设瓴而建笑秦关。春风一卷出山去，万里青秧抱瓮闲。

149

题高远亭

小携樽酒作清游，行到方壶最上头。山在断霞明处碧，水从白鸟去边流。苦无妙句窥天巧，赖有名亭慰客愁。从此江南添胜景，未应独数庾公楼。精到语，却极熨贴。

薛季宣

字士龙，永嘉人。年十七，起从荆南帅，辟书写机宜文事。由武昌令召为大理寺主簿、大理正。出知湖州，改常州，年四十而卒。季宣为程门再传，而所言经术，则浙学也，故浙人宗之。其诗质直，少风人潇洒之致，然纵横七言，则卢同、马异不足多也。有《浪语集》。

雨后忆龙翔寺

好溪东赴海门秋，中有禅居涌碧流。潮信往来双别屿，世缘生灭几浮沤。四句切寺生情，即从上句贯下，意境甚超。唐人登寺楼诗："岁时春日少，世界苦人多。"同一妙也。菱歌面面来渔鼓，灯火层层到客舟。何事瓜期外留滞，短窗斜雨不胜愁。

戴复古

字式之,天台黄岩人,居南塘石屏山,因自号焉。负奇尚气,慷慨不羁。少孤,痛父东皋子遗言,收拾残稿,遂笃志于诗。从雪巢林景思、竹隐徐渊子讲明句法,复登放翁之门,而诗益进。南游瓯闽,北窥吴越,逾梅岭,穷桂林,上会稽,绝重江,浮彭蠡,泛洞庭,望匡庐五老九疑诸峰,然后放于淮泗,归老委羽之下。游历既广,闻见益多,为学益高深而奥密,以诗鸣江湖间五十年。有《石屏诗钞》。

鄂渚烟波亭

倚遍南楼更鹤楼,小亭潇洒最宜秋。接天烟浪来三峡,隔岸楼台又一州。豪杰不生机事息,古今无尽大江流。凭阑日暮怀乡国,崔颢诗中旧日愁。式之雅健有气格,犹自谓胸无千百字书,如商贾乏赀不能致奇货,亦可愧当时之大言欺世者矣。

到鄂渚

连宵歌舞醉东楼,不信樽前有别愁。半夜月明何处笛,长江风送故人舟。十年浪迹游淮甸,一枕安眠到鄂州。明日拟苏堤上看,当春杨柳正风流。气机流动,情思邈然。

151

江上

借得茅楼一倚栏，见成诗句满江天。归鸦啼处客投宿，野鸭飞边人上船。四句水次恒有之景，然非心闲不能道也。老眼尚嫌随物转，闲心可惜被贫牵。平生错做功名梦，金印何如二顷田？"见成""错做"，俱鄙俚。

柴　望

字仲山，文溪人。倜傥有气节，往来都下名公卿，俱客礼致之。高宗朝，叩阙十上书，议论抗直，迕旨，遂系狱，旋奉诏放还。晚年山居，杜门谢绝世缘，惟以诗自娱云。有《秋堂遗稿》。

多景楼

早被垂杨系去舟，五更潮落大江头。关河北望几千里，淮海南来第一楼。三、四高格。昔日最多风景处，今人偏动黍离愁。烟沙颎洞翻蘋末，欲倚西风问仲谋。

赵 蕃

字昌父，号章泉，宋宗室，居玉山。博学工文词，以曾祖晹荫补官直秘阁致仕。蕃性宽平乐易，而刚介不可夺。尝受学于朱紫阳，少喜作诗，读者以为有靖节之风，江南文士赴都者，多求其作，得其片言只字，无不珍重，学者称为章泉先生。有《章泉诗集》。

挽赵丞相汝愚

章泉诗学西江，刻意求新，时入粗犷。此首气魄沉雄，尚无习气。

五王不解去三思，石显端能杀望之。未到浯溪读唐颂，已留衡岳伴湘累。生前免见焚书祸，死后重刊党籍碑。满地蒺藜谁敢哭，漫将楚些作哀辞。

严 羽

字丹丘，一字仪卿，邵武人。粹温中有奇气，尝问学于包克堂，自风骚而下，讲究精到，石屏戴复古深所推敬。自号沧浪逋客，有《沧浪集》。

153

芜城晚眺

严羽操论甚高，而诗殊单弱，且传作寥寥，徒以空言惑世，即其人可知矣。

平芜古堞暮萧条，归思凭高黯未消。京口寒烟鸦外灭，"黯未消"，不妥。"烟"何以"鸦外灭"？此即明七子不求甚解之唐调也。历阳秋色雁边遥。晴江木落长疑雨，暗浦风生欲上潮。惆怅此时频极目，江南江北路迢迢。

何梦桂

字岩叟，自号潜斋，淳安人。咸淳进士，为太常博士，历监察御史。宋亡不仕。所著有《易衍》《中庸致用》等书。

寄王南叟寓江乡

潜斋为宋遗老，志节皎然。其诗之沉郁，亦得之老杜。眷眷故国之思，不愧黍离诗人矣。

歌尽骊驹落日寒，相思无处问平安。客愁白发三千丈，世路青泥八百盘。夜月梅花频入梦，秋风菰米强加餐。高山如故丝弦在，懒向傍人取次弹。

赓曾省斋旧题凤翔空壁

沧溟陵陆起黄埃，荐福禅丛半夜雷。玄鹤归迟生墓草，白鸥飞尽上矶苔。寒泉辱井留脂水，黑土夷陵出烬灰。往事兴亡浑一梦，高名千古党碑魁。

和方大山寄韵

老去庄陵一钓竿，钓鱼犹胜乞粗官。十年事业闲中过，千载功名死后看。往事危枰休下着，交情枯木独知寒。相逢一笑双蓬鬓，还倩何人斲鼻端？

哭桥陵

少陵遗响。

百年弓剑入桥陵，岂料三泉化劫尘。空有鱼灯照荒土，忍将玉轴问遗民。苍梧日落啼丹雀，金粟云深卧石麟。寒食家家上丘冢，六宗盂饭属何人？

招隐三首

昔年有约共投簪，回首红尘白发新。物外烟霞怜野逸，山中风雨望佳人。好凭野鹤寻和靖，莫待山灵唤孔宾。迟暮不来松荫落，飞柯恐解折车轮。

别后频惊束带宽，相逢亦复笑苍颜。只今岁月青牛老，何处烟波白鸟闲？千古心期寒绿绮，十年世事堕黄间。"青""白""黄""绿"等字杂出。修篁倚遍空江暮，枉杀招呼费小山。"费"字欠妥。

回头五十九年非，千里乘风翼倦飞。门外黄埃时事改，樽前白发故人稀。金河沙暖春鸿去，朱雀桥空海燕归。惟有严陵滩下路，年年潮水上渔矶。

己卯春过西湖和诸公

白发星星纱帽乌，怕从年少过西湖。清明上冢行人少，寒食开门官使无。半世行藏随杖履，百年悲乐寄樽壶。归来第五桥边路，半树残阳噪毕逋。写宋亡后临安景象，有黍离麦秀之悲。

感寓二首

西风落日怕登楼，倚遍阑干万古愁。衰汉竟成三国误，秣陵不改六朝羞。江山有恨留青史，天地无情送白头。击碎缺壶歌不尽，荒台残雨梦扬州。感慨悲歌，遗民血泪。

试向昆明问劫灰，几看麋鹿上苏台。闲中历日生青草，梦里乾坤化大槐。塞雁南归春又去，江潮东下暮还来。临平山尽啼鹃歇，可是征人唤不回。

梁　栋

字隆吉，湘州人。咸淳四年进士。宋亡，归武林，后卜居建康，时往来茅山中。

白鹭亭

荻花芦叶老风烟，独上秋城思渺然。白鹭不知如许事，赤乌又隔几何年。*属对巧绝而生趣跃然。*六朝往事秦淮水，一笛晚风江浦船。我辈人今竟谁许，*七句率。*只堪渔艇夕阳边。

赠嘉兴徐同年

忆昔青龙在戊辰，马蹄同蹋杏园春。归田令尹空书晋，执戟郎君尽美新。万事不醒中酒圣，一贫无奈颂钱神。相逢莫效穷途哭，自古求仁要得仁。*结句腐。*

金陵三迁有感

憔悴城南短李绅，多情乌帽染黄尘。读书不了平生事，阅世空存后死身。落日江山宜唤酒，西风天地正愁人。任他蜂蝶黄花老，明日园林是小春。

文天祥

字宋瑞，又字履善，吉之吉水人也。登宝祐进士第一，官右丞相，兼枢密使。兵败被执，吞脑子不死。弘范以客礼见，俱入厓山，多方诱谕，不从，弘范义之。遣送京师，不食八日，不死。复食，世祖欲官之，亦不从。会有以天祥起兵江西事为言者，遂遇害。临刑从容谓吏卒曰："吾事毕矣。"南向拜而死，年四十七。

金陵驿

草舍离宫转夕晖，孤云漂泊复何依。山河风景元无异，城郭人民半已非。满地芦花和我老，旧家燕子傍谁飞。从今别却江南日，化作啼鹃带血归。古谊忠肝而风调清婉。

改题万安县凝祥观

古道松花空翠香，风前鬓影照沧浪。飞泉半壁朝云湿，啼鸟满山春日长。须信神仙元有国，不知蛮触是何乡。道人横笛招归鹤，坐到斜晖上壁珰。

七律指南甲编卷四　金一百四十首

宇文虚中

字叔通，成都人。宋黄门侍郎，以奉使见留，仕为翰林学士承旨。皇统初，时南人多在上京，谋奉虚中为帅，夺兵仗南奔。事觉，诏系狱。先是，虚中在朝，语言谐谑，诸贵族大臣久不平之，乃锻炼所藏图书为反具。虚中叹曰："死自我分，至于图籍，南来士大夫家例有之，如高待制士谈，图书尤多，岂亦及耶？"有司承风旨，并置士谈极刑，人至今冤之。

上乌林天使

字文叔通为祈请使，被留仕金，后谋劫金主，欲挟渊圣以归，事泄被诛。读其诗，可以哀其志矣。

平生随牒浪推移，只为生民不为私。万里翠舆犹远播，一身幽圄敢终辞。鲁人除馆西河外，汉使驱羊北海湄。不是故人高议切，肯来军府问钟仪。

160

扰玉辕门吐寸诚，敢将缓颊沮天兵。雷霆倘肯矜雕弊，草芥何须计死生。定鼎未应周命改，登坛合许赵人平。知君妙有经邦策，在取威怀万世名。

郊居

芒屦松冠野外装，茶铛药灶静中忙。含风荇逐波纹展，著雨花连土气香。停策仰檐朝觅句，披襟穿树晚追凉。蓬蒿似欲荒三径，疏懒谁知意更长。体物细润。

己丑重阳在剑门梁山铺

两年重九皆羁旅，万水千山厌远游。白酒黄花聊度日，青萍绿绮共忘忧。却怜风雨梁山路，不似莼鲈楚泽秋。何必东皋是三径，此身天地一虚舟。

泾王许以酒饷龙溪老人几月不至以诗促之

先生寂寞草玄文，正要侯巴作富邻。客至但须樽有酒，日高不怕甑生尘。急催岭外传梅使，来饷篱边采菊人。已扫明窗供点笔，为君拟赋洞庭春。气机生动，仿佛东坡。

161

予写金刚经与王正道正道与朱少章复以诗来辄次二公韵

平生幸识系珠衣，穷走他乡未得归。有客为传衹树法，此心便息汉阴机。百千三昧一门入，四十九年诸事非。寄与香山老居士，要凭二义发馀辉。

吴　激

字彦高，瓯宁人。龙图阁直学士栻之子，米芾婿也。工诗能文，字画俊逸。将命至金，被留北。还为翰林待制，出知深州，抵官三日而卒。有《东山集》十卷。

长安怀古

佳气犹能想郁葱，云间双阙峙苍龙。春风十里灞陵树，晓月一声长乐钟。小苑花开红漠漠，曲江波涨碧溶溶。眼前叠嶂青如画，借问南山共几峰？句格绝似许丁卯。

晚春言怀寄燕中知旧

闲云泄泄日晖晖，林斧溪春响翠微。天气乍晴花满树，人家久住燕双飞。邻村社后容赊酒，客舍新来未绽衣。遥忆东郊亭畔柳，归时相见亦依依。风神秀逸。

张　斛

字德容，渔阳人。仕宋为武陵守。金初北归，为秘书省著作郎。文笔字画，宇文虚中颇激赏之。

南京遇马丈朝美

浮云久与故山违，茅栋如存尚可依。行路相逢初似梦，旧游重到复疑非。沧江万里悲南渡，白发几人能北归？二十年前河上月，尊前还共惜春辉。深婉。

蔡松年

字伯坚。父靖，以宋燕山府降金，遂留北。松年仕金至

163

尚书右丞相，卫国公。镇阳别业有萧闲堂，自号萧闲老人。文词清丽，尤工乐府，与吴激齐名，号吴蔡，俱有集行世。卒，谥文简。

初卜潭西新居

乔木千章画不如，白鸥烟雨到江湖。谁为求仲营三径，窃比扬雄有一区。故国兴亡树如此，他年声利蔓难图。六句不妥。屋西便与秋山约，莫遣归来见白须。

和子文寒食北潭

梦里潭光翠欲流，何时春水一虚舟？吾庐想见扶疏树，宦意浑如浩荡鸥。闻道西山明酒面，应无外物到眉头。别来谁唱惊人句，十里珠帘有莫愁。

马定国

字子卿，荏平人。自少志趣不群。宣、政末，题诗酒家壁，坐讥讪得罪，因以知名。刘豫立，游历下，以诗献豫，豫大悦。授监察御史，仕至翰林学士。尝作《石鼓辩》，云是宇文周时所造，出入传记，引据甚明，学者以比蔡珪《燕王墓辩》。初，学诗未有入处，梦其父与方寸白笔，从是文章大进，有《齐堂集》传于世。

送图南

壶觞送客柳亭东，回首三齐落照中。老去厌陪新客醉，兴来多与古人同。戍楼藤角垂新绿，山店柽花落细红。他日诗名满江海，莽堂相见两衰翁。

清平道中

棘林苦苣野花黄，起有致。一马骎骎渡漯阳。别墅酒旗依古柳，点溪花片落新香。伏波事业空归汉，都护田园不记唐。今日清明过寒食，又将书剑客他乡。

登历下亭

男子当为四海游，又携书剑客东州。烟横北渚芰荷晚，木落南山鸿雁秋。富国桑麻连鲁甸，用兵形势接营丘。伤哉不见桓公业，千古绕城空水流。结句粗率。

祝　简

字廉夫，单父人。宋末登科。仕金官至朝奉郎、太常丞，兼直史馆。有《呜呜集》行于世。

舟次丹阳

船头东下趁晨钟，船外清霜气暗通。断雁声归烟霭里，孤帆影落月明中。隋河波浪千年急，梁苑池台一半空。试问碧堤无限柳，败条衰叶几秋风？结有馀韵。

朱自牧

字好谦，惠民县人。金皇统中，登进士及第。博学能文，尤工诗赋。大定二年，同知晋宁军事，卒官所。著有《中州诗集》传于世。

访山寺僧

蹋破苍苔叩竹扃，晚晴庭院有馀清。幡腰落日红千飐，檐际遥岑翠一横。种秫公田聊卒岁，栽莲僧社拟投名。从今兴熟频来往，未信斋钟午后鸣。

趁鄜州过湖城县武帝望思台在焉

寒骨千年饮恨埋，馀哀空寄望思台。纵令曲沃精魂见，宁与商山羽翼来。赵虏典刑何足正，周公画像可怜开。忍心本自穷兵起，巫蛊焉能作祸胎？纯用议论，亦新警。

郊行

缓辔寻春水一涯，最怜朝雨浥轻沙。小溪烟重偏宜柳，平野云垂不碍花。神似赵倚楼。青眼步兵元好酒，黑头江令未还家。兴长不觉归来晚，过尽城头阵阵鸦。

晚泊济阳

江北秋阴一半晴，晚凉留与客襟清。水边画角孤城暮，云底残阳远树明。四句真景。旅雁为谁来有信，断蓬如我去无程。寥寥天地谁知己？村酒悠然只独倾。

刘 彧

字公茂，安阳人。官金朝翰林修撰。善吟咏，其《秋雨诗》有云："栖鸦不动寒偎树，过燕无声冷贴云。"真佳句也。

春阴

此诗亦入林和靖集中，《瀛奎律髓》又作王平甫诗，兹从《中州集》选入。

似雨非晴意思深，宿醒牵率泥重衾。苦怜燕子寒相并，生怕梨花晚不禁。薄薄帘帏欺欲透，悠悠歌管压来沉。南园北里狂无数，唯有芳菲识此心。

秋雨

一室萧然半掩门，檐牙悬溜喜初闻。栖鸦不动寒偎树，过雁无声冷贴云。唐人"压树早鸦飞不散"，只一句甚老健，此用一联摹写，气味便薄矣。历耳半随风渐沥，舞阶仍带叶缤纷。隔篱为问东皋叟，粞麦前春定十分。

郝 俣

字子玉，太原人。金主完颜亮正隆二年进士，历凤翔府治中，充《辽史》刊修官，仕至河东北路转运使。自号虚舟居士，有集行世。

寺楼晴望

诘曲阑干面翠微，葱茏窗户溢清晖。雨侵斜日明边过，云望前山缺处归。多病过春犹止酒，薄寒向晚却添衣。宦名不负沧波愿，羞见陂田白鸟飞。

边元鼎

字德举，丰州人。兄元勋、元恕，俱有时名，号"三边"。德举十岁能诗，金天德三年第进士。世宗即位，张浩表荐供奉翰林。德举资禀疏俊，诗文有高意，时辈少及。

帝城

帝城回想梦魂中，秋月春花在处同。朱雀桥南三月草，凤皇楼上四更风。锦囊别后吟笺少，玉笛闲来酒盏空。赢得当时旧标格，九分憔悴入青铜。

出门骑马

出门骑马即三千，起句率。面目尘埃动惨然。生计若为田二顷，饥颜翻愧宦三年。乾坤造物能无用，富贵由时枉自鞭。五六句粗。达否从今已知计，五湖烟水有渔船。

刘仲尹

字致君，号龙山，盖州人。后迁沃州。金主完颜亮正隆二年进士。历官潞州节度副使，召为都水监丞，有《龙山集》。

龙德宫

碧栱朱甍面面开，翠云稠叠锁崔嵬。连昌庭槛浑栽竹，罨画溪山半是梅。朗秀。藻井香消尘化网，铜栏秋涩雨留苔。只应千古华清月，狼藉春风愧露台。

冬日

刁骚短发镊还生，镜里形骸只自惊。睡枕食粲翻岁月，头风股痹识阴晴。鸠栖任笑谋生拙，兔册难忘照眼清。不用暖炉公库酒，试容拥被听鸡声。

刘　迎

字无党，东莱人。初以荫试部椽。金大定十三年，以荐对策第一。明年，登进士，除虞王府记室，改太子司经，卒。章宗即位，追录旧学，功赐其子国枢进士。迎自号无诤居士，所著诗文乐府，名《山林长语》，诏国学刊行之。

莫州道中

无党诗格不离苏、黄两家，其老健自非馀人所及。

枫林叶叶堕霜红，天末晴容一镜空。野旷微闻鸟乌乐，草寒时见马牛风。人生险阻艰难里，世事悲歌感慨中。白发媪亲倚门处，梦魂千里付归鸿。

上施内翰

十年不见建安公，草木依然臭味同。赖有酒樽烦北海，可无香瓣礼南丰。天墀礼乐三千字，海国鲲鹏九万风。正以高轩肯相过，免教书客感秋蓬。

闻彦美服药以诗问讯

耳边尘事且无喧，听我归耕郭外村。贱子自藏蜗壳舍，故人谁并雀罗门。书窗共作三年计，樽酒相逢一笑温。清老。不信家山不堪隐，仇池今在古铜盆。

挽姚孝锡

百年陵陆变苍茫，晚向山林得老苍。孤幹郁生陈柏树，故基岿立鲁灵光。谋生有道田园乐，阅世无心寿命长。何日车声过通德，拜公一炷影前香。

寒食阻雨招元功会话

满城风雨殿馀春，燕坐翛然亦可人。杨柳杏花相对晚，石泉槐火一时新。愁边兴味浑宜酒，句里机缘欲脱尘。早晚阿咸来过我，坐中软语慰情亲。

题归去来图

笔端奇处发天藏，事远怀人涕泗滂。次句凑。馀子风流空魏晋，上人谈笑自羲皇。折腰五斗几钱直，去国十年三径荒。安得一堂重写照，为公桂酒泻蕉黄。

党怀英

字世杰。其先冯翊人，徙家泰安。试东府，取解魁。登金世宗大定十年进士，调咸阳军事判官、汝阴令。入为史馆编修，应奉翰林学士。出为泰定军节度使，召为翰林学士承旨，纂修《辽史》。卒谥文献。有《竹溪集》。

龙池春兴

三十馀年惜别心，重来独兴此登临。佳人何在暮云合，游子不归春草深。曲槛凭栏花羃羃，扁舟系岸柳阴阴。避人白鸟忽惊去，双影飞翻明翠岑。

吊石曼卿

城头山色翠玲珑，尚忆清狂四饮翁。铁马冰车断遗响，桃花石室自春风。平生诗价千钧重，身后仙游一梦空。想见蓬莱水清浅，芙蓉城阙五云中。即用本事，警切。

赵秉文

字周臣，号闲闲居士，滏阳人。中金进士第，应奉翰林。太安二年，知平定州，建涌云楼，撰记刊于石，手泽犹存。除翰林侍讲学士，转侍读，拜礼部尚书，知集贤院。著《易丛说》《中庸说》《诸子书删》《集语孟解》《资暇录》，并所著文字，号《滏水集》，凡七十馀卷。

上清宫

闲闲公风骨清超，实为金源风雅提唱。

霜叶萧萧覆井栏，朝元阁上玉筝寒。千年辽鹤归华表，万里宫车泣露盘。日上雾尘迷碧瓦，夜深月露洗荒坛。断碑脍炙人何在，七句欠妥。吏部而今不姓韩。

寄裕之

久雨新晴散痹顽，一轩凉思坐中间。树头风写无穷水，天末云移不定山。意境极清，"无穷"二字欠老。宦味渐思生处乐，人生难得老来闲。紫芝眉宇何时见，谁与嵩山共往还。

灵感寺

前人题寺院诗，未经写到。

徒河岸北白莲东，法鼓惊飞碣石鸿。塔上风烟高鸟路，山头云雨化人宫。松林碍日蜂房冷，石砌颓沙蚁穴空。欲尽休公挥麈乐，鬓丝羞对落花风。

代州

金波曾醉雁门州，端有人间六月秋。万古河山雄朔部，四时风月入南楼。雄健有格。汉家战伐云千里，唐季英雄土一丘。系马朱阑重回首，烟波谁在钓鱼舟。

周　昂

字德卿，真定人，同知伯禄之子。年二十一擢第，释褐南和簿，有异政，迁良乡令，入拜监察御史。路宣叔以言事被斥，先生送以诗，坐谤讪，停铨。久之，起为龙州都军，以边功

175

得复召，超三司判官。大安军兴，权行六部员外郎。德卿传其甥王从之若虚文法。初有《常山集》，屏山《故人外传》云："德卿以孝友闻，又喜名节，蔼然仁义人也。学术醇正，文笔高雅，以杜子美、韩退之为法，诸儒皆师尊之。既历台省，为人所挤，竟坐诗得罪，谪东海上十数年。始入翰林，言事愈切。出佐三司，非所好。从宗室承裕军，承裕失利，跳走上谷。众欲径归，德卿独不可。城陷，与其从子嗣明同死于难。"

谒先主庙

暗粉陈丹半在亡，短垣残日共悲凉。不须古碣书绵竹，自有荒村纪葆桑。尘土衣冠曾系马，岁时歌舞亦称觞。不应巴蜀江山丽，能使英灵忘故乡。

赵　沨

字文孺，东平人。金大定二十二年登第。调襄阳令。党怀英、黄久约荐为应奉翰林文字。时世宗在位久，留意人材，因入谢，语宰相曰："翰林须在作养，比学士院殊无人材，若令久任练习，自当得人。"既而迁礼部郎中，遂卒。帝叹息之。沨为人性冲淡，学道有所得。尤工书，自号黄山。赵秉文言其正书体兼颜苏，行草备诸家体，其超放又似杨凝式，当时以配党怀英，号曰"党赵"。有《黄山集》行于世。

黄山道中

小谷城荒路屈盘，石根寒碧涨秋湾。千章秀木黄公庙，一点飞云白塔山。好景落谁诗句里，蹇驴驮我画图间。膏肓泉石真吾事，莫厌乘闲数往还。"吾""我"字复。

王　礍

字逸宾，先世临洺人，至礍徙家汴梁。金明昌中，丞相马惠迪以德行才能荐，诏授鹿邑主簿，就乞致仕。赵秉文尝刻七家诗，名曰《明昌辞人雅制》，礍其一也。

次文远韵

野性唯便阒寂居，苍苔鸟迹满庭书。林花过雨红犹重，篱竹和烟翠亦疏。已与农人成保社，更令儿辈学耕锄。赏音只有东郊客，日袖新诗到敝庐。

路　铎

字宣叔，伯达子也。金承安二年，召为翰林修撰，迁侍御史。坐奏事失实，追夺两官解职。未几，景州阙刺史，以铎为之。铎述十二训以教民，诏曰："路铎十二训，皆劝人为善，遍谕州郡使知之。"迁陕西路按察使。铎刚正，历官台谏，有直臣风。为文尚奇，诗篇温润精致，号虚舟居士。

七夕与信叔仲荀会饮晚归

秋香泻月笑谈香，饮散归来夜未央。阙角星河摇淡影，柳行灯火试新凉。雄飞勋业归时辈，信美江山著漫郎。万事浮云心铁石，休将梁国吓蒙庄。

刘　涛

字及之，夏津人。金明昌二年同进士。用户部尚书孙铎荐，入翰苑，历太原运副，汾州倅，入为太子赞善。以彰德治中致仕。寻卒，沁南节度康瑭良辅葬之林虑之宝岩。

送王纯叔守曹州

柏路人看御史骢，年来眼落簿书丛。单车乍别金銮月，五马频嘶玉勒风。故国山河连小邻，旧家鸡犬识新丰。遥知别夜诗成处，醉袖淋浪密炬红。前半王出守，五六切曹州，结补足送意，篇法尚清。

郦　权

字元与，安阳人。金明昌初，为著作郎。有《坡轩集》。

寄唐州幕官刘无党

白发青衫宦苦卑，边荒谁识凤麟姿。河西落魄高书记，剑外清贫杜拾遗。紫玉山高传楚梦，蠙珠渊静照黄陂。三四切幕官，五六切唐州。禁中颇牧他年事，先遣江淮草木知。

杨云翼

字之美，乐平人。金明昌五年状元及第，与闲闲赵公齐名。

179

金宣宗频岁南侵，极谏以为不可。兵出，为宋所败。宣宗悔曰："何面目见杨云翼耶？"拜吏部尚书，终翰林学士，谥文献。评者以为百馀年大夫士身备四科者，先生一人而已。

上白塔

睡饱支筇彻上方，门前山好更斜阳。苔连碧色龟趺古，松落轻花鹤梦香。身世穷通皆幻影，山林朝市自闲忙。帘幡不动天风静，莫听铃中替戾冈。

史　肃

字舜元，京兆人。侨居北京之和众。幼孤，养于外家。天资挺特，高才博学，作诗精致有理，尤善用事。古赋亦奇峭，工字画。业科举，为名进士。立朝为才大夫，政事严而不苛，所至有声，吏畏而安之。镌降同知汾州事，卒官。舜元素尚理性之学，屏山学佛，自舜元发之。

别怀玉

官曹不着市门仙，绿发匆匆换少年。惯作簿书尘里梦，愧无山水窟中缘。蜂腰鹤膝曾搜句，兔角龟毛不论禅。属对新妙。此别相思渺何许，一川山色雁连天。

方丈坐中

纸本功名直几钱，何如付与北窗眠。诗书作我闲中地，风月知人醉里天。水底游鱼真见性，树头语鸟小参禅。平生习气莲花社，一炷香前结后缘。

偶书

东风数点梨花雪，起有别趣。吹我伤春万里心。知有高亭堪眺远，惜无佳客共登临。晴云入户团倾盖，五句袭杜，只换一"入"字。飞鸟随人作好音。寒食清明少天色，"寒食少天气"亦杜句，易作"色"字，欠妥。武库五兵不无利钝，学杜者每则其累句以求似，是以折枪残镞为利器也。孤居未要酒杯深。

◎案：杜甫《柏学士茅屋》颈联："晴云满户团倾盖，秋水浮阶溜决渠。"又杜甫五言逸句："寒食少天气，东风多柳花。"

萧　贡

字贞卿，咸阳人。金大定二十二年进士。调镇戎州判官，擢监察御史，迁北京转运副使。亲老归养。复除翰林修撰。上书论比年之弊，词意切至。改治书侍御史，迁国子祭酒兼太常少卿。与陈大任刊修《辽史》，改刑部侍郎，历河东北路、南京路转运使，御史中丞，户部尚书。兴定元年致仕。卒谥文简。贡好学，读书至老不倦，有注《史记》一百卷。

米元章大字卷

盘硬学西江。

颜杨死去谁补处，米狂笔力未可涯。追摹古人得高趣，别出新意成一家。老蛟骧云肉倔强，枯树渍雪冰楂牙。九原裴说如可作，应有新诗三叹嗟。

雒阳

西来洛水绕崧高，野店荒村换市朝。董卓搜牢连数月，郭威夯市又三朝。善于用事。劫灰深掘终难尽，鬼火争然忽自消。千古兴亡几春梦，只将闲话付渔樵。

庞　铸

字才卿，辽东人。少擢第，仕有声。南渡后，为翰林待制，迁户部侍郎。坐游贵戚家，出倅东平，改京兆路转运使，卒。博学能文，工诗，造语奇健不凡，世多传之。

洛阳怀古

草树萧条故苑荒，山川惨淡客魂伤。玉光照夜新开冢，剑气沉沙古战场。"剑气"不如"折戟"，若以"含珠照夜""折戟沉沙"作对，似更警切。金谷更谁夸富丽，铜驼无处问兴亡。一尊且对春风饮，万事从来谷与臧。

高庭玉

字献臣，辽东恩州人。大定末进士，官左司郎中。贞祐初，出为河南府治中，被主帅福兴构陷，冤死狱中，李纯甫称其真济世材。诗有奇语，为人所称道。

道出平州寒食忆家

柳色方浓别玉京，程程又值石龟城。山重水复人千里，月苦风酸雁一声。风调凄婉。上国春风桃叶渡，东阳寒食杏花饧。楚魂蜀魄偏相妒，两地悠悠寄此情。

高　宪

字仲常，辽东人，黄华之甥。幼学于外家，故诗笔字画俱有舅氏之风。天资颖悟，博学强记。金泰和三年乙科登第，释褐博州防御判官。辽阳破，殁于兵间。

寄李天英

稻秸苍苍陂已枯，西风剪剪弄楸梧。蒹葭水落鱼梁迥，蟋蟀声高山驿孤。句调亦近赵倚楼。社瓮新成元亮酒，并刀细落季鹰鲈。作诗远寄霜前雁，人在海东天一隅。

赵 元

字善长，涿州范阳人。辽天庆八年登进士第，仕至尚书金部员外郎。辽亡，郭药师为宋守燕，以元掌机宜文字。王师取燕，药师降，枢密使刘彦宗辟元为本院令史。天会间，同知蓟州事。齐国废，置行台省于汴，选名士十馀人备官属，授行省兵部郎中。宗弼再取河南，元皆摄户部事，赋调兵食取办。天眷三年，为行台右司员外郎。改左司员外郎，摄吏部事。在行台凡十年，吏事明敏，宗弼甚重之，为同签汴京留守事，改同知大名尹。用廉迁河北西路转运使，历彰德、武胜等军节度使，以老致仕，卒于家。

寄裕之二首

泪没兵尘满鬓霜，买邻心乐古清凉。闲陪老秀春行脚，闷欠曨元夜对床。正欲脱身求兔窟，谁能随世转羊肠。南阳未比嵩阳好，满眼交游即故乡。老健近东坡。

老懒愚轩百不能，饱谙人意冷于冰。清狂旧日耽诗客，灰朽而今有发僧。梦裹纸衾三丈日，话延雪屋一篝灯。新开一径通兰若，斩尽清凉旧葛藤。

密 璹

即密国公也。本名寿孙，世宗赐名字仲实，一字子瑜。资质简重，博学有俊才，喜为诗，工真草书。大定二十七年，加奉国上将军。明昌初，加银青荣禄大夫。卫绍王时，加开府仪同三司。贞祐中，封胙国公。正大初，进封密国公。璹奉朝请四十年，日以讲诵吟咏为事，时时潜与士大夫唱酬，然不敢明白往来。永功薨后，稍得出游，与文士赵秉文、杨云翼、雷渊、元好问、李汾、王飞伯辈交善。初，宣宗南迁，诸王宗室颠沛奔走。璹乃尽载其家法书名画，居汴中，家人多俸少，客至，贫不能具酒肴，蔬饭共食，焚香煮茗，尽出藏书，谈大定、明昌以来故事，终日不听客去，乐而不厌也。天兴初，璹已卧疾，论及时事，辄慨叹。时曹王出质，璹见哀宗于隆德殿，奏曰："闻额尔克欲出议和，额尔克年幼不谙练，恐不能办大事，臣请代其行。"哀宗慰止之，于是君臣相顾泣下。未几，以疾薨，年六十一。平生诗文甚多，自删其诗存三百。按《归潜志》云："密国公璹，世宗之孙，越王永常之子。"考世宗子无名永常者，则志误也。

题晋卿王晖宝绘

顾陆张吴宝绘堂，风花雪月保宁坊。锦囊玉轴三千幅，翠袖金钗十二行。数笔丹青参李范，一时迁谪为苏黄。太原珍玩名天下，旧迹犹凭古印章。

麻九畴

字知几，其先易州人，后迁于许州之郾城。幼颖悟，三岁能识字，七岁能草书，作大字有及数尺者，以神童召见，金章宗奇之。弱冠，入太学，有文名。以古学自力，博通五经。兴定间，试开封府，词赋第二，经义第一。再试南省，复然，声誉大振。后迁应奉翰林文字。顷之，谢病归。元兵入河南，九畴挈家走确山，为兵所得，驱至广平，病死。

李道人家山图

见说高斋住太行，溪山襟带古祠堂。圭桐叶落周家雨，铁树根盘晋国霜。烽火不堪耕夜月，画图犹可挂残阳。自怜不及汾州雁，春去秋来过石梁。结有情致。

刘从益

字云卿，浑源人。大定初，知叶县，修学励俗，有古良吏风。叶自兵兴，户减三一，田不毛者万七千亩有奇，其岁入七万石如故。从益请于大司农，为减一万，民甚赖之，流亡归者四千馀家。未几被召，百姓诣尚书省乞留，不听。入授应奉翰林文字。逾月疾卒，叶人闻之，端午罢酒，为位而哭，且立石颂德，以致哀思。

有寄

十年铁马暗京华，客子飘零处处家。征雁久疏河朔信，小梅重见汝南花。俊逸有格。栖栖活计依檐雀，冉冉年光赴壑蛇。旧雨故人应念我，不来联句夜煎茶。

雷　渊

字希颜，别字季默，浑源人。金崇庆二年进士，授泾州录事，不赴。改东平府录事，以劳绩遥领东阿县令。调徐州观察判官，召为荆王府文学，兼记室参军，转应奉翰林文字、同知制诰兼国史院编修官。拜监察御史，巡行河南。寻用宰相侯莘卿荐，除太学博士，再迁应奉，终于翰林修撰，累官太中大夫。渊学甚博，文甚奇，为人躯幹雄伟，髯张口哆，颜渥丹，眼如望羊。遇不平，则疾恶之气见于颜间，或嚼齿大骂不休。生平慕孔融、田畴、陈元龙之为人，虽其文章号"一代不数人"，在渊仍为馀事耳。渊之友高廷玉、李纯甫亦以奇节自负，人号之为"三杰"云。

洛阳同裕之钦叔赋

与遗山作才力亦相敌。

日上烟花一片红，嵩邙西峙洛川东。才闻候骑传青盖，又见牵羊出绛官。事去关河不横草，秋来陵寝但飞蓬。书生不奈兴亡恨，斗酒聊浇魂磊胸。

△

冀禹锡

字京父，忠州龙山人。登进士第，官至应奉翰林文字，充尚书省都事。聪敏绝伦，作诗锻炼甚工，字画亦劲健可喜。

189

赠雷御史兼及松庵冯丈

平生疾恶如风手，力振台纲事所难。人道千钧羞射鼠，我怜众煦解漂山。笔力劲悍，似宋元祐人诗。明时士论知无负，晚岁交盟岂易寒。见说嵩前茹芝老，白云倚杖待君还。

张 本

字敏之，观津人。金贞祐元年中词赋高第，工大篆八分。金正大九年，以翰林学士使北见留，遂隐为黄冠，居燕京。

中秋雨夕呈君美

怪得秋云不肯晴，天公为惜此杯倾。无边清景关人意，多事西风送雨声。桂树婆娑辜胜赏，桐枝点滴厌残更。殷勤朝镜休重揽，白发星星又几茎。

田紫芝

字德秀，沧州人。紫芝少孤，养于外家定襄赵氏。六七岁知属文，一览万言。年十三，外祖命赋《丽华》，引语意警绝人，谓李长吉复生。年二十，读经传子史几遍。为人疏俊，而以蕴藉见称，与同郡王元卿齐名。贞祐初，避兵台山，仓卒遇害，年二十三。士论惜之。

雨夜寄元敏之昆弟

醉梦萧森蝶翅轻，起句欠稳。一灯无语梦边明。虚檐急雨三江浪，老木高风万马兵。健句。枕簟先秋失残暑，湖山彻晓看新晴。对床曾有诗来否？为问韦家好弟兄。

雷　琯

字伯威，坊州人。志英迈，博学能文。以荐书从事史馆，调入作司使。初，并州李汾与琯同在馆中，以高蹇得罪，琯往送之信陵，携酒酹魏公子坟，握手痛饮。后去客阳夏，以鞭击酒壶，作楚声歌。自言"去国十年，甲兵满天地，短衣匹马，来自西北，将起楚、汉间奇才剑客与游而不可得"。当是时，金已迁汴，大河以东，北尽山东，西抵关辅，大军长驱，徙少壮数十万人，杀之居庸关外。自黄河、洛阳、三门、析津至邠之源雀镇，凡二千馀里。潼关一带，西南边山，大小关隘，亦一千馀里。各分地界，统以总帅。夜则传令坐守，冬则然草敲冰，兼以关辅大饥，秦民死者相枕藉。琯皆悲之，作《商歌》十章写其情。曰："秦，予父母国也，而一至此乎！"竟泪下不能食。乃出奇策白宰相，宰相不能听。琯去，不知所之。

龙德宫

紫箫吹断彩云归，十二楼空尽玉梯。彩仗竟无金母降，仙裾犹忆化人携。清婉不及刘致君作，而悲壮过之。千年洛苑铜驼怨，万里坤维杜宇啼。莫倚危栏供极目，斜阳更在露盘西。

王　宾

字德卿，亳州人。金贞祐二年进士，为虹令，以复亳州，功授同知集庆军事。又诏行尚书事，仍赐世爵。后以军食不给，为部曲所逼，遂遇害。

卫真道中

毳袍落拓又西征，陌上东风小雪晴。草色唤回原燎黑，"唤"

192

字欠稳贴。冰澌消入水痕清。年华荏苒心情减，边事仓皇梦寐惊。早晚涡南传吉语，一犁烟雨趁春耕。

除夜

落拓功名挽不前，围炉兀坐夜萧然。腊残画角东风里，春到梅花小雪边。守得岁来慵揽镜，送将穷去自装船。三四格清，五六调俗。平明点检人间事，只有诗魔似去年。末句亦欠雅。

王元粹

字子正，初名元亮，后止名粹，平州人。系出辽世衣冠家。年十八九，作诗便有高趣。性习专固，世事不以累其业，故时无能当之者。正大末，用门资叙为南阳酒官。遭乱，寓襄阳。襄阳破，只身北归，寄食燕中，遂为黄冠师。有"十月风霜侵病骨，数家针线补残衣"之句。亲旧有怜其孤苦，欲为之更娶者。子正业已高举，主太极道院，竟不能自返。年四十馀，癸卯九月，病卒。诗人淄川杨叔能挽之云："匹妇主中馈，虽贫生理存。五言造平淡，只影卧黄昏。漫下陈蕃榻，虚沾文举樽。北平家世绝，衔恨入荒原。"从弟鬱亦攻诗，方之其兄，盖商周矣。

哭李长源

十月西来始哭君，山中何处有孤坟？以才见杀人皆惜，怀物能全我未闻。真切，亦是格言。李白歌诗堪应诏，陈琳书檄偶从军。穷途无地酬知己，会待升平缉旧文。

杨兴宗

高陵人。宋既渡江，故兴宗有《龙南集》。

出剑门

呕哑鸣橹下长川，万叠青峰只眼前。山鹧啄馂红杏粉，杜鹃啼破绿杨烟。梦回蜀栈云千片，醉枕巴江月一船。物色谁分杜陵老，风骚牢落剑南天。

高公振

字特夫，金正隆进士，官至密州刺史。

裴氏西园

簿领沉迷倦不禁，偶从名胜此幽寻。竹阴疏处见潭影，人语定时闻鸟音。陈迹谩留千古恨，欢游聊慰十年心。多情一片梁园月，送我垂鞭出上林。意境闲静。

张　翰

字林卿，忻州秀容人。金大定二十八年进士。历东胜、义丰、会川令，补尚书省令史，除户部主事，迁监察御史。丁母忧，服阕，调山东路盐使。父忧，起复尚书省都事、户部员外郎。大安间，迁侍御史。贞祐初，为翰林直学士，充元帅府经历官，改户部侍郎。宣宗迁汴，翰规措扈从粮草至真定，上书言五事。翰雅有治剧才，所至辄办。迁河平军节度使、都水监、提控军马使，俄改户部尚书。庶事草略，经度皆有条理。卒谥达义。

再过回公寺

山州风土极边头，二十年中复此游。青鬓已随人事改，碧溪犹绕寺门流。齿发已衰，恒河如故，言之慨然。轻寒剪剪侵驼褐，小雪霏霏入蜃楼。为问劳生几时了，不禁长抱异乡愁。

195

步元举

生卒仕宦无考，关中人。

下第过榆次

栖迟零落未归人，已坐无成更坐贫。意气敢论题柱客，晨昏多负倚门亲。唐人下第诗多矣，唯杜荀鹤"只是难修骨肉书"句入情。兹说到"倚门亲"，则句中有血泪矣。囊空渐觉钱馀贯，衣敝翻饶虱满身。遥望秦关独惆怅，一天风雨落花春。

孙邦杰

字伯英，雄州容城人。邦杰少日住太学，有时名，所与游皆名士。贞祐初，中原受兵，朝廷隔绝。府治中高庭玉接纳奇士，号为"衣冠龙门"。大尹复兴甚之。会有为飞语者云："治中结客，将据河以反。"遂为尹所构，凡所与往来者，如雷渊、王之奇、辛愿俱陷大狱。邦杰出入府寺，人为出死力者多，得先事遁去。会赦乃归。兴定初，知世将乱，弃家为黄冠师。正大庚寅，没于亳州之太清宫，年五十有一。

烧笋

煨茁旧闻山谷语，劝耕还忆大苏诗。传将火候无多诀，留得天真又一奇。未放锦绷开束缚，已看玉版证茶毗。新切。白麻初拜惊烧尾，见此应惭富贵痴。

耶律履

字履道，契丹人。东丹王七世孙。学《易》，通《太玄》，至于阴阳历数，无不精究。尝以乡赋一试有司，以露索为耻，遂不就举。荫补国史掾。章宗朝，迁蓟州刺史，入翰林为修撰。历直学士待制、礼部尚书，特赐进士第。俄预淄王定册功，拜参知政事。明昌元年，进右丞相。薨，谥文献。

史院从事日感怀

不学知章乞鉴湖，不随老阮醉黄垆。试从麟阁诸贤问，肯屑兰台小史无。一战得侯输妄尉，长身奉米愧侏儒。肮脏之气流溢楮墨间。禁城钟定灯花落，坐拊尘编惜壮图。

197

梁　镗

字国宝,别字莹中。金大定十六年进士,历州县,稍迁警巡使。治尚严肃,权贵敛迹。朝廷知其才,知政事,资方正,敢言大事。北兵勋立和议,人有笑其懦者,卒如其言。未几卒于位。

留题长平驿

秦赵均为失霸图,起何残忍括何愚。杀降未见无祸者,累将其能有种乎?日暮悲风噎丹水,夜深寒月照头颅。快心千载杜邮剑,人所诛耶鬼所诛。硬语盘空,未见妥帖,且首尾俱劣,令人意兴索然。

张　楫

字巨济,先世泰州长春人,有官山阴者,遂占籍焉。曾祖颐宗,银青荣禄大夫。祖惠,怀远大将军。父天白,号县簿。楫,金明昌五年词赋第一,仕至镇戎州刺史。为人有蕴藉,善谈论,文赋诗笔,截然有律度,时人甚爱重之。《中州集》称"张内翰"云。

莲实

咏物诗妙在清新典切，后人学少陵空套，多以不着题为高，亦一尘障也。

水妃擎出绀珠囊，玉笋雕槃喜乍尝。肤白已挽新藕嫩，心青犹带小荷香。斗馀翠鸟零珍羽，飞尽黄蜂露蜜房。口腹累人良可笑，此身便欲老江乡。

辛　愿

字敬之，福昌人，年二十五，始知读书。音义有不通者，搜访百至，必通而后已，由是博极群书。且善于文辞，尤以是非黑白自任。每读人诗，必为之探源委，发凡例，解络脉，审音节，辨清浊，权轻重。片善不掩，微颣必指。如老吏断狱，文峻网密，丝毫不相贷，虽贻人怒骂，不恤也。性疏宕，不修威仪。贵人延客，愿麻衣草屦，足胫赤露，坦然于其间。剧谈豪饮，旁若无人。家甚贫，众雏嗷嗷，张口待哺。素负高气，又不能从俗俯仰，其枯槁憔悴，流离顿踣，一假诗以鸣。虽百沮之馀，其耿耿自信者不少变。元光初，李献能、元好问在孟津，愿往见之。献能为设美馔，愿放笑叹曰："平生饱食有数，每见吾二弟，必得嘉食。明日道路中，又当与老饥相抗去矣。会有一日，辛老子僵仆柳泉、韩城之间，以天地为棺椁，日月为含襚，狐狸亦可，蝼蚁亦可耳。"闻者悲之。

乱后还三首

敬之风格颇高，《乱后》诸作，清健深稳，琅琅可诵。

兵戈为客苦思乡，春暮还乡却自伤。典籍散亡山阁冷，松筠憔悴野园荒。莺衔晚色啼深树，燕掠春阴入短墙。邻里也知归自远，竞将言语慰凄凉。

乱后还家春事空，树头无处觅残红。棠梨妥雪沾新雨，杨柳飘绵飐晚风。谈笑取官惊小子，艰难为客愧衰翁。残年得见休兵了，收拾闲身守桂丛。

春来漂泊心情减，老去艰危气力微。芳草际天愁思远，干戈满地故人稀。怀金跃马时何有，问舍求田事已违。粝食敝衣聊自足，白头甘息汉阴机。

题游彦明林园

先生未老厌儒冠，筑室栽篱守岁寒。经史日长常满案，鱼虾溪近得供盘。幽花入室无多种，瘦竹关情只数竿。潇洒远辞车马迹，求官何必近长安。

不碍遥看冷翠微，"冷翠微"，凑。尽教丛竹映窗扉。篱根傍水知鱼乐，屋角邻花见鸟归。浊酒野芹安已久，华轩高马到从稀。人间回首皆堪鄙，羡汝幽栖得所依。结句弱。

函关

双峰高耸大河傍，自古函关一战场。紫气久无传道叟，黄尘那有弃襦郎。宋胡宿《函关》诗"望气竟能知老子，弃襦何不识终童"太质直，不如此诗之婉约也。烟迷短草秋还绿，露浥寒花晚更香。共说河山雄百二，不堪屈指算兴亡。

李　汾

字长源，平晋人。旷达不羁，好以奇节自许。避乱入关，关中无一人敢与相轩轾者。元光末，用荐书得从事史馆。从事职名，谓之书写，特抄书小史耳。汾素高亢，不肯屈世，乃今以斗食故，人以府史畜之，殊不自聊。馆中诸人，又多新进小生，史家凡例或未能尽知。就其所长，有不满，汾一笑。故刊修之际，汾在傍，则蓄缩惨沮，握笔不能下。汾正襟危坐，诵左丘明、司马迁文或数百言，音吐甚洪畅。诵毕，顾四坐曰：

"看。"秉笔诸人积不平，乃以嫚骂官长讼于有司。证左相半，逾年不能决。右丞师中遣东曹掾置酒和解之。寻入关，驱数马来京师。日以马价佐欢。道逢怨家，则画地大数而去。会恒山公武仙在邓，汾往说之，署行尚书省讲议官。既而参知政事思烈与仙相异同，惧汾言论，遂害之。汾，孝友廉介，过人者甚多，宁寒饿而死，终不作寒乞声向人。又善为诗，清壮磊落，有幽并豪侠慷慨之气，人以是称焉。

雪中过虎牢

长源诗，遗山称其磊落清壮，有幽并豪侠慷慨歌谣之气。

萧萧行李戛弓刀，蹋雪行人过虎牢。广武山川哀阮籍，黄河襟带控成皋。身经戎马心逾壮，天入风霜气更豪。横槊赋诗男子事，征西谁为谢诸曹。结意欠醒。

避乱西山作

三月都门昼不开，兵尘一夕卷风回。也知周室三川在，谁复秦庭七日哀。鸦啄腥风下阳翟，草衔冤血上琴台。夷门一把平安火，定逐恒山候骑来。

汴梁杂诗

天津桥上晚凉天，郁郁皇州动紫烟。长乐觚棱青似染，建章驰道直于弦。犬牙磐石三千国，圣子神孙亿万年。一策治安经济了，七句太庸熟。汉庭谁识贾生贤。

琪树明霞五凤楼，夷门自古帝王州。衣冠繁会文昌府，旄戟森罗部曲侯。美酒名讴陈广座，凝筛咽鼓送华辀。秦川王粲何为者，憔悴风尘坐白头。

楼外风烟隔紫垣，楼头客子动归魂。飘萧蓬鬓惊秋色，狼藉麻衣涴酒痕。天堑波光摇落日，太行山色照中原。谁知沧海横流意，独倚牛车哭孝孙。无限郁结，顿挫淋漓。末句寓意古人，沾沾自负，可想见长源之豪气矣。

寥落关山对月明，客窗遥夜梦魂惊。二年岐下音书绝，八月河南风露清。冉冉暮愁生草色，迢迢秋思入虫声。谁知广武英雄叹，老却穷途阮步兵。

州北

州北光风艳绮罗，南来扈从北人多。梨园法曲怀奴舞，月窟新声倩女歌。紫禁衣冠出金马，青楼阡陌瞰铜驼。薄游却忆开元日，常逐春风醉两坡。

再过长安

细柳斜连长乐坡，故宫今日重经过。一时人物存公论，万里云山入浩歌。白发归来几人在，青门依旧少年多。自怜季子貂裘敝，辛苦灯前读揣摩。情致清婉。

上清宫

忆昔秋风从茂陵，词臣忝预汉公卿。瑶池宴罢西王母，翠辇归来北斗城。石马嘶残人事改，劫灰飞尽海山平。唯馀太一池边月，伴我骖鸾上玉京。

避乱陈仓南山回望三秦追怀淮阴侯漫赋长句

凭高四顾战尘昏，鹑野山川自吐吞。渭水波涛喧陇坂，散关形势轧兴元。气格苍老。旌旗日落黄云戍，弓剑霜寒白草原。一饭悠悠从漂母，谁怜国士未酬恩。

麻 革

字信之，别号贻溪子，秉彝孙。有先人业在王官谷，革乐道不仕，教授生徒，以诗文自娱。房祺曰："贻溪与遗山诗学无慊，古文出其右。"当时以为公言。编《河汾诸老诗》，以革集冠其首。

晚步张巩田间

地入荒芜过客稀，村深门巷暮山围。悠悠独鸟穿云下，策策寒乌掠日飞。人事百年梧叶老，秋风万里稻花肥。兵尘河朔迷归路，惆怅平沙送夕晖。

张　宇

字彦升，临汾人。与同县房皞并从元遗山南游，传其诗学，号石泉先生。

感怀

世路羊肠剧险艰，天心应厌著儒冠。老无子息休心易，贫有交亲托事难。入情语笔能曲达。文字售人真滞货，廉平养己似闲官。羲经读罢无人会，庭竹萧森夜月寒。

元德明

字东岩，秀容人。唐礼部侍郎结之后。幼读书，鄙事不挂口，诚实乐易，洞见肺腑。布衣蔬食，家人不敢以生理累之。僮奴窃拾东家枣，立督令还。人负债，往往折券。累举不第，放浪山水间，终于家。工诗，有集三卷。子好问，最知名。

寒食再游福田寺

春山寂寂掩禅扉，复岭盘盘入翠微。布袜青鞋供胜践，粥鱼斋鼓荐玄机。清老。日烘幽径绿烟暖，风定晓枝红雨稀。曾是西堂读书客，不应啼鸟也催归。

段克己

字复之，河东人。著《遁斋乐府》。弟成己，字诚之，著《菊轩乐府》。两人登第，入元俱不仕，时人目为儒林标榜。

和家弟诚之社燕之作

欲归谁不遣君归，一起神情飞越。却恨归来事事违。烽火未休家信少，山川良是故人稀。黄金入手还能散，白雪盈头不肯飞。试问春愁多几许，长江滚滚日晖晖。

陈　赓

字子飏，别号默轩，临晋人。仲谦长子。擢明经，累官河东山西道行中书省参议。有才名，与弟庚俱从太原元好问游，诗文数相赠遗。官大同路儒学教授。房祺纂录其诗，自麻革、张宇、房皞、段克己、成己、曹之谦及赓兄弟八人，曰《河汾诸老诗集》。

送李长源

子飏兄弟与麻革、张宇、段克己、成己俱称河汾遗老，并与元裕之游。其诗风骨高骞，无纤靡之习，足见当日河汾诗学之盛矣。

月下孤鸿枕上鸡，高城今日又分携。九秋云气崤陵底，万里河声砥柱西。饮罢关山秋寂寂，诗成风雨暮凄凄。千金善保并州器，要放昆仑入马蹄。

寒食祀坟回登临西原废寺二首

前朝废寺枕山阿，尚有摩云窣堵波。故国已非唐日月，老僧犹指晋山河。年来筋力登临倦，乱后心情感慨多。石藓荒碑碎文字，他年更得几摩挲。

当年云构倚天开，一夕烟尘化劫灰。佛阁丹青馀瓦砾，禅房花木亦蒿莱。春风万里骚人怨，落日千秋杜宇哀。断础荒烟无限意，一章诗律为谁裁？

陈 庚

字子京。车玺《河汾诸老诗序》："金源氏自兴定以后，与元日寻干戈。士生其间，形之声诗，类多感慨悲歌之语，亦其时之使然也。若太原元遗山值金亡不仕，为河汾倡正学，麻贻溪、张石泉、房白云、陈子京、子颐、段克己、成己、曹兑斋诸老与遗山游，从宦寓中，一时雅合，以诗鸣河汾。大德间，房公祺编集成帙，今所传者是也。"则陈庚亦晋河汾人，金源遗民也。

答杨焕然

梁苑当年记盛游，乱离南北恨迟留。且教红袖歌金缕，莫对青山叹白头。人似赞皇迁蜀郡，诗如子美到夔州。传家况有元文在，应使童乌继纂修。

清明后书怀

花气薰人动竹斋，贪春狂思若为裁。蜂粘落絮飞还坠，燕认新巢去复来。乱后精神犹梦境，贫中风景剩诗才。江山信美非吾土，怀抱何时得好开。后半入情。

杜　瑛

字文玉，霸州信安人。金末避地缑山。忽必烈至相州，召瑛问计，瑛举法与兵、食三事对。忽必烈悦，命从行，以疾辞。中统初，征不至，除怀孟、彰德等路提举学校官，又不就。杜门著书，以终其身。临卒，命其子处立曰："吾死，当表吾墓曰缑山杜处士。"天历中，赠翰林学士，追封魏国公，谥文献。所著有《春秋地理原委》《语孟旁通》《律吕律历礼乐杂志》及文集若干卷。

邺南城

缑山力辞征聘，杜门著书，怀古数诗，殊落落有奇气。

王气消沉井径荒，北风日夜刮枯桑。鸢飞天上河声断，犬吠陵头日色苍。陆地百年沧海变，西陵千古暮云长。呜呜敕勒平川水，寒绕阴山恨未忘。

登古邺城

杖底行云拂古苔，袖边飘雨湿轻埃。风声尉帅黄龙去，水势朱家白马来。贯事迹于写景中，怀古诗又另是一格。往事无端随世变，野花依旧向人开。九原唤起陈书记，坐对三台共一杯。

三台怀古

岿然双塔夕阳明，慨想曹瞒旧典型。九锡初非基禅让，三分犹自愧英灵。水从石椁沉边白，山在香囊分处青。巧而伤浑，诗思自奇。空使羯奴夸壮健，西陵草木为谁醒。结句晦。

◎案：三台，曹魏所建铜雀、金兽、冰井三台。

杨云鹏

字飞卿，汝海人。工诗，为李献能所推许，元好问与为知己。金贞祐后，诗学为盛，而专力为诗者，惟飞卿一人。有《陶然集》。

真定龙兴寺阁

飞卿诗，遗山为之序云"荡元气于笔端，寄妙理于言外"，即此数首，可见其概。

插天飞构郁嵯峨，栏角涛声转暮河。孤鸟去边沧渚阔，落霞明处碧山多。伤时未遂陈三策，吊古犹堪赋九歌。安得天丁挽天汉，倒倾京雒洗干戈。

登濮州北城

层城高绝一攀跻，岁杪临风客思凄。烧入马陵秋草黑，雁横雪泽暮天低。陈台事往人何在？曹国川遥望欲迷。牢落壮怀谁与语？疏林残照乱鸦啼。

送张汉臣归保塞兼简张万户

十年文笔远从戎，籍籍名香幕府中。鞍马不教生髀肉，檄书端可愈头风。地连全赵山河壮，城镇三关鼓角雄。若见投壶祭征虏，为言白首坐诗穷。

李俊民

字用章，泽州人。得河南程氏之学。金承安五年，举进士第一，应奉翰林文字。弃官不仕，以所学教授乡里。金源南迁，隐于嵩山，后徙怀州，俄复隐于西山。既而变起仓猝，人服其先知。忽必烈在潜邸以安车召之，延访无虚日，遽乞还山。及即位，其言皆验。而俊民已死，赐谥庄靖。

读五代史

庄靖、静修俱金源遗逸，虽应征聘，而未尝仕元，故仍收入金诗，与遗山同例。

破却千金筑一台，折冲阃外望人才。中原山岳河分断，塞上牛羊草引来。西海正惊天狗堕，北人忽拥帝羓回。犹怜仙掌英灵在，能把潼关闭不开。

送赵庆之赴邠州

日暮匆匆数去程，一壶别酒为君倾。三年簿领妨行乐，十里溪山管送迎。溢浦芦花风里恨，渭城柳色雨中情。三峰无复同州看，休著新诗笑不平。句格深稳，渐近自然。

河上修桥

落魄天涯颇倦游，片帆归去得安流。几年无事夸犀首，一旦封侯看虎头。飞将正当南渡日，拾遗还是北征秋。龙钟不称凌烟像，只有山林志未酬。

和王季文襄阳变后二首

逐鹿中原未识真，指踪元自有谋臣。虞全不念唇亡国，楚恐难当舌在人。拔剑挽回牛斗气，举鞭蹙起汉江尘。相逢空洒英雄泪，谁是荆州一角麟？

天命须分伪与真，衙蜂战蚁尽君臣。蛟龙不是池中物，燕雀休嗤陇上人。衣不能胜嵇绍血，扇无可奈庾公尘。自从绝笔春秋后，谁复伤时为泣麟。

刘 因

字梦吉，雄州容城人。初从国子司业砚弥坚视训诂疏释之说，辄叹曰："圣人精义，殆不止此。"后于赵江汉复得周、程、张、邵、朱、吕之书，始曰："我固谓当有是也。"至元十九年，诏征为承德郎、右赞善大夫，教近侍子弟。未几，以母疾辞归。二十八年，以集贤学士、嘉议大夫召，固辞不就。帝曰："古所谓不召之臣者，其斯人之徒与？"三十年，卒，年四十五。赠翰林学士、资德大夫、上护军，追封容城郡公，谥文靖，学者称为静修先生。

渡白沟

静修诗骨清道，音调矫兀，亦燕赵感慨之遗。

蓟门霜落水天愁，匹马冲寒渡白沟。燕赵山河分上镇，辽金风物异中州。黄云古戍孤城晚，落日西山一雁秋。四海知名半凋落，天涯孤剑欲谁投。

忆郝伯常

一橛期分两国忧，长缨不到越王头。玉虹醉吸金陵月，玄鹤孤游赤壁秋。漠北苏卿重回首，天南王粲几登楼。飞书寄与平南将，早放楼船下益州。

遂城道中

铁城秋色接西垣，远客还乡易断魂。霸业可怜燕太子，战楼谁吊汉公孙。冷烟衰草千家冢，流水斜阳一点村。慰眼西风犹有物，太行依旧压中原。

白沟

宝符藏山自可攻，首句失粘。儿孙谁是出群雄。幽燕不照中天日，丰沛空歌海内风。赵普原无四方志，澶渊堪笑百年功。白沟移向江淮去，止罪宣和恐未公。移宣和之罪于神德，千古名言。

◎案："符"字平而位仄，谓之失粘。诗文声律用字，以四声中平声字称平，上、去、入三声称仄。旧体诗词用字讲求平仄交替，使声调谐协。宋陈鹄《耆旧续闻》卷四："近代声律尤严，或乖平仄，则谓之失粘。"

七月九日往雄州

秋声浩荡动晴云，感慨悲歌气尚存。洒落规模馀显德，承平文物记金源。显德不永年，燕云所以终弃也。生存华屋今焦土，忠孝遗风自一门。白发相逢几人在，苍烟乔木易黄昏。

元好问

字裕之，号遗山，山西秀容人。七岁能诗，年十有四，从陵川郝晋卿学。不事举业，淹贯经传百家，六年而业成，为《箕山》《琴台》等诗。礼部赵秉文见之，以为近代无此作也，于是名震京师。天兴中，为行省左司员外郎。自兴定间，多寓鄜城，与麻知几倡和。所裒《中州集》。

岐阳三首

遗山天才清赡，诗格老苍，声调之美，铿轰金石，波澜之阔，澶漫鱼龙。盖得少陵之神魄，而不袭其形貌，固可以笼络数百年来跳踉之习，非直弁冕金元已也。

突骑连营鸟不飞，北风浩浩发阴机。三秦形胜无今古，千里传闻果是非。偃蹇鲸鲵人海涸，分明蛇犬铁山围。穷途老阮无奇策，空望岐阳泪满衣。

百二关河草不横，十年戎马暗秦京。岐阳西望无来信，陇水东流闻哭声。野蔓有情萦战骨，残阳何意照空城。从谁细向苍苍问，争遣蚩尤作五兵。

眈眈九虎护秦关，懦楚羸齐机上看。禹贡土田推陆海，汉家封徼自天山。北风猎猎悲笳发，渭水萧萧战骨寒。三十六峰长剑在，倚天仙掌惜空闲。

壬辰十二月车驾东狩后即事五首

辞赡调高，可歌可泣，魄力似少陵《诸将》五首，而声情之凄怆过之。

翠被匆匆见执鞭，戴盆郁郁梦瞻天。只知河朔归铜马，又说台城坠纸鸢。血肉正应皇极数，衣冠不及广明年。何时真得携家去，万里秋风一钓船。

惨澹龙蛇日斗争，干戈真欲尽生灵。高原水出山河改，战地风来草木腥。精卫有冤填瀚海，包胥无泪哭秦庭。并州豪杰知谁在，莫拟分军下井陉。

郁郁围城度两年，愁肠饥火日相煎。焦头无客知移突，曳足何人与共船。白骨又多兵死鬼，青山元有地行仙。西南三月音书绝，落日孤云望眼穿。

万里荆襄入战尘，汴州门外即荆榛。蛟龙岂是池中物，虮虱空悲地上臣。乔木他年怀故国，野烟何处望行人？秋风不用吹华发，沧海横流要此身。

五云宫阙露盘秋，银汉无声桂树稠。复道渐看连上苑，戈船仍拟下扬州。曲中青冢传新怨，梦里华胥失旧游。去去江南庾开府，凤凰楼畔莫回头。五首系元攻汴京，金主出奔河北时作。

癸酉四月二十九日出京

塞外初捐宴赐金，当时南牧已骎骎。只知灞上真儿戏，谁谓神州竟陆沉。此元兵入汴时也。华表鹤来应有语，铜槃人去亦何心。兴亡谁识天公意？留著青城阅古今。金取宋于青城受降。

◎案："癸酉"，当作"癸巳"。

秋夜

九死馀生气息存，萧条门巷似荒村。春雷谩说惊坏户，皎日何曾入覆盆。此为汴京之难言之，郝伯常《辨磨甘露碑》诗云"作诗为告曹听翁，且莫独罪元遗山"，殆为覆盆雪冤矣。济水有情添别泪，吴云无梦寄归魂。百年世事兼身事，尊酒何人与细论。

出都二首

金以大兴府为中都，此金亡后出中都所作。

汉宫曾动伯鸾歌，事去英雄可奈何？但见觚棱上金爵，岂知荆棘卧铜驼。神仙不到秋风客，富贵空悲春梦婆。行过卢沟重回首，凤城平日五云多。

历历兴亡败局棋，登临疑梦复疑非。断霞落日天无尽，老树遗台秋更悲。沧海忽惊龙穴露，广寒犹想凤笙归。从教尽刬琼花了，留在西山尽泪垂。原注：寿宁宫有琼花岛、绝顶广寒殿，为黄冠辈所撤。此进退格，与落韵者殊。

◎ 案：进退格，也作"进退韵"，用两个相近韵部押韵，隔句递换用韵，一进一退，故名。严羽《沧浪诗话·诗体》："有辘轳韵者，双出双入。有进退韵者，一进一退。"郭绍虞校释："若律诗先二韵甲，次二韵乙，为辘轳格。两韵间押，为进退格。"此诗非、悲、归，是微韵；棋，是之韵；垂，是支韵。三韵间押也。

帝城

此遗山初仕时诗，句格亦近宋人。

帝城西下望孤云，半废晨昏愧此身。世俗但知从仕乐，书生只合在家贫。悠悠未了三千牍，碌碌翻随十九人。预遣儿书报归日，安排鸡黍约比邻。

颍亭

颍上风烟天地回，颍亭孤赏亦悠哉。春风碧水双鸥静，落日青山万马来。出句清丽，对句雄阔。胜概消沉几今古，中年登览足悲哀。远游拟续骚人赋，所惜匆匆无酒杯。

219

山中寒食

小雨斑斑浥曙烟，平林簇簇点晴川。清明寒食连三月，颍水嵩山又一年。乐事渐随花共减，归心长与雁相先。平生最有登临兴，百感中来只慨然。浏漓顿挫，其声哀以思。

三仙祠

三仙祠下往来频，憔悴征衫满路尘。箫鼓未休寒食酒，樵苏时见旧都人。吹残芳树红仍在，展破平田绿已匀。西北并州隔千里，几时还我故乡春。句格清壮，笔外有神。简斋、遗山并臻此妙。

眼中

眼中时事益纷然，拥被寒窗夜不眠。骨肉他乡各异县，衣冠今日是何年。三四句中自为对，音调尤觉凄。枯槐聚蚁无多地，秋水鸣蛙自一天。何处青山隔尘土，一庵吾欲送华颠。

外家南寺

郁郁楸梧动晚烟，一庭风露觉秋偏。眼中高岸移深谷，愁里残阳更乱蝉。三四亦句中各对。去国衣冠有今日，外家梨栗记当年。白头来往人间遍，依旧僧窗借榻眠。伤今追昔，俯仰情深。

横波亭

孤亭突兀插飞流，气压元龙百尺楼。万里风涛接瀛海，千年豪杰壮山丘。疏星澹月鱼龙夜，老木清霜鸿雁秋。倚剑长歌一杯酒，浮云西北是神州。

李长源

冀都事死东州祸，李翰林亡陕府兵。方为骚人笺楚些，更禁诗客堕秦坑。石苞本不容孙楚，黄祖安能贷祢衡。此四哀之一，以孙楚、祢衡比长源，极确。同甲四人三横隙，此身虽在亦堪惊。

寄杨飞卿

客梦悠悠信转蓬，藜床殷殷动晨钟。西风白发三千丈，故国青山一万重。健对。沙水有情留过雁，乾坤多事泣秋蛩。三间老屋知何处，惭愧云间陆士龙。

感事

富贵何曾润髑髅，直须淅米向矛头。血雠此日逢三怨，风鉴平生备九流。瓢饮不甘颜巷乐，市钳真有楚人忧。世间安得如川酒，力士铛头醉死休。

过应州

平野风埃接戍楼，边城三月似穷秋。人家土屋才容膝，驿路骈车不断头。随俗未甘尝马湩，敌寒直欲御羊裘。十年紫禁烟花绕，此日云山是应州。边城风景宛然。

人日有怀愚斋张兄纬文

书来聊得慰怀思，清镜平明见白髭。明月高楼燕市酒，梅花人日草堂诗。风光流转何多态，儿女青红又一时。涧底孤松二千尺，殷勤留看岁寒姿。

洛阳

千年河岳控喉襟，一日神州竟陆沉。已为操琴感衰涕，更须同辇梦秋衾。城头大匠论蒸土，地底中郎待摸金。六句谓发冢者，庾才卿"玉光照夜新开冢"即此意。拟就天公问翻覆，蒿莱丹碧果何心。

七律指南甲编卷五　元一百三十首

赵孟頫

字子昂，宋秦王德芳之后，湖州人。宋末为真州司户参军，至元中，以程钜夫荐，授兵部郎中，迁集贤直学士，出同知济南总管府，历江浙等处儒学提举。延祐中，累擢翰林学士承旨、荣禄大夫，得请归。至治初卒，年六十九。追封魏国公，谥文敏。工书画。有《松雪斋集》。

钱塘怀古

子昂以宋王孙入仕，始倡元风，其论律句，谓"用虚字殊不佳，中两联填满方好"，虽矫西江之失，实开堆垛杂凑之弊。

东南都会帝王州，三月莺花非旧游。故国金人泣辞汉，当年玉马去朝周。湖山靡靡今犹在，江水悠悠只自流。千古兴亡尽如此，春风麦秀使人愁。

223

和姚子敬秋怀五首　录三首

铜雀春深汉苑空，邯郸月冷照秦宫。烟花楼阁西风里，锦绣湖山落照中。河水南来非禹迹，冀方北去有唐风。溪声秋色催迟暮，愁对黄云没断鸿。"铜雀""汉苑""邯郸""秦宫"俱不连贯，"春月""西风""落照""秋色""黄云"亦俱杂奋。东家之颦，寿陵之步，未免贻误后人也。

搔首风尘双短鬓，侧身天地一儒冠。中原人物思王猛，江左功名愧谢安。苜蓿秋高戎马健，江湖日短白鸥寒。金尊绿酒无钱共，安得愁中却暂欢。此首除起二句割裂，馀俱爽健可诵。

吴宫烟冷水空流，惨澹风云暗九秋。禾黍故基曾驻辇，芙蓉高阁迥添愁。绣楹锦柱蛟龙泣，金沓瑶阶鹿豕游。宋玉平生最萧瑟，欲将《九辩》赋离忧。剽窃杜句，连缀成章，生吞坼洗之诮，不待李空同矣。

岳鄂王墓

鄂王墓上草离离，秋日荒凉石兽危。南渡君臣轻社稷，中原父老望旌旗。英雄已死嗟何及，天下中分遂不支。莫向西湖歌此曲，水光山色不胜悲。此诗脍炙人口，却是子昂本色，清而欠炼。

◎案：宗亲而事仇雠之国，其吊鄂王不知所以也。

溪上

溪上东风吹柳花，溪头春水净无沙。白鸥自信无机事，玄鸟犹知有岁华。锦缆牙樯非昨梦，凤笙龙管是谁家。令人苦忆东陵子，拟问田园学种瓜。此种学杜，便觉意趣横生，不在填实句也。

纪旧游

二月江南莺乱飞，起句亦有百花争放之妙。杂花满树柳依依。落红无数迷歌扇，嫩绿多情妒舞衣。金鸭焚香川上暝，画船挝鼓月中归。如今寂寞东风里，把酒无言对落晖。

见章得一诗因次其韵

此与《溪上》一首，仿佛工部"雀啄江头黄柳花"篇格，后山、简斋皆学此种，与剽窃字句、规摹《秋兴》等篇者不同。

水色清涟日色黄，梨花淡白柳花香。即看时节催人事，更觉春愁恼客肠。无酒难供陶令醉，从人皆笑郦生狂。城南风暖游人少，自在晴丝百尺长。

多景楼

层颠官阁几时修，绕槛长江万古流。白露已零秋草绿，斜阳虽好暮云稠。写景得比兴体，有美人迟暮之思。平南筹策张华得，治内人才葛亮优。景物未穷登览兴，七句拙。角声孤起瓮城秋。

继郑鹏南书怀

岂不怀归苦未闲，宦情羁思不成欢。开手即多用虚字，恰是绝好宋诗，亦何必过矫也。可能治郡如龚遂，只合临流似幼安。棋局懒从先处着，医方留取用时看。夜来梦到苕溪上，一枕清风六月寒。

袁　易

字通甫，长洲人。为石洞书院山长，归隐吴淞之滨，赵孟頫最重之作《卧雪图》以赠。有《静春堂稿》。

春雨漫兴

日日春阴只欲眠，强寻南陌与东阡。犹残碧树花多少，莫惜金尊酒十千。象管乌丝题往事，玉箫锦瑟负华年。愁来只对西山坐，卷起疏帘翠接天。整丽。

过长安堰

霜落天清木叶零，我非王事亦宵征。三更灯火鱼龙动，千里星河雁鹜鸣。写水次景极雄阔。大舶低昂衔尾进，扁舟来往一身轻。抱关恐有高人隐，野客低头愧送迎。

和师言穷居即事

雨声连夕乱鸣檐，野色今朝稍入帘。绿树成围黄鸟度，青天欲尽白波粘。奇句真景。熊经懒戏愁危坐，鹊语无凭喜漫占。若话浮名身外事，画蛇无足不须添。

尹廷高

字仲明，遂昌人。其父竹坡，当宋季以能诗称。廷高遭乱转徙，历二十年始归故乡。尝掌教于永嘉，谢病归。所著有《玉井樵唱正续稿》。

钱塘怀古

黄旗紫盖竟悠悠，石镜尘昏王气休。江上怒涛空拍岸，海门孤障自横秋。琵琶晓月青娥泪，禾黍西风墨客愁。寄语湖山半闲老，当时肉食为渠羞。通甫、仲明俱南宋遗逸，故其诗清丽芊绵，自饶韵致。黍离之感，则仲明尤深焉。

会稽古陵

彩云散去老松衰，劫换灰馀世已非。地冷玉鱼犹未朽，海深金雁亦能飞。五陵王气有时尽，万里中原无日归。牧竖亡羊千古恨，九疑山下一沾衣。

过故里感怀

松竹荒凉二十春，衣冠散尽只空村。烧明断堑山云暝，鬼哭寒芜巷月昏。水涸蛟龙移窟宅，草深狐兔长儿孙。乱后村墟，写得惨目。谁将一夜昆仑雨，净洗千峰见绿痕。

郝　经

字伯常，陵川人。元中统元年，拜翰林侍读学士，充国信使。使宋，贾似道拘之真州，凡十有六年，始得归。先是，有以雁献者，命畜之。雁见公，辄鼓翼引吭，似有所诉者。公感悟，择日率从者，具香案，北向拜，舁雁至前，手书尺帛，亲系雁足而纵之。其辞曰："霜落风高恣所如，归朝回首是春初。上林天子援弓缴，穷海累臣有帛书。中统十五年九月一日放雁，获者勿杀，国信大使郝经书于真州勇军营。"后虞人获之苑中以闻，世皇恻然，曰："四十骑留江南，曾无一人雁比乎？"遂进师南侵，越二年，而宋亡。

营独山谷

陵川得诗法于遗山，犹有金源豪迈之气。

秋风猎猎建牙旗，月澹昏黄马不嘶。区脱定时林影黑，逻兵行处草声低。豺狼远迹终宵遁，乌鹊惊飞到晓啼。中夜几回还自惜，缺壶歌罢意凄迷。

题汶阳王太师彦章庙

句句切，如此种题，不着议论，更无空套可以支吾，然下士则又以为史断矣。

不许乾坤属李唐，孤军直与决存亡。大梁仅得延三日，匹马犹能敌五王。谁意人间有冯道，幸因身后遇欧阳。千年豹死留皮在，破冢风云绕铁枪。

沙洲夜泊

一来驻泊便淹旬，洲渚人家雁鹜村。满地月明疑白昼，半帆烟影易黄昏。天连平楚无边阔，河入长淮彻底浑。雄阔语，切而不浮。夷甫诸人凭寄语，莫教石勒上东门。

刘秉忠

字仲晦，其先瑞州人，世仕辽，为官族。曾大父仕金为邢州节度使，因家焉，遂为邢人。秉忠年十七，为邢台节度使府令史，以养其亲。居常郁郁不乐，即弃去，隐武安山中。后游云中，留居南堂寺。世祖在潜邸，海云禅师被召，过云中，闻其博学多材艺，邀与俱行。既入见，应对称旨，屡承顾问。海云南还，秉忠遂留藩邸。至元初，拜光禄大夫，位太保，参预中书省事。卒年五十九，赠太傅，封赵国公，谥文贞，后赠太师，封常山王。自幼好学，至老不衰。为诗萧散闲淡，如其为人。有文集十卷。

过天井关

何等眼界，何等胸襟，的知非文士吐属也。

云冷风高天井关，太行岭上看河湾。九州占绝中原地，一堑拦回左界山。王霸分争图未卷，英雄鏖战血犹殷。华阳春草年年绿，汗马南来不放闲。

吴　澄

字幼清，晚称伯清，号草庐，抚州崇仁人。官至翰林学士，赠江西行省参知政事。卒谥文正。以文章道德称于时。有《草庐集》。

泗河

泗堤四望尽平原，丛苇荒茆十室烟。淮北更无生草地，江南已是落花天。阴风汹汹浮孤艇，春雨蒙蒙冥一川。只有渔翁犹世业，长蓑短笠浅滩前。情致绵邈。

李思衍

字克昌，馀干人。丞相巴延渡江，遣武良弼下饶，以思衍权乐平，寻授袁州治中，入为国子司业。忽必烈以安南未附，屡遣将攻之不克，召拜礼部侍郎。副参议图噜奉使招谕，及至，思衍曰："大国之臣，不拜小国之君，礼也。"王笑曰："敬其主以及其使，亦礼也。"遂抗礼。思衍宣谕威德，辞语简切，王大敬之。明日，奉表款附，赆使甚厚。时图噜受，思衍不受。既还，上劳慰，问所赆，怒图噜受，思衍曰："图噜受，安小国之心；臣不受，全大国之体。"上贤之。有《两山诗集》。

汴京怀古

沧海成田艮岳荒，谁能行役不彷徨。青城北狩隔万里，次句率，三句平仄失调。花石南来宝几纲。土暗尘昏天水碧，风轻雨过女真黄。宣和中，牡丹尚女真黄，与天水碧同谶。无人可语宣和事，九些陈留酹一觞。末句不贯。

232

袁　桷

字伯长，庆元人。为丽泽书院山长。大德初，阎复等荐为翰林国史院检阅官。自号清容居士。年六十有二，以疾终。赠江浙行中书参知政事护军，追封陈留郡公，谥文清。有文集五十卷。

送虞伯生降香还蜀省墓再次韵二首

伯常酷学义山，专工队仗，而体骨痴重，无复生动之趣，亦荆州之享士牛也。

振衣千仞俯云低，扪历星辰履剑梯。度坂正须三尺箠，入关应笑一丸泥。神君祭重祠青马，墨客才工颂碧鸡。万里遨头端不负，花开缓醉玉东西。

◎案：享士牛，刘表之千斤大牛也。南朝宋刘义庆《世说新语·轻诋》：“桓公懔然作色，顾谓四坐曰：‘诸君颇闻刘景升不？有大牛重千斤，啖刍豆十倍于常牛，负重致远，曾不若一羸牸。’”“玉东西”，酒也。

阁道新平旧石摧，望乡使客意嵬嵬。次句恶劣。犀牛坐见降王去，杜宇声随望帝来。四句亦拙。三卯录成魂有磷，五丁神泣劫扬灰。椎酾欲作乡邻会，挥手先催弩矢回。

送王继学修撰马伯庸应奉分院上都二首　录一首

浅坡平迭碛漫漫，拂岭青帘罨画看。毡屋起营羊胛熟，土房催顿马通乾。桐官走驿传金椀，冰正分荄贮玉盘。莫上乡台望南北，白云微处是枪竿。

寄王仪伯太守

维扬太守文章伯，故垒荒烟取次题。逆浪风高淮白上，寒沙云落海青低。前半气脉不贯。"羊胛""马通""海青""淮白"，俱佳对。极知后土花如雪，不惜平山醉似泥。跋马使君官驿畔，扬鞭却在夕阳西。结亦欠清晰。

送巨德新四川省郎中

退食公庭日未西，浣溪清雨换障泥。公庭西日何以便接浣溪清雨？筹边旧式传铜马，吊古新诗问石犀。荔子绿阴鹦鹉过，杏花红影秭归啼。遨头雅集须频领，不惜邮筒取次携。

过杨州忆昔四首　录一首

萧萧冻雨湿旌旄，犹著殷红旧战袍。金盔昔闻归马埓，牙牌谁肯信龙韬？楼头换箭鼓声急，堂上传杯歌韵高。到底奸雄有真态，木棉庵畔鬼车号。对仗虽工，弥觉重滞。

伯庸开平书事次韵四首　录一首

沉沉棕殿内门西，曲宴名王舞马低。桂蠹除烦来五岭，
冰蚕却暑贡三齐。镂错似义山。金罂醅重凝花露，翠釜膏浮透
杏泥。最爱禁城千树柳，归鸦拣尽不曾栖。

马伯庸拟李商隐无题次韵四首　录一首

白发词臣两耳垂，华腴堆吻陋牛医。次句亦不清，为韵缚也。
宫娥引烛催麻日，院吏传更写制时。蜡撚化生秋夕赐，翠标
叠胜岁华移。低头欲说唐朝旧，愿侍虚皇进玉卮。结句不相呼应。

马祖常

字伯庸，本西域人。父润，同知漳州路总管府事，家于
光州。祖常七岁知学。延祐初，中廷试第二，授应奉翰林文字，
累迁陕西行台中丞。卒赠魏郡公，谥文贞。祖常立朝既久，
多所建明，工于文章，自成一家言。诗尤圆密清丽。文宗谓
中原硕儒唯祖常云。有文集行于世。

奉和奥屯都事秋怀

灵河七夕巧云稠，坠露声清夜得秋。月冷桂花飘左界，山寒荔子落东瓯。人怜纨绮裁衣袂，谁借蒲葵剪扇头？竹影近窗砧杵急，梦随南客问行舟。*伯庸学义山，藻采斐然而意理多不可通晓，盖西昆之靡者也。三四似奇而难解，五六"人怜""谁借"亦无意，结尤呓语。此种诗派最误人。*

和继学郎中送友归越中

蓟门东望海无波，谁许山人问薜萝？雀舫春声留水燕，鹄袍秋影动天鹅。*起便模糊，三四"雀""燕""鹄""鹅"极力组织而不可解。*鉴湖草满芙蓉少，鄞县潮来牡蛎多。羞见京尘遮帽顶，羊裘亦欲换渔蓑。

无题

三湘潇洒恨无潮，乌鹊填河愿有桥。丹穴凤来龙树远，海门鱼去蜃楼遥。已知京兆夸高髻，不信章华斗细腰。船尾横江春水急，长年无事醉吹箫。*镂金错采，一片漫糊。义山《无题》，遂成尘劫。*

野兴

沧洲梅发月生波，屋角寒藤半挂萝。月生波、藤挂萝，俱凑。孤石隐林真似马，乱云渡水却如鹅。步随野老逢人少，闲过邻家有酒多。三四野外真景，"有酒多"稚。转忆江南粳稻熟，夜归冲雨借田蓑。

贡　奎

字仲章，宣城人。为齐山书院山长。时方议行郊祀礼，奎讨定上之，朝廷多采其说。迁应奉翰林文字，纂修《成宗实录》，终集贤直学士，谥文靖。

无题

驰道尘香逐玉珂，彤楼花暖弄云和。春风渐绿瀛州草，细雨微生太液波。尚不秾腻，胜于伯庸。月榭管弦鸣曙早，水亭帘幕受寒多。少年易动伤春感，唤取佳人对酒歌。

五月三日出城南书所见

短衣出郭暑风清，衮衮西山晚日明。密树藏村疑断径，"疑

237

断径"，意不醒。小桥分市带荒城。碧涵波晕随鱼没，白隐沙痕逐马生。到眼天机无解处，五六写景入细，七句晦。乱鸦欲息更纵横。

◎案：疑，犹如也。套用陆放翁"山穷水复疑无路"也。

张养浩

字希孟，济南人。天历二年，关中大旱，饥民相食，特拜陕西行台中丞。既就道，遇饿者则赈之，死者则葬之。道经华山祷雨岳祠，泣拜不能起。天忽阴翳，一雨二日。及到官，复祷于社坛，大雨如注，水三尺乃止，禾黍自生，秦人大喜。时斗米直十三缗，民持钞出籴，稍昏即不用，诣库换易，则豪猾党蔽易十与五，累日不可得，民大困。乃检库中未毁昏钞文可验者，得一千八十五万五千馀缗，悉以印记其背。又刻十贯、五贯为券，给散贫乏，命米商视印记出粜，诣库验数以易之，于是吏弊不敢行。到官四月，未尝家居，止宿公署。夜则祷于天，昼则出赈饥民，终日无少息。每一念至，即抚膺痛哭，遂得疾不起，卒年六十。关中之人哀之如失父母。至顺二年，赠陕西等处行中书省平章政事，谥文忠。善文，尤工诗，有《三事忠告》。

登泰山

希孟句律极清，兼有豪宕之气，《登泰山》诗尤为高唱。

风云一举到天关，快意平生有此观。万古齐州烟九点，五更沧海日三竿。向来井处方知隘，今后巢居亦觉宽。笑拍洪崖咏新作，满空笙鹤下高寒。

留别乡里诸友

粉署衔香十许年，故乡重到重流连。子牟恋阙心空赤，江总还家鬓尚玄。金镂歌残华鹊月，兰舟摇碎泺湖烟。一襟离恨东州路，莫讶羸骖不肯前。

建宁道中

行尽溪山得市廛，桥楼深入路绵延。商帆腥带诸蕃雨，天宇昏连百粤烟。言语不通刚作字，道途良苦且停鞭。老兵来报肩舆稳，使我愀然愧昔贤。结用半山不敢以人代畜意，然欠明晰。

◎案：邵伯温《邵氏闻见录》卷十一："王荆公（安石）辞相位，居钟山，惟乘驴。或劝其令人肩舆，公正色曰：'自古王公虽不道，未尝敢以人代畜也。'"

黄州道中

濯足常思万里流，几年尘迹意悠悠。闲云一片不成雨，黄叶满城都是秋。前四句气脉不贯。落日断鸿天外路，西风吹笛水边楼。梦回已悟人间世，犹向邯郸话旧游。

寄诸友自和

身与功名果孰亲，万钟何似一瓢真。若教宇宙无难事，未必山林有退人。切透世情，古今同慨。遗语五千方外教，行窝十二洛中春。老怀久矣忘机巧，猿鹤欣欣燕雀驯。

秋日村居

衰年卜宅喜山村，俗事经年不到门。疏雨与秋添索莫，远烟因晦学黄昏。锤炼似半山。倚松野叟清于鹤，偷果溪童捷似猿。莫笑吾庐太孤僻，尘嚣终胜市朝喧。

曹伯启

字士开，砀山人。以荐擢西台御史，历司农丞、集贤学士、御史台侍御史。泰定初，引年归。天历中，召为淮东廉访使、陕西诸道行御史台中丞，不起，卒于毗陵。赠行中书左丞、上护军，追封鲁郡公，谥文贞。有《汉泉漫稿》。

题伏波将军庙

佐汉功臣矍铄翁，择君不受子阳封。椒房偶累云台像，薏苡还伤铜柱功。幸自生前识朱勃，不妨床下拜梁松。五溪未服星先陨，文叔端难比沛公。通首铺排本事，以议论驭题，与郝陵川、王彦章庙诗同一机轴。用东冬两韵，此进退格。

◎案：元代东冬已不别矣。

冯子振

字海粟，攸州人。仕至承事郎、集贤院待制，自号瀛洲洲客。有《梅花百咏》。

登金山

双塔嵯峨耸碧空，烂银堆里紫金峰。江流吴楚三千里，山压蓬莱第一宫。三四极力开拓，尚能切题。云外楼台迷鸟雀，水边钟鼓震蛟龙。问僧何处风涛险，郭璞坟前浪打风。此亦进退格。

陈　孚

字刚中，号笏斋，临海人。至元中，以布衣上《大一统赋》，署上蔡书院山长，调翰林国史院编修官、摄礼部郎中。副梁曾使安南，还除翰林待制兼国史院编修官。出为建德路总管府治中，再迁衢州。秩满，授奉直大夫、台州路总管府治中。有《观光》《交州》《玉堂》诸稿。

凤凰山

笏斋天才英特，诗多任意而成。涌泉之思，垂露之笔，不雕绘而工，不摹拟而古。

浮屠百尺耸亭亭，落日鸦啼野蔓菁。故国尽消龙虎气，荒山空带凤凰形。金根辇路迎禅驾，玉树歌台语梵铃。惟有钱塘江上月，年年随雁过寒汀。

242

平江

沧浪亭下望姑苏，千尺飞桥接太湖。故里空传吴稻蟹，寒祠犹记晋莼鲈。芙蓉夜月开天镜，杨柳春风拥画图。五六词丽而无意，不如三四之沉着。为问馆娃歌舞处，莺花还似昔年无？

金山寺

句句贴题，不肯作廓落语。

万顷天光俯可吞，壶中别有小乾坤。云侵塔影横江口，潮送钟声过海门。僧榻夜随蛟室涌，佛灯秋隔蜃楼昏。年年只有中泠水，不受人间一点尘。尘字出韵。

◎案：真魂合韵，为进退格，非出韵也。

过卢沟桥

去天尺五禁城西，华表亭亭柳拂堤。海上飞来双蟠蛛，云间拥出万狻猊。四句形容极切。太行山色浮鲸浪，上国秋声送马蹄。谁识太微天极象，迢迢河汉玉绳低。

真定怀古

千里桑麻绿荫城，万家灯火管弦清。恒山北走见云气，滹水西来闻雁声。挺健。主父故宫秋草合，尉陀荒冢莫烟平。

243

开元寺下青苔石，犹有当时旧姓名。

邯郸怀古

数点寒峰拥翠岚，丛台日落见漳南。火枯襄子残铜斗，土蚀平原旧玉簪。*杜缑山一派。* 宫闭沙丘空有雀，兵吞函谷已如蚕。回仙逆旅今存否？世上黄粱梦正酣。

鄂渚晚眺

黄鹤楼前木叶黄，白云飞尽雁茫茫。橹声摇月归巫峡，灯影随潮过汉阳。*四句神来，读此觉水次夜景，宛然在目。* 庾令有尘污简册，祢生无土盖文章。阑干只有当年柳，留与行人记武昌。

永州

烧痕惨澹带昏鸦，数尽寒梅未见花。回雁峰南三百里，捕蛇说里数千家。*用事之工，出人意表。* 澄江绕郭闻渔唱，怪石堆庭见吏衙。昔日愚溪何自苦，永州犹未是天涯。

马王阁

千山万山紫翠芒，巍阁突起山中央。煜煜金身兜率佛，棱棱铁面扶风王。烟云浮动貔虎气，日月飞绕猰㺄光。回望交州渺何处，孤鸢跕跕南海黄。

禄州遇大风

岩壑惊摇树木摧，满空苦雾卷尘埃。黑风鬼国漂流去，赤县神州梦寐回。*涉笔成趣，游戏神通。* 病马不嘶毛似猬，征夫相对面如灰。夜深不解征衣睡，况有翻盆急雨来。

交州使还感事二首

二诗用典，俱极精切。

少年偶此请长缨，命落南州一羽轻。万里上林无雁到，三更函谷有鸡鸣。金戈影里丹心苦，铜鼓声中白发生。已幸归来身健在，梦回犹觉瘴魂惊。

宝剑金符笑此身，灞陵今是旧将军。榻前未上征辽疏，囊底空留谕蜀文。七十亲闱双鬓雪，八千客路一鞭云。何时归棹烟江上，闲对沙鸥洗瘴氛。

燕山除夜简唐静卿待制张胜非张幼度编修

万井笙歌彻晓闻，千官待漏夜纷纷。奴星有柳祠穷鬼，臣朔无柑遗细君。长乐钟声敲碧汉，广寒帘影卷红云。自知报国无他技，赖有诗书可策勋。无语不隽。

与李子构读开元天宝遗事

四十乾坤拱紫宸，"乾坤"二字不贯。东风只属倚阑人。玉
凫波暖骊山晓，金猰烟横绣岭春。七夕有钗留羽客，千秋无
镜泣孤臣。红尘一骑君休笑，中有渔阳万骑尘。"七夕"一联属
对精警，结亦善于用意。

◎案：乾坤，犹天下也。四十乾坤，谓明皇统御四十年也。

开平即事二首

百万貔貅拥御闲，滦江如带绿回环。势超大地山河上，
人在中天日月间。金阙觚棱龙虎气，玉阶闾阖鹭鹓班。微臣
亦有河汾策，愿叩阊风上帝关。

天开地辟帝王州，河朔风云拱上游。雕影远盘青海月，
雁声斜送黑山秋。雄伟。龙冈势绕三千陌，月殿香飘十二楼。
莫笑青衫穷太史，御炉曾见衮龙浮。

虞　集

　　字伯生，号邵庵，仁寿人，宋丞相允文五世孙。以荐为大都路儒学教授，历国子助教、博士，累官秘书少监、翰林直学士兼国子祭酒。天历中，除奎章阁侍书学士，命修《经世大典》。进侍讲学士。卒，赠江西行中书省参知政事，封仁寿郡公，谥文靖。有《道园学古录》。

送袁伯长扈从上京

伯生律既精严，词尤典雅，汉廷老吏，自负非夸。

　　日色苍凉映赭袍，时巡毋乃圣躬劳。天连阁道晨留辇，星散周庐夜属橐。白马锦鞯来窈窕，紫驼银瓮出蒲萄。从官车骑多如雨，只有杨雄赋最高。

次韵国子监同官

　　坐隐乌皮髀肉消，诸生应笑懒边韶。阶前老马随秋草，袖里遗编俟早朝。老健。乞米西邻晨有粥，留家南国暑无绤。经明亦是归耕好，清梦无待万里桥。

247

送张兵部巡视运河

画桥冰泮动龙舟，鸭绿粼粼出御沟。使者旌旗穿柳过，人家凫雁傍溪浮。运河风景极切。桃花吹雨春牵缆，江水平堤夜唱筹。应有馀波方浩荡，不令归楫恨淹留。

次韵宋诚甫学士城南访病暮归

骑马城南觅旧题，飘萧席帽碧云低。东风花柳过韦曲，落日儿童唱大堤。绣阁岂无和玉髓，锦囊还有铸金蹄。归来吟转楼头月，池冷芙蓉翡翠栖。

送朱生南归

喜子南归盱水上，经过为我问临川。几家橘柚霜垂屋，何处蒹葭月满船。应有交游怜远道，试从父老说丰年。寒机早晚成春服，一一平安报日边。直作宋格，亦是杜体。伯生不效《秋兴》等篇，是大家眼乖处。

城东观杏花

明日城东看杏花，丁宁儿子早将车。路从丹凤楼前过，酒向金鱼馆里赊。绿水满沟生杜若，暖云将雨湿泥沙。绝胜羊傅襄阳道，归骑西风拥鼓笳。一气到底，逸趣横生。

费无隐丹室

碧云双引树重重，除却丹经户牖空。一径绿阴三月雨，数声啼鸟百花风。天然秀句。年深不记栽桃客，夜静长留卖药翁。几度到来浑不语，独依秋色数归鸿。

滕王阁

城头高阁插苍茫，百尺阑干背夕阳。秋雨鱼龙非故物，春风蛱蝶是何王。帆樯急急来彭蠡，车盖童童出豫章。灯火夜归湖上路，隔篱呼酒说干将。

舟次湖口

江沙如雪水无声，舟倚蒹葭雁不惊。霜气隔篷才数尺，斗杓插地已三更。舟次夜景，以健笔出之，倍觉刿目。抛书枕畔怜儿子，看剑灯前慨友生。尚有乘桴无限意，催人摇橹转江城。

送韩伯高金宪浙西

正月楼船过大江，海风吹雨洒船窗。云消虹霓横山阁，潮落鼋鼍避石矼。阙下谏书谁第一，济南名士旧无双。湖阴暑退多鱼鸟，应胜愁吟对怒泷。

杨　载

字仲弘。其先居建之浦城，后徙杭，因为杭人。少孤，博涉群书，为文有跌宕气。以布衣召为翰林国史院编修官。延祐初，登进士第，授饶州路同知浮梁州事，迁宁国路总管府推官。有诗集行世。

宗阳宫望月

仲弘诗格较雄健，向以此篇为集中高唱。

老君台上凉如水，坐看冰轮转二更。大地山河微有影，九天风露寂无声。蛟龙并起承金榜，鸾凤双飞载玉笙。不信弱流三万里，此身今夕到蓬瀛。

水乐洞

石林求路转聱牙，来访香岩大士家。雨过门前生薤叶，风行陇上落松花。悬崖滴水鸣金磬，激涧流泉走玉砂。欲适山林去城市，久知寂寞胜纷华。

寓长春道院春雨即事呈郑尊师

南荣相距数寻间，满地春泥隔往还。夜雨暗添篱脚水，晓云浓掩树头山。修篁夹径宜增植，细草侵阶莫漫删。世虑纷然无止极，敢求大药驻衰颜。此首甚娟秀，惟七句庸劣。

暮春游西湖北山

愁耳偏工著雨声，好怀长恐负山行。未辞花事骎骎盛，正喜湖光淡淡晴。倦憩客犹勤访寺，幽栖吾欲厌归城。绿畴桑麦盘樱笋，因忆离家恰几更。气格自清老。

范　椁

字亨父，一字德机，清江人。耽诗工文，以朝臣荐为翰林院编修官。天历二年，授河南岭北道廉访司经历。有《燕然》《东方》《海南》《豫章》《侯官》《江夏》《百丈》等稿，总十二卷。

奉同陈应奉访友人不遇

德机边幅既狭，芜杂尤多，唐临晋帖之评，尚觉未称。

翰林小暇出西城，京国馀秋晚更明。鸥度折矶心已熟，马逢危石眼偏生。疾风稍定楼台色，微照犹含鼓角声。会合何因得惆怅，七句欠醒，亦不成语。潜夫只愧未潜名。

奉和王继学怀济南旧游四首　录一首

　　每愁大手不如燕，多见公侯胜昔年。计拙欲求千户等，心劳政类十洲仙。几回见月思归去，暂到临风复惆然。剪尽绿杨三万树，多因无处著啼鹃。"不如燕""千户等"，俱割截欠妥。次句意亦不醒，惟后半清爽可诵。

和谢伯雨见惠之作

　　骚灵逝矣不堪呼，几欲南游讯楚巫。城郭烟涛垂白帝，星河风露浥黄姑。此亦漫糊不可解之作，三四杂凑，"垂"字、"浥"字尤不清。幽人往恨九关豹，佳士今犹千里驹。久客资君相慰藉，可能无意谢飞凫。末句西昆劣调，亦不醒。

雨后坐郝大参亭子

　　每见人来问草堂，偶从宴坐忆沧浪。地形远竞朝霞爽，林气清分宿雨香。移石渐成行药径，障泉思引钓鱼航。他年紫绶归黄阁，几杖苔生尽不妨。此诗起结漫糊之极，一似大参思草堂欲归老为作慰语，于题全不合也。

揭奚斯

字曼硕，龙兴富州人。早有文名。延祐初，授翰林国史院编修官。元统初，升集贤学士，再升侍读学士。赠护军，追封豫章郡公，谥曰文安。有《揭曼硕遗文集》。

梦武昌

元四大家，唯伯生句律深稳，馀皆窘于才力，杰作寥寥，一时推奖之语，未尽可凭也。

黄鹤楼前鹦鹉洲，梦中浑似昔时游。苍山斜入三湘路，落日平铺七泽流。鼓角沉雄遥动地，帆樯高下乱维舟。故人虽在多分散，独向南池看白鸥。结句是梦是真不分晓。

进士张于高得邛州判官归成都

邛竹山前负弩迎，去年曾是一书生。天寒剑阁犹车马，雪满绳桥正甲兵。即恐征求民力竭，莫将忧患客心并。六千馀里关河路，不尽深期远别情。末句劣。

黄　溍

字晋卿，义乌人。溍自幼笃学，博极群书，师事长山教谕王炎泽，以文章名世。延祐初进士，累官翰林侍讲学士。告归，复召还，修《宋》《辽》《金》三史。后得请优游田里，凡七年，卒，年八十一。封江夏郡公，谥文宪。有《日损斋稿》。

过乌伤墓

虞、揭、黄、柳齐名，晋卿诗格清老，可以接武道园。

丹青像设始何年，翁仲遗墟自古传。时有北人来下马，不知秦树几啼鹃。牧童笑指看碑路，野衲分耕祭墓田。回首长安西日外，茂陵松柏正苍烟。结意太迂阔。

凤凰山

沧海桑田事渺茫，行逢遗老色凄凉。为言故国游麋鹿，漫指空山号凤凰。春尽绿莎迷辇道，雨多苍莽上宫墙。遥知汴水东流畔，更有平芜与夕阳。布置与陈刚中作相似。

独立

数尽飞花一怆然，壮心迢递夕云边。十年人事空流水，

二月风光已杜鹃。过眼青春宁复得，污人黄土绝堪怜。故园
尚有平生约，可使苍苔到石田。末句欠醒。

夏日漫书

枕上初残柏子香，鸟声帘外已斜阳。碧山过雨晴逾好，
绿树无风晚自凉。芳岁背人成荏苒，好诗和梦落苍茫。求羊
何不来三径，门掩残书满石床。格甚清老。

金陵天津桥

五云零落渺天涯，陈迹苍茫日自斜。画角已吹边塞曲，
红蓝新长内园花。可怜遗老埋黄壤，曾倚春风望翠华。好在
北山猿与鹤，依然同住旧烟霞。

送韶父先生游京口

一气流转，格近少陵。

不到南徐三十春，好将梦寐吊遗民。"梦寐"二字欠醒。也
知往事如流水，只想重来是后身。棹响官河风色暮，云离野
服鬓毛新。六句不贯。旧游偶失扶桑路，烦向沧江一问津。

255

上岩寺访一公

晓色微茫尚带星，马蹄荦埆断人行。"马蹄荦埆"不贯。独支瘦竹身犹健，高入重云地忽平。落日正当山缺处，细泉频作雨来声。上方灯火青林曲，隐隐疏钟一杵鸣。句法有水流花开之妙。

◎案："马蹄荦埆"，一本作"修蹊荦埆"。

客夜偶书

历历疏萤度眼明，独支高枕数残更。薄游已倦新弹铗，旧业犹馀未弃檠。一雨送晴初月色，百虫专响故秋声。情知三十非年少，已觉人间有后生。清炼有神味。

柳 贯

字道传，婺州浦江人。器局凝定，端严若神。尝受性理之学于兰溪金履祥，必见诸躬行。自幼至老，好学不倦，凡六经、百氏、兵刑、律历、数术、方技、异教、外书，靡所不通。作文沈郁春容，涵肆演迤，人多传诵之。始用察举为江山县儒学教谕，仕至翰林待制，与同郡黄溍及临川虞集、豫章揭傒斯齐名人，号为"儒林四杰"。年七十三卒。有文集四十卷。

次韵伯庸待制上京寓直书事四首　录一首

道传学西昆派，由熏染伯常、伯庸习气。

乌桓落日稍沉西，南极青山女堞低。马谷夏泉经雨涨，龙堆秋草拂云齐。一函祠检将升玉，万里丸封不用泥。偬直夜凉谈往事，乘车犹欲避鸡栖。其本色自清超也。末句欠醒。

次韵伯庸无题

贝叶东来不隔江，"不隔江"，趁韵。青瑶刻作宝华幢。龙翰别致三千匹，翠羽生输四十双。天上神闲雷下斧，人间客醉月萦窗。"月萦窗"，欠妥。崧南半截云虹色，宜著韩家小石淙。结句不解所谓。

送乡僧伟师南还

析木光中佛耀开，丹楼翠阁映崔嵬。空闻白马驮经去，几见黄龙听法来。笠影翩翩云作盖，锡痕依约浪生苔。"浪生苔"，欠妥。归山说似京华梦，亲到幽州礼塔回。

送张明德使君赴南恩州

几许炎州画里山，西风驱向马前看。诗人旧志三刀喜，边候新乘一障安。时取椰浆斟玉液，饶将桂蠹荐雕盘。雪花应比常年大，燕寝香凝夜气寒。起势超脱，馀亦清骏，无襞积之病。

次韵鲁参政观潮

怒涛卷雪过樟亭，人立西风酒旆青。日毂行天沦左界，地机激水出东溟。倒排山岳穷千变，阖辟云雷竦百灵。三四奇警，五六庸肤。望海楼头追胜赏，坐中宾客弁如星。结句无意，押韵而已。

过贾相故第

恨满龙骧江上舟，可容副使老循州。高冠谁上麒麟阁，断础犹名燕子楼。洛下啼鹃惭相业，辽东归鹤诧仙游。异时不藉公田策，安得吴粳驾海流。一气挥洒，风骨甚高。有如此本色，而为时习所移，受拘挛之苦，何哉？

258

萨都剌

字天锡，回纥人。登进士第，官至淮西廉访司经历，有诗名，善楷书。诗学温李。有《雁门集》。

层楼晚眺

天锡豪壮清丽，能干虞、赵诸人外自树一帜。

广寒世界夜迢迢，醉拍阑干酒易消。河汉入楼天不夜，江风吹月海初潮。光摇翠幕金莲炬，梦断凉云碧玉箫。休唱当时后庭曲，六朝宫殿草萧萧。

游钟山感兴

骢马穿松到上方，南巡辇路碧苔荒。禅僧白首看行殿，山鬼黄昏避御床。云冷夜无龙在钵，日长时有虎巡廊。小桃十月开如锦，犹带前朝雨露香。语语新警。

至龙潭驿

野草山花知姓氏，起句甚突，亦与下不贯。人生踪迹似浮萍。帆冲细雨空江白，鸟没长淮远树青。今夜故人离水驿，明朝别酒尽沙瓶。匆匆又入丹阳去，莫鼓晨鸡已候听。"候听"欠妥。

259

金陵道中题沈氏壁

烟树云林半有无，野人行李更萧疏。"疏"字出韵。堠长堠短逢官马，山北山南闻鹧鸪。三四老健，有逸致。万里关河成传舍，五更风雨忆呼卢。寂寥一点寒灯底，酒熟邻家许夜沽。

还京口

黄鹤山头雪未消，行人归计在今朝。次句稚。城高铁瓮江山壮，地接金陵草木凋。北府市楼闻旧酒，南朝官柳识归桡。吏人莫见参军面，水宿风餐鬓发焦。

腊尽过练湖

独倚牙樯数客程，残年风景足乡情。寒天半夜无人语，明月满船闻雁声。云外好山如有约，烟中野树不知名。明朝乌鹊桥头闹，应是人家出户迎。一句一意相生。

欧阳玄

字原功，先世自庐陵迁浏阳。八岁能属文。延祐乙卯，以乡贡首荐，登进士第，除同知平江州事，调芜湖、武冈二县尹。

召为国子博士，迁翰林待制。天历初，授艺文少监，纂修《经世大典》。至正初，以学士告归。诏修《宋》《辽》《金》三史，起为总裁官，拜翰林学士承旨。屡乞休，不允。卒，赠大司徒、柱国、楚国公，谥曰文。有《圭斋集》。

昌山

昌山缺口日西斜，兰渚维舟近酒家。水漱树根龙露爪，石排江岸虎交牙。路回佛寺藏深坞，风动渔舟扫落花。再拜灵均献蘋藻，月明环佩下汀沙。亦是见鬼诗，与罗昭谏《金陵夜泊》结句同。

陈　旅

字众仲，兴化莆田人。有《安雅堂集》。

送赵子期使交趾

晓日承恩紫殿深，都门祖道马骎骎。上书不奏唐蒙策，归橐宁将陆贾金。典切。露入珠盘鲛室白，苔生铜柱象崖阴。五六意杂。为君临水歌黄鹄，天北天南万里心。

261

吴　莱

字立夫，浦江人。父直方，元统间以荐累官集贤大学士。莱天资绝人，七岁能属文。延祐中，以《春秋》举，上礼部，不利，隐居深袅山中。益穷诸书奥旨，以著述为务。以御史荐为长芗书院山长，未上，卒，年四十四。门人私谥曰渊颖先生。有《渊颖集》。

柳博士道传自太常出提举江西儒学来访宿山中二首

渊颖七律瞻博瑰奇，风骨健举。其矜炼处颇近柳柳州。

一扫空山鹿豕踪，车如流水马如龙。黄麾法仗知宸辇，青史勋名问景钟。宣室受厘端有召，曲台传礼尚为容。少年作赋将投献，东北孤云是岱宗。末句欠醒豁。

尚有欧曾旧典型，森然人物照青冥。身从北阙攀燕桂，梦压西江食楚萍。四句不妥。万里黾袍春值雪，千年龙剑夜占星。此身恨不轻簪笏，的的根源在一经。

次韵柳博士五泄山纪游二首　录一首

日晓行呼野鹤群，山溪五级洗岩氛。虹霓射壁从空现，霹雳搜潭到地闻。桑苎茶铛遗冻雪，偓佺药杵落晴云。飘然

262

早已同仙术，老我曾探岳渎文。笔力沉挚。

方景贤宋景濂夜坐观吴中杂诗遂及宣和博古图为赋此

壮岁何心老一儒，东游饱食有江鲈。诗宗鹤膝蜂腰体，礼象龙头豕腹图。三四天然对仗。三士操琴知尔达，八公遗药忍吾曜。"忍吾曜"，欠妥。吴中胜处多朋故，话尽寒宵燎叶炉。

白石湫云

独上南山最上头，朝脐一点便成湫。岩腰动石风初起，海眼输泉雨欲流。蜥蜴含珠光照夜，霾霾卷铁黑沉秋。明当去挟骑龙叟，直到扶桑第几洲。

龙峰孤塔

老眼前头尺五天，真龙角上正攀缘。规模白马驮经过，想像玄鳗护塔眠。梵呗将回知磬绝，五句欠醒豁。神珠欲陨见灯圆。何妨宴坐初禅界，蠛蠓纷飞即大千。

宝掌冷泉

乍拨山亭木叶堆，老僧千岁喝岩开。天从白石云根出，地带青泥雪髓来。竹影自深斜映月，鱼腥不到半凝苔。世间

263

梦渴知多少，可待金茎露一杯。

潮溪夜渔

昨夜寒潮与此通，荒溪尚趁百川东。行依柏树林头月，钓拂芦花屿畔风。插竹侵沙鱼沪短，篝灯映草蟹碕空。渔乡风景入画。太公远矣吾将隐，赤鲤何书在腹中。结太廓。

深袅江源

半绕山根但一洼，真源凿破杳无涯。清澄灌或于陵圃，窈窕寻犹博望槎。积雨冲堤蜗自国，微烟羃渚鹭专沙。欲行复坐皆云水，只属骚人与钓家。题不大方，诗却极沉着。所谓狮子搏兔，亦用全力也。

沧州

荒亭贳酒壮心违，目极东州雾雨微。百里齐风沧海接，千年禹迹浊河非。暗尘掉马呈金辔，衰草看羊著锦衣。五六尚欠醒。犹记上元鸣鼓夜，满船灯火越歌归。

吴师道

字正传，婺州兰溪人。自羁丱即善记览，工词章，才思涌溢。弱冠读宋儒真德秀遗书，幡然有志为己之学。尝以持敬致知之说质于同郡许谦，谦复之以理一分殊之旨，由是造诣益深，大旨在发挥义理，而以辟异端为先务。登至治元年进士第，授高邮县丞，调宁国路录事，迁池州建德县尹。所至有治声。中书左丞吕思诚、侍御史孔思立荐之朝，召为国子助教，寻迁博士。以礼部郎中致仕，终于家。有《礼部集》。

送林初心

正传诗亦主华赡，其摆脱处，仍得力于宋人。

溪上开樽洗客尘，千篇高咏句清新。春风冠盖英雄梦，"英雄梦"三字俗。夜雨江湖老大身。万里燕山驰壮气，十年吴国起闲人。五六分顶次联意。时来须得文章力，去看薇花紫禁春。

赤壁图

沉沙戟折怒涛秋，残垒苍茫战斗休。风火千年消伯气，江山一幅挂清愁。丈夫不学曹孟德，生子当如孙仲谋。用成语，天然斗合，可称绝调。机会难逢形胜在，狂歌吊古漫悠悠。

野中暮归有怀

野田萧瑟草虫吟，墟落人稀惨欲阴。白水西风群雁急，
青林暮雨一灯深。年丰稍变饥人色，秋老谁怜倦客心。酒禁
未开诗侣散，菊花时节自登临。

送陈生北游

万里长风入马蹄，江干旧隐掩闲扉。乾坤清气随诗卷，
关塞征尘上客衣。日落太行孤鸟没，天高燕阙五云低。"低"
字出韵。提携喜有王维在，回首南山莫便归。

次韵张仲举助教上京即事四首　录一首

海波填碧涌金鳌，当日经营得俊髦。周鼎卜年开帝业，
汉都作镇奠神皋。宫中双凤朝扶辇，帐下千牛夜提刀。万国
会同时肆觐，众星遥拱北辰高。有意作冠冕诗，终非本色。

简王文学

有客空斋叹不归，乡心二月乱于丝。杏花深巷春风梦，
茅屋荒田夜雨诗。天气未佳宜小住，人生行乐竟何时。乞君
安得千壶酒，烂醉狂歌慰别离。宋调自佳。

城外见杏花

曲江二十年前会，回首芳菲似梦中。老去京华度寒食，闲来野水看东风。树头绛雪飞还白，花外青帘映更红。闻说琳宫更佳绝，明朝携酒访城东。清老，亦宋格。

贡师泰

字泰甫，宣城人。释褐出身，官至户部尚书。以文字知名，而于政事尤长，尤喜接引后进，一时士誉翕然归之。有《玩斋集》。

送黎兵胡万户南还

泰甫雕章琢句，斐然可观，而气脉极清，不染涂附漫糊之习。

将军仗策去安边，诏下东南万里天。云海旌麾趋玉帐，春江鼓角载楼船。黎人满溜槟榔水，蜑户齐分牡蛎田。遥想军中无一事，坐驱千骑猎平川。

送陶翁归豫章

秋雨初晴穤秜香，蟹红鱼白忆江乡。十年客枕鸡声月，千里归帆雁背霜。"归帆"与"雁背霜"不贯。入室亲朋罗酒馔，上堂儿女挽衣裳。逢人莫说京华事，汉署今无白发郎。

送东流叶县尹

江流东下县南迁，一簇人烟野岸边。荻笋洲青鸥鸟狎，杨花浪白鲚鱼鲜。清丽。印来聚吏排衙鼓，社到随民出俸钱。应是绣衣行部处，拦街齐颂长官贤。

送连子奇归隐赣州

蓟门风冷白鹅来，"白鹅来"欠妥。万里孤舟一日开。去路定过彭泽县，到家重上郁孤台。煮茶林下收黄叶，理钓矶边扫绿苔。太史明朝占处士，少微依旧傍三台。

上都诈马大燕五首　录一首

卿云弄彩日重晖，一色金沙接翠微。野韭露肥黄鼠出，地椒风软白翎飞。点染景物甚新。水精殿上开珠扇，云母屏中见衮衣。走马何人偏醉甚，锦鞲赐得海青归。

过柳河

野旷山寒露易霜，短榆疏柳路茫茫。雨来黄潦聚成海，风过白沙堆作冈。此景逼真，句亦老健。驿馆到时逢数骑，驼车宿处错群羊。客怀政尔无聊赖，忽见南飞雁一行。

寄王鲁川推官

公庭草绿讼声稀，时见双双蛱蝶飞。曹史尽随衙鼓散，理官独抱狱书归。曾同太守行红旆，更与高僧别翠微。近报南台多辟荐，殿前早晚赐朝衣。

送江西傅与砺赴广州教授

买得吴船便欲东，更骑赢马别诸公。文声久许江西盛，诗律因归海外工。人羡义阳封介子，客从泰畤荐扬雄。五羊城下南风起，茉莉花香荔子红。

建德城西寺

山门东转步廊深，长日禅房占绿阴。松径雨晴添虎迹，竹潭风冷听龙吟。句法得之柳州。上林久说相如赋，故里徒夸季子金。独坐胡床看明月，不知凉露湿衣襟。

风泾舟中

白发飘萧寄短篷，春深杯酒忆曾同。落花洲渚鸥迎雨，芳草池塘燕避风。晚唐佳句。烽火此时连海上，音书何日到山中。故人别后遥相望，夜夜空随斗柄东。

丁　复

字仲容，号笑隐，一号桧轩，天台人。隐君子也，拓落不偶，以诗名。晚岁盘桓于冶城护龙之间，灌园自乐，四方之士多载酒求诗。复引觞挥毫，若不经意，而语率高绝，往往即书卷上，未尝起草，故稿多不存。子婿饶介哀得百馀篇，名《桧亭诗稿》。

九月一日游昭亭

山色江光带近郊，道旁杨柳舞寒条。半生九日黄花酒，多在西风白下桥。千里客游仍暮景，异乡人事又今朝。老来未遣登临懒，尽醉东家绿玉瓢。气格甚高。

七律指南甲编卷六　元一百三十首

张翥

　　字仲举，晋宁人。尝学于李存、仇远之门，以隐逸荐。至正初，召为国子助教，分教上都生。寻退居淮东。会修《宋》《金》《辽》三史，起翰林国史院编修官，累迁太常博士、国子祭酒、集贤学士。以翰林学士承旨致仕。孛罗帖木儿强翥草诏，不可。孛罗帖木儿既诛，以翥为河南行省平章政事，仍翰林学士承旨致仕，给全俸终其身。有《蜕岩集》。

台城

仲举思清才赡，风骨高骞，摆去拘牵缠缚之态，视刻蓥昆体者，有苦乐之别。

　　运尽黄旗晋祚开，天星俄复坼三台。方惊掘地双鹅起，已见浮江五马来。草暗离宫碑卧土，雨残战地骨生苔。当时一掬新亭泪，犹带寒潮日暮回。

271

鹿苑寺

千古南朝几劫灰，萧梁寺额独崔嵬。化蛇妒妇馀空井，刺虎将军有旧台。江口山红寒照没，石头树白暝烟来。满衣落叶西风急，更为凭高送一杯。

忆维扬

蜀冈东畔竹西楼，十五年前烂熳游。岂意繁华今劫火，空怀歌吹古扬州。亲朋未报何人在，战伐宁知几日休。唯有满襟狼藉泪，何时归洒大江流。后半太率易，六句不妥。

清明日到陈庄

出郭东门古道斜，独骑款段稳于车。春才三月已两月，三句意拙。村旧百家无十家。山径低飞鬼蛱蝶，野塘竞噪官虾蟆。点染有生趣。东风不奈晚逾恶，吹散满身杨白花。

上京秋日二首

山前孤戍水边营，落日无人已断行。瓯脱数家门早闭，辖温千帐火宵明。白摧野草狼同色，秋入榆关雁有声。最是不禁横笛怨，海天秋月不胜情。"不禁""不胜"相犯。

水绕云回万里川，鸟飞不下草连天。歌残敕勒风生帐，猎罢阏氏雪没鞯。红颊女儿花作队，紫髯都护酒如泉。时巡岁岁还京乐，别换新声被管弦。

浮山道中

处处人烟有酒旗，楝花开后絮飞时。一溪春水浮黄颊，满树暄风叫画眉。秀逸。入境渐闻人语好，看山不厌马行迟。江蓠绿遍汀洲外，拟折芳馨寄所思。

周汉长公府临安故城二图

南渡君臣建业偏，不堪乔木黯风烟。岂知白马兴王后，又到红羊换劫年。三辅黄图空郡国，六朝王气渺山川。白头开府归来日，应览遗踪一怆然。崇宁四年，天师建醮密奏赤马红羊之兆，请修德，至靖康之变始验。

世事

世事纷纷在目前，故园无复可归年。吴东城陷仍为沼，沧海尘生欲变田。鼠穴讵容衔窦数，豨膏聊解运方穿。臣心有血才盈掬，拟向天公罄一笺。结句欠雅炼。

273

余伯畴归浙东简郡守王居敬

四明游客住京都，旅舍青灯照影孤。家信十年黄耳犬，乡心一夜白头乌。*自然工巧。*却携长铗辞金水，直挂轻帆到鉴湖。为问蠡湖王太守，别来安稳有书无。

闻归集贤远引奉简一章

故旧相看逐逝波，思归无路欲如何。将军每叹檀公策，朝士徒闻穆氏歌。南海明珠来贡少，中原健马出征多。先生自说将高举，不遣冥鸿到罻罗。*仲举感事诗，得少陵之爽健。*

清明雨晴游包山龙华寺过慈云岭

当年玉辇此经行，古寺犹题扈从名。龙凤谶空山气歇，马羊劫换海波平。野桃著雨春红落，岭路埋云湿翠生。日暮人归烟树黑，饥鼯啼雨上官城。*清明意尚少关照。*

存道元帅师宗感时及陡溯山俟刀寨入贡次韵二诗送归关戍 *录一首*

徼外频传羽檄飞，将军三起著戎衣。空山狐兔无藏窟，平陆龙蛇有杀机。已见赵佗知汉德，更令孟获识天威。此行整顿蛮荒了，箐雨泸烟好赋题。"题"字出韵。

◎案："题"，一本作"归"。

登金山吞海亭了公请赋

危亭突兀戴鳌头，俯视沧溟一勺浮。龙伯衣冠藏下府，梵王台殿起中流。扶桑夜色三山日，瀲灔江声万里秋。老我惜无吞海句，但磨崖石记曾游。

石头城次萨天锡韵

逶迤石路带城遥，古寺残碑藓半凋。一自降王归上国，空馀故老说前朝。三四接得突兀，李空同得此为秘密微妙心印矣。坏陵鬼剽传金碗，画壁仙妆剥凤翘。更欲留连尽奇观，夕阳江上又生潮。

游凤凰山故宫至高禖台鸿雁池

衰草寒烟老木风，南朝佳气落秋空。璧来山鬼遮秦使，盘泣铜仙别汉宫。坏堉尚传祠乙鸟，荒池曾见射飞鸿。三四故宫，五六禖台雁池。骚人自古多离思，长在登临感慨中。

迺　贤

字易之，本葛逻禄氏，译言马也，南阳人。荐授翰林编修官。有《金台集》。

送葛子熙之湖广校书

易之七律壮伟清新，无秾缛习气。

南山木落气萧萧，千里归心折大刀。双橹鹅鸣秋水阔，三关虎踞朔云高。客窗久念衣裘薄，史馆频烦笔札劳。有约相逢明月夜，扁舟载酒楚江皋。

送刘碧溪之辽阳国王府文学

松亭岭上雪霏霏，五月行人尚袷衣。日暮草根黄鼠出，雨晴沙际白翎飞。三四意与贡泰甫同，而设色小异。名王礼币来青海，弟子弦歌近绛帷。太乙终怜刘向苦，高车驷马迟君归。

题舜江楼为叶敬常州判赋

岩峣宫阁带城皋，云雾轩窗拥六鳌。隔岸雨来山气合，五更风起角声高。春江把钓渔歌近，秋日开筵客思豪。独凭阑干望沧海，百年难忘使君劳。

次段吉甫助教春日怀江南韵

花底开尊待月圆，罗衫半浥酒痕鲜。一年湖上春如梦，二月江南水似天。浑脱。修禊每怀王逸少，听歌却忆李龟年。卜邻拟住吴山下，杨柳桥边舣画船。

雨夜同天台道士郑蒙泉话旧并怀刘子彝

履雪台州老郑虔，履雪非郑虔事，不贯，且以广文比道士，尤不类。相逢滦水话当年。草堂听雨秋将半，石鼎联诗夜不眠。遥忆东湖来梦里，起看北斗落窗前。刘郎独爱长生诀，日日天坛望鹤还。"还"字出韵。

秋夜有怀明州张子渊

云表铜盘挹露华，高城凉冷咽清笳。弓刀夜月三千骑，灯火秋风十万家。梦断佳人弹锦瑟，酒醒童子汲冰花。起看归路银河近，愿借张骞八月槎。"张骞"与"八月槎"是两事，不得沿少陵之误而据为成典。

追挽浙东完者都元帅

日本狂奴扰浙东，将军闻变气如虹。沙头列阵烽烟黑，夜半鏖兵海水红。觽栗按歌吹落月，髑髅盛酒醉西风。何时尽伐南山竹，细写当年杀贼功。完者常漆倭人首为饮器。

傅若金

字与砺，新喻人。少贫，刻励于学。能文章，受业范椁之门。甫三十，游京师，虞集见其诗，大称赏之。元统三年，介使安南，乘传至真定，遽思之曰："安南自陈日烜绝王封，朝廷降诏止称世子，今不然，是无故王之也。"还白中书，更之。至安南，馆姬侍，邻之曰："吾曹非陶谷，曷为以此见污？"使还，授广州教授，卒。有《绿窗遗稿》。

会通河伯祠晚眺

与砺诗格，亦宗义山，然能以意运词，非窘步相仍、汩没于昆体者比。

水神祠下晚维舟，闲倚穹碑诵《远游》。次句趁韵。西日射云明兽兀，北风吹土集貂裘。漳川近绕幽燕出，汶水分兼济漯流。过客岂知疏凿苦，当时荷锸几人愁。

上蔡

上蔡城头黄叶多，闻鸡看剑起长歌。首句率，次句"闻鸡看剑"，当云"起舞"，歌字未免趁韵。徒怜丞相东门犬，犹忆将军半夜鹅。树底衣裳沾雾雨，马前灯火动星河。凉风满路吹行铎，那似金门听玉珂。

书南宁驿

岁晚驰驱忆帝京，北风回首重关情。中天日月回金阙，南极星辰绕玉衡。父老尚烦司马檄，蛮夷须用伏波兵。也知文德能柔远，传道新恩欲罢征。

兴安县

乱峰如剑不知名，篁竹萧萧送驿程。转粟未休离水役，负戈犹发夜郎兵。百蛮日落朱旗暗，九岭风来画角清。空使腐儒多感慨，西南群盗几时平。步骤义山，希踪老杜。

洞庭连天楼

崔嵬古庙压危沙，缥缈飞楼入断霞。南极千峰迷楚越，西江众水混渝巴。括尽山川形势。鲛人夜出风低草，龙女春还雨湿花。北倚阑干望京国，故人何处认星槎。末句欠醒。

送赵仲礼御史兼呈王侍御五首　录一首

文章御史久为郎，南赴金陵道路长。百粤云山连楚大，六朝烟树入隋荒。清秋按郡行骢马，落日登台咏凤凰。新喜诸公振风采，早闻当道去豺狼。"文章"二字不贯。赋金陵极雄阔，然题中不及行部金陵，亦一缺也。

寄鄂季弟幼霖并寄仲弟次舟

弟兄终岁长羁旅，南北何时却定居。春至每瞻衡岳雁，秋来犹食武昌鱼。每愁年长须经事，即恐家贫废读书。仲氏应门独辛苦，平安消息近何如。

秋兴五首　录一首

落木萧萧满帝畿，候虫处处趣寒机。客星入斗秋深见，神女行云日晏归。复喜诸公扶社稷，只怜弱弟奉庭闱。短章讽罢频回首，目送江南鸿雁飞。以此学步少陵，又寿陵馀子之不若，去子昂远矣。

成廷珪

字原常，广陵人。工诗，燕息之所曰居竹。河东张翥仲举为忘年交，载酒过从，殆无虚日。仲举以诗鸣于广陵，原常恒和之。有《居竹轩集》。

感时伤事寄仲举博士

原常伤乱诗，沉郁逼近少陵，亦所谓"愁苦之词易好"，不藉摹拟剽窃而得之也。

边报纷纷日转频，彭城犹未息风尘。中原白骨多新鬼，浮世黄金少故人。阮籍一生唯纵酒，季鹰今日定思莼。河东玉叟应相忆，落日悲笳泪满巾。

次李希颜述怀韵

八月边声草木寒，愁来短发不胜冠。诸公莫诮王夷甫，我辈终惭管幼安。酒券如山空好客，田毛何日再输官。兰陵沟上松无恙，还有孤猿夜夜看。

题上海天妃宫

何年立庙对沧溟，合殿濛濛紫雾冥。香暗水仙毛发古，剑留山鬼髑髅腥。庙貌俨然，善于摹写。寝楼下瞰扶桑日，饷道遥连析木星。圣代祝厘频遣使，徽音不日下宫庭。

送夏君美宪史出使回浙

三入军中只布衣，至今颜面带霜威。中原定乱刘琨老，南粤称臣陆贾归。走也暮年空感慨，使乎今日有光辉。乾坤始觉王纲正，夜夜星台拱太微。

次曹新民感时伤事韵

岁晚霜风裂敝裘，剑歌谈麈一生休。牵萝不补山中屋，挂席将归海上洲。月夜拂弦弹白雪，春朝携酒看丹丘。风流谁似曹公子，华发不知人世愁。

送吴志学通州帅府副元帅

立马狼山最上峰，青天白日见英雄。次句犷。防边肯发屯田计，富国兼收煮海功。烽火连营平野北，楼船酾酒大江东。干戈八载天应厌，笑挽扶桑早挂弓。雄壮，晚唐中近韦端己、吴子华。

寄张内翰

中原不见旧山河，使节仍烦涉海波。天上云烟春信早，江南风雨客愁多。诸公拟献中兴颂，壮士宁忘敕勒歌。万里相思成永诀，白头萧索奈公何。

秋日登甘露寺晚眺

醉里摩挲望眼开，江天寥落暗风埃。犹闻西府兵麾满，不见中原驿马来。今日贾生须痛哭，当时祖逖是英才。翩然一笑下山去，七句粗率，使通首音节不谐。试看高僧话劫灰。

十一月十四日有感寄江州李子威太守

清朝如此盛公卿，何以摅忠答圣明。数月未收蕲水贼，一时谁散武昌兵。朱门旧邸空文藻，黑夜归舟有哭声。独使状元贤太守，至今犹捍九江城。浑灏流转，少陵《诸将》之遗。

送傅德润陪将作同知武昌买马回京

维扬馆里送轺车，却算分携八载馀。天使出求沙苑马，星郎厌食武昌鱼。"沙苑马""武昌鱼"，袭晁冲之句，然用在此题却更亲切。数鞭已报充华厩，上冢毋忘过旧庐。老我平生无骏骨，可从郭隗借吹嘘。

◎案：晁冲之《送王敦素》次联："鼓枻厌骑沙苑马，行厨欲食武昌鱼。"

十月一日闻徐州复

黄河不解洗彭城，空使群凶起斗争。一载始通南国贡，三山犹驻朔方兵。寄奴故里人何在，亚父荒陵土欲平。却忆朱陈好村落，几时烟雨著春耕。虽用义山调，其雄浑之气实得之少陵。

和黄观澜军前见寄韵兼呈高志道秘卿

干戈久动阻淮滨，喜得边庭捷报真。东海鱼虾初入馔，中原桑枣半为薪。秘郎船未移涡口，左辖军先入寿春。多少手无兵刃者，可怜犹是贼中人。

六月十三日闻边警甚急有感而作

边风六月作秋声，世事惊心百感生。台阁故人犹嗜酒，闾阎小子亦谈兵。红巾似草何时尽，白骨如山几日平。甚欲移家渡江水，老来幽独最关情。衰朝军政废弛，情事如此。

挽孙有道处士

用古曲折随意，胸有智珠。

广陵故旧渐消磨，白发伤心奈尔何。马援车犹在乡里，黄公垆已隔山河。百年花屋春风歇，八月荒原夜雨多。乱后与君成永诀，几行衰泪洒银河。"洒银河"趁韵，又"河"字韵重。

闰正月二十日闻泗州盱眙同日失守

野寨苍茫落照中，东征三载未成功。黄金似土供儿戏，白骨如山泣鬼雄。天狗星沉军府动，水犀军散弩台空。于今人力消磨尽，谁念东南府库穷。国帑虚糜，官军疲苶，言之慨然。

◎案："军"，一本作"兵"。

送杨士先归长安

落魄麻衣不受尘，黄金挥尽只清贫。新丰市上酒濡足，韦曲城南花恼人。豪杰谩嗤秦逐客，渔樵能话汉功臣。清时未老丹心在，且把长竿钓渭滨。

吴景奎

字文可，号药房，婺州兰溪人。七岁力学如成人，恭谨无与比。年十三，考论经传六艺，矻矻不少休。不乐仕进，有以后时开之者，辟为闽学官，景奎不为起。晚岁益务博览，手抄五经，旁及史传百氏，靡不研极。尤好论诗，钩取《骚》《选》粹辞奥语，为书名诸家雅言。其所自著曰《药房樵唱》。年六十四，至正十五年终于家。

望江亭怀古

金刹璇题入绛霄，望江犹自记前朝。群臣痛洒新亭泪，
孱主方看浙水潮。小朝可慨。故物苍龙蟠石柱，当时丹凤听箫韶。
属镂一夜英雄老，"老"字与"属镂"不贴。曾见鸱夷恨未销。

过护国寺

帝梦臣缪反故墟，汴京从此化青芜。直教卧榻人鼾睡，
不复中原宋版图。闾阖草深藏虎豹，秾归月冷化鱼凫。五云
飞去青山在，长绕莲宫压旧都。用事僻。

秋兴三首　录一首

封豕长蛇夜透关，满城兵火照湖山。生灵化作玄黄血，
群盗争探赤白丸。整整堂堂离复合，累累若若去无还。捐躯
锋镝樊参政，千载英风史册间。只是借题感事，尚无剽拟之陋，"丸"字出韵。

郭　翼

字羲仲，昆山人。少从卫培学，邃于《易》。为文词，

必欲追古作者。杨廉夫谓其文可方轨西京，李孝光谓其诗佳处与人不同调。翼素有大志，尝出策干时贵，不能用，遂归耕娄上。老得训导官，竟与时忤，偃蹇以终。自号东郭先生，又自称野翁。有《林外野言》。

闻吕敬夫移家二首　录一首

雨映清秋解郁陶，无端舒啸倚东皋。本杜"雨映行官"句，但云"映清秋"，便无味。终怀楚国屠羊肆，已愧江州食犬牢。五夜新凉吹枕几，十年旧梦落波涛。老来亦慕归耕好，田屋芃芃黍豆高。

◎案：杜甫《中丞严公雨中垂寄见忆一绝奉答二绝》："雨映行宫辱赠诗，元戎肯赴野人期。"

登文笔峰

借得登山灵运屐，起得平弱。乾坤眺望倚巉岏。上方日落楼台碧，积雨春深草木寒。战马中原连万国，风樯巨海隔三韩。寥寥宇宙怀今古，堕泪遗碑几度看。

送道士游武当

武当诸峰何壮哉，大朵小朵青莲开。玄圣中居天地户，赤日下照金银台。神龟六眼电光走，山鬼一脚云头来。奇诡与题称。道人再拜望北极，应带满身星斗回。

潘　纯

　　字子素，淮西人。世儒业，博学通古今，善谈笑。作诗为文，迥出流辈。壮游京师，名公大人无不与交。晚居淮浙间，名重一时云。善吟咏。至正间，御史大夫纳琳开行台于绍兴，其子昂阿给执同知图沁，子素实为画计。乃未几，子素亦罹害焉。

题岳武穆王坟二首
二诗词藻鲜华，声调慷慨，不亚于松雪作。

　　海门寒日澹无晖，偃月堂深昼漏稀。万灶貔貅江上老，两宫环佩梦中归。内园羯鼓催花发，小殿珠帘看雪飞。不道帐前胡旋舞，有人行酒着青衣。

　　湖水春来自绿波，空林人迹少经过。夜寒石马嘶风雨，日落山精泣薜萝。江左长城真自坏，邺中明月竟谁歌。惟馀满地苌弘血，草色年深碧更多。

陈 基

字敬初,台之临海人。明敏好学,受知于晋卿黄先生。明《春秋》,后以举子业无益于学,克志为古文诗章,同辈虽极力追之,不能及。名重于时,游京师,公卿争与之交,而其德性慎重,事亲尤尽孝。洪武二年,召入预修《元史》,还,卒于常熟县河阳里。有《夷白斋稿》。

陈湖秋泛

敬初受业于黄晋卿,故其诗高华沉着,操纵自如,知其渊源有自矣。

平湖秋色晓苍苍,鼓枻声传浦溆凉。鸿雁欲来天拍水,蒹葭初老露为霜。菊荒甫里人何在,鲈入松江兴转长。不用临流重怀古,苇花菱叶满沧浪。

淮阴杂兴四首 录三首

千里相逢淮海滨,一枝谁寄岭梅春?老来易感山阳笛,年少休轻胯下人。失侣雁如秦逐客,畏寒花似楚遗民。吊古即为己身写照,倍觉清新。每过百战疮痍地,立马西风为损神。

落木萧萧雁度河,西风袅袅水增波。甘罗营里秋声急,韩信城头月色多。淮市有鱼聊可食,楚山无桂不须歌。古今无限关心事，付与当年春梦婆。

　　江左妖氛扫未清，山东豺虎又纵横。欲令斥堠收烽火，须挽天河洗甲兵。前半甚有气魄。老马独嘶时北望，宾鸿相唤尽南征。腐儒愧乏匡时术，搔首风前百感生。

福山港口待潮

　　吴山如画楚江平，消得孤帆半日程。潮落沙头才一尺，舟停江口复三更。时清不识风波险，世乱方知性命轻。坐拥貂裘待明发，临风空愧鲁连生。

癸卯二月十一日官军发吴门

　　去年移戍秋将半，今岁渡江春正分。晋国偏裨归宿将，汉廷旗鼓属元勋。戈船十万尽犀弩，铁骑三千皆虎贲。却笑高阳老狂客，漫凭口舌下齐军。

游狼山寺

　　天风吹上狼山顶，看见扶桑日出初。淮海北来吞两楚，江湖南去控三吴。曲尽地势。吴字出韵。珠宫贝阙冯夷宅，古木苍藤帝释居。为访祖龙鞭石处，拇窠履迹定何如？

　　五峰指顾若枝撑，力障狂澜与海争。下界人居龙伯国，

290

上方僧占梵王城。与张仲举《吞海亭》意同，而此更奇警。佛庑香讶山无蕨，公膳腥嫌市有蛏。王事匆匆骑马去，落花啼鸟总关情。

◎ 案：张翥《登金山吞海亭了公请赋》次联："龙伯衣冠藏下府，梵王台殿起中流。"

二十六日自通州赴淮安

海虞城外经旬泊，狼五山前信宿留。六计西来思挠楚，三军左袒愿安刘。敬初时参张士信军，意气飞扬，想见霸才无主。龙光夜吐雌雄剑，鱼尾朝衔甲乙舟。今日南风催挂席，浪花飞雪打船头。

吕梁

扁舟人向吕梁归，浩荡中流看翠微。浊浪满河冰乱走，黄云垂地雪交飞。以健笔写奇景，与贡泰甫《过柳河》诗相埒。奉身误叱王遵驭，涉世频沾阮籍衣。日暮不须吹短笛，沙鸥犹恐未忘机。

◎ 案：贡师泰《过柳河》次联："雨来黄潦聚成海，风过白沙堆作冈。"

杨维桢

字廉夫，号铁崖，诸暨人。举进士，署天台尹。维桢为文拟先秦两汉，诗尤名家。有诏修《辽》《金》《宋》三史，维桢作《正统辨》千言。司徒欧阳玄见之，叹曰："百年后公论定于此矣。"四海兵乱，遂浪迹浙西山水间，隐居教授，自号云松野衲。明兴，天下大定，诏征遗逸之士，修纂礼乐书，颁示郡国。维桢被召，至京师，肺疾作而卒。有《铁崖集》。

钱塘怀古率堵无傲同赋

铁崖才多气盛，由西江而追踪老杜，雄壮清劲，兼而有之。唯譬张太过，无复舒徐之容，亦一短也。

天山乳凤飞来小，南渡衣冠又六朝。劫火自焚杨琏塔，箭锋犹抵伍胥潮。燐光夜附山精出，龙气秋随海雾消。惟有宫人斜畔月，多情还自照吹箫。

罗太初北游

聚散何如水上沤，君行朔漠我东州。三年风雨同为客，一日江湖各问舟。古木残阳栖短景，清琴凉月照高秋。燕山驿路四千里，归梦还能到此不？清老得杜骨。

玄霜台为希颜赋

仙家楼若有玄霜，无奈今宵月色凉。露下金茎仙掌白，光生玉兔雪眉苍。道人醉写榴皮字，仙客饥分宝屑粮。爱我西阑吹铁笛，碧云千里雁飞长。

挽达兼善御史

黑风吹雨海冥冥，被甲船头夜点兵。报国岂知身有死，誓天不与贼同生。神游碧落青骡远，气挟洪涛白马迎。金匮正修仁义传，史官执笔泪先倾。

送理问王叔明

金汤回首是邪非，不用千年感令威。富贵向人谈往梦，干戈当自息危机。雄风豪雨将春去，剩水残山送客归。闻说清溪黄鹤在，鹤边仍有钓鱼矶。

悼李忠襄王

罗山进士著戎衣，泪落神州事已非。百二山河惊易改，三千君子誓同归。天戈已付唐裴度，客匕那知蜀费祎。用事贴。赖有佳儿功业在，东人重望捷淮沘。

闻定相死寇

三朝勋旧半凋零，京口雄藩孰老成？可是叔孙祈欲死，喜闻先轸面如生。东园草暗铜驼陌，北固潮平铁瓮城。珍重子仪谁可继，三军气色倍精明。

书钱塘七月二十三日事

儿童十日报日斗，前后妖蟆生熻光。瓠子势方吞鲊瓮，蕲州血已到钱塘。火鳅东掣千寻锁，铁马西驰半段枪。紫微老人迷醉眼，彩红犹挂米盐商。宋谣：唯有蕲黄两州血，至今流不到钱塘。

送吕左辖还越

保障南藩第一功，未容若木挂雕弓。露书誓剪金床兔，壮气平吞黑槊公。万里天威龙虎北，五云佳气凤皇东。麦城又报捷书至，江上将军是吕蒙。吕珍为张士诚将，铁崖既誉其功，复铺张万里天威，五云佳气，何其失词也。

送僧归日本

东风昨夜来乡国，又见阶前吴草青。金锡卓空灵鸟逝，宝珠嗅海毒龙腥。句有五光十色。车轮日出扶桑树，笠盖天倾北

294

极星。我欲东夷访文献，归来中土校全经。结意别开生面。

与客登望海楼作录寄玉山主人

蜑子雨开江上台，江头野老不胜哀。蜃将楼阁空中落，鳎引旌旗月下来。工于点化。保障许谁为尹铎，事谐无复问文开。可怜歌舞旧城阙，又是昆明几劫灰。

王烈妇祠

天荒地老妾随兵，入手警策。天地无情妾有情。痛血啼开霞峤赤，啼痕化作雪江清。能从湘瑟声中死，全胜胡笳拍里生。三月子规啼尽血，春风无泪写哀鸣。

答詹翰林同

皇帝书征老秀才，秀才懒下读书台。商山本为储君出，黄石终期孺子来。太守枉于堂下拜，使臣空向日边回。老夫一管春秋笔，留向胸中取次裁。詹同为廉夫作《老客妇传》，故廉夫作此答之。

过沙湖书所见

五月落残梅子雨，沙湖水高三尺强。大风开帆作弓满，白浪触船如马狂。唱歌买鱼赤须老，打鼓蹋车青苎娘。故人相忆在楼上，坐对玉山怀草堂。拗体，逼近老杜。

◎案：拗体，格律诗之变体，刻意求奇，变更诗格。用拗句，生涩瘦硬，崛奇古拙，富于气势。胡应麟《诗薮·宋》："鲁直'黄流不解浣明月，碧树为我生凉秋'，'蜂房各自开户牖，蚁穴或梦封侯王'，自以平生得意，遍读老杜拗体，未尝有此等语。"王士禛《分甘馀话》："唐人拗体诗有二种，其一苍莽历落中自成音节，如老杜'城尖径仄旌旆愁，独立缥缈之飞楼'诸篇是也；其一单句拗第几字，则偶句亦拗第几字，抑扬抗坠，读之如一片官商，如许浑之'溪云初起日沈阁，山雨欲来风满楼'、赵嘏之'湘潭云尽暮山出，巴蜀雪消春水来'是也。"

嬉春体五首　录一首

西子湖头春色浓，望湖楼下水连空。柳条千树僧眼碧，桃花一株人面红。天气浑如曲江节，野客正是杜陵翁。得钱沽酒勿复较，如此好怀谁与同。吴体学杜，亦山谷派。

无题效李商隐体四首　录一首

天街如水夜初凉，照室铜盘璧月光。别院三千红芍药，洞房七十紫鸳鸯。绣靴蹋踘句骊样，罗帕垂弯女直妆。愿尔康强好眠食，百年欢乐未渠央。却是尔时习气，情致终不及义山也。

张　昱

字光弼，庐陵人。仕为江浙行省员外郎，行枢密院判。已而弃官，号一笑居士，往来松江。张士诚辟之不就。洪武初召见，以老乞归。太祖曰："可闲矣。"遂更号可闲老人。卒年八十三。有《可闲老人集》。

惆怅五首　录一首

光弼诗学西昆，微嫌过于浓缛，然气度从容，风神跌宕，亦可喜也。

惆怅雄藩海上游，武昌佳气接神州。东风归思王孙草，北渚愁心帝子洲。楚国江山真可惜，刘家豚犬亦何羞。不须更问中原事，官柳新栽过戟楼。

湖上漫兴二首　录一首

百镒黄金一笑轻，少年买得是狂名。尊中酒酿湖波绿，席上人歌风语清。蛺蝶画罗宫样扇，珊瑚小柱教坊筝。真义山句格。南朝旧俗怜轻薄，每到花时别有情。

两山亭留题

马头曾为使君回，北望新亭道路开。於越地形缘海尽，句吴山色过江来。"到江吴地""隔岸越山"，脱来亦有思致。英雄有恨馀湖水，天地忘怀入酒杯。珍重谢家林下客，玉山何待倩人推。结意不明晰，亦□□。

感事二首　录一首

雨过湖楼作晚寒，此心时暂酒边宽。杞人唯恐青天坠，精卫难期碧海乾。鸿雁信从天上过，山河影在月中看。洛阳桥上闻鹃处，谁识当时独倚阑。

虎丘寺留题

借题感事，与流连光景者不同。

莓苔欲遍盘陀石，知是梁朝古道场。陈迹漫惊成俯仰，空门元不预兴亡。白漫天上俱兵气，赤伏池中是剑光。如会生公重说法，劝教东海莫栽桑。结句即从四句意翻转。

298

寄松江杨维桢儒司

画蛇饮酒合谁先，尘土东华四十年。海上岂无诗可和，云间还有事相牵。牡丹开后春无力，燕子归来事可怜。欲倩铁龙吹一曲，满湖风浪又回船。情致缠绵。

赠沈生还江州

乡心正尔怯高楼，况复楼中赋远游。客里登临俱是感，人间送别不宜秋。四句语常意新。风前落叶随车满，日下浮云共水流。知汝琵琶亭畔去，白头司马忆江州。

赠寓客还瓜州

把酒临风听棹声，河边官柳绿相迎。几潮路到瓜州渡，隔岸山连铁瓮城。月色夜留江叟笛，花枝春覆市楼筝。藻丽似义山，而意甚清朗。赠行不用歌杨柳，此日还家足太平。

金山寺

亦脱胎张祜诗。赋金山宜以切实境为佳，时俗沿七子陋习，登高即狂壤乾坤日月等语，以为雄阔。本朝沈氏反诋祜诗为庸下，真庸下之见也。

六鳌捧出法王宫，楼阁居然积浪中。门外鸥眠春水碧，堂前僧散夕阳红。扬州城郭高低树，瓜步帆樯上下风。人世几回江上梦，不堪垂老送飞鸿。

退居湖上投赠杨左丞二首　录一首

且观神女为行雨，莫问郎官应列星。芳草到门无俗驾，好山终日在湖亭。白鸥共戏荷叶小，黄鸟乱飞杨柳青。肯信曲阑干外立，晚凉吹得酒初醒。结句无意。

王　逢

字原吉，江阴人。至正中，尝作《河清颂》。累荐不起，隐居江上之黄山，自号席帽山人。寻避地无锡梁鸿山，又迁松之青龙江，名所寓曰梧溪精舍，自号梧溪子。盖以大母徐尝手植双梧于故里之横江也。又徙上海之乌泾，筑草堂以居，曰最闲园，号最闲园丁。有《梧溪集》。

钱塘春感六首　录二首

原吉学赡才高，已入玉溪生之室，风调美而神不诡离，藻绘多而词非襞积。有元一代，善学义山者此人而已。

王气凌虚散晓霞，虎闱麟阁静烟花。中天日月迁黄道，沧海风云冷翠华。望帝神游蔑子国，乌衣梦隔野人家。当时举目山河异，岂但红颜泣塞笳？

瑶池青鸟集觚棱，白塔金凫閟夜灯。云母帐虚星采动，水晶宫冷露华凝。骊山草暗墟周业，郿坞花繁失汉陵。白马素车江海上，依然潮汐撼西兴。

秋感六首　录一首

纷纷攘攘厌黄巾，妖血徒膏草野尘。马化一龙犹王晋，楚存三户未亡秦。飓风天静浮青海，朔漠山高直紫宸。莫为鬼方劳外伐，橐弧箕服最愁人。

送薛鹤斋真人代祀天妃还京

蓬莱宫里上卿班，代祀天妃隔岁还。日绕五文皆御气，海浮一发是成山。风霆夜护龙鸾节，云雾朝披玉雪颜。圣渥既隆玄化盛，转输应尽入秦关。

送于子实辟淮阃椽

淮海风高急鼓鼙，颍州烽起照淮西。糇粮几道通流马，楼橹重城望火鸡。用事有炉锤。星入夜寒芒角动，地连秋暝瘴氛低。君今掉鞅元戎幕，肯慰流亡父老啼。

无题五首　录三首

《无题》诸诗皆感悼明师入燕、元主北狩之事。

五纬南行秋气高，大河诸将走儿曹。投鞍尚得齐熊耳，卷甲何堪弃虎牢。汧陇马肥青苜蓿，甘梁酒压紫蒲萄。神州比似仙山固，谁料长风掣巨鳌。

白衣艋舰渡吴兵，赤羽旌旗夺赵营。滦水天回龙虎气，榆林风逐马驼声。靓妆宫女愁啼竹，白发祠官忆荐樱。犹有海鹰神不王，驾鹅高去塞云平。征事颇多，用来于时事极切。

五城月落静朝鸡，万灶烟消入水犀。椒阀佩琚遗白草，木天图籍冷青藜。北臣旧说齐王肃，南仕新闻汉日碑。天意人心竟何在，虎林还控雁门西。乘舆出走，宫禁荒凉，俱实有情事，难得如此典雅。

后无题五首　录三首

此是寓感时事，非元人拟《无题》之比，故特标《后无题》《书无题后》等名，以示与义山风怀有别也。

一国三公狐貉衣，四郊多垒鸟蛇围。天街不辨玄黄马，宫漏稀传日月闱。嵇绍可能留溅血，谢玄那及总戎机。只应大驾惩西楚，勿对虞歌北渡归。

险塞居庸未易剻，望乡台上望乡多。君心不隔丹墀草，

祖誓无忘黑水河。前后炎刘中运歇，东西元魏百年过。愁来
莫较兴衰理，只在当时德若何。

黄河清浅海尘扬，陕月关云气惨苍。宁复明珠专璧社，
尚论玉兔踞金床。衣冠并入梁园宴，简册潜回孔壁光。私幸
老归忘世事，梧桐朝影对溪堂。

舟过吴门感怀二首

跃马横戈东楚陲，据吴连越万熊罴。风云首护平淮表，日
月中昏镇海旗。玉帐歌残壶尽缺，天门梦觉翣双垂。南州孺子
为民在，愧忝黄琼太尉知。张氏据吴，原吉有功名之望，故末句云云。

强兵富境望贤豪，戴緌垂缨恨尔曹。一聚劫灰私属尽，
三边阴雨国殇号。江光东际汤池阔，山势西来甲观高。形胜
不殊人事改，扁舟谁酹月中醪。

书无题后凡三首偶感燕太子丹事　*录二首*

火流南斗紫垣虚，芳草王孙思惝如。淮潦浸天鱼有帛，
塞庭连雪雁无书。不同赵朔藏文褓，终异秦婴祖素车。漆女
心中漫於邑，杞民西望几踟蹰。

塞空霜木抱猿雌，草暗江南罢射麋。秦地旧归燕质子，
瀛封曾畀宋孤儿。愁边反照窥墙榻，梦里惊尘丧鞅鞴。莫讥

《白翎》终曲语，蛟龙云雨发无时。洪武七年，遣元幼主之子买里八剌北归，诗盖纪其事也。此首进退格。

书西厦时洪武丙寅沿海筑城

床头鸥卧久空金，壁上蜗行尚有琴。竖子成名狂阮籍，霸才无主老陈琳。虹霓气冠登莱市，蝙蝠群飞顾陆林。环海烟沙翻万锸，连村霜月抱孤衾。原吉心不忘元，有西山义人之思，于此可见。

郭　钰

字彦章，号静思，吉水人。生当元季，盛气负奇。明初以茂材征，不就。诗文记经历艰难流离之状，皆目见之，可裨野史。有《静思集》。

赋得越王台送万载敖司令之官
静思诗清丽整严，其遭乱穷愁之作，尤觉凄惋动人。

层台高与越山齐，南斗诸星入地低。海气秋澄鸿雁到，野烟春合鹧鸪啼。官船北走输珠翠，幕府南开振鼓鼙。侧想到官多暇日，登临长听玉骢嘶。

哭宜春义士彭维凯

风折旗竿卧落晖，残兵挥泪脱戎衣。徒闻即墨田单在，不见成都邓艾归。维凯复袁州，守土将忌其功，杀之，故以田单、邓艾为比。献凯何时承宠渥，争名自古抱危机。宜春元帅还相问，近报洪州未解围。

宿七里山

寒松雾暗月西颓，人语无声鬼语哀。郡国忍闻侯景诏，朝廷初弃戴渊才。风传鼙鼓惊魂战，天入乡关望眼开。骨肉死生俱未卜，泪痕血点满苍苔。

二月二十七日闻故乡寇退

铜驼荆棘换东风，消息南州久不通。芳草得春烟涨绿，野棠无主雨飘红。雕戈元帅登坛暇，宝珙王孙哭路穷。满眼亲朋总凄恻，相逢但索语音同。

寄龙子雨

书到山中收泪看，出门愁散楚天宽。落花春尽休文瘦，细雨更长范叔寒。金带宦情违俗久，绨袍交态见君难。"绨袍"句与"范叔寒"复。欲为后会知何日，酒熟还家得尽欢。

寄刘宾旭

旧日相逢玉雪姿，三年幕府鬓如丝。波涛入海屠龙苦，风雨还山买犊迟。客到定能频换酒，花开应不废题诗。只怜双剑床头吼，又是邻鸡报晓时。悲壮。

残年

久愁兵气涨秋林，不谓残年寇转深。四野天青烽火近，五更霜白鼓声沉。形容兵气警切。金张富贵皆非旧，管乐人材不到今。江上米船看渐少，捷书未报更关心。

和周霁海吴镇抚诗就呈李伯传明府

牛斗秋高剑气横，几人马上取功名。扇挥白羽临风迥，甲锁黄金射日明。贾诩自期能料敌，山涛谁谓不知兵。官军畜锐何时发，久厌城头鼓角声。壮心豪气。

寄从弟铨

旧庐每爱桂花秋，风月凉宵足劝酬。盗贼未平身渐老，弟兄相望泪空流。经年避地鱼赪尾，何日还乡乌白头。侧想早春佳气好，掌珠初见慰深愁。

二十六日晴过谌塘

布袍稍觉晓寒轻，晴色偏饶双眼明。山径黄泥攒虎迹。寺门苍树挂猿声。荒寂之境可思。重来谁与同心胆，老去唯思避姓名。枯柳桥西曾识面，独回青眼远相迎。

周 棐

字致尧，四明人。由鄞山书院山长移宣公书院，与徐始丰善。明初与荐辟不就，有《山长集》。

送曹广文赋得富览亭

危亭突兀斗城阴，风物苍茫入望沉。万古东南多壮观，百年豪杰几登临。夜中日出扶桑近，天外江流滟澦深。好趁归帆拂天姥，共凭寥廓寄微吟。

西津夜泊

孤帆夜落石桥西，桥外青山入会稽。卧听海潮吹地转，起看江月向人低。老健近杜。一春衰谢怜皮骨，万国艰虞厌鼓鼙。何处客船歌《水调》，令人归思益凄迷。

307

郑 洪

字君举，号素轩，永嘉人。朱彝尊《静志居诗话》云："鲜于伯几《书赵子固水仙卷》，称'元贞二年正月，同馀杭盛元臣、三衢郑君举观于困学斋'。初疑君举乃三衢人。然考周玄初《来鹤》诗有永嘉郑洪君举之作，见《鹤林类集》，则君举为永嘉人无疑。来鹤事，一在至正十七年，一在十八年，一在洪武十四年，一在十五年，一在二十七年。"有《素轩诗集》。

次王苍雪韵五首　录一首

百年王业在《豳风》，九鼎犹存涧水东。共喜干戈指淮甸，兼闻仗节下崆峒。青袍白马飘零外，羽扇纶巾指顾中。昨夜天公洗兵甲，一江雷雨似飞洪。

寄宋国瑞二首　录一首

虎豹重关锡命来，麒麟高阁画图开。七书总是平戎略，三策应非济世才。玉树无花江令老，青袍似草庾郎哀。工致有风调。风尘满地江湖迥，都把心情付酒杯。

吴山白塔寺

江山襟带尚依然，王气销沈已百年。八叶龙孙东渡海，六宫虎士北归燕。铜驼荆棘荒山里，石马莓苔落照边。玉柸游魂飞劫火，五陵无树不啼鹃。素轩临安吊古数诗，俱称杰作。

凤凰山报国寺

当时此地肃朝班，阛阓深沉虎豹关。大将偃旗奔鲁壁，"鲁壁"二字失检。降王衔璧下吴山。空中万马浮金碧，五句欠清醒。梦里千官拥佩环。极目长江如练带，百年谁似白鸥闲。

八月三日夜宿张景叔听雨联句忆张思廉

黑云如浪没金鸦，白雨连山卷雪车。观海仙人骑赤鲤，驱雷使者蹑黄蛇。奇警，写雨亦有声势。千茎雪溜悬银竹，一穗秋灯垂宝花。门外波涛接河汉，客星光彩动灵槎。结意模糊。

周霆震

字亨远，安福人。以先世居石门田西，故又号石田子。科举行，再试不利，杜门授经，专意古文辞，尤为桂隐、申斋二刘所赏识。晚遭至正之乱，东西奔走，诗多哀愁之音。洪武初卒。门人私谥清节先生。庐陵晏璧辑其遗稿曰《石初集》。

登城

世祖艰难德泽深，风悲城郭怕登临。九朝天下俄川决，七载江南竟陆沉。马骨空传当日价，鸡声不到暮年心。老骥壮心，语极涵畜。雨馀门外青青草，过客魂销泪满襟。

朱希晦

乐清人。以诗名于元季。隐居瑶川，与四明吴主一、箫台赵彦铭游咏雁山中，时称雁山三老。遭至正之乱，避地所至，名山胜境，游览殆遍。洪武初，始归瑶川，须发皓白，幅巾短策，徐行林壑，望者以为神仙中人也。有司尝以姓名著荐剡，不及领朝命而卒。所居曰云松巢，集因以名焉。

自叹

匠石搜林弃散樗，不材何敢玷簪裾。家贫粗有千金帚，国难曾无一箭书。句意深稳。今日总戎师管葛，明时征士用严徐。

野人不作功名念，欲效陶朱共养鱼。

吕　诚

字敬夫，吴之东沧人。幼聪敏，喜读书，尤长于唐三宗师楷法。时东沧之俗尚靡，独能去豪习，事文雅，故名士咸与之交。家有来鹤亭、梅雪斋，日与郭羲仲、陆良贵倡和其间。诗意清新，不为腐语，东沧之人多诵之。

粤王台怀古

神剑当时断白蛇，华夷悉入卯金家。徒怜南海居蛙坎，未识中原制犬牙。献璧称藩真得计，橐金满载已堪嗟。荆榛满目荒台下，独倚东风听暮笳。极切尉佗身分。

番禺漫兴

炎方吊古易兴衰，知是昆明几劫灰。黄木湾围南海庙，白云山拥粤王台。百年此地衣冠尽，五月南风舶舳来。游览尚馀高兴在，匆匆莫遣二毛催。结意竭。

311

寒食郊行

草软沙平步履轻，百钱日日系乌藤。市桥风旆梨花酒，游女春衫柿蒂绫。*脱化香山句，妙有情致。*乌帽飘萧明素发，石麟欹侧卧荒陵。百年俯仰须臾事，游览匆匆愧未能。*结句率。*

陆　仁

字良贵，太仓人。明经好古文，诗不苟作，为人沈静简默。当时馆阁诸公皆重之，称为陆河南云。复工字学，楷书、草书皆矜贵。

题金陵

丽正门当天阙高，景阳台下草萧萧。江围大地蟠三楚，石偃孤城见六朝。落日不将遗恨去，秋风能使旅魂消。忘情只有龙河柳，烟雨年年换旧条。*即韦端己金陵绝句意。*

◎案：韦庄《金陵图》："君看六幅南朝事，老木寒云满故城。"

席珍

儒有席上之珍以待聘

〔清〕方元鵾　撰

黄灵庚　整理

七律指南

下册

浙江大学出版社

七律指南甲编卷七　明一百三十首

刘　基

字伯温，青田人。负命世才，博通天文、地理、阴符家言。元至顺间，以明经登进士第，累仕皆投劾去。入明，以佐命功，官至御史中丞，封诚意伯。谥文成。诗文皆手自编定，在元季作者名《覆瓿集》，明初作者名《犁眉公集》。

春兴

青田七律，专主华整典重，有范模而无机趣，实开有明一代修饰局面之习。

会稽南镇夏王封，蔽日腾空紫翠重。阴洞烟霞辉草木，古祠风雨出蛟龙。玄夷此日归何处，玉简他年岂再逢。安得普天休战伐，不令竹箭困输供。

二月七日夜泊许村遇雨

漫喜晴天出北门，还愁急雨送黄昏。山风度水喧林麓，野树翻云动石根。宿麦已随江草烂，新泉休共井泥浑。鱼龙浩漫沧溟阔，泽畔谁招楚客魂。

次韵和新罗严上人秋日见寄

爱汝精蓝抱翠微，青松绿竹共依依。龟台落日明霞绮，鳗井寒潮长石衣。银杏子成边雁到，木犀花发野莺飞。钟残永夜禅心定，一任秋虫促杼机。

次韵和林彦文在缙云见寄

十年井邑化为墟，满眼荆榛塞路衢。鸡犬真成上天去，神仙不复好楼居。风凋野树无栖鸟，水落池莲有涸鱼。欲访轩辕问消息，太微风雨隔清都。"衢""都"出韵。

赠西岩道元和尚

西岩寺里云巢子，不到人间数十年。杖锡野猿迎路侧，谈经山鬼立灯前。尘飞劫火青春梦，雪满长松白日眠。近得渊明入莲社，兴来时复有诗篇。

感兴

百年强半已无能，愁入膏肓病自增。千里江山双白鬓，
五更风雨一青灯。繁弦急管谁家宅，废圃荒窑昔代陵。不寐
坐听鸡唱尽，素光穿牖日华升。

宋　讷

字子敏，滑县人。元至正时登进士，授盐山令。世乱退隐。
明初征修礼乐大典，事竣辞归，后征为国学助教，尝撰敕文称
旨，迁翰林学士。撰文庙碑文，赐绮钞。时与太祖论政治得
失，无不称旨，拜文渊阁大学士，以老辞。上曰："昔吕望
以八十兴周，讷虽年迈，可任是官。"上屯田策，建军国大计，
因著为令。未几，转国子监祭酒，宏整学规，年八十以疾卒。
谥文恪。

壬子秋过故宫八首　录六首

仲敏过故宫诗，气魄沉雄，声调凄惋，自是胜国遗音。

离宫别馆树森森，秋色荒寒上苑深。北塞君臣方驻足，
中华将帅已离心。兴隆有管鸾笙歇，劈正无官玉斧沉。落日

315

凭高望燕蓟，黄金台上棘如林。

黄叶西风海子桥，桥头行客吊前朝。凤皇城改佳游歇，龙虎台荒王气消。十六天魔金屋贮，八千霜塞玉鞭摇。不知亡国芦沟水，依旧东风接海潮。

郁葱佳气散无踪，宫外行人认九重。一曲歌残羽衣舞，五更妆罢景阳钟。云间有阙摧双凤，天外无车驾六龙。欲访当时泛舟处，满池风雨脱芙蓉。

万年海岳作金汤，一望凄然感恨长。禾黍秋风周洛邑，山河残照汉咸阳。上林春去宫花落，金水霜来御柳黄。虎卫龙墀人不见，戍兵骑马出萧墙。

清宁宫殿闭残花，尘世回头换物华。宝鼎百年归汉室，锦帆千古似隋家。后宫鸾镜投江渚，北狩龙旗没塞沙。想见扶苏城上月，照人清泪落悲笳。

云霄宫阙锦山川，不在穹庐毳幕前。萤烛夜游隋苑囿，羊车春醉晋婵娟。翠华去国三千里，玉玺传家四十年。今日消沉何处问，居庸关外草连天。

贝 琼

字廷琚，崇德人。性坦率，笃志好学。年四十八，始领乡荐。张士诚屡辟不就。洪武初，聘修《元史》，既成，受赐归。六年，以儒士举，除国子助教。琼尝慨古乐不作，为《大韶赋》以见志。九年，改官中都国子监，教勋臣子弟。琼学行素优，将校武臣皆知礼重。十一年致仕，卒。有《清江诗集》。

即事

廷琚七律，爽健高华，清新深婉，元明之交，风雅未坠，故格调不掩性灵。弘、正、嘉、隆诸子高自矜诩，卑薄宋元，其诗具在，平心阅之，自有公论矣。

少海旌旗落照中，沙陀兵马雁门雄。朝宗久废诸侯礼，翊戴方尊节度功。今日岂宜求骑劫，当年应失倚全忠。丹书铁券存终始，万古山河带砺同。

经故内

山中玉殿尽苍苔，天子蒙尘岂复回。地脉不从沧海断，潮声犹上浙东来。百年禁树知谁惜，三月宫花尚自开。此日登临解题赋，白头庾信不胜哀。

清明日陪杨铁崖饮城东门是日风雨

荡舟挝鼓出东门，怪雨盲风野色昏。海上一春犹作客，楼头三日共开尊。青山石马新人冢，锦树黄鹂旧相园。快意百年须痛饮，转头何处不消魂。洒洒洋洋，甚有气势。

送杨九思赴广西都尉经历

邛筰康居路尽通，西南开镇两江雄。汉家大将推杨仆，蛮府参军见郝隆。象迹满山云气白，鸡声千户日车红。明珠薏苡无人辨，行李归来莫厌穷。以"穷"字易"贫"字，便不韵。

雨中书怀

汉苑秦宫迹已陈，金沙一簇为谁新。山河有恨空怀古，风雨无情只送春。南国鹧鸪愁北客，东家蝴蝶过西邻。尊前莫唱升平曲，白发秋娘也自颦。

秋思

两河兵合尽红巾，岂有桃源可避秦。马上短衣多楚客，城中高髻半淮人。荷翻太液非前日，花落蕃禧又暮春。莫上高楼望西北，远山犹学捧心颦。

秋兴和方文敏

杜老《秋兴》，不过因秋追感往昔，非于时事有所讳而托之也。后人惑于注家之陋，专以《秋兴》寓感时事，几若不可移之科律，甚至无病而呻，当歌亦哭，殊可笑也。

一日龙飞濠泗间，橐驼牛马走阗颜。已来肃慎通沧海，更却呼韩闭玉关。使者旌旗分道出，将军部曲凯歌还。白头野老知何事，紫气长瞻万岁山。

遣兴

我住云间今四秋，恰如杜甫在秦州。赋诗黄耳冢前去，打鼓白龙潭上游。暮景飞腾如过翼，此身浩荡一虚舟。黄尘紫陌绕车盖，且伴老翁随海鸥。结句意竭而调拙。

读胡笳曲

百年已到甲辰终，休倚山河百二雄。八骏何劳巡海上，一龙今见起江东。专门学士空谈道，仗钺将军竞策功。忍听芦笳旧时曲，此身飘泊叹秋蓬。

夋山隐居夏日

病客从教懒出村，两山一月雨昏昏。野花作雪都辞树，溪水如云忽到门。无复元戎喧鼓吹，试从田父牧鸡豚。来青处士时相过，犹是平原旧子孙。

刘　崧

字子高，泰和人。洪武三年，以材学举职方郎中，出为北平按察副使。十四年，为国子司业。有《职方诗集》。

早春燕城怀古二首

体格不甚高，而朗洁可诵。

金水河枯禁苑荒，东风吹雨入宫墙。树头槐子乾未落，沙际草芽青已黄。北口晚阴犹有雪，蓟门春早渐无霜。城楼隐映山如戟，笳鼓萧萧送夕阳。

宫楼粉暗女垣欹，禁苑尘飞辇路移。花外断桥支蠲员，草间坏壁缀罳罳。酒坊当户悬荷叶，兵垒缘渠插柳枝。不见当年歌舞地，空馀松柏锁荒祠。

高　启

字季迪，长洲人。至正末，隐吴淞江之青丘，自号青丘子。洪武初，召入都，命纂修《元史》。寻入内府，教功臣子弟，授翰林院国史编修官。三年七月，擢户部侍郎，力辞，赐内帑白金放还。先是，启尝以史事为国子祭酒魏观属官，雅相知契。及是观守苏，为徙居城中，延问郡中政事得失，接见甚密。会观得罪，连坐死，年甫三十有九。启妙于诗，得唐人体裁，语精意圆，句稳情畅，前辈有所不及。有《缶鸣》《凫藻》二集。

送沈左司从汪参政分省陕西汪由御设史中丞出

季迪一代清才，摹古逼肖，七律绳趋尺步，整严之中自饶风韵。其品格骎骎大历之间，非寿陵学步者所及也。

重臣分陕去台端，宾从威仪尽汉官。四塞河山归版籍，百年父老见衣冠。函关月落听鸡度，华岳云开立马看。知尔西行定回首，如今江左是长安。

清明呈馆中诸公

新烟着柳禁垣斜，杏酪分香俗共夸。白下有山皆绕郭，清明无客不思家。卞侯墓上迷芳草，卢女门前映落花。喜得故人同待诏，拟沽春酒醉京华。

送叶判官赴高唐时使安南还

铜柱崖前使节过，贡随归骑入京多。一官暂遣陪成璿，片语曾烦下赵佗。晓拜赐衣辞绛阙，秋催征棹渡黄河。政馀好赋登临咏，闻说州人最善歌。

闻朱将军战殁

江浦戈船赤帜稀，孤军落日陷重围。镜中蛇堕占应验，牙上枭鸣事已非。残卒自随新将去，老亲空见旧奴归。闻鸡此夜谁同舞，西望秋云泪洒衣。

吴城感旧

城苑秋风蔓草深，豪华都向此销沉。赵佗空有称尊计，刘表初无弭乱心。张氏据吴，两证极确。半夜危楼俄纵火，十年高坞漫藏金。废兴一梦谁能问，回首青山落日阴。

喜闻王师下蜀

蜀国兵销太白低，将军新拜汉征西。浮桥已毁通江鹢，进鼓初鸣突水犀。不假五丁开道远，俄看万甲积山齐。从今险阻无人恃，夷贡南来尽五溪。

送李使君镇海昌

海风千里卷双旌，按辔初闻属部清。人杂岛夷争午市，潮随山雨入秋城。鸣狐不近睢阳庙，突骑犹屯广利营。肯扫帐中容我醉，夜深然烛卧谈兵。

岳王墓

此题高唱，胜孟频作。

大树无枝向北风，千年遗恨泣英雄。班师诏已来三殿，射房书犹说两宫。每忆上方谁请剑，空嗟高庙自藏弓。栖霞岭上今回首，不见诸陵白露中。

◎案：无所比伦。

秋日江居写怀

丧乱将家幸得全，客中长耻受人怜。妻能守道同王霸，婢不知诗异郑玄。借得种蔬傍舍地，分来灌菊别池泉。却欣远迹无相问，一棹秋风笠泽边。皮陆格。

323

◎案：皮，即皮日休；陆，即陆龟蒙。二人交笃，诗风相
近，多有唱和之作。

西坞

空山啄木声敲铿，花落水流纵复横。松风吹壁鹤翎堕，
梅雨过溪鱼子生。尚有人家机杼远，更无尘土衣裳轻。斜阳
已没月未出，樵子归时吾独行。拗体有生趣。

韩　奕

　　字公望，宋忠献魏王琦之后。其先自安阳再徙，居吴之
乐桥。幼端重简默，动作循矩度，虽居廛市，而乐游览。放
浪山水间，褐衣芒屦，一童自随，往来山僧野客家，累月不去。
或时藉草而坐，微吟长啸，人莫测其意。性颖敏博学，尤工
于诗。洪武中，与王宾俱隐于医，宾既为郡守姚善所礼，乃
复因宾致奕，奕终不往。一日与宾诣之奕，走楞伽山，善随至，
奕泛小舟入太湖。善叹曰："韩先生所谓名可得闻，身不可
得而见也。"有《韩山人集》。

湖州道中

百里溪流见底清，苔花藏叶雨新晴。南浔贾客舟中市，西塞人家水上耕。岸转青山红树近，湖摇碧浪白鸥明。棹歌谁唱弯弯月，仿佛吴侬《子夜》声。

甘　瑾

字彦初，临川人。仕终严州同知。明初临川诗派，彦初与揭孟同、张可立、甘克敬皆善学唐人者也。《文翰类选》载其诗四十首，郭青螺《豫章诗话》乃不知其名，或馀干人。

读文丞相传

彦初旧秀，雅称"美女簪花"之目。

万里冰天泣楚冠，南云归计路漫漫。尚图一旅兴王易，不念孤儿立国难。楼橹海门西日暗，剑歌江介朔风寒。六句凑。九原负痛遗编在，朔雪残灯掩泪看。

寄张可立

旅泊他乡有岁年，南塘水竹卜居偏。得钱日闭君平肆，载酒秋寻贺监船。葭苇近通门底港，荆榛遥带郭西田。东归亦有莼鲈兴，矫首沧浪若个边。

西师

中兴实藉群公力，反正终归万姓心。雾雨铜标蛮徼阔，山河铁券汉恩深。明珠翡翠殊方入，天马蒲萄远使临。北极即瞻佳丽气，南云足听凯歌音。

雨中书怀

南窗坐掩读残书，落尽梨花雨点疏。短梦或因中酒后，轻寒已过禁烟馀。芹香堕几初归燕，泉脉通池欲上鱼。搔首故人怀别久，欲凭尺素问何如。

社日

枫树林边雨脚斜，儿童祈赛竞喧哗。鸡豚上戊家家酒，莺燕东风处处花。野径归时扶醉客，丛祠祭罢集神鸦。濒湖生意伤多潦，预祝污邪载满车。

李延兴

字继本，东安人，占籍北平。至正丁酉进士，授太常奉礼兼翰林检讨。洪武初，屡典邑校，有《一山集》。

京口夜泊

醉客满船歌月明，隔江灯影逐人行。帆冲雨脚回京口，钟送潮头打石城。南渡衣冠愁北望，东皋箫鼓报西成。桑田海水依然在，不管人间有变更。

郑　真

字千之，鄞县人。洪武壬子乡试第一，授临淮教谕。秩满入京，赐宴，升广信教授。引年归。有《荥阳外史集》。

寄乌继善先生

红心驿外望家山，飒飒西园两鬓班。系雁书成霜满地，饭牛歌罢月临关。误传海外苏公死，终许羌村杜老还。客舍不知身健否，何时访我白云间。

程本立

字原道，崇德人，由秀才出身官至右佥都御史。建文三年，死于燕师靖难。

过赵州

原道雄俊有气格，亦得力于少陵。

青山环抱水争流，行尽云州入赵州。四野耕耘多乐岁，诸蕃斥候不防秋。过桥花竹前村近，入谷松萝小寺幽。妻子谁能免相忆，他乡虽好莫淹留。

送鱼课司使霍思诚赴京师

三年官守滞蛮荒，万里羁魂度太行。居有马鞯留客坐，食无鱼鲊寄亲尝。晴天海树常含雾，腊月山花不受霜。辞满得归人共乐，将诗送别意茫茫。

高邮夜泊

城楼月色见觚棱，城下官河夜欲冰。反照疏林皆野烧，残星别浦是船灯。腐儒食禄曾无补，倦客思家已不胜。春雨五湖烟水阔，荷蓑归去下鱼罾。

晚至安宁

连然驿路马曾谙，落日行人思不堪。"思不堪"欠妥。地极九州铜柱北，山蟠六诏铁桥南。汤池水底皆阴火，盐井烟中半夕岚。回首蓬莱天万里，忍教尘鬓白毵毵。

自姚安出普淜

层关飞鞚出寒云，万木归鸦乱夕曛。山自蜻蛉川口合，路从鹦鹉岭西分。道旁筑室新成市，塞上屯田久驻军。远客谁无乡土念，悲笳吹动不堪闻。

鹤庆驿会吴人冯广文闽人林税使

马蹄蹴遍阴厓雪，直向居庸塞外行。日落忽闻牛背笛，川平始见鹤州城。秋风千里莼丝滑，暑雨三山荔子生。迁客相逢话乡土，天涯何限未归情。

陈献章

字公甫，广东新会人。中正统丁卯乡试，会试不第，闻江西吴与弼讲学临川，遂弃其学而学焉。丁亥，游太学，祭

酒邢让试献章和杨龟山《此日不再得》诗，让览之，惊曰："龟
山不如也。"为扬言于朝，以为真儒复出，由是名振京师。壬寅，
以布政使彭韶、总督朱英荐，赴京师。召试吏部，辞疾不往。
上疏乞归养，授翰林检讨，上表谢，不辞而去。教人以主静为先。
有《白沙集》。

龙溪寄马元真

此杨诚斋体也，自摹唐之习兴，比于牧笛村讴，无复有齿及者，附
录此以见诗之不止一格也。

我家久住龙溪上，说著龙溪便有情。荔子不将梨斗美，
沙螺羞与蟹争衡。江村妇女蕉衫窄，市巷儿郎木屐轻。漫兴
诗多谁和我，樽前忙杀马先生。

重约马默斋外海看山

春风拟进赤泥洲，曾约看山共此游。落蕊忽过三月半，
先生能复一来不？不堪老我痴犹在，且喜娇儿病已瘳。想得
渡头杨柳树，清阴闲弄钓鱼舟。

种树

早雨山泥滑屐牙，瘦藤扶路入云斜。东原绿映西原白，

一径松连两径花。寒夜试看残月挂，东风须着短墙遮。江门亦是东门地，我独胡为不种瓜。

沈　周

字启南，号石田，长洲人。景泰中，郡守以贤良应诏，辞不赴。有《石田先生集》。

溪亭小景

幽亭临水称冥栖，蓼渚莎坪咫尺迷。山雨乍来茆溜湿，溪云欲堕竹梢低。画不能到，然非画家亦不能道。檐头故垒雌雄燕，篱脚秋虫子母鸡。此段风光小韦杜，可能无我一青藜。

李东阳

字宾之，茶陵人。天顺甲申进士，改庶吉士，授编修，累官少师兼太子太师、吏部尚书、华盖殿大学士。卒，赠太师，谥文正。有《怀麓堂》前后集、《南行》《北上》诸稿。

立春日车驾诣南郊

王元美谓茶陵之于何、李，犹陈涉之启汉高，余则譬诸吴楚荐食，九鼎在周，氏羯恣吞，正朔归晋也。

暖香和露绕蓬莱，彩仗迎春晓殿开。北斗旧杓依岁转，南郊佳气隔城来。云行复道龙随辇，雾散仙坛日满台。不似汉家还五畤，甘泉谁羡校书才。

湛编修若水册封安南

圣朝荒服尽冠缨，岭外交南旧有名。文字不随言语改，道途长共海波平。一家两被周封命，六载三回汉使旌。天上玉堂非远别，故乡重慰倚门情。以意胜，故佳。

偶梦得一诗止记末句觉而感之足成一律

感时事诗，何等安雅。

平地红尘起白波，直从青兖到黄河。几州村落人烟少，千里川原杀气多。汉帅屡传师出令，边兵先试凯旋歌。白头中夜长忧国，何日苍生免荷戈。

哭内弟刘钊

两因闱棘误登科，一去长江委逝波。官好不嫌州县小，家贫翻恨子孙多。意中语，却未经人道。思君岂但三秋隔，老我平添两鬓皤。寂寂闭门愁病里，有谁情语一来过。

春兴

即事寄兴，音节安和，不似后来《秋兴》《春怀》之大呼狂叫也。

病怀愁绪冗难裁，空望单于万里台。月落平沙南雁下，雪残荒戍北花开。关山远隔风尘色，阃幄谁当节制才。胡马不肥春草细，过河消息几时来。

瓮山西望接平坡，匹马双童几度过。十载衣冠朋旧少，五更风雨梦魂多。湖边鱼榜惊鸥鸟，树里僧房隐薜萝。飞尽桃花还燕子，一年春事又如何。

小叠峰峦浅作池，幽堂常是见春迟。风传翠篠声先到，雨换青松叶未知。四句意亦未经人道。江上帆樯经几驻，城南第宅已三移。君恩若放山林去，始是云霄得意时。

九日渡江

意境空阔，中有名理，非模拟家所知。

秋风江口听鸣桹，远客归心正渺茫。万古乾坤此江水，百年风日几重阳。烟中树色浮瓜步，城上山形绕建康。直过真州更东下，夜深灯火宿维扬。

杨一清

字应宁，号邃庵、石淙、三南居士，云南安宁人。有《杨文襄公集》。

孤山堡

簇簇青山隐戍楼，暂时登眺使人愁。西风画角孤城晓，落日晴沙万里秋。甲士解鞍休战马，农儿持券买耕牛。回思未筑边墙日，曾得清平似此不。结句调弱。

出连云栈

应宁七律，李献吉谓其唐宋调杂，瑕瑜靡掩。此种下劣见解，至今盲人犹奉其说，可怪也。渠意不过以填实句者为唐，参理解者为宋。然元、白、张、王既多近理，杨、刘、宋、晏唯工摭实，不知唐、宋于何界画。即老杜之一气折旋，明白如话者，亦必以为窜入宋调也。

鸡头关下石权牙，傍险凭高此驻车。一水萦纡通汉沔，万峰回合控褒斜。云中板阁烧难绝，谷口篔筜翠欲遮。蜀道秦关俱莫论，于今四海正为家。

山丹题壁

关山逼仄人踪少，风雨苍茫野色昏。万里一身方独往，百年多事共谁论。东风四月初生草，落日孤城早闭门。记取汉兵追寇地，沙场犹有未招魂。

还至庄浪

平沙落日路漫漫，千里风光一色看。刚道雨来翻见雪，偶然热后忽生寒。三四意佳调俗。城非据险兵犹少，地屡经荒食更难。稍喜沿边诸将吏，肯甘清苦慰凋残。结句用杜调，却与上意一线，故异剿拟。

闻河套有警

百二秦关故可凭，延宁千里险堪乘。浊河下绕还成套，圹骑冬来惯蹋冰。雄壮语，妙在于切。塞上烟尘嗟未息，胸中兵甲愧无能。粟刍山积君休羡，民力年来已不胜。

将至宁夏

奉诏西征驻节时，元戎奏凯已先期。苗民自逆三旬命，玁狁何劳六月师。典雅。灯火家家开夜户，弓刀队队卷风旗。益兵加赋休重道，财力于今两不支。

王守仁

字伯安，号阳明，又号乐山居士，浙江馀姚人。有《王文成公全书》。

兴隆卫书壁

文成风雅之遗，不堕讲学习气。

山城高下见楼台，野戍参差暮角催。贵竹路从峰顶入，夜郎人自日边来。莺花夹道惊春老，雉堞连云向晚开。尺素屡题还屡掷，七句俗。衡阳那有雁飞回？

龙潭独坐

何处花香入夜清，石林茅屋隔溪声。幽人月出每孤往，栖鸟山空时一鸣。静者意境。草露不辞芒屦湿，松风偏与葛衣轻。临流欲写猗兰意，江北江南无限情。

寄浮峰诗社

晚凉庭院坐新秋，微月初生风满楼。千里故人谁命驾，百年多病有孤舟。风霜草木惊时态，砧杵关河动远愁。饮水曲肱吾自乐，七句腐。茆堂今在越溪头。

元夕

去年今日卧燕台，铜鼓中宵殷地雷。月傍苑楼灯彩淡，风传阁道马蹄回。炎荒万里频回首，羌笛三更漫自哀。尚忆先朝多乐事，孝皇曾为两宫开。

李梦阳

字天赐，更字献吉，号空同，庆阳人，徙扶沟。弘治癸丑进士，授户部主事，转员外郎。应诏陈言，弹寿宁侯张鹤龄，系锦衣狱，旋释之。进郎中，代尚书韩文草奏，劾刘瑾，坐奸党致仕。起江西提学副使，恃气陵铄台长，讦奏罢官。宁庶人既诛，坐为庶人撰《阳春书院记》，狱辞连及，尚书林俊力持之得免。卒后弟子私谥文毅。天启初，追谥景文。有《空同子集》。

谒陵

本朝陵墓傍居庸，闻说先皇驻六龙。一自玉舆回朔漠，遂令金殿锁秋峰。明禋衮职虽多预，备物祠官岂尽供。起句、五六句真乃婴儿学语。报祀独知今上切，每于霜露见愁容。割其句，

337

袭其调，并其惓惓忠爱之私，而亦似之。所谓学叔敖之衣冠，而并摹其声音笑貌也。

秋怀三首

此即何大复所谓木革之音，如摇鞞铎者。

庆阳亦是先王地，城对东山不窟坟。白豹寨头惟皎月，野狐川北尽黄云。天清障塞收禾黍，日落溪山散马群。回首可怜鼙鼓急，"回首可怜"割杜句，恶劣。几时重起郭将军。

宣宗玉殿空山里，野寺霜黄锁碧梧。不见虎贲移大内，尚闻龙舸戏西湖。芙蓉断绝秋江冷，环佩凄凉夜月孤。辛苦调羹三相国，"调羹"字凑。十年垂拱一愁无。"一愁无"不成语。句句拆洗少陵，读之失笑。虽云摹杜，其一种猛憨躁急之气，实杜所无。

大同宣府羽书同，莫道居庸设险功。安得昔时白马将，横行早破黑山戎。书生误国空谈里，书生空谈误国，庸语也，加"里"字，则小儿语矣。禄食惊心旅病中。对句尤杂凑。女直外连忧不细，急将兵马备辽东。

艮岳篇

宋家行殿此山头，千载来人水一丘。起句直，次句不贯，亦不成语。到眼黄蒿元玉砌，伤心锦缆有渔舟。金缯社稷和戎日，花石君臣弃国秋。漫倚南云望南土，古今龙战是中州。结语亦不了了，宋以都汴失，古今龙战，应不在中州也。

潼关

咸东天险设重关，闪日旌旗虎豹闲。隘地黄河吞渭水，炎天白雪压秦山。旧京想像千官入，馀恨逡巡六国还。"千官入"不切"关"，六句尤含糊。满眼非无弃繻者，寄言军吏莫瞋颜。"满眼"字凑，"莫瞋颜"不成语。

秋望

献吉禁用唐以后事，而恒自犯之。彼特见唐以前之典，老杜所习用，易于按谱摹腔，一入生事，即碍口吻，故讳之。间有口熟而便于调度，如郭汾阳者，遂亦用之而不觉也。

黄河水绕汉宫墙，河上秋风雁几行。客子过壕追野马，将军韬矢射天狼。黄尘古渡迷飞挽，白月横空冷战场。闻道朔方多勇略，只今谁是郭汾阳。

限韵赠黄子

禁垣春日紫烟重，子昔为云我作龙。有酒每要东省月，退朝曾对披门松。十年放逐同梁苑，中夜悲歌泣孝宗。老体幸强黄犍健，"强""健"字复。柳吟花醉莫辞从。"莫辞从"不成语。

台寺夏日

古台高并郁岧峣，断塔棱层锁寂寥。袭宋延清句，殊觉平凡。
积雪洞门常惨惨，炎天松柏转萧萧。云雷画壁丹青壮，神鬼
虚堂世代遥。六句拙。惆怅宋宫偏泯灭，二灵哀怨不堪招。结
亦羞涩。

◎宋之问《灵隐寺》："鹫岭郁岧峣，龙宫锁寂寥。"

乔太卿宇宅夜别

一宅中夜别，而忽及海峤雪霜、长安钟鼓、孤树吟猿、别滩宿雁，
岂非醉梦？

竹梧池馆夜偏寒，促席行杯漏未阑。燕地雪霜连海峤，
汉家钟鼓动长安。吟猿见月移孤树，宿雁惊人起别滩。二十
逢君同跃马，十年回首笑弹冠。结亦不清爽。

何景明

字仲默，号大复山人，信阳人。弘治壬戌进士，授中书

舍人，转吏部员外，出为陕西提学副使。以经术世务教儒士，其规约尚严，志在崇本起弊，士初稍不堪，久之幡然兴起，自是士习文体为之一变云。有《大复山人集》。

武昌闻边报

大复清婉略胜空同，然如兰陵王着假面以对敌，虽壮军威，终伤本色。

传闻虏骑近长安，北伐朝廷已命官。路绕居庸烽火暗，城高山海戍楼寒。一时边将当关少，六月王师出塞难。先帝恩深能养士，请缨谁为系楼兰？结句袭崔涂"见说圣君能侧席，不知谁解请长缨"之句，然彼雅而此俗，何也？

闻河南寇

此亦木革之音，与空同何别？

檄书近报河南寇，楚塞梁关转战空。岂有兵车能远救，即愁道路阻难通。江淮城堑西南险，嵩洛山川天地中。今日至尊忧不细，"忧不细"三字有何佳处，而何、李争用之。几时诸将捷音同。

◎案：李梦阳《秋怀》："女直外连忧不细，急将兵马备辽东。"

341

送雷长史

极意洗炼，却无深味可寻。由束缚于句面，而生气不出也。

彤管先朝随帝子，白头今日奉王孙。汉廷亦羡相如美，楚客重看贾傅尊。花下图书开玉殿，日高琴瑟在朱门。十年亭阁淮西宴，肠断梁王雪夜樽。

得献吉江西书

近得浔阳江上书，遥思李白更愁予。天边魑魅窥人过，日暮鼋鼍傍客居。"天边魑魅"语殊不伦，"鼋鼍傍客"句亦甚笨。鼓枻襄江应未得，买田阳羡定何如。陈卧子云：买田阳羡，虽用后事，然不甚觉，掩目捕雀，愚至于斯。他年淮水能相访，桐柏山中共结庐。

安庄道中

处处人家空薜萝，几年凋敝扰干戈。山过白水峰峦峻，路入盘江瘴疠多。岭徼土风连百粤，郊原人语杂诸罗。侧身西望看铜柱，"望""看"字复，二句意亦甚拙。此地曾经马伏波。

送卫推官之武昌

少年佐郡楚城居，十郡风流尽不如。次句俗调。此去且随彭蠡雁，何须不食武昌鱼。三四袭傅与砺句，然彭蠡不如衡岳之切。
仙人楼阁春风里，贾客帆樯落照馀。大别山前江汉水，画帘
终日对清虚。

九日黔国后园

何处风烟消客愁，起平塌。将军台榭枕山丘。一年又过重
阳日，两鬓空悬万里秋。"悬"字难解，为鬓悬耶？秋悬耶？水国
阴多寒已至，炎方霜后瘴初收。凭高欲送登临眼，"送登临眼"
不妥。更上池边百尺楼。

秋兴

汉水东驰入楚来，长沙秋望洞庭开。"洞庭开"不妥。江清
楼阁中流见，日落帆樯万里回。去国尚思王粲赋，逢时空惜
贾生才。湘南两度曾游地，惆怅烟花暮转哀。末句竭。

华州作柬桑汝公

秋城雨色静微尘，过陕山河望转新。天上岳莲开二华，
云中关树引三秦。追游少小还今日，浪迹乾坤任此身。五六清
而无意，知何、李断不能参活句也。乘兴欲攀仙掌去，未知登览共
何人。末句稚。

鲥鱼

五月鲥鱼已至燕，荔枝卢橘未应先。赐鲜遍及中珰第，荐熟谁开寝庙筵。白日风尘驰驿骑，炎天冰雪护江船。银鳞细骨堪怜汝，玉箸金盘敢望传。致鱼恐不用，驿骑句亦有病。

徐祯卿

字昌谷，一字昌国，吴县人。弘治乙丑进士，除大理寺左寺副，降国子监博士。善属文，弱冠作《谈艺录》，以究诗体之变，断自汉魏而止，晋以下勿论也。有《迪功集》，又有《叹叹》《焦桐》《鹦鹉》《花间》《野兴》《自惭》诸集。

送盛斯徵赴长沙

昔愁越寯千峰仄，转入巴渝万里赊。岂料圣恩怜贾谊，犹烦佐郡出长沙。蛮中瘴远三湘水，江畔春逢十月花。五六断续模糊。遥听岳阳楼上笛，可能回首忆京华。

赠别献吉

尔放金鸡别帝乡，起句不成语，通体偃仰倾欹，漫无篇格。陈卧子以为神到之作，海夫逐臭，岂复人情。何如李白在浔阳。日暮经过燕市客，解裘同醉酒垆旁。徘徊桂树凉飙发，仰视明河秋夜长。此去梁园逢雨雪，知予遥度赤城梁。王李高岑，律法未备，故多失粘。若后人即当呵禁，不得藉口于摹古也。

送耿晦之守湖州

远下吴江向雪川，高秋风物倍澄鲜。鸡鹢菰叶翠相乱，锦石游鳞清可怜。邮渚挝频津吏鼓，渔歌唱近使君船。吴兴岘山足胜事，汉水襄阳空昔贤。结句气不完足。

送庐陵杨二尹

何卑执戟谢京华，起不成语。却爱河阳县里花。不为远师招白社，拟从勾令觅丹砂。青天挂席浮明月，螺水回舟胜若耶。五六断续模糊。莫学南昌隐君子，离群独拂五云车。结亦甚劣。舍华言而习侏离，却盛服而衣褴褛。文章江左，烟月扬州，回忆前修，几悲堕落。

边　贡

字廷实，历城人。弘治丙辰进士，授太常博士，擢户科给事中，迁太常寺丞，出知卫辉府，改荆州，升湖广提学副使，召拜南京太常少卿，迁太仆，改太常卿，提督四夷馆，进南京户部尚书。有《华泉集》。

寇中丞北抚宣府奉同南渠韵

守边犹得近邦畿，亚相权兼大将威。乌府夜闲关月皎，三句似口吃诗。戟门秋静房尘稀。探兵入塞无传箭，敕使临戎有赐衣。闻道六龙巡幸处，至今尝见五云飞。

谒文山祠

丞相英灵迥未消，"迥未消"不妥。绛帷灯火飒寒飚。次句泛。黄冠日月胡云断，碧血山河龙驭遥。三四断续不清。花外子规燕市月，水边精卫浙江潮。五六模糊难解，"精卫"与"浙江潮"亦两事不贯。祠堂亦有西湖树，不遣南枝向北朝。结牵率无谓。此等诗以为名篇，真冤事也。

留别贞庵

阴阴汀树起秋烟，冉冉溪花接暮天。归鸟独冲淮甸雨，离人新上汶阳船。竟割李频一联，偷句之钝贼，于今为烈。病馀药物存艺术，老去心情托简编。他日会传招隐赋，缄封应写渡江年。

顾　璘

字华玉，先世吴县人，徙南京。弘治丙辰进士，知广平县。征入为南京吏部主事，迁知开封府，降知全州。起知台州府，累迁至浙江左布政使，擢右副都御史，巡抚江西。乞终养，忤旨，勒致仕。再起，巡抚湖广。显陵工竣，加工部尚书。还朝，改南京刑部尚书。有《息园》《浮湘》《凭几》《山中》《归田》诸集。

庚辰元日

诸侯玉帛会长安，起句庸俗。天子旌旗下楚关。"关"字出韵。共想元正趋紫殿，翻劳边将从金鞍。沧江饮马波先静，黄竹回銮雪未乾。北极巍巍天咫尺，五云长护凤楼寒。

和英玉闻秋佳亭新移怅然作兼简王礼部钦佩

虽摹杜体，已入西江派，特数衍景物处，多不及西江之用意耳。

秋佳亭子临秋水，伐木新移向近陂。小径有时迷客入，长杨无数绕檐垂。即看野鹊春来喜，莫怪群鸥晚下疑。寄语东邻王礼部，好携樽酒数追随。

寄张司马九月六日忆湘山寺旧游

遥忆东山张太傅，去年今日共离觞。清江画舫愁中别，落月枫林梦里长。黄菊再逢非旧日，白头相见定何乡？题诗欲寄衡阳去，目断西风旅雁行。楚楚似元人之学西江者，何、李而外，学杜者必变而之西江，然尚能自立。余尝谓山谷之学杜虽偏，犹孟轲之于孔氏；空同之学杜甚似，则王莽之于周公也。

朱应登

字升之，号凌溪，宝应人。童时即解声律。十五通经史百家言，下笔为文，驰骋横放。倡古文辞，卓然以秦汉为法。诗则上准《风》《雅》，下采沈宋，磅礴沉郁，聿兴一代之体。有《凌溪先生集》。

舟至临清大风晦冥闻过客言谷亭盗贼之势甚剧感而赋此

闻说王师北出燕，山东群盗故依然。沙城风起尘如雾，泽国春阴水作烟。过客尽传烽火警，行人愁度谷亭船。平原太守今谁是？慷慨多惭石二千。"石二千"欠妥，句亦拙。

登王孙亭望华岳

华岳遥瞻势已雄，起甚平钝。河流入望更无穷。群山总出三峰下，众水同归九曲中。绝塞衣冠通上国，行人车马入新丰。汉家陵邑依然在，拟赋西都恐未工。结亦无聊。

秋兴

犷骑凭陵八月风，羽书朝暮九华宫。"八月风"不妥，次句亦笨。金吾宿卫临关外，宣府游兵集禁中。燕塞河山天下险，泰陵恩德众心同。一有边警而即忧及燕塞河山，痛及泰陵恩德，正如优伶扮演忠烈，声色俱壮，无与七情也。谁能补衮供臣职？莫遣宵衣损圣躬。

浪沧江

千寻铁锁贯长桥，积翠浮天万壑遥。开口叫喊，殊粗恶。人向中流看砥柱，路从平地入岩峣。四句拙极。未论文教开荒服，已见蕃王款圣朝。鸟语花明迎使节，浪沧江上瘴全消。

腾阳元夕

殊方节序漫相亲，又见春灯照眼新。秦苑烟花三辅梦，梁州风俗隔年身。三四似佳而不可解。千门宛转迎华月，九陌逶迤起暗尘。淮海路迷何处所，孤城深锁独愁人。

郑善夫

字继之，闽县人。弘治乙丑进士，除户部主事，改礼部。以谏南巡，杖阙下，寻乞归。用荐起南京刑部，改吏部郎中。有《少谷山人集》。

读太初浔阳歌

自北地倡为叫噪之习，聱者如狂，继之欲参别调以矫之，而割裂支离，索句于可解不解之间，以为杜体，不知其为西江派之隔日疟也。

青春寄我浔阳曲，长路思君鹦鹉洲。此日江湖须远志，浮云西北有高楼。嵇康竟少神仙分，尚子仍牵儿女忧。居洛何曾定踪迹，终南渭水入乡愁。

登御校场下望故宫

万峰云木郁苍苍，故垒仍存阅武场。南渡关河双眼尽，中原风物百忧旁。尚传草莽开黄屋，想见龙蛇绕御床。往事只今俱洒泪，两阶干羽意何长。三句拙，四句硬凑不成语，五六欠的，结尤庸劣，不知何以费如许力作此等诗。

胜果寺秋怀

山寺行逢红槿花，江南风物望中赊。棘云萝月同秋事，鸿雁鸳鸯亦岁华。多病茂陵仍去国，长贫杜曲尚无家。白袍黄帽从吾好，归去沧洲问钓槎。明洁似简斋而无深味，由意薄也。

秋日病怀

南州木落晚萧萧，蓟野风烟万里遥。病后客心唯药物，秋来人意满云霄。三句割裂杜句，甚拙滞。四句似高浑而实含糊。平沙雁带三湘雨，横浦帆归八月潮。摇落应悲楚公子，不将旧业问渔樵。结亦欠清爽。

351

卜居怀林待用司空

卜居为爱龙山好，薜荔阴连湖上村。海日帆樯动书牖，帆樯何以动书牖？无理，句亦不贯。天风鹅鹳到柴门。清时定许潜夫远，散地还知静者尊。"远"字、"尊"字愈作意愈拙。闻道平生谢太傅，东山卧席未教温。

杨　慎

字用修，新都人。正德辛未赐进士第一，授翰林修撰。以议大礼泣谏，杖谪永昌。天启初，追谥文宪。有《升庵集》。

春斋有怀寺中同馆诸君

效初唐体耳，然气局于篇，意抑于句，虽以升庵之才，而不能自拔。习之于人，甚哉。

瀛洲烟雾玉堤阴，华盖星辰接翰林。风动冰澌环御水，月明暗雪带仙岑。上阳树色知春近，长乐钟声觉夜深。为问赞公房里客，昙花贝叶对谁吟？

送彭幸庵尚书致仕

忆昔西征歌采薇，雪山万里驻骖騑。总戎全蜀风云阵，纪绩成周日月旗。诸葛蔓菁遗壁垒，陶潜松菊旧柴扉。前贤出处真相似，雅志如公两不违。

怀归

星桥南望沉犀渚，雪岭西连抱珥河。关塞渺茫魂梦隔，山川迢递别离多。汀洲春雨牵芳杜，茆屋秋风带女萝。心事未从詹尹卜，生涯聊听爨童歌。

李君偕过皋桥新居言别

沙间草阁对渔舟，坐俯昆池万里流。萧索暮途犹浪迹，登临暇日岂销忧。阮公失路谁青眼，江令还家尚黑头。行见群英满青琐，宁忘一老在沧洲。

李 濂

字川父，祥符人。正德甲戌进士，授沔阳知州，迁宁波府同知，终山西按察金事。有《嵩渚集》。

春兴

川父二诗清雅，不染习气。川父有绝句云："唐人无选宋无诗，后进轻狂肆贬词。真趣盎然流肺腑，底须摹拟失神奇。"可谓瞠然不缁者矣。

碧草城南路不分，野人诗思正纷纭。聊随谢客寻幽壑，何必桓谭识古文。春日苦耽新秫酒，洞天思谒大茅君。东风吹起花如霰，肠断梁台日暮云。

秋怀

潇湘枫落鳜鱼肥，楚客怀归未得归。频忆凤城询北使，尚闻龙舸驻南畿。四句虽袭空同而雅伤。惊心关塞旌旗动，旅食江湖谏疏稀。本乏涓埃裨郡国，拟将生事付渔矶。

◎案：李梦阳《秋怀八首》其三次联："不见虎贲移大内，尚闻龙舸戏西湖。"

文徵明

字徵仲，号衡山，姑苏人。以征入为翰林待诏，平生以名节自励。有《莆田集》。

新秋

徵仲尝语何元朗云：“余少学诗从放翁入，故格调卑弱，不若诸君皆唐音也。”其㧑抑如此。今于蜩沸之馀，搀入数首，觉黄茅白苇中忽露幽兰异草，知得失不在口舌争矣。

江城秋色净堪怜，翠柳鸣蜩锁断烟。南国新凉歌白苧，西湖夜雨落红莲。美人寂寞空愁暮，华发凋零不待年。莫去倚阑添怅望，夕阳多在小楼前。

春日游支硎天平诸山

麦陇风微燕子斜，雨晴云日丽江沙。遥寻支遁烟中寺，初见天平道上花。过眼溪山劳应接，方春草树发光华。夕阳半岭归舆急，惭愧城中自有家。

夏日同次明履仁治平寺纳凉

竹根雨过石苔斑，钟梵萧然昼掩关。坐爱微凉生碧殿，忽看飞雨失青山。即景妙句，生气涌出，摹唐者不能到。云分暝色来天外，风卷湖声落树间。最是晚晴堪眺咏，夕阳横抹蓼花湾。

沧浪池上

杨柳阴阴十亩塘，昔人曾此咏沧浪。春风依旧吹芳杜，陈迹无多半夕阳。积雨经时荒渚断，跳鱼一聚晚波凉。*六句妙。*
渺然诗思江湖近，便欲相携上野航。

致仕出京言怀

白发萧疏老秘书，倦游零落病相如。三年漫索长安米，
一日归乘下泽车。坐对西山朝气爽，梦回东壁夜窗虚。玉兰
堂下秋风早，翠竹黄花不负余。

戚　韶

字龙囷，松江华亭人。

初夏即事

杂此种于波颏云扰中，亦觉眼界一醒。

绿阴清馆午风凉，花落晴沟水亦香。市担虾鱼从晓卖，
邻家樱笋及时尝。筐盛杂茧缲丝急，场扑飞蛾打麦忙。寒食
过来芒种近，谷芽今似韭芽长。

高阁对坐有怀鹤坡

静里身闲不欲眠，寺西高阁寄超然。沧波万顷来天际，白鸟双飞去雨边。洗竹祠前依水槛，卖鱼仓口就泷船。王程消息三千里，惆怅莺花又一年。

张 含

字愈光，永昌卫人。正德丁卯中云南乡试，有《禺山诗选》。

寄升庵

公子思归几岁华，王孙芳草遍天涯。楼头艳曲包明月，海口新铅蔡少霞。工丽。光禄塞遥空递雁，上林枝好只栖鸦。梦中记得相寻处，东寺钟残北寺斜。末句斜字趁韵。

袁 褧

字永之，吴县人。嘉靖丙戌进士，选庶吉士，改授刑部主事，调兵部。坐失火，下诏狱，谪戍湖州。用荐补南京兵部员外，

357

出为广西提学佥事。有《胥台稿》。

秋兴

仙仗行宫旧内居，花间往往驻鸾舆。徒闻汉帝横汾曲，
不见长卿谏猎书。天子射蛟开水殿，奚官牧马遍郊墟。蒹葭
苜蓿秋无限，怅望燕云万里馀。

苏　祐

字允吉，一字舜泽，濮州人。嘉靖丙戌进士。除吴县知县，
再知束鹿。征授监察御史，出为江西提学副使，迁山西参政，
升大理少卿。以佥都御史抚保定，以副都御史抚山西。入为
刑部侍郎。寻以兵部左侍郎，总督宣大进兵部尚书。削籍，
寻复官。有《榖原诗集》。

子归入倒马关作

南风吹雨傍关来，关上千峰画角哀。老去尚怜金甲在，
生还重见玉门开。雅切。鹍弦漫引思归调，虎节空惭上将才。
圣主恩深何以报，车前部曲重徘徊。

358

唐顺之

字应德，一字义修，武进人。嘉靖己丑进士。除兵部主事，改吏部。寻改翰林编修，历右春坊司。谏上疏请朝东官，夺职为民。起兵部郎中，巡视蓟镇。还，视师浙直，超拜金都御史，巡抚淮扬。崇祯中，追谥襄文。有《荆川先生集》。

上张相公

帷中运策九州清，共说留侯在汉京。赐第近连平乐观，入朝新给羽林兵。儒生东阁承颜色，酋长西羌识姓名。五六即刘随州"渔阳老将、鲁国诸生"一联意而变换之。却望上台多气象，年年长傍紫宸明。

◎案：刘长卿《献淮宁军节度使李相公》颈联："渔阳老将多回席，鲁国诸生半在门。"

登喜峰古城时三卫贡马散牧塞外

绝顶孤峰见废关，短衣落月试跻攀。三秋豹旅方乘障，万里龙媒正满山。候雁似随乡思去，寒花将送使臣还。筹边迁薄真无补，空望伊吾抵掌间。荆川亦盛唐格，爽健清圆，迥异时习。

寄周中丞备御关口

牙旗高建白羊东，鼓角殷殷瀚海空。雪后锦裘行塞外，月明清啸满楼中。幕南五部思归义，蓟北诸军尽立功。燕颔书生人共羡，一朝投笔去平戎。

广德道中

苍山百转见炊烟，茆屋高栖古树巅。细雨薜萝侵石径，深秋粳稻满山田。云中望影迷遥岫，草里闻声觉暗泉。倘遇秦人应不识，只疑误入武陵川。

七律指南甲编卷八　明一百三十首

李攀龙

字于鳞，历城人。嘉靖甲辰进士。除刑部主事，历郎中。出知顺德府，升陕西提学副使，转参政，终河南按察使。与王世贞、谢榛、梁有誉、宗臣、徐中行、吴国伦称七才子。有《沧溟集》。

送赵户部出守淮阳

于鳞七律，酷摹李颀，格调可观，藻饰亦美。但气脉多不连贯，句意亦欠清晰。十篇以外，句重字复，底里尽见矣。

仙郎起草汉明光，几载军储事朔方。五马新为淮海郡，三台旧署度支章。行车麦秀随春雨，卧阁花深对夕阳。时忆上林词赋客，鸿书遥下楚云长。

送皇甫别驾往开州

衔杯昨日夏云过，起句不连贯。愁向燕山送玉珂。吴下诗名诸弟少，皇甫汸谪开州同知，沖、涍、汸、濂四皇甫并有诗名，故三句云然，但亦欠圆醒。天涯宦迹左迁多。人家夜雨黎阳树，五句不贯。客渡秋风瓠子河。自有吕虔刀可赠，开州别驾岂蹉跎。

初春元美席上赠茂秦

凤城杨柳又堪攀，谢朓西园未拟还。客久高吟生白发，春来归梦满青山。明时抱病风尘下，短褐论交天地间。闻道鹿门妻子在，只今词赋且燕关。谢朓以姓借比西园，喻其作客，连用便不分晓。三句"高"字易"苦"字，方与"生白发"贯。末句"词赋且燕关"，亦不圆醒。

怀子相

蓟门秋杪送仙槎，此日开樽感岁华。卧病山中生桂树，怀人江上落梅花。山中桂树用淮南《招隐》，江上梅花用《落梅曲》，然桂树何以卧病而生？梅花何以怀人而落？此种诗骤看似佳，细按难解，学之遂成含糊不清之病，贻误不浅也。春来鸿雁书千里，夜色楼台雪万家。南粤东吴还独往，应怜薄宦滞天涯。

平凉

春色萧条白日斜，平凉西北见天涯。唯馀青草王孙路，不属朱门帝子家。宛马如云开汉苑，秦兵二月走胡沙。欲投万里封侯笔，愧我谈经鬓有华。

登黄榆马陵诸山是太行绝顶处

太行山色倚巉岏，绝顶清秋万里看。次句不贯。地坼黄河趋碣石，天回紫塞抱长安。"地转锦江""天回玉垒"，化神奇为臭腐矣。悲风大壑飞流折，白日千崖落木寒。向夕振衣来朔雨，关门萧瑟罢凭栏。五六不贯，结句凑，"朔雨"尤不妥。

◎案：李白《上皇西巡南京歌十首》其四："地转锦江成渭水，天回玉垒作长安。"

寄刘子成

书札清秋问解携，郡斋吟眺楚云低。"问解携"，"问"字欠妥。次句"楚云低"三字凑。大夫持宪临诸粤，使者徵兵出五溪。白日自流荒徼外，青山不尽夜郎西。于今万里看铜柱，何意中原厌鼓鼙。结语亦不了了。

杪秋登太华山绝顶

缥缈真探白帝宫，三峰此日为谁雄。苍龙半挂秦川雨，石马长嘶汉苑风。地敞中原秋色尽，天开万里夕阳空。平生突兀看人意，容尔深知造化功。次句意无着。四句石马何以能嘶？五六"尽"字、"空"字虚张无意理。结微露白雪楼狂妄故态，然殊不成语。

上朱大司空

气格深稳，真似李颀。

河堤使者大司空，兼领中丞节制同。转饷千年军国壮，朝宗万里帝图雄。春流无恙桃花水，秋色依然瓠子宫。太史但裁《沟洫志》，丈人何减汉臣风。结句欠清醒。

送陆从事赴辽阳

御苑东风吹客过，共看芳草有离珂。西山晴雪鸿边尽，北海春云马上多。首句趁韵。次句"离珂"二字欠妥。三四似佳，然"雪"何以"鸿边尽"？"云"何以"马上多"？亦难解。地险时窥玄菟郡，天骄夜遁白狼河。知君幕下参高画，诸将何时议止戈？

364

王世贞

字元美，太仓人。嘉靖丁未进士。除刑部主事，历郎中。出为山东副使。以父难解官，补大名兵，备历浙江参政、山西按察使。入为太仆寺卿。以右副都御史抚郧阳，迁行大理寺卿。历应天府尹、南京刑部侍郎，改兵部，进刑部尚书。有《弇州正续四部稿》。

和合驿

元美典丽清切，十倍于鳞。

十年尘暗蓟门楼，万里风来汉使舟。挂席昼移横海日，鸣榜秋荡大河流。孤城奏角黄云合，远戍逢砧白雁愁。六句支凑。吾道岂应长踯躅，乾坤此去有沧洲。结句含糊，卧子乃云浩荡有深思。

送瞿师道太史使大梁周府

长安草色上鸣珂，繁吹春调四牡歌。太史授圭开赤社，宗藩如带指黄河。天边汉节蛟龙扰，雪后梁园鸿雁多。上客知君频授简，邹枚词赋未应过。"授圭""授简"复。

365

履善比部归自岭右赋此问之

闻君八月下牂牁，铜柱炎荒使者过。桂岭风来秋色早，"风"与"秋色"不贯。盘江水合瘴烟多。夷童夹道夸椰酒，蛮女穿花出棹歌。向识子云奇字擅，近来词赋更如何？

祈雪斋居次峻伯寅长韵

画省森沉坐掩门，斋心应自远尘氛。仙郎曲调裁春雪，"雪"字插得好。武帝祠坛礼白云。天阔苑钟空外度，夜寒宫漏梦中分。柏梁何限丰年颂，今日琼瑶只报君。

立春前一日过尹汝渔副使饮

东走齐河冰雪开，郁葱佳气近楼台。相逢腊向尊前尽，敢道春从使者来。落日千门飞雁去，"千门""飞雁"不连。黄云一骑按雕回。知君且住袁丝里，陆博酣歌未易才。

寄耿中丞子承

黄龙东去海云低，玄菟城头乌夜啼。帐下青羌新属国，军中白马旧安西。典雅近中唐。牙旗月拥诸陵出，甲帐天回万堞齐。五六不连贯。最是驼酥争捧处，不妨飞捷醉中题。

戚大将军入帅禁旅枉驾草堂赋此赠别

层次井然，颇有杜格。

初闻小队驻吴江，忽漫花溪隐画艭。细柳尚虚金锁甲，前茅时缓碧油幢。南中旧部思驰义，塞上新城喜受降。倘写云台须第一，如论国士总无双。元美用事精当，由腹笥足供其驱使，异馀子之涂泽也。

寄济宁朱公

十年蓬纍卧江东，两见修鳞济上通。天畔星为中执法，人间水属大司空。楼船昼集沙河雨，騕马秋歌瓠子风。"瓠子风"不妥。转饷自来勋第一，玺书何日未央宫？

忆昔二首

忆昔文王三出边，六龙飞雨净烽烟。天门直向阴山辟，北斗翻从南极悬。铁马春饥填瀚海，金人秋祭失祁连。只今何处无廉李，野哭荒村几岁年。直书其事，词伟气雄，一洗《秋兴》《秋怀》之陋习。

更忆南巡汉武皇，楼船车马郁相望。武宗事，尤雅切。轻裘鄠杜张公子，挟瑟邯郸吕氏倡。秋净旌旗营细柳，夜深烽火猎长杨。孤城尚有遗弓泪，不见当时折槛郎。

谢 榛

字茂秦，临清人。有《四溟山人集》。

送李给事元树奉使云中诸镇

摹唐之诀刱于茂秦，虽句格整炼，而拘缠纠缠，生气不扬。用之酬
应则可观，约诸性情则无当。

琐闱朝下促飞旌，岁暮看君塞上行。戍角动人多苦调，
戎衣走马半新兵。关开涿鹿云连树，路出萤狐雪满城。计日
楚才封事上，君王深见九边情。

中秋宴集

满空华月好登楼，坐倚高寒揽翠裘。"揽翠裘"趁韵。江汉
光翻千里雪，桂花香动万山秋。三四虚张。黄龙塞上征夫泪，
丹凤城中少妇愁。词客共耽今夜酒，漫弹瑶瑟唱伊州。后半殊
杀风景，又非欧公四十万屯边铁甲之谓，当是图作壮语近唐调耳。

◎案：欧阳修《晏太尉西园贺雪歌》："须怜铁甲冷彻
骨，四十馀万屯边兵。"

368

登太行山西望有怀苏舜泽中丞

太行胜绝横霄汉，有客登临思不休。雁度千峰还北向，河萦三晋竟东流。"思不休"不成语。次联"还"字、"竟"字太作，意反拙。胡笳遥动黄云暮，塞马长嘶白草秋。慷慨中丞时仗策，汉家天子莫深忧。末句俗。

送张给事仲安擢蜀中参政

暂停轩盖离人醉，忽听河桥去马嘶。怅望那堪春草遍，劳歌不尽夕阳低。敷衍"送"字，无意。四句尤不清。天开鸟道三秦外，地入蚕丛万岭西。抗疏只今忧转切，几回清梦到金闺。

送谢武选少安犒师固原因还蜀会兄葬

天书早下促星轺，二月关河冻欲消。白首应怜班定远，黄金先赐霍嫖姚。诗系送犒师者，"定远""嫖姚"只图词藻可观，未免喧客夺主。秦云晓度三川水，蜀道春通万里桥。一对郫筒肠欲断，鹡鸰原上草萧萧。"秦云"句不贯，亦不醒。

送王侍御子梁按河南

塞上初归复此行，燕南极目送飞旌。天连嵩岳寒云尽，三句虚张，"尽"字无意。马度黄河春草生。簪笔常思未央殿，封章时发大梁城。知君最爱应刘赋，更向西园一寄声。

登五台山有感

树杪跻攀石磴悬，手扶藜杖出风烟。东分辽海千重岭，北尽胡沙万里天。秋草征夫烽堠外，五句不贯。夕阳归鸟戍楼边。时看白骨成悲感，为忆嫖姚战伐年。

杨参军次和归自古北口

淮南高士落人间，"诗句落人间""名字落人间"，俱合。"高士落人间"，便欠通。仗剑经秋未破颜。自惜草玄淹岁月，可堪垂白向边关。天横落照明孤垒，地拥寒沙接乱山。"天横""地拥"虽虚张，尚有意。长路谁能问行役，夜来驱马雪中还。

徐中行

字子与，长兴人。嘉靖庚戌进士除刑部主事，出知汀州府，补汝宁。用内计谪官，稍迁瑞州判官，擢山东佥事，历云南参政、福建按察使、江西左右布政使。有《青萝馆集》。

答孙侍御秦中见怀之作

千里缄书报汉曹，新传使节在临洮。西通大宛飞黄入，宛音鸳，平声。北上萧关太白高。沙苑春深饶苜蓿，柏台秋晚醉葡萄。谁知侍从回中后，更有词臣赋彩毫。徐、吴诸子依草附木，视沧溟、四溟真一蟹不如一蟹矣。

玉女潭

仙台千尺玉为容，寒照琼楼十二重。石镜月华流桂树，锦屏秋色散芙蓉。碧箫缥缈春云度，绛雪葳蕤白日逢。更喜洗头盆尚在，便应晞发卧高峰。徒以"玉""琼""屏""镜""月""云""雪""日"等字，填凑成篇，章无法、句无意，断续模糊，比于木偶之衣冠、刍狗之文绣而已。

黄鹤楼新成

飞观新从鄂渚开，高标仍得并兰台。白云忽自三湘起，黄鹤依然万里回。不断雄风催作赋，五句不成语。长留明月照衔杯。芳洲春草年年绿，千古何人解爱才。

登岱

东岳峥嵘迥不群，中峰瑞霭更氤氲。天门雪尽河流合，日观春晴海色分。风起秦松常似雨，气蒸汉简欲成云。千秋往事终消歇，犹说相如封禅文。三句不贯。"雪""风""云""雨"等字亦嫌杂出，视元人"海日三竿""齐烟九点"之句，死活何如？结句扯淡。

◎案：元张养浩《登泰山》："万古齐州烟九点，五更沧海日三竿。"

梁有誉

字公实，广州顺德人。嘉靖庚戌进士。任刑部主事。有《兰汀存稿》。

瓜步眺望

残虹惨澹已黄昏，江上烟波独怆魂。京口树浓藏雨气，海门风急长潮痕。西来暮色连三楚，北望浮云隔九阍。正值旗亭须买醉，忧时怀土不堪论。"残虹""雨气""烟波""风潮""黄昏""暮色""云树"，何杂沓也。风长潮痕，尤欠理会。诗不入理，则不能参活句，五十六字势必填砌景物，字面不顾重复，七子摹唐，立法自敝，亦其一端也。

秋日谒陵眺望

清秋霜露肃祠官，帝里山川此郁盘。上谷风烟通大漠，居庸紫翠落层峦。七陵松掩金铺暝，万壑钟流玉殿寒。香露濛濛候灵跸，"露"字重，应是"雾"字。星辰还仰太微看。

燕京感怀

尘塞戈铤血未乾，龙庭烽火报长安。拟擒可汗先开幕，"可汗"读如"克寒"，作平声。欲拜嫖姚更筑坛。青海月明胡马动，黄榆风急皂雕寒。材官羽骑多如雨，夜夜旄头倚剑看。

夜宿清远江口

短棹依依系晚风，"风"字韵重，句亦不妥，恐是"篷"字之误。壮怀离思浩无穷。荒村夜急菰蒲雨，远戍秋悲鼓角风。白雁影斜江树暗，青猿声断岭云空。中两联俱写景，碍格。更堪处处征输急，深箐休论战伐功。

吴国伦

字明卿，其先嘉兴人，徙居湖广兴国州。嘉靖庚戌进士。

除中书舍人，升兵科给事中，左迁南康府推官，调归德，历知建宁、邵武、高州三府。迁贵州提学副使，移河南参政。有《甗甄洞正续稿》。

答宗子相见讯

去国西从五老游，看云日日醉江州。微名不忝称三黜，短发何堪任百忧。旅梦月寒宣室夜，归期木落洞庭秋。知君万里能怜我，白雁来时泪未收。

滹沱河

滹沱之水雁门来，直入平原绕汉台。万马乘流奔赴海，千鲸触石斗鸣雷。秦兵北戍投鞭渡，楚客南浮击楫回。"投鞭""击楫"俱江事，不切河。麦饭亭前沙草合，翠华不见使人哀。结句劣极。

登岳阳楼

高阁层城四望开，洞庭秋色正徘徊。湖吞九水浮天阔，地拥三巴入镜来。赤甲云生神女过，黄陵日落帝妃哀。寻源不必乘槎去，直取君山作渡杯。起句累，次句劣，缩地入镜，取山作杯，是何神术？赤甲女过、黄陵如妃，岂非病邪？湖不知源，若欲乘槎远觅，更当急杀张骞也。

宗臣

字子相,扬州兴化人。嘉靖癸丑进士,除刑部主事,改吏部,历员外郎中,出为福建参议,迁提学副使。有《方城集》。

送熊守之太仓因便省觐

羡尔新分刺史符,南方千骑乱平芜。潇湘天阔春归楚,震泽风高晓入吴。父老几年忧战伐,使君到日问樵苏。蓟门旧侣能相忆,八月双鸿起太湖。首句太急,次句太泛,三句归楚,四句入吴,亦太凌躐。且省觐意未见,后半全说开去,无法极矣。七子专摹唐调,于叙题法全不经心,不能尽摘,举此以见其概。

春兴

遥传塞上又征兵,使者飞书入汉京。次句笨。边马不归青海戍,朔云常断玉关缨。"玉关缨",不可解。七陵松桧今开府,三辅河山夜勒营。自是群公能策虏,即看赤羽莫深惊。"莫深惊",不成语。

375

汪道昆

字伯玉，歙县人。嘉靖丁未进士，除义乌知县，历官兵部左侍郎。有《太函集》。

仲房赴戚将军约自塞上还新安

少年侠气喜谈兵，垂老犹堪塞上行。何处射雕夸羽猎，他时饮马出长城。关河地险中原断，刁斗天高太白明。五句费力，六句不贯。见说降王重纳款，请缨无用一书生。

张佳胤

字肖甫，铜梁人。嘉靖庚戌进士。除滑县知县，征授户部主事，改兵部右侍郎，巡抚浙江，征拜兵部尚书，加太子太保。卒，赠少保，谥襄敏。有《崌崃山房集》。

赴雁门闻虏退去呈杨中丞

驱车九月度飞狐，万里霜凄塞草枯。白马偶来逢使者，黄沙何处走单于。胡云夜动双龙匣，汉日秋悬八阵图。胡云何

376

以动匣？汉日何以悬图？不可解。一自雁门留李牧，边关烽火至今无。

登函关城楼

楼上春云雉堞齐，秦川芳草共萋萋。黄看雨后流河急，青入窗中华岳低。客久独凭三尺剑，时清何用一丸泥？登高眺极乡心起，七句劣，"眺极"尤不成语。关树重遮万岭西。

张九一

字助甫，新蔡人。嘉靖癸丑进士。授黄梅知县，考最，擢吏部主事。历郎中，升行尚宝少卿。谪广平同知，迁湖广按察佥事，进副使，擢右佥都御史，抚宁夏。有《绿波楼集》。

寄见甫弟

历尽巴山白发新，西风何处不伤神？马曹蹭蹬官难起，鸟道艰危老更贫。九派长江春后雁，"雁"字虽关合弟兄，然句意欠醒。一年芳草梦中人。相思况是无消息，徙倚天涯涕泪频。

登会宁原上作

黯淡山城古会州，胡天双目尽高丘。春深柳色犹霜雪，次句、三句俱不贯。日落边声起戍楼。"戍楼"与"霜雪"不对。寒雁啼云皆北向，浊河归汉亦东流。乘槎岂是穷源使，投笔虚疑定远侯。结殊牵凑。

欧大任

字桢伯，广州顺德人。以岁贡选江都训导，迁广州学正。入为国子监博士，迁大理寺评事，终南京户部郎中。有《思玄堂》诸集。

晓出玉泉山经西湖

玉泉散作镜湖波，闻道宸游向此过。宫阙三山浮弱水，楼船千里渡星河。白麟朱雁无消息，瑶草金芝近若何。词客昔年夸扈从，琳池花似汉时多。通体庸廓。

再上昭陵

几年裘褐客秦京，两度朝陵使者行。隧道松楸春更长，閟宫灯烛夜偏明。戟郎久已容方朔，园令何妨老马卿。咫尺苍梧云不隔，追趋惟有泪沾缨。清雅可诵。

登宣武门楼

百二山河控上游，郁葱佳气满皇州。风驱大漠浮云出，天转滹沱落日流。双阙金茎连紫极，万家红树动高秋。茱萸黄菊俱堪佩，独上城南百尺楼。唐人登览诗，俱写实境实景。老杜眼界稍阔，然峡坼云埋、锦江春色，非远境也。此诗之不佳不必言，即如"大漠""滹沱"，已非目中所及。若"百二山河"，名既难假；"万家红树"，景则全非。近世多以浮响为壮调，皿虫为盅，中毒殊深，末如之何矣？

李维桢

字本宁，京山人。隆庆戊辰进士。选庶吉士，历南京礼部尚书。有《大泌山人集》。

南都

旧邦偏霸一隅雄，帝命维新自不同。再辟乾坤清朔漠，双悬日月启鸿蒙。春开苍震青阳后，斗直黄旗紫盖中。率土王臣修职贡，江流万里亦朝东。

旌旗剑佩拥椒除，尚想戎衣革命初。绿草不侵雕辇路，红云常护紫宸居。金银宫阙三山外，烟雨楼台六代馀。谁谓长江天作堑，八荒今日共车书。*似太肥腴，尚无瘢疵。*

胡应麟

字元瑞，更字明瑞，兰溪人。万历丙子举人。有《少室山房稿》。

艾都阃见过不值

飞花长日掩柴关，小队俄来曲巷间。上客已惊题凤去，元戎谁共射雕还。青天画甲严城迥，明月牙旗大海闲。闻道漠南诸将在，几人名姓动阴山。*"飞花"不贯，下三四呼应亦不清，五六支解节断，不复成诗。然当时所谓唐调者，实如此。老杜诗句句是理，但浑融耳。七子病宋人之理解，专以实装句为唐音，而百病从此出矣。*

送人入蜀

离思翩翩把浊醪，锦城西去不辞劳。星辰夜拂张华剑，风雨寒生范叔袍。三峡啼猿青嶂远，九疑回雁碧天高。荆门歧路能相忆，目送浔阳八月涛。此诗通套应酬，用地名尤杂。

送徐明府之琼州

春花缭绕凤凰楼，襆被怜君赋远游。襆被赋远游，不切之官。风俗自分天外郡，山川愁问海南舟。四句欠通，"舟"字或"州"字之讹。珠崖云气经秋断，琼岛波光入夜浮。惆怅一尊芳草畔，不堪离恨对吴钩。"对吴钩"趁韵，与"离恨"不连。

张　焘

字水波，南昌人。由举人仕至府同知。有《崇古堂稿》。

秋思

本朝宣大屹秦关，北转河戎部落间。魏阙频看优诏下，玉门谁唱凯歌还。黄沙鼓角野狐岭，白日羊驼天马山。节钺不来杨石远，早秋烽火照愁颜。

中原旧服缘河套，百战翻成缩内边。空使健儿遗白骨，不闻中帅给青钱。六骡径入榆林寨，众鸽横飞好水川。虽空同馀波，而能自出新意。安得征西班节使，坐收氐海净狼烟。

戚继光

字元敬，登州人。世袭卫千户，以参将备倭浙东，大破倭于台州。以副总兵镇福建，大破倭于平海卫。闽寇既平，以都督同知召理戎政，出为蓟镇总兵，进左都督，加少保。卒，谥武毅。有《止止堂集》。

盘山绝顶

霜角一声草木哀，云头对起石门开。朔风鲁酒不成醉，落叶归鸦无数来。无意求工而生趣勃勃。但使雕戈销杀气，未妨白发老边才。勒名峰上吾谁与，故李将军舞剑台。

徐　渭

字文清，更字文长，号青藤老人、天池山人，山阴人。有《樱桃馆集》。

恭谒孝陵

天池野逸清奇，别具风骨。或谓其诗才粗黠，为雅人所少。然比于七子之伪诗，十篇一律，固昂然鸡群之鹤矣。

二百年来一老生，白头落魄到西京。疲驴狭路愁官长，破帽青衫拜孝陵。亭长一抔终马上，桥山万岁始龙迎。当时事业难身遇，凭仗中官说与听。"陵"字、"听"字俱出韵。五六亦欠清。

赠辽东李长君都司

公子相过日正西，自言昨日破胡归。宝刀雪暗桃花血，铁铠风轻柳叶衣。百口近来馀几个，一家长自出重围。五六粗。禅关夏色炎如此，听罢凄霜杂霰飞。

寿吴宣府

近来宣府息烽埃，台吉求生款镇台。笑引双椎胡女拜，

383

传呼万帐令公来。亦作城中广眉而殊生动。艾年佩鹊宁非早，薇省垂鱼不待推。六句欠妥。报与江南春信道，题诗寄处陇梅开。结亦晦。

兰亭次韵

长堤高柳带平沙，无处春来不酒家。野外光风偏拂马，市门残帖解开花。帖何以开花，不明晰。新舫曲引诸溪水，旧寺岩垂几树茶。回首永和如昨日，不堪怅望晚天霞。

清凉寺云是梁武台城

萧梁台殿一灰飞，荠麦清明雉兔肥。坏榜几更金刹字，饥魂应烂铁城围。奇语，恰与题称。东来镜折龙潭水，"镜折"，字生。北去芦长燕子矶。千古兴亡真一梦，隔江闲数暮鸦归。

送赵大理

才闻归马驻双轮，又见旌麾动去尘。廷尉由来须长者，武侯聊借服南人。昨经湘水洲兰暮，今渡黄河岸草春。万里波涛随意挽，相逢处处有枯鳞。

青州赠鼍矶砚以诗奉答

恭承锦字题文石，尚带青州海气浓。蜃影几痕凝墨绣，雀台万瓦贱漳铜。醉来好蘸张颠发，老去羞笺郑氏虫。应有红丝螭匣底，宫鬟争捧写蘋风。雕镂奇丽，以昌谷体入律，自来未有。

卖书

贝叶千翻粟一提，持经换饱笑僧尼。"尼"字出韵。僮书我亦王家作，偶散谁非大块泥。逸趣横生。带草连年高纂述，巾箱一日去筌蹄。聊堆剩本充高阁，一字不看眠日低。

长至次朝

不甚可解，然自是古锦囊中物。

昨日凉云绛色微，朝来南鸟北笼飞。一丸自弄玄黄剧，百线争穿傀儡机。小劫鳌蹄撑略住，大人龙伯负将归。何年姤复鞭为马，数尽河沙未放羁。

岳公祠

墓门朱戟碧湖中，湖上桃花相映红。四海龙蛇寒食后，三句不明晰。六陵风雨大江东。英雄几夜乾坤博，五句尤难解，恐有讹字。忠孝传家俎豆同。肠断两宫终朔雪，年年麦饭隔春风。

吕时臣

字中甫，鄞县人。有《甬东山人集》。

诸公邀登甘露寺留别

天风飘忽苎袍轻，两度登临慰客情。疏磬雨催山寺晓，乱帆春放海门晴。江回铁瓮三吴尽，潮过金陵七泽平。明日别离何处问？断肠烟树漫芜城。松秀。

沈明臣

字嘉则，鄞县人。有《丰对楼集》。

顾晋卿席上闻其弟益卿宪副南越之捷喜而赋之

廿年豺虎剧纵横，百粤遥传一日平。再睹楼船横海出，更标铜柱伏波名。天青马嶂春销甲，雨过龙川夜洗兵。壮语，却清拔。谁道虎头非将种，请缨原只是书生。

王稺登

字百穀，一字伯固，长洲人。国子监生，有《晋陵》《金昌》《燕市》《客越》《青雀》《竹箭》《梅花什》《荆溪》《松坛》诸集。

送吴中丞之金陵

建业青山是帝都，暂劳开府握军符。花间朱鹭铙歌曲，江上黄龙水阵图。雅调，无习气。玉节中丞新荡寇，楼船诸将旧平吴。不知燕子矶前地，容得陈琳草檄无？

边警

琵琶洲上香山澳，来往初通海上艖。渐习文书通汉语，别居城郭慕中华。馀甘却载西商舶，吉贝先归市令家。岛寇须防勾引渐，斧柯莫待剪萌芽。真有所见，不似东家之颦。

蔡文范

字伯华，瑞州新昌人。隆庆戊辰进士，历官广东布政司参议。有《缥云斋稿》《甘露堂集》。

送库部朱阳和备兵甘肃

阴山雪堕紫貂裘，使者行边大漠秋。陕右长城班定远，胸中府库杜荆州。风吹猎火通瓯脱，笛奏梅花落陇头。哈密至今无敢论，知君跃马看吴钩。

游南岳

缥缈仙台紫气浮，烟笼玉座俨垂旒。地包荆楚标南纪，江合沅湘向北流。牲帛千秋周祀典，衣冠五月舜诸侯。六句欠妥。尘缘未断惭仙骨，金简云书何处求。

李应徵

字伯远，号霁岩，嘉兴梅溪人。万历癸酉举人。自少而孤，稍长博极群书。怀才悒悒，十上公车，乃就滁州学博。以骏宕之士，雄视一世，平生感愤，一发于诗，故能众体兼长，摘词独富，风流俊爽，情旨婉切，不徒以写景述事为工。有《青莲馆初编》《藿园集》《汗漫游》《蓟易寓言》《寄苕漫草》等集。

闻王师东援朝鲜

材官千万欲平倭，司马何如汉伏波？杀气晓连玄菟郡，将军夜渡白狼河。还须直破伊岐岛，莫使虚传杕杜歌。礼乐东藩箕子国，王师急为洗干戈。老杜"杕杜""樱桃"之句，正以对法变换生新。如此六句，便腐气满纸矣。末句"洗"字无根。

◎案：杜甫《收京三首》其三："赏应歌杕杜，归及荐樱桃。"

釜山纪事

西来边警日仓皇，东望烽烟涨海黄。持节不烦苏属国，和戎误听汉中行。遂令纶綍虚丹凤，翻引旌旗指玉狼。莫道朝鲜犹未靖，急将戈甲御辽阳。"虚丹凤"，不妥。此空同之优孟也。结句摹拟，殊可厌。

春怀

衡门过雨净疏帘，愁对春江泪共添。"添"字韵不稳。万户耰锄连海岱，三苗戈甲遍巴黔。和戎自诧长城险，御马谁知朽索纤？"纤"字韵，尤不隐。杞国忧怀殊不细，起看林月步虚檐。此首甚恶劣。

389

林　章

字初文，原名春元。以《麟经》领万历癸酉乡荐，屡试屡奇。值日本不共，关白作乱，大司马主和议，章感激上疏，驳和议之非，陈破倭之策。时庙堂已可其奏，下所司从长计议。而章复奏增行盐、停矿税，大拂柄国者意，密揭下诏狱，章忼慨待罪。厥后倭寇败盟，矿徒骚害，章言亹亹中，冤竟不白以逝。大学士文震孟称其"触冒时忌，至死不悔，足以愧世之靡靡者"。大宗伯董其昌采其奏疏，编入青史。章为诗爽朗雄壮，诸体具备。文则直摅胸臆，能成一家言。有《初文集》。

暮春登燕子矶怀古

此君颇能摆脱习染。

扬子江南燕子矶，杨花燕子一时飞。六朝人物空流水，两晋山川尽落晖。草色远迷瓜步去，潮声暗打石头归。倚阑天际春三月，惆怅东风动客衣。结无意。

潜山送友还闽

草草相逢楚泽西，红亭绿酒又分携。人生底事怜鸡肋，客路长教怨马蹄。舒子洲前柽叶暗，越王城外荔枝齐。十年归梦如流水，一夜随君下建溪。结句真唐音，剽窃者不知也。

李化龙

字伯熙，番禺人。父茂魁，浔州府同知。化龙幼慧，年十三以诗名南海庙达奚司空，诗人争诵之。弱冠补诸生，试辄冠军。未几，举明经。先是董应举为教授，奇化龙才。迫应举迁去，化龙以贡入京，廷试日，适应举为尚书，相与握手道故，伤时感事。化龙指画今古，发议雄奇，在廷诸公为之咋舌，不欲屈为儒官，劝之归，行李萧然。惟遇山川形胜，留连登眺，感怀今昔，得诗若干篇，名《旅忾集》。抵里，筑西台精舍于所居黄木湾，与其师湛若水唱酬觞咏其下焉。性简脱不羁，每遇人寒索衣，饥索食，虽耕夫渔父，见即执手与语竟日，略无嫌疑。以笃学高谊，见重乡邦，卒年六十二。

登医无闾山

天柱高标九域东，振衣万里受雄风。次句支凑，不妥。云烟低拥黄龙府，日月高悬黑帝宫。截海帆樯来徼外，防秋士马下回中。分明半壁归撑拄，合有明禋礼上公。

袁宏道

字中郎，一字无学，宗道之弟，公安人。万历壬辰进士，除吴县知县，改京府学官、国子博士，迁礼部郎，调吏部。移病卒于家。有《锦帆》《解脱》《潇碧堂》《瓶花斋》《华嵩游》《草破研斋》《广陵》《桃源》《敝箧》等集。

感事

中郎力诋王李之派，以为唐诗色泽鲜新，如旦晚脱笔砚者。今诗才脱笔砚，已是陈言，岂非流自性灵与出自剽拟异与？斯言深中七子膏肓，宜闻者之豁然起也。然公安诗派，殊无足观。总由门户各分，是非瞀乱，如五季之王，兵强马壮者便为之，良可慨矣。

湘山晴色远微微，尽日江头独醉归。不见两关传露布，尚闻三殿未垂衣。边愁自古无中下，朝论于今有是非。日暮平沙秋草乱，一双白鸟避人飞。

归来

归来兄弟对门居，石浦河边小结庐。可比维摩方丈地，不妨扬子一床书。蔬园有处皆添甲，花雨无多亦溜渠。野服科头常聚首，阮家礼法向来疏。

徐　熥

字惟和，闽县人。万历戊子举人。数上公车不第，与其弟肆力诗歌，诸体并擅。有《幔亭集》。

金陵故宫

先朝遗殿闭尘埃，零落空劳过客哀。五夜铜壶乾罢滴，六宫金锁涩难开。翠华去后全无影，罗绮焚馀尚有灰。弓剑尽埋烟雨冷，椒房一半上苍苔。

闽王审知墓下作

玉辇何年去不回，霸图千古总成灰。秋深兔穴依寒垄，岁久鱼灯暗夜台。故国关河瓯越在，遗民蘋藻鼎湖哀。莲花峰下黄昏月，犹见三郎白马来。结句轶荡。

送邵武李太守擢宪滇南

昆明池水静无波，拥传新从僰道过。开府定能宽汉法，采诗曾不废蛮歌。趁墟滇客龙名市，纳款蛮王象渡河。他日勒功留片碣，点苍如黛石嵯峨。

徐燉

字惟起，又字兴公，闽县人。博学工文，与兄㶟齐名。善草隶书，诗歌婉丽。万历间与曹学佺狎，主闽中词盟，后进皆称兴公诗派。性嗜古，聚书至万卷。所居鳌峰麓，客从竹间入，环堵萧然，而牙签四围，缥缃之富，卿侯不能敌也。其考据精核，自乐府至歌行及近体，无所不备。有《徐氏笔精》《榕阴新检》《红雨楼集》《鳌峰集》。

送康元龙之灵武

黄河官路黑山程，羌笛横吹汉月明。漠北烽烟三里寨，陇西鼙鼓十年兵。燕鸿度塞寒无影，代马行沙暗有声。后夜思君劳远梦，朔风吹过白登城。

送沈广文擢清德令

新悬墨绶谢青毡，仙令栽花向雪川。处处劝耕黄稻雨，村村收茧绿桑烟。官清但饮双溪水，吏散闲寻半月泉。莫恋弹琴宽赋税，司农方急水衡钱。

公 鼐

字孝与，蒙阴人。万历辛丑进士。改庶吉士，授编修，历少詹事、礼部右侍郎。谥文介。有《问次斋稿》。

诸将

上谷渔阳拱帝京，相连河外受降城。一从塞马来南牧，遂使王师罢北征。绝徼尚传青海箭，中原新动绿林兵。主忧正值宵衣日，谁向天山答太平。末句不妥。

程嘉燧

字孟阳，休宁人。侨居嘉定。精音律，工书画，而诗尤名世，当时称为松圆诗老。与通州顾养谦善，友人劝诣之，乃渡江。寓古寺，与酒人欢饮三日夜，赋咏古五章，不见养谦而返。崇祯中，至常熟，读书耦耕堂，士林咸重之。阅十年，始返休宁，遂卒，年七十九。有《松圆浪淘集》。

七夕怀平仲扬州

此牧斋所称为松圆诗老者，才力殊单弱。以此矫七子流派，无异朽坏障狂澜矣。

江边一别两悠悠，湖上相思且滞留。千里星河同此夜，廿桥明月自三秋。无由结伴还乡国，况欲因人作远游。潦倒更于何地会，见君空已雪盈头。

郑 炎

字以明，怀安人。性淳谨，隐居教授，暇则课僮仆耕稼，不慕荣利。祖潜尝创义学于瓜山之阳，炎每值朔望，必幅巾深衣，率诸生致敬于先圣先师。平生一语不妄发，时人以迂目之，而炎自信益笃，至老不少变。

赠顾小侯

甲第连云瞰帝城，画帘绣箔照朱甍。新开驰道千金埒，旧领团营七较兵。真是唐格，非关摹拟。方士房中龙虎鼎，侍儿花底凤凰笙。燕山二月春初好，玉勒朝朝待晓莺。

曹学佺

字能始，一字尊生，号雁泽，又号石仓居士、西峰居士，福建侯官人。有《石仓诗文集》。

送荆民部之淮阴

能始含咀英华，铿戛宫徵，清丽之才，前无馀子。

水色浮空下洞庭，青山不断好扬舲。人过北固吴王寺，吏待南昌楚客亭。别日雁鸿俱后到，望秋蒲柳已先零。但思击筑荆卿侣，长自悲歌不愿醒。结澓倒用事，亦不甚切。

金陵怀古

江东列郡领丹阳，鼎足三分此一方。总为石头成虎踞，不知巫峡下龙骧。典赡而清逸，故异嚣张。云生寝庙千秋闳，月照篱门几夜长。年少风流能顾曲，行人犹自说周郎。结意太偏仄。

雄县

燕南赵北易西京，此地犹传避世名。河向瓦桥关外转，楼闻鼓角地中鸣。雄山警跸留行殿，亚谷降王有故城。幸沐圣明无外化，宋辽何事日寻盟？结尚欠炼。

武夷

丹丘遗蜕不知年，方外寻真思渺然。仙橘堂空棋撤局，御茶园废灶无烟。峰头乱插虹桥板，渡口难移架壑船。忽听玉笙声缥缈，步虚已近大罗天。

寄关中张太守

关西遥望路漫漫，太华峰阴日夜寒。长乐故宫秦辇绝，未央前殿汉钟残。月明渭水浮三辅，花发骊山绣七盘。京兆风流谁不羡？时从闺阁画眉看。

大田驿访陈伯孺时伯孺客越未归

斜阳系马访幽栖，古驿门前渡小溪。鬼火渐明青嶂里，人烟犹隔翠微西。凉生远树鸣蝉断，秋老平沙落雁低。何事王孙归未得，松云萝月思凄凄。

送戚山人之内黄兼简邓远游明府

三月莺声别故山，萋萋芳草照离颜。"照"字欠贴。春光白下无多日，夜月黄河第几湾。置驿正当宾客盛，五句笨。弄琴遥识使君闲。闺中易作刀头梦，"刀头梦"欠妥。珍重休过博望关。

送茅止生北征

中原兵气乱成群，流寇流民两不分。背水孰能韩氏阵，撼山难动岳家军。冲边惯战方良将，侧席忧居有圣君。七尺男儿三尺剑，笑人毛楮立功勋。

陈子龙

字卧子，青浦人。崇祯丁丑进士，绍兴府推官。后鲁王以为兵科给事中，事败被执，乘间投水死。诗赋古文取法魏晋，骈体尤精妙，称"徐庾弗能过"。有《陈子龙集》。

送吴峦稚司李桂林

此君瓣香七子，习气尤深，所选明诗纯是门户之见，乃矜诩格律，漫为高论以文之，殆犹辨狂水之淄渑，刻蛙部之商羽者与？

翡翠巢边匹马过，千盘桂岭郁嵯峨。南浮漓水啼猿满，北望君山落雁多。蛮府官闲能作赋，汉廷恩近忆鸣珂。"恩近"字不妥，句亦不醒。愁心独系张平子，欲寄琅玕奈远何？

晚秋杂兴

太行东出拥神京，古塞秋风右北平。笙鹤已辞沧江使，貂蝉初撤羽林兵。清霜玉沼芙蓉苑，旭日金铺翡翠城。鱼钥时传宣召急，侍臣通籍在承明。"太行"何以云"出"？"秋风"二字不贯。三句模糊。五六断续。唐应德"入朝新给羽林兵"何等清爽，此赘"貂蝉"二字，便不了了也。结殊扯淡。

送张玉笥中丞擢河道少司空随召陛见

旧京开府静牙璋，诏领河堤入未央。次句不贯。周室保厘分郏鄏，汉家底绩念宣房。九天星宿穿秦塞，五句难解。万里梯航走冀方。为语至尊南顾日，不堪重问海陵仓。结空同徐习而甚含糊。老杜云"别裁伪体亲风雅"，盖以当时有嗤点子山之赋、卑薄王杨卢骆之诗，而摹汉魏以为风雅者，故直斥为伪体，而勉以递相祖述，转益多师也。七子排摈宋元，而摹汉魏、摹盛唐，递相祖述之，谓何得不目为伪体乎？卧子祖述伪体者也。或谓其于公安、竟陵有廓清之功，不知公安、竟陵只可云僻，不可云伪。伪之贤于僻几何哉？

冯犹龙

名梦龙，字犹龙，长洲人。由贡生选授寿宁知县。有《七乐斋稿》。

冬日湖村即事

蒹葭一望路三叉，遥认庄窝去路斜。舟响小溪过蟹舍，屋颓高岸露牛车。轻霜堤柳馀疏叶，暖日村桃早放花。平野萧条聊极目，远天寒影散群鸦。

黄淳耀

初名金耀，字蕴生，苏州嘉定人。崇祯癸未进士。乙酉家居，城破自缢。有《陶庵诗集》。

张贞白有离世之志作别庐舍诗见示反其意留之

瓜庐小结在塘坳，城市翛然即远郊。谷为愚公宁避辱，亭因扬子不辞嘲。鸣蛩秋尽犹缘砌，舞燕春深亦认巢。莫爱云松栖绝壁，山中依旧要诛茅。

袁 徵

字公白，吴县人。贡生。有《蘐庄遗稿》。

文彦可移居和子垂韵

棕鞋桐帽野人装，家具无须载满航。台隐客星投钓处，山留君子读书堂。宵同巢鹤听松雨，午就溪僧煮蕨香。张北周南邻可卜，结茅终拟傲君旁。皮陆派。

陆 圻

字丽京，号讲山，武林耆旧，为西泠十子之冠。晚年远游不归，或云在岭南为僧，释名今龙。或云隐武当为道士。终莫得而详也。洪升昉思《答人绝句》云："君问西泠陆讲山，飘然一钵竟忘还。乘云或化孤飞鹤，来往天台雁宕间。"

舟次闻歌者

落日横江泛白蘋，同乡停问一相亲。从教李尉翻新曲，却喜何戡是旧人。玉管漫吹霜月晓，红牙曾按绮筵新。坐中不少伤心客，莫唱伊凉水调频。

钱秉镫

字幼光。后更名澄之，字饮光。号田间老人，桐城人。有《山藏阁稿》。

五月江村即景

长夏江村未寂寥，庄家麦酒动相招。湖田水足嫌多雨，草阁宵寒怕长潮。放翁句格，真空谷足音。稚子采荷包雀鷃，居人下水引鱼苗。山边早稻看将出，屈指尝新一月遥。

徐开任

字季重，昆山人。有《愚谷诗稿》。

送人游下邳

江南春色不胜情，伙士辞家事远征。天下侯王宁有种，世间竖子遂成名。用成语学宋派。故交乱后无同志，羁客愁时有定盟。六句劣。豪气未除淮海习，知君此去慰平生。

董　说

字若雨，乌程人。晚为僧，名南潜，字宝云。有《丰草庵》。

春日
煮茶烟透绿阴中，遮屋黄茅间瓦松。"松"字出韵。但遣异书供研北，不妨野语听齐东。香拈细雨招新梦，门闭春风仗短童。秋色今年应更好，小窗移得碧梧桐。

朱　扉

字开仲，嘉兴布衣。

简吴生
自诵梅花人日诗，五旬不见但相思。一春多雨愁无麦，

二月输官定卖丝。行药桥东逢客反，著书窗下少人知。近传
孺子司村社，想见粗豪割肉时。

顾　超

字子超，吴县人。

郑女冢

自湔金粉割红绵，桃杏无颜五百年。晋日尼师皈白佛，
唐家贵主事金仙。用事新艳似义山。春寒宿草犹迷蝶，露濯空桑
欲化蝉。几处禁烟人涕泪，玉棺风雨但闻鹃。

张可大

字观甫，其先孝感人，世袭南京羽林左卫千户。中万历
辛丑武进士。历官都督同知，转右都督，改南京左军都督府
管府事，镇登莱。崇祯壬申，吴桥兵变，回攻登州，城破自缢。
谥壮节。

书边事

似为杨镐辽东之败而言。

无端小草出登坛，壮士徒歌易水寒。枉把全师轻一掷，遂令宿将尽三韩。腐儒误国由房琯，野老吞声恨贺兰。岂是彼苍开杀运，只因人事自摧残。

◎ "彼苍"，一本作"胡人"；"人事"，一本作"中国"。

陈恭尹

字元孝，顺德人。兵部主事邦彦子。邦彦殉难，恭尹才十馀岁。比长，遂隐居不仕，自号罗浮布衣。博学工诗，岭南诗人三大家，屈大均与陈恭尹、梁佩兰也，恭尹为之首，时名士多宗师之。

宿罗浮飞云峰候日出

元孝自谓东西南北，不能挟书自随，于文辞取诸胸臆者多，而稽古之力不及。此正其诗之能推陈出新，不束缚于故纸也。

仙山终古少行踪，绝顶良宵不易逢。暗积落花归上界，倒悬明月照西峰。江潮应瀑声千里，海气成霞色万重。一线日轮天已晓，远鸡才报下方钟。

宿冲虚观

碧削群峰列四垣，仙宫高坐不知寒。春前萤火明丹灶，夜静流星落斗坛。几穴雕梁巢白蚁，一家衰草住黄冠。写荒寂景甚新。山尊对语梅花下，福地而今路亦难。

宿灵洲山寺柬王说作王大雁

灵洲秋色净无烟，水匝山隅浪匝天。落日客寻江上寺，出林僧放月中船。渔依别港灯侵阁，鹤宿高巢影在泉。欲与故人同梦到，夜来吟咏不曾眠。

蜀中怀古

子规啼罢客天涯，蜀道如天古所嗟。起平弱。诸葛威灵存八阵，汉家终始在三巴。通牛峡路连云栈，如马瞿塘走浪花。拟酹昔贤鱼水地，海棠开遍野人家。

邺中怀古

山河百战鼎终分，叹息漳南日暮云。乱世奸雄空复尔，一家词赋最怜君。议论有风致。铜台未散吹笙伎，石马先传出水文。七十二坟秋草遍，更无人表汉将军。

隋宫怀古

谷洛通淮日夜流，渚荷宫树不曾秋。十年士女河边骨，一笑君王镜里头。新巧。月下虹蜺生水殿，天中丝管在迷楼。繁华往事邗沟外，风起杨花无那愁。

同梁器圃宿罗澹峰石湖

一湖烟景在登楼，足耐闲人十日留。隔岸山光横枕上，远天帆影落墙头。眼中景，人未经道。溪多暗响常惊雨，竹有寒声不待秋。况是溪翁共疏放，玉尊开酒夜传筹。

虎丘题壁

虎迹苍茫霸业沉，古时山色尚阴阴。半楼月影千家笛，万里天涯一夜砧。南国干戈征士泪，西风刀剪美人心。市中亦有吹篪客，乞食吴门秋又深。

送姜山上人游南岳

送师西去重低徊，曾上衡山绝顶来。夏帝碑芜虫篆遍，楚天峰断雁行回。灯前鬼芋穿沙出，霁后僧门凿雪开。新警。正是到时三二月，上方明月下方雷。

送陈人白王问溪归琼州

送君归去不胜情，共国犹悬两月程。黎母山前开晚照，苏公楼外正秋清。槟榔过雨垂空地，玳瑁随潮上古城。物色新丽。到日从容问耆旧，为予再拜海先生。

屈大均

字介子，一字翁山，番禺诸生。初名绍隆，遇乱为僧，后加冠巾，游秦陇，与秦中名士李因笃辈为友，作《华岳百韵》。固原守将见而慕其才，以甥女妻之。自固原携妻至代州，与顾炎武、朱彝尊遇于太原。再游京师，下吴会，自金陵归粤。终身不仕，甘为遗民。

钟山

高高双嶻削屏风，紫翠晴飞万井中。一自轩皇成宝鼎，遂开天阙作玄宫。千秋龙虎归真主，六代烟花送狡童。三四空同所有，五六空同所无，辨此则知诗之真伪。岁岁貂珰驰传至，樱桃春荐思无穷。

天寿

诸陵山起太行东，天柱香炉霄汉中。黍谷晴开燕奥室，榆河春注汉离宫。青丝白马尘虽灭，紫盖黄旗路未通。愁绝清明多雨露，萋萋芳草灞园空。

宣府道中

花园北抵鸳鸯泺，一路阏氏往迹多。恒岳白云连上谷，桑乾春水接洋河。生气涌出，不徒以切地势见长。紫鬐日市牛羊入，红粉时吹觱栗过。此度关山无内外，汉时空费羽林戈。

黄鹤楼作

西上飞楼眺夕阳，仙人黄鹤两回翔。九江秋水连云梦，十里芳洲带武昌。雄秀。词赋自堪悬日月，冠缨谁与濯沅湘。三间亦可为渔父，一棹烟波乐未央。

浮湘作

潇湘为客一秋悲，不唱离骚唱竹枝。香雨忽来神女馆，幽兰多长水仙祠。荒淫未敢兼风雅，哀怨唯图写别离。终古君山青翠好，销魂应有美人知。

吴门春日作

春光最爱阖闾城，清婉吴音复有情。一代风流馀屐响，千秋怨毒是箫声。屐响、吹篪谁不解？用却尔许新警，所谓诗有庸语，入翁山手便超也。家家柳拂长天乱，处处花含积雪明。市井只今谁烈士，桥边空识伯鸾名。

采石题太白祠

才人自古蛟龙得，太白三间两水仙。从天外落想。辞赋已同双日月，精灵还作一山川。江间绝壁丹青出，木末飞楼俎豆悬。千载人称诗圣好，风流长在少陵前。

简书得蝴蝶半翅

羽化何年入紫虚，犹残半翅在山书。生无金粉依香国，死有精华托白鱼。精切。三食已空仙字画，一丝犹罥锦裙裾。逍遥自古须无待，鹏鷃谁言我不如。结语欠醒。

木末亭

木末亭临万井中，遥遥正对孝陵宫。九原未肯成黄土，十族犹然吐白虹。自古以来无此死，教人不忍作愚忠。雨花台畔啼鹃满，血染蘼芜一片红。全是性灵结撰，那得不化腐为奇？

韶阳恭谒虞帝庙有感

野死涔阳恨未央，竹书遗事总荒唐。象于有鼻称天子，羽亦重瞳作霸王。语妙解人颐。前半气脉尚嫌不清。韶石山连三峡险，曲江水接六泷长。南薰愿得留终古，先为炎天散早凉。

七律指南乙编卷一　唐一百四十首

杜　甫

已见甲编卷一。

因许八奉寄江宁旻上人

一气折旋，清老无敌。西江学杜，于此分支。

不见旻公三十年，封书寄与泪潺湲。旧来好事今能否，老去新诗谁与传。棋局动随幽涧竹，袈裟忆上泛湖船。闻君话我为官在，"闻君"当作"因君"，恰清出。题中"因"字或作"问"，或作"凭"，俱未是。头白昏昏只醉眠。

又呈吴郎

堂前扑枣任西邻，无食无儿一妇人。次句太俚。不为困穷宁有此，只缘恐惧转须亲。即防远客虽多事，便插疏篱却任真。已诉征求贫到骨，正思戎马泪沾巾。絮絮如话，由虚字转接老健，故无贫乞声。

413

曲江陪郑八丈南史饮

雀啄江头黄柳花，鸂鶒鸂鶒满晴沙。起句清丽，以下转折生姿，由其意足。后山学此而意薄，故流入空腔。自知白发非春事，且尽芳樽恋物华。近侍即今难浪迹，此身那得更无家。五六自叹。丈人才力犹强健，岂傍青门学种瓜。结句勉郑。

拨闷

闻道云安曲米春，"闻道"二字引起，通篇皆虚拟神情。才倾一盏即醺人。乘舟取醉非难事，下峡消愁定几巡。长年三老遥怜汝，捩柁开头捷有神。已办青钱防雇直，当令美味入吾唇。题云"拨闷"，诗亦不嫌滑稽。八句太俗。

送路六侍御入朝

童稚情亲四十年，中间消息两茫然。更为后会知何地，忽漫相逢是别筵。"后会""别筵"，颠倒出之便生动，此杜异于香山处。后半专承"别筵"，写出情景。不分桃花红胜锦，生憎柳絮白于绵。剑南春色还无赖，触忤愁人到酒边。

题桃树

小径升堂旧不斜，五株桃树亦从遮。高秋总馈贫人实，来岁还舒满眼花。帘户每宜通乳燕，儿童莫信打慈鸦。寡妻群盗非今日，天下车书正一家。堂开径直，正赖此树遮之，而且花实之美，兼收其利。凡在树之禽鸟，亦因而加护惜，以喻寡妻群盗，幸遇车书一家之日也。七句倒装费解。

寄杜位

近闻宽法离新州，想见怀归尚百忧。逐客虽皆万里去，悲君已是十年流。干戈况复尘随眼，鬓发还应雪满头。玉垒题书心绪乱，何时更得曲江游？以"近闻"引起"逐"句，虚字推荡流转。末以"何时"收应，章法极密。

野人送朱樱

西蜀樱桃也自红，野人相赠满筠笼。数回细写愁仍破，万颗匀圆讶许同。忆昨赐沾门下省，退朝擎出大明宫。金盘玉箸无消息，此日尝新任转蓬。"也自"二字，已伏后半意。"忆昨"一转，与"此日"紧相呼应，篇法极变。

公安送韦二少府匡赞

逍遥公后世多贤，送尔维舟惜此筵。念我能书数字至，将诗不必万人传。时危兵革黄尘里，日短江湖白发前。古往今来皆涕泪，断肠分手各风烟。黄尘多兵革，正苦时危；白发在江湖，兼悲日短。句断续而意极分明，不似明诸子之支分节解，一片模糊也。结句未免凑。

腊日

腊日长年暖尚遥，今年腊日冻全消。侵陵雪色还萱草，漏泄春光有柳条。纵酒欲谋良夜醉，归家初散紫宸朝。口脂面药随恩泽，翠管银罂下九霄。

客至

舍南舍北皆春水，但见群鸥日日来。花径不曾缘客扫，柴门今始为君开。盘餐市远无兼味，樽酒家贫只旧醅。肯与邻翁相对饮，隔篱呼取尽馀杯。以"群鸥"引入，闲情别致，三四作开合，便不平直，因市远而盘无兼味，以家贫而樽只旧醅，断续出之即老劲。若出香山手，则一直说下矣。

王十七侍御抡许携酒至草堂奉寄此诗便请邀高十五使君同到

老夫卧稳朝慵起，白屋寒多暖始开。江鹳巧当幽径浴，邻鸡还过短墙来。绣衣屡许携家酝，皂盖能忘折野梅。戏假霜威促山简，须成一醉习池回。前半即客至，起二句意，今作四句，觉太宽泛。五六入题，便忙迫。"绣衣""皂盖"不能不勉强支对矣。

有客

幽栖地僻经过少，老病人扶再拜难。岂有文章惊海内，漫劳车马驻江干。竟日淹留佳客坐，百年粗粝腐儒餐。不嫌野外无供给，乘兴还来看药栏。语语露傲睨之意，与《客至》首分别观之。

曲江二首

一片花飞减却春，风飘万点正愁人。且看欲尽花经眼，莫厌伤多酒入唇。写花落有次第，次联转接矫健。江上小堂巢翡翠，苑边高冢卧麒麟。五六写曲江实境，以起结意。细推物理须行乐，何用浮名绊此身？

朝回日日典春衣，每日江头尽醉归。酒债寻常行处有，人生七十古来稀。三四句法佳，然下句终嫌泛设。穿花蛱蝶深深见，点水蜻蜓款款飞。传语风光共流转，暂时相赏莫相违。结意不竭。

南邻

锦里先生乌角巾，园收芋栗未全贫。惯看宾客儿童喜，得食阶除鸟雀驯。秋水才添四五尺，野航恰受两三人。白沙翠竹江村暮，相送柴门月色新。前四句写其居，后半盖与之泛舟而送别也。

崔评事弟许相迎不到应虑老夫见泥雨怯出必愆佳期走笔戏简

江阁邀宾许马迎，午时起坐自天明。次句倒装文法。浮云不负青春色，细雨何孤白帝城。身过花间沾湿好，醉于马上往来轻。虚疑皓首冲泥怯，实少银鞍傍险行。

示獠奴阿段

叙事朴拙，弥见生趣，与上首当另为一格。

山木苍苍落日曛，竹竿袅袅细泉分。郡人入夜争馀沥，稚子寻源独不闻。病渴三更回白首，传声一注湿青云。曾惊陶侃胡奴异，怪尔常穿虎豹群。陶侃，或作陶岘。

闻官军收河南河北

一气盘旋，写出悲喜交集，神情愈朴愈真，千秋绝调。

剑外忽传收蓟北，初闻涕泪满衣裳。却看妻子愁何在？漫卷诗书喜欲狂。白日放歌须纵酒，青春作伴好还乡。即从巴峡穿巫峡，便下襄阳向洛阳。甫，襄阳人，田园在洛。

燕子来舟中作

湖南为客动经春，燕子衔泥两度新。旧入故园常识主，如今社日远看人。是燕是人，神情一片。可怜处处巢居室，何异飘飘托此身。暂语船樯还起去，穿花贴水泪沾巾。

暮归

霜寒碧梧白鹤栖，城上击柝复乌啼。客子入门月皎皎，谁家捣练风凄凄。拗句，生气涌出，景色宛然。南渡桂水阙舟楫，北归秦川多鼓鼙。年过半百不称意，明日看云还杖藜。

崔氏东山草堂

爱汝玉山草堂静，高秋爽气相鲜新。有时自发钟磬响，落日但见渔樵人。盘剥白鸦谷口栗，饭煮青泥坊底芹。何为西庄王给事，柴门空闭锁松筠。结意讽王归隐。

题省中院壁

掖垣竹埤梧十寻，洞门对雪常阴阴。落花游丝白日静，鸣鸠乳燕青春深。全在"静"字、"深"字作眼，便俨然省中景象。

腐儒衰晚谬通籍，退食迟回违寸心。衮职曾无一字补，许身愧比双南金。

白帝城最高楼

城尖径仄旌旆愁，独立缥缈之飞楼。峡坼云霾龙虎卧，江清日抱鼋鼍游。龙虎卧以云霾峡而虚疑，鼋鼍游缘日抱江而似见，句中亦自相呼应。扶桑西枝封断石，弱水东影随长流。杖藜叹世者谁子，泣血迸空回白头。结句凑。

卜居

山谷学杜，多效此体。

浣花流水水西头，主人为卜林塘幽。已知出郭少尘事，更有澄江消客愁。无数蜻蜓齐上下，一双鸂𪆫对沉浮。五六承"澄江"，摹写物态如生。东行万里堪乘兴，须向山阴上小舟。山阴，泛言山之阴，注家误会访戴事，不可从。

420

九日

去年登高郖县北，今日重在涪江滨。苦遭白发不相放，羞见黄花无数新。三四句法朴老，后半少意。世乱郁郁久为客，路难悠悠常傍人。酒阑却忆十年事，肠断骊山清路尘。

十二月一日三首　录二首

今朝腊月春意动，云安县前江可怜。一声何处送书雁，百丈谁家上水船。未将梅蕊惊愁眼，要取椒花媚远天。"媚远天"，旧注作媚于天子解，甚是。盖与下"明光起草"相贯也。明光起草人所羡，肺病几时朝日边。

寒轻市上山烟碧，日满楼前江雾黄。次句真景。负盐出井此溪女，打鼓发船何郡郎。新亭举目风景切，茂陵著书消渴长。"消渴长"，不妥。何不易作"岁月"？春花不愁不烂熳，楚客唯听棹相将。结句意竭。

◎案：消渴，指司马相如也。相如病消渴，故云。

江雨有怀郑典设

春雨闇闇塞峡中，早晚来自楚王宫。乱波纷披已打岸，弱云狼藉不禁风。峡雨景，写得出。宠光蕙叶与多碧，"宠光"

不妥。点注桃花舒小红。谷口子真正忆汝，岸高瀼滑限西东。结句颇累。

即事

天畔群山孤草亭，江中风浪雨冥冥。一双白鱼不受钓，三寸黄甘犹自青。多病马卿无日起，穷途阮籍几时醒。未闻细柳散金甲，肠断秦川流浊泾。少陵拗体，结句每苦意尽。

白居易

字乐天，下邽人。贞元中擢进士第，补校书郎。元和初，对制策入等，调盩厔尉、集贤校理，寻召为翰林学士、左拾遗，拜赞善大夫。以言事贬江州司马，徙忠州刺史。穆宗初，征为主客郎中，知制诰。复乞外，历杭、苏二州刺史。文宗立，以秘书监召，迁刑部侍郎。俄移病，除太子宾客分司东都。拜河南尹。开成初，起为同州刺史，不拜。改太子少傅。会昌初，以刑部尚书致仕。卒，赠尚书右仆射，谥曰文。自号醉吟先生，亦称香山居士。与同年元稹酬咏，号"元白"。与刘禹锡酬咏，号"刘白"。有《白氏长庆集》。

戊申岁暮咏怀

香山七律，摆脱拘缠，清圆流畅。然不免格卑而韵俗者，由笔直而少回味也。与老杜参观，便知用笔。

穷冬月末两三日，半百年过六七时。龙尾趁朝无气力，牛头参道有心期。荣华外物终须悟，老病傍人岂得知。犹被妻儿教渐退，莫求致仕且分司。

水堂醉卧问杜三十一

闻君洛下住多年，何处春流最可怜。为问魏王堤岸下，何如同德寺门前。无妨水色供闲玩，不得泉声伴醉眠。那似此堂帘幕底，连明彻夜碧潺湲。"湲"字出韵。虚字转折颇似杜，而意味终觉其薄。

九年十一月二十一日感事而作

祸福茫茫不可期，大都早退似先知。当君白首同归日，是我青山独往时。顾索素琴应不暇，忆牵黄犬定难追。麒麟作脯龙为醢，何似泥中曳尾龟。愤疾涯、铼诸人，自喜置身事外，亦是常情。幸祸与否，何劳痴人纷纷辨论也？

赠韦八

此与杜《寄旻上人》格局颇相似，而熟滑无味，使人不喜再读，其故可思。

辞君岁久见君初，白发惊嗟两有馀。容鬓别来今至此，心情料取合何如？曾同曲水花亭醉，亦共华阳竹院居。岂料天南相见夜，哀猿瘴雾宿匡庐。"鬓""发"犯复。

早夏晓兴赠梦得

窗明帘薄透朝光，卧整巾簪起下床。次句俗。背壁灯残经宿焰，开箱衣带隔年香。三四能炼意，故佳。无情亦任他春去，不醉争消得昼长。一部清商一壶酒，与君明日暖新堂。后半俱俗。

闲居春尽

闲泊池舟静掩扉，老身慵出客来稀。愁因暮雨留教住，春被残莺唤遣归。揭瓮偷尝新熟酒，开箱试着旧生衣。五六不如《早夏》次联，此直而彼曲也。冬裘夏葛相催促，垂老光阴速似飞。结句俗。

村居寄张殿衡

金氏村中一病夫，生涯溌落性全迂。唯看《老子》五千字，不蹋长安十二衢。颇觉清老。药铫夜倾残酒爆，竹床寒取旧毡铺。闻君欲发江东去，能到茅庵话别无？

寿安歇马重吟

春衫细薄马蹄轻，一日迟迟进一程。野枣花含新蜜气，山禽语带破苞声。戛戛生新，耐人寻味。垂鞭晚就槐阴歇，低唱闲冲柳絮行。忽忆家园须速去，樱桃欲熟笋应生。

欲与元八卜邻先有是赠

平生心迹最相亲，欲隐墙东不为身。明月好同三径夜，绿杨宜作两家春。每因暂出犹思伴，岂得安居不择邻？何独终身数相见，子孙长作隔墙人。三四卜居韵事，千载如新。惜五六即入滑调，令人败意。

自河南经乱关内阻饥兄弟离散各在一处因望月有感聊书所怀寄上浮梁大兄於潜七兄乌江十五兄兼示符离及下邽弟妹

时难年荒世业空，弟兄羁旅各西东。田园寥落干戈后，骨肉流离道路中。吊影分为千里雁，辞根散作九秋蓬。共看明月应垂泪，一夜乡心五处同。一气喷薄，首尾完全，少陵《闻官军收河南河北》篇，此堪接武。王元之诗云"本与乐天为后进，敢期子美是前身"，亦可见乐天为子美后一宗派矣。

得微之到官后书备知通州之事怅然有感因成四章　录一首

匝匝巅山万仞馀，人家应是甑中居。寅年篱下多逢虎，亥日沙头始卖鱼。衣斑梅雨长须熨，米涩畬田不解锄。五六失粘。努力安心过三考，已曾愁杀李尚书。结句俚。

杭州春望

望海楼明照曙霞，护江堤白蹋晴沙。涛声夜入伍员庙，柳色春藏苏小家。"涛声"句不切"春"，并不切"望"。红袖织绫夸柿蒂，"红袖"句，亦不切"春望"。青旗沽酒趁梨花。谁开湖寺西南路，草绿裙腰一道斜。

西湖晚归回望孤山寺赠诸客

柳湖松岛莲花寺，晚动归桡出道场。卢橘子低山雨重，棕榈叶战水风凉。烟波澹荡摇空碧，楼阁参差倚夕阳。到岸请君回首望，蓬莱宫在水中央。结句俗。

西湖留别

征途行色惨风烟，祖帐离声咽管弦。翠黛不须留五马，皇恩只许住三年。绿萝阴下铺歌席，红藕花中泊妓船。处处回头尽堪恋，就中难别是湖边。结句俗。

早春忆游思黯南庄因寄长句

南庄胜处心常忆，借问轩车早晚游。美景难忘竹廊下，好风争奈柳桥头。冰消见水多于地，雪霁看山尽入楼。若待春深始同赏，莺残花落不胜愁。三四俗，五六意曲便佳，句法实开姚武功一派。结补早春，用反扑，故不平。

与梦得沽酒闲饮且约后期

少时犹不忧生计，老后谁能惜酒钱。共把十千沽一斗，相看七十欠三年。三四脱胎老杜"酒债寻常"一联，而健拔终不及。闲征雅令穷经史，醉听清吟胜管弦。更待菊黄家酝熟，共君一醉一陶然。末句俗。

　◎案：杜甫《曲江二首》其二次联："酒债寻常行处有，人生七十古来稀。"

春晚咏怀赠皇甫朗之

艳阳时节又蹉跎，迟暮光阴复若何。一岁中分春日少，百年通计老来多。多中更被愁牵引，少里兼遭病折磨。赖有销忧治病药，君尝浓酎我听歌。三句顶首句，四句顶次句，五六顶上"多""少"，结句又顶上"愁""病"，格律之变极矣，而熟滑气亦正不少。

快活

七律扇对格，人但知引郑都官诗，不知白傅已先有之。

可惜莺啼花落处，一壶浊酒送残春。可怜月好风凉夜，一部清商伴老身。饱食安眠消日月，闲谈冷笑接交亲。谁知将相王侯外，别有优游快活人。气韵终俗。

读禅经

须知诸相皆非相，若住无馀却有馀。言下忘言一时了，梦中说梦两重虚。空花岂得兼求果，阳焰如何更觅鱼。摄动是禅禅是动，不禅不动即如如。纪氏诋此为僧家偈颂，然于此题却无碍，言固各有当也。

寄韬光禅师

一山门作两山门，两寺原从一寺分。东涧水流西涧水，南山云接北山云。前台花发后台见，上界钟声下界闻。遥想吾师行道处，天香桂子落纷纷。此皆白傅创格，偶作亦有生趣，再见即成打油钉铰矣。

元　稹

字微之，河南河内人。幼孤，母郑贤而文，亲授书传。举明经，书判入等，补校书郎。元和初，应制策第一，除左拾遗，历监察御史。坐事，贬江陵士曹参军，徙通州司马。自虢州长史征为膳部员外郎，拜祠部郎中，知制诰。召入翰林，为中书舍人、承旨学士。进工部侍郎，同平章事。未几罢相，出为同州刺史，改越州刺史，兼御史大夫、浙东观察使。太和初，入为尚书左丞，检校户部尚书，兼鄂州刺史、武昌军节度使。年五十三，卒。赠尚书右仆射。稹自少与白居易倡和，当时言诗者称"元白"，号为"元和体"。有《元氏长庆集》。

寄乐天二首 录一首

荣辱升沉影与身，世情谁是旧雷陈。唯应鲍叔犹怜我，自保曾参不杀人。山入白楼沙苑暮，潮生沧海野塘春。老逢佳景唯惆怅，两地各伤何限神。老元偷白格律，举一可概其馀。五六不贯，此即元不逮白处也。

朱　湾

字巨川，西蜀人，自号沧洲子。贞元、元和间，为李勉永平从事。有《朱湾集》。

寻隐者韦九山人于东溪草堂

寻得仙源访隐沦，渐来深处渐无尘。初行竹里唯通马，直到花间始见人。层次写眼前而气韵自高雅。四面云山谁作主，数家烟火自成邻。路傍樵客何须问，朝市于今不是秦。结意翻用便新。

430

王　建

字仲初，颍川人。大历十年进士。初为渭南尉，历秘书丞、侍御史。太和中，出为陕州司马，从军塞上。后归咸阳，卜居原上。建工乐府，与张籍齐名。《宫词》百首，尤传诵人口。有《王建诗集》。

题金家竹溪

仲初、文昌、武功，三家诗派相近，即南宋四灵所奉为唐音者。

少年因病离天仗，乞得归家自养身。买断竹溪无别主，散分泉水与新邻。山头鹿下长惊犬，池面鱼行不畏人。乡使到来常款语，还闻世上有功臣。结句俗。

赠崔礼驸马

凤凰楼阁连宫树，天子崔郎自爱贫。金埒减添栽药地，玉鞭平与卖书人。贵而能贫，措词甚雅。家中弦管听常少，分外诗篇看即新。六句俗。一月一回陪内宴，马蹄犹厌蹋香尘。

初授太府丞言怀

除书亦下属微班，唤作官曹便不闲。检案事都关市井，

431

听人言不在云山。病童瞋着惟行慢，老马鞭多转放顽。贫相语，却写得好。此去仙宫无一里，遥看松树众皆攀。结句几不能完篇。

闻说

桃花百叶不成春，鹤寿千年也未神。秦陇州缘鹦鹉贵，王侯家为牡丹贫。歌头舞遍回回别，鬒样眉心日日新。鼓动六街骑马出，相逢总是学狂人。

自伤

衰门海内儿多人，满眼公卿总不亲。四授官资元七品，再经婚娶尚单身。孤寒可念。图书亦为频移尽，兄弟还因数散贫。独自在家长似客，黄昏哭向野田春。

春日午门西望

百官朝下五门西，尘起春风过玉堤。黄帕盖鞍呈过马，红罗缠项斗回鸡。馆松枝重墙头出，御柳条长水面齐。唯有教坊南草绿，古苔阴地冷凄凄。

张　籍

字文昌，苏州吴人，或曰和州乌江人。贞元十五年登进士第，授太常寺太祝。久之，迁秘书郎。韩愈荐为国子博士，历水部员外郎、主客郎中。当时有名士皆与游，而愈贤重之。籍为诗长于乐府，多警句。仕终国子司业。有《张司业集》。

谢裴司空寄马

骏耳新驹骏得名，司空远寄自书生。乍离华厩移蹄涩，初到贫家举眼惊。马骞而善惊，写来令人不觉，真妙于语言。每被闲人来借问，多寻古寺独骑行。长思岁旦沙堤上，得从鸣珂傍火城。

题韦郎中新亭

起得幽亭景复新，起句雅。碧莎地上更无尘。琴书著尽犹嫌少，松竹栽多亦称贫。药酒欲开期好客，朝衣暂脱见闲身。成名同日官连署，此处经过有几人。

寄和州刘使君

别离已久犹为郡，起平塌。闲向春风倒酒瓶。送客特过沙

433

口堰，看花多上水心亭。晓来江气连城白，雨后山光满郭青。尚是健句，但"城""郭"字亦合掌。到此诗情应更远，醉中高咏有谁听。结句劣。

◎案：合掌，律诗对仗病忌，谓一联之中，语意重复或相近。如耿湋《赠田家翁》："蚕屋朝寒闭，田家昼雨闲。""朝"与"昼"语意相近，即犯合掌之病。参明胡震亨《唐音癸签·谈丛五》。

送杨少尹赴凤翔

诗名往日动长安，首首人家卷里看。西学已行秦博士，南宫新拜汉郎官。得钱只了还书铺，借宅常时事药栏。今去岐州生计薄，移居偏近陇头寒。次句俚。三四何等气概。五六又入贫相，语不称要，知此是张、王本色也。

送李仆射愬赴镇凤翔

由来勋业属英雄，兄弟连营列位同。先入贼城擒首恶，尽封笾库让元功。起平实，三四于李仆射极切。旌幢独继家声外，竹帛新添国史中。天子欲收秦陇地，故教移镇古扶风。

昆仑儿

昆仑家住海中州，蛮客将来汉地游。言语解教秦吉了，波涛初过郁林洲。金环欲落曾穿耳，螺髻长卷不裹头。自爱肌肤黑如漆，行时半脱木棉裘。

姚　合

陕州硖石人，宰相崇曾孙。登元和进士第。授武功主簿，调富平、万年尉。宝历中监察御史，户部员外郎。出荆、杭州刺史，后为给事中、陕虢观察使。开成末，终秘书监。与马戴、费冠卿、殷尧藩、张籍游，李频师之。合诗名重于时，人称姚武功云。有《姚少监集》。

罢武功县将入城

纪氏力诋武功一派，以为刻画琐碎，不知诗至晚唐，亦有不能不出于此者。窃常取喻，盛唐如殿廷，规模大而陈设转少；晚唐如书室，结构小而点缀必多。故趋锵鸣佩，则宜于殿廷；偃仰栖迟，未必不耽及书室也。必欲斥去此种，专摹一廊落架子，则明七子之伪诗，不足言矣。

435

青衫脱下便狂歌，种薤栽莎劚古坡。野客相逢添酒病，春山暂上着诗魔。亦知官罢贫还病，且喜闲来睡得多。欲与九衢亲故别，明朝拄杖始经过。

将归山

野人惯向山中住，自到城来闷不胜。宫树蝉声多却乐，侯门月色少于灯。饥来唯拟重餐药，归去还应只别僧。闻道旧溪茅屋畔，春风新上数枝藤。

赏春

闲人只是爱春光，迎得春来喜欲狂。买酒怕迟教走马，看花嫌远自移床。娇莺语足方离树，戏蝶飞高始过墙。颠倒醉眠三数日，人间百事不思量。结句俚俗，亦似香山。

题田将军宅

焚香书院最风流，起句率。莎草缘墙绿薜秋。近砌别穿浇药井，临街新起看山楼。栖禽恋竹明犹在，闲客观花夜未休。好是暗移城里宅，清凉浑得似江头。结句不明晰。

436

酬薛奉礼见赠之作

栖栖沧海一耕人，诏使江边作使君。山顶雨馀青到地，涛头风起白连云。前半气脉不贯。诗成客见书墙和，药熟僧来就鼎分。珍重来章相借问，芳名未识已曾闻。

独居

深闭柴门长不出，功夫自课少闲时。翻音免问他人字，覆局何劳对手棋。生计如云无定所，穷愁似影每相随。到头归向青山是，尘路茫茫欲告谁。于僻处搜意，正不嫌琐碎。近有熟滑一派，专论架格，意不求新，句不加炼，其病为风痹，急须此种以药之。

送林使君赴邵州

诏书飞下五云间，才子分符不等闲。驿路算程多是水，州图管地少于山。江头斑竹寻应遍，洞里丹砂自采还。清净化人人自理，终朝无事更相关。结句腐而劣。

送独孤焕评事赴丰州

东门携酒送廷评，结束从军塞上行。深碛路移唯马觉，断蓬风起与雕平。烟生远戍侵云色，冰叠黄河长雪声。两联写景，亦碍格。须凿燕然山上石，登科记里是闲名。

437

周　贺

字南卿，东洛人。初为浮屠，名清塞。杭州太守姚合爱其诗，加以冠巾，改名贺。

晚题江馆

南卿初为浮屠，姚合加以冠巾，其诗派亦与合相近。此诗后半俱不成语。

病寄曲江居带城，傍门高柳一蝉鸣。澄波月上见鱼掷，晚径叶乾闻犬行。越岛夜无侵阁色，寺钟凉有隔原声。故园尽卖休归去，潮水秋来空自平。

赠李道士

布褐高眠石窦春，迸泉多溅黑纱巾。次句俚。摇头说易当朝客，落手围棋对俗人。自算天年穷甲子，谁同雨夜守庚申。拟归太华何时去，他日相寻乞药银。"乞药银"不成语。

送韩评事

门枕平湖秋景好，水烟松色远相依。罢官徐俸租田种，送客回舟载石归。离岸游鱼逢浪反，望巢寒鸟逆风飞。五六比体。嵩阳旧隐多时别，闭目闲吟忆翠微。

朱庆馀

名可久，字庆馀，以字行，越州人。受知于张籍，登宝历进士第。

南湖

湖上微风小槛凉，翻翻菱荇满回塘。野船著岸入春草，水鸟带波飞夕阳。因船入岸草而水鸟惊飞，二句连看，方觉其妙。芦叶有声疑露雨，浪花无际似潇湘。飘然篷艇东归客，尽日相看忆楚乡。

镜湖西岛言事

慵拙幸便荒僻地，纵闻猿鸟亦何愁。次句不醒，与下联亦不贯。偶因药酒欺梅雨，却著寒衣过麦秋。岁计有馀添橡实，生涯一半在渔舟。世人若便无知己，应向此溪成白头。结句劣。

题崔驸马林亭

选居幽近御街东，长得诗人聚会同。白练鸟飞深竹里，朱弦琴在乱书中。四句亦意中语。亭开山色当高枕，楼静箫声落远风。何事宦途犹寂寞，都缘清苦道难通。结句劣。

项 斯

字子迁，江东人。会昌四年擢第，终丹徒尉，卒于任所。斯于宝历、开成之际声价特甚，为张籍所知。

宿山寺

栗叶重重覆翠微，黄昏溪上语人稀。月明古寺客初到，风动闲门僧未归。山果经霜多自落，水萤穿竹不停飞。中宵能得几时睡，又被钟声催著衣。结句俚。

山行

青枥林深亦有人，一渠流水数家分。山当日午回峰影，草带泥痕过鹿群。山居之乐，实移我情。蒸茗气从茅舍出，缲丝声隔竹篱闻。行逢卖药归来客，不惜相随入岛云。

薛 能

字太拙，汾州人。登会昌六年进士第。大中末，书判中选，补盩厔尉。李福镇滑，表署观察判官，历御史、都官、刑部员外郎。福徙西蜀，奏以自副。咸通中，摄嘉州刺史，迁主客、度支、刑部郎中，权知京兆尹事。授工部尚书，节度徐州，徙忠武。广明元年，徐军戍溵水，经许，能以旧军，馆之城中。军惧见袭，大将周岌乘众疑逐能，自称留后，因屠其家。能僻于诗，日赋一章。有《薛能诗集》。

献仆射相公

清如冰玉重如山，百辟严趋礼绝攀。强虏外闻应破胆，平人长见尽开颜。四句拙俚。朝廷有道青春好，门馆无私白昼闲。六句即摩诘"丞相无私断扫门"之意。致却垂衣更何事，几多诗句咏关关。结不成语。

秋日将离滑台酬所知

此公特句格稍健耳，意味不深，间带粗犷，乃自诩才过李白，云："我身若在开元日，争遣名为李翰林。"真妄庸人也。

身起中宵骨亦惊，一分年少已无成。松吹竹簟朝眠冷，雨湿蔬餐宿疾生。僮汲野泉兼土味，马磨霜树作秋声。相知莫话诗心苦，未似前贤取得名。

441

刘　威

武宗会昌时人。有《刘威诗》一卷,《全唐诗》存诗二十七首。

游东湖黄处士园林

诗格似朱巨川《寻韦九山人》作,而用意各极其妙。

偶向东湖更向东,数声鸡犬翠微中。遥知杨柳是门处,
似隔芙蓉无路通。樵客出来山带雨,渔舟过去水生风。物情
多与闲相称,所恨求安计不同。

◎案：朱湾有《寻隐者韦九山人于东溪草堂》,前已收。

崔　鲁

僖宗广明进士。有《无机谋集》。

春日即事

一百五日又欲来,桃花梨花参差开。行人自笑不归去,
瘦马独吟真可哀。杏酪渐香邻舍粥,榆烟将变旧炉灰。画桥
春暖清歌夜,肯信愁肠日九回。老横无敌,晚唐仅见之作。

李郢

字楚望，大中进士，为藩镇从事，终于侍御史。唐末避乱岭表。有《李郢集》。

暮春山行田家歇马

雨歇菰蒲斜日明，茅檐煮茧掉车声。青蛇上竹一种色，黄蝶隔溪无限情。"青蛇"句，山中实景，无人写到。何处渔樵将远饷，故园田土忆春耕。千峰万濑水漓漓，七句不成语。羸马此中愁独行。

江亭晚望

碧天凉冷雁来疏，疏秀。闲望江云思有馀。秋馆池亭荷叶后，野人篱落豆花初。无愁自得仙人术，多病能忘太史书。六句欠醒。闻说故园香稻熟，片帆归去就鲈鱼。

贾岛

字浪仙，范阳人。连败文场，遂为浮屠，名无本。来东都，

韩愈教其为文，遂去浮屠，举进士。大中末，为长江主簿。有
《长江集》。

寄韩潮州愈

浪仙以巉峭见风格，诗品在张、王、姚之上，亦一宗派也。

此心曾与木兰舟，直到天南潮水头。隔岭篇章来华岳，
出关书信过泷流。峰悬驿路残云断，海浸城根老树秋。一夕
瘴烟风卷尽，月明初上浪西楼。

早秋寄题天竺灵隐寺

峰前峰后寺新秋，绝顶高窗见沃州。人在定中闻蟋蟀，
鹤曾栖处挂猕猴。清峭之气，如雨后秋山。山钟夜渡空江水，汀
月寒生古石楼。心忆悬帆身未遂，谢公此地昔年游。

逢博陵故人彭兵曹

曲阳分散会京华，见说三年住海涯。别后解餐蓬蔂子，
向前未识牡丹花。偶逢日者教求禄，终傍泉声拟置家。蹋雪
携琴相就宿，夜深开户斗牛斜。

赠圆上人

诵经千纸得为僧，麈尾持行不拂蝇。次句拙俚。古塔月高闻咒水，新坛日午见烧灯。一双童子浇红药，百八真珠贯彩绳。刻意求新，三洗五伐。且说近来心里事，仇雠相对似亲朋。结句粗俗。

处州李使君改任遂州因寄赠

庭树几株阴入户，主人何在客闻蝉。次句不妥。钥开原上高楼锁，瓶汲池东古井泉。趁静野禽曾后到，休吟邻叟始安眠。夜吟搅睡，倒转说便新。仙都山水谁能忆？西去风涛书满船。

酬慈恩寺文郁上人

袈裟影入镜池清，犹忆乡山近赤城。篱落罅间寒蟹过，莓苔石上晚蛩鸣。期登野阁闲应甚，阻宿山房疾未平。闻说又寻南岳去，无穷诗思忽然生。结句劣。

皮日休

字袭美，一字逸少，襄阳人。性傲诞，隐居鹿门，自号闲气布衣。咸通八年，登进士第。崔璞守苏，辟军事判官。入朝，授太常博士。黄巢陷长安，伪署学士。使为谶文，疑其讥己，遂及祸。与陆龟蒙合为《松陵集》。

西塞山泊渔家

皮、陆气格虽卑，然善写情景，词瞻意新。南宋放翁、石湖均取材于此，亦一宗派也。

白纶巾下发如丝，静倚枫根坐钓矶。中妇桑村挑叶去，小儿沙市买蓑归。雨来莼菜流船滑，春后鲈鱼坠钓肥。西塞山前终日客，隔波相羡尽依依。

襄州春游

信马腾腾触处行，春风相引与诗情。等闲遇事成歌咏，取次冲闲隐姓名。映柳认人多错误，透花窥鸟最分明。确有情事，与少陵"仰面贪看鸟，回头错应人"同一语妙。岑牟单绞何曾着，莫道猖狂似祢衡。

暇日独处寄鲁望

幽慵不觉耗年光，犀柄金徽乱一床。野客共为赊酒计，家人同作借书忙。园蔬预遣分僧料，廪粟先教算鹤粮。种种幽事，词意并佳。无限高情好风月，不妨犹得事吾王。末句作何解？亦甚劣。

446

奉和鲁望病中秋怀

贫病于君亦太兼，*"亦太兼"，不妥。*才高应亦被天嫌。因
分鹤料家资减，为置僧餐口数添。静里改诗空凭几，寒中注
易不开帘。*贫中雅事。*清词一一侵真宰，甘取穷愁不用占。

新秋即事

痴号多于顾恺之，更无馀事可从知。酒坊吏到常先见，
鹤料符来每探支。凉后每谋清月社，晚来专赴白莲期。共君
无事堪相贺，*七句劣。*又到金齑玉鲙时。

初冬偶作寄南阳润卿

寓居无事入清冬，虽设樽罍酒半空。白菊被霜翻带紫，
苍苔因雨却成红。迎潮预遣收鱼笱，防雪先教盖鹤笼。*写意中事，*
*极工致。*唯待支硎最寒夜，共君披氅访林公。

病中书情寄上崔谏议

十日来来旷奉公，闭门无事忌春风。虫丝度日萦琴荐，
蛀粉经时落酒筒。*镂刻细碎，却有意趣。*马足歇从残漏外，鱼须
抛在乱书中。殷勤莫怪求医切，只为山樱欲放红。

寄滑州李副使员外

兵绕临淮数十重，铁衣才子正从公。军前草奏旄头下，城上封书箭筈中。伟丽有气格。围破只应乘夜雪，旆高何处避春风。故人勋重金章贵，一任江湖说战功。

陆龟蒙

字鲁望，苏州人。元方七世孙。举进士不第，辟苏、湖二郡从事。退隐松江甫里，多所论撰，自号天随子。以高士召，不赴。李蔚、卢携素重之，及当国，召拜拾遗。诏方下，卒。光化中，赠右补阙。与皮日休合为《松陵集》。

正月十五惜春寄袭美

孙邻几谓张籍之简丽，姚合之清雅，杜牧之豪健，贾岛之奇僻，龟蒙之赡博，皆出老杜之奇偏，自号一家。

六分春色一分休，满眼东波尽是愁。花匠碍寒应束手，酒龙多病尚垂头。无穷懒散齐中散，有底机谋敌右侯。见织短篷裁小楫，拿烟闲弄过渔舟。

448

新夏东郊闲泛有怀袭美

迟于春日好于秋，*起句拙俚。*野客相携上钓舟。经略彴时冠暂亚，佩笭箵后带频搁。蒹葭鹭起波摇笠，*五句钓家真景。*村落蚕眠树挂钩。料得只君能爱此，不争烟水似封侯。*结句劣。*

奉和夏初袭美见访题小斋次韵

四邻多是老农家，百树鸡桑半顷麻。尽趁清明修网架，每和烟雨掉缫车。啼莺偶坐身藏叶，饷妇归来鬓有花。不是对君吟复醉，更将何事送年华。

病中秋怀寄袭美

病容愁思苦相兼，清镜无情未我嫌。贪广异蔬行径窄，故求偏药出钱添。*起句为韵拘，殊平弱。中两联用意曲而能达。*同人散后休赊酒，双燕辞来始下帘。更有是非齐未得，重凭詹尹拂龟占。

奉和袭美见访不遇

为愁烟岸老尘嚣，*起句欠醒。*扶病呼儿劚翠苕。只道府中持简帖，不知林下访渔樵。花盘小墢晴初压，叶拥疏篱冻未烧。倚杖遍吟春照午，一池水段几多消。*结句言归迟之故。*

奉和袭美吴中书事寄汉南裴尚书

风清地古带前朝，遗事纷纷未寂寥。次句不成语。三泖凉波鱼蔰动，五茸春草雉媒娇。云藏野寺分金刹，月在江楼倚玉箫。不用怀归忘此景，吴王看即奉弓招。结句劣，亦不醒。

别墅怀归

水国初冬和暖天，南荣方好背阳眠。题诗朝忆复暮忆，见月上弦还下弦。遥为晚花吟白菊，近炊香稻识红莲。何人寿我黄金百，买取苏君负郭田。

奉和袭美寄滑州李副使员外

洛生闲咏正抽毫，忽傍旌旗着战袍。橄下连营皆破胆，剑离孤匣欲吹毛。清秋月色临军垒，半夜淮声入贼壕。除却征南为上将，平徐功业更谁高。此与袭美原唱俱称雄健，知皮、陆非不能为此种，特非其本色耳。后人不量己之才分，专学高声壮语，以为唐音，亦可识其谬矣。

司空图

字表圣，河中虞乡人。咸通末，擢进士第。由宣歙幕历礼部郎中，僖宗行在用为知制诰、中书舍人。归隐中条山王官谷。龙纪、乾宁间，征拜旧官及以户、兵二部侍郎召，皆不起。迁洛后，被诏入朝，以野耄丐归。朱全忠受禅，召为礼部尚书，不食而卒。图少有俊才，晚年避世栖遁，自号知非子、耐辱居士。有先世别墅，泉石林亭，颇惬幽趣，日与名僧高士游咏其中。有《一鸣集》。

浙上

表圣句多耐人寻味，晚唐之最高者。

华下支离已隔河，又来此地避干戈。山田渐广猿时到，村舍新添燕亦多。丹桂石楠宜并长，秦云楚雨暗相和。儿童栗熟迷新径，归去仍随牧竖歌。

山中

全家与我恋孤岑，蹋得苍苔一径深。写景尚有浑厚之气。逃难人多分隙地，放生鹿大出寒林。名应不朽轻仙骨，理到忘机近佛心。昨夜前溪骤雷雨，晚晴闲步数峰吟。

451

退栖

宦游萧索为无能，移住中条最上层。得剑乍如添健仆，亡书久似忆良朋。真杰句。燕昭不是空怜马，支遁何妨亦爱鹰。自此致身绳检外，肯教世路日兢兢。结句庸腐。

归王官次年作

乱后烧残数架书，峰前犹自恋吾庐。忘机渐喜逢人少，览镜空怜待鹤疏。四句意不明晰。孤屿池痕春涨满，小阑花韵午晴初。酣歌自适逃名久，不必门多长者车。

丁未岁归王官谷

家山牢落战尘西，匹马偷归路已迷。冢上卷旗人簇立，花边移寨鸟惊啼。本来薄俗轻文字，却致中原动鼓鼙。将取一壶闲日月，长歌深入武陵溪。

李咸用

与来鹏同时，工诗，不第，尝应辟为推官。有《披沙集》。

452

题王处士山居

云木沉沉夏亦寒，此中幽隐几经年。无多别业供王税，大半生涯在钓船。蜀魄叫回芳草色，鹭鸶飞破夕阳烟。干戈猬起能高卧，只个逍遥是谪仙。结句劣极。

李山甫

咸通中屡举不第，依魏博幕府为从事。尝逮事乐彦祯、罗弘信父子，文笔雄健，名著一方。有《李山甫集》。

寒食

柳带东风一向斜，春阴澹澹蔽人家。有时三点两点雨，到处十枝五枝花。万井楼台疑绣画，九原珠翠似烟霞。年年今日谁相问，独卧长安泣岁华。三四句法清老，后半庸俗。

隋堤柳

曾傍龙舟拂翠华，至今凝恨倚天涯。但经春色还秋色，不辨杨家是李家。背日古阴从北朽，逐波疏影向南斜。五六拙滞。年年只有东风便，遥为雷塘送雪花。

方　干

字雄飞，新定人，工诗赋。始举进士，有司奏干缺唇，不可与科名。干遂遁迹鉴湖，萧然山水间，以诗自放。咸通中，太守王龟知其亢直，荐为谏官，召不就。将殁，谓其子曰："志吾墓者谁欤？吾之诗，人自知之，志其日月姓名而已。"及卒，门人私谥曰玄英先生。唐末宰臣奏名儒不遇者十五人，追赐进士出身，干与焉。有《玄英集》。

自缙云赴郡溪流百里轻棹一发曾不崇朝叙事四韵寄献段郎中

激箭溪湍势莫凭，飘然一叶若为乘。仰瞻青壁开天罅，陡转寒湾避石棱。山溪狭峭之景，二语写尽。巢鸟夜惊离岛树，啼猿昼怯下岩藤。此中明日寻知己，恐似龙门不易登。

旅次扬州寓居郝氏林亭

举目纵然非我有，起句甚劣。思量似在故乡时。鹤盘远势投孤屿，蝉曳残声过别枝。七字足千古矣。凉月照窗欹枕倦，澄泉绕石泛觞迟。青云未得平行去，梦到江南身旅羁。结不成语。

罗　邺

　　馀杭人。邺尤长律诗，时宗人隐、虬俱以声格著称，遂齐名，号"三罗"。隐雄丽而坦率，邺清致而联绵，虬则区区而已。累举进士不第。光化中，以韦庄奏追赐进士及第，赠官补阙。

早发

　　一点残灯鲁酒醒，已携孤剑事离程。愁看飞雪闻鸡唱，独向长空背雁行。白草近关微有路，浊河连底冻无声。雪中早行景最切，句亦健。此中来往本迢递，况是驱骡客塞城。结句劣。"驱骡"一作"躯羸"，亦未妥。

杜荀鹤

　　字彦之，池州人。有诗名，自号九华山人。大顺二年第一人擢第，复还旧山。宣州田頵遣至汴通好，朱全忠厚遇之，表授翰林学士、主客员外郎、知制诰。恃势侮易缙绅，众怒，欲杀之而未及。天祐初，卒。有《唐风集》。

秋宿临江驿

彦之诗句多寒苦之音，亦仲初、武功一派。

南来北去二三年，年去年来两鬓斑。起调打油。举世尽从愁里老，谁人肯向死前闲。渔舟火影寒归浦，驿路铃声夜过山。身事未成归未得，听猿鞭马入长关。

下第投所知

落第愁生晓鼓初，地寒才薄欲何如？不辞更写公卿卷，却是难修骨肉书。御苑早莺啼暖树，钓乡春水浸贫居。拟离门馆东归去，又恐重来事转疏。唐人落第诗，此最入情。

戏题王处士书斋

先生高兴似樵渔，水鸟山猿一处居。石径少行苔色厚，钓竿时斫竹丛疏。欺春只爱和醅酒，讳老犹看夹注书。五六能炼意。莫道无金空有寿，有金无寿欲何如？结句甚劣。

送友人宰浔阳

高兴那知去路长，非君不解爱浔阳。起平塌。有时猿鸟来公署，到处烟霞是道乡。钓艇满江鱼贱菜，纸窗连岳楮多桑。五六用意能曲达。陶潜旧隐依稀在，好继高踪结草堂。

456

维扬冬末寄幕中二从事

江上数株桑枣树，自从离乱更荒凉。那堪旅馆经残腊，只把空书寄故乡。离乡久客之苦，写得逼真。典尽客衣三尺雪，炼精诗句一头霜。故人多在芙蓉幕，应笑孜孜道未光。末句不成语。

曹　松

字梦徵，舒州人。学贾岛为诗。久困名场，至天复初，杜德祥主文，放松及王希羽、刘象、柯崇、郑希颜等及第，年皆七十馀，时号"五老榜"。授秘书省正字。有《曹松集》。

南海旅次

梦徵与李才江俱贾岛一派，此首气格似岛《寄韩潮州》诗，峭拔清遒，晚唐高唱。

忆归休上越王台，归思临高不易裁。为客正当无雁处，故园谁道有书来。城头早角吹霜尽，郭里残潮荡月回。心似百花开未得，年年争发被春催。

陪湖南李中丞宴隐溪

竹林啼鸟不知休，罗列飞桥水乱流。"罗列"字笨。触散柳
丝回玉勒，约开莲叶上兰舟。酒边旧侣真何逊，云里新声是
莫愁。若值主人嫌昼短，应陪秉烛夜深游。

洞庭湖

东西南北各连空，起句拙。波上唯留小朵峰。长与岳阳翻
鼓角，不离云梦转鱼龙。三四造语奇，于理未足，然亦可备一种句
法也。吸回日月过千顷，铺尽星河剩一重。五六犷而晦。直到劫
馀还作陆，是时应有羽人逢。

霍山

七千七百七十丈，丈丈藤萝势入天。未必展来空似翅，
不妨开处也成莲。月将河汉分岩转，僧与龙蛇共窟眠。直是
画工须阁笔，况无名画可流传。起犷甚，三四尤不妥，五六却奇而
有理，结句俗。

钟陵寒食日与同年裴颜李先辈郑校书郊外闲游

寒食钟陵香骑随，同年相命楚江湄。云间影过秋千女，
地上声喧蹋鞠儿。何处寄烟归草色，谁家送火上花枝。烟火切

寒食，却带入花草中，新巧。银瓶冷酒皆倾尽，半卧垂杨自不知。

送乞雨禅师临遇南游

活得枯樵耕者知，巡方又欲向天涯。珠穿闽国菩提子，杖把灵峰椰栗枝。春藓任封降虎石，夜雷从傍养龙池。亦是健句。生缘在地南浮去，自此孤云不可期。

李　洞

字才江，京兆人，诸王孙也。慕贾岛为诗，铸其像，事之如神。时人但诮其僻涩，而不能贵其奇峭，唯吴融称之。昭宗时，不第，游蜀，卒。

赠曹郎中崇贤所居

才江铸金事岛，炼句尤涩僻。此诗三四未免刻而伤浑。七句不可解，疑有讹字。

闲坊宅枕穿宫水，听水分衾尽蜀僧。药杵声中捣残梦，茶铛影里煮孤灯。刑曹树荫千年井，华岳楼开万仞冰。诗句变风官渐紧，夜涛春断海边藤。

废寺闲居

病居废庙冷吟烟，"吟烟"不妥。无力争飞类病蝉。槐省老郎蒙主弃，月陂孤客望谁怜。税房兼得调猿石，租地仍分浴鹤泉。处世堪惊又堪愧，一坡山色不论钱。七句劣，亦与末句不贯。

送包处士

秋思枕月卧潇湘，寄宿慈恩竹里房。性急却于棋上慢，身闲未免药中忙。休抛手网惊龙睡，曾挂头巾拂鸟行。"头巾"何以"拂鸟行"，不妥。闻说石门君旧隐，寒风溅瀑坏书堂。

毙驴

蹇驴秋毙瘗荒田，题只于首句点过，以下都从毙后着想。忍把敲吟旧竹鞭。三尺焦桐背残月，一条藤杖卓寒烟。通吴白浪宽围国，倚蜀青山峭入天。如画海门拄肘望，阿谁家买钓鱼船。结言驴毙，则当买船也。

李建勋

字致尧，陇西人。少好学，能属文，尤工诗。南唐主李昪镇金陵，用为副使，预禅代之策，拜中书侍郎、同平章事。升元五年，放还私第。嗣主璟召拜司空，寻以司徒致仕，赐号钟山公。有《钟山公集》。

道林寺

虽与中峰数寺连，就中奇胜出其间。*次句劣调*。不教幽树妨闲地，别著高窗向远山。*三四有意味*。莲沼水从双涧入，客堂僧自九华还。无因得结香灯社，空向王门玷玉班。

题魏坛

一寻遗迹到仙乡，云鹤沉沉思渺茫。丹井岁深生草木，芝田春废卧牛羊。雨淋残画摧荒壁，鼠引饥蛇落坏梁。*废庙实有此景*。薄暮欲归仍伫立，菖蒲风起水泱泱。*结句空衍*。

伍　乔

庐江人。南唐时，举进士第一，仕至考功员外郎。

461

僻居酬友人

僻居唯爱近林泉，幽径闲园任薛连。"连"字韵凑。向竹掩扉随鹤息，就溪安石学僧禅。古琴带月音声亮，山果经霜气味全。六句新。多谢故交怜朴野，隔云时复寄佳篇。

游西禅

远岫当轩列翠光，高僧一衲万缘忘。碧松影里地长润，白藕花中水亦香。工切近自然。云自雨前生净石，鹤于钟后宿尘廊。游人恋此吟终日，盛暑楼台早有凉。

冯　道

字可道，景城人。初为刘守光参军，后历唐、晋、汉、周，事四姓十君，并在政府，自号长乐老。卒谥文懿，追封瀛王。

偶作

观此诗，知长乐老人特处乱世，浮沉以免祸耳。宋人断断以成仁取义责之，非知人论世之识。

莫为危时便怆神，前程往往有期因。须知海岳归明主，未必乾坤陷吉人。道德几时曾去世，舟车何处不通津。但教方寸无诸恶，狼虎丛中也立身。

皎　然

　　字清昼，吴兴人。俗姓谢，宋灵运之十世孙。初入道，肄业杼山，与灵彻、陆羽同居妙喜寺。羽于寺旁创亭，以癸丑岁癸卯朔癸亥日落成，湖州刺史颜真卿名以"三癸"，皎然赋诗，时称"三绝"。真卿尝于郡斋集文士撰《韵海镜源》，预其论著，由是声价藉甚。贞元中，集贤御书院取高僧集，得清昼上人文十卷藏之。

题周谏别业

　　隐身苕上欲如何，不著青袍爱绿萝。柳巷久疏容马入，水篱裁破许船过。昂藏独鹤闲心远，寂历秋花野意多。若访禅斋遥可见，竹窗书幌共烟波。

七律指南乙编卷二　宋一百三十首

王禹偁

字元之，济州巨野人。九岁能文。太平兴国八年进士，授成武主簿，徙知长洲县。端拱初，召试，擢右拾遗、直史馆，拜左司谏、知制诰。坐劾妖尼，贬商州团练使，量移解州。进拜左正言，直弘文馆，出知单州。寻召为礼部员外郎，再知制诰。至道元年，入翰林为学士，知审官院，兼通进银台封驳司。又坐谤讪，罢为工部郎中，知滁州、扬州。召还，知制诰。又坐《实录》直书，出知黄州，徙蕲州而卒，年四十八。有《小畜集》。

寄砀山主簿朱九龄

元之诗学香山，而雅炼无俗调。

忽思蓬岛会群仙，二百同年最少年。利市襕衫抛白纻，风流名纸写红笺。歌楼夜宴停银烛，柳巷春泥污锦鞯。今日折腰尘土里，共君追想好凄然。

寄献润州赵舍人

南徐城古树苍苍，衙府楼台尽枕江。甘露钟声清醉榻，
海门山色滴吟窗。三四切"润州"。直庐久负题红药，出镇何妨
拥碧幢。五六切"舍人"。闻说秋来自高尚，道装筇竹鹤成双。

寄献翰林宋舍人

金鼎盐梅偶未和，位高犹说野情多。宫墙月上开琴匣，
道院风清响药箩。留客旋烧含露笋，倩僧教种耐霜莎。孤寒
知有为霖望，未忍江头钓绿波。炼意选词，俱极雅洁。

和郡僚题李中舍公署

树影池光映晓霞，绿杨阴下吏排衙。闲拖屐齿妨横笋，
静拂琴床有落花。地脉暗分吴苑水，厨烟时煮洞庭茶。青宫
词客多闲暇，按曲飞觞待岁华。意境亦兼皮、陆。

新秋即事

宦途流落似长沙，赖有诗情遣岁华。吟弄浅波临钓渚，
醉披残照入僧家。石挨苦竹旁抽笋，雨打戎葵卧放花。善写眼

465

前而不放直笔，能去香山之短。安得君恩许归去，东陵闲种一园瓜。

寄杭州昭庆寺华严社主省常上人

梦幻吾身是偶然，劳生四十又三年。任夸西掖吟红药，
何似东林种白莲。入定雪龛灯焰直，讲经霜殿磬声圆。灯直磬圆，
得唐人炼字法。谪官不得馀杭郡，空寄高僧结社篇。

寒食

今年寒食在商山，山里风光亦可怜。稚子就花拈蛱蝶，
人家依树系秋千。郊原晓绿初经雨，巷陌春阴乍禁烟。写景句
清润有格。副使官闲莫惆怅，酒钱犹有撰碑钱。

日长简仲咸

日长何计到黄昏，郡僻官闲昼掩门。子美集开诗世界，
伯阳书见道根源。风捎北院花千片，月上东楼酒一樽。不是
同年来主郡，此心牢落共谁论。

吴江县寺留题

松江江寺对峰峦，槛外生池接野滩。幽鹭静翘春色碧，
病僧闲说夜涛寒。晨斋施笋惟溪叟，国忌行香只县官。此又近

武功。尽日门前照流水，尘缨浑拟濯沧澜。

◎案：武功者，姚合也。

幕次闲吟

文章曾受帝褒称，起句笨。幕次孤吟冷似冰。借马趁朝常后到，问人求米尽难凭。僮教罢乐朝无酒，儿废看书夜绝灯。五句犹贫官景况，六句则直似穷巷士矣。除却金章在腰下，其馀滋味一如僧。

杨徽之

字仲猷，建州浦城人。南唐时，读书庐山白鹿洞。后仕宋，为谏议大夫，迁翰林学士，拜礼部侍郎。善吟咏，太宗尝选其诗十联书于御屏。景祐二年，赠太子太师，谥文庄，祀白鹿洞。

汉阳晚泊

傍桥吟望汉阳城，山遍楼台彻上层。次句欠圆醒。犬吠竹篱沽酒客，鹤随苔岸洗衣僧。四句必当时所见实景，故新于出句。

467

纪氏谓不及出句之自然，误矣。疏钟未彻闻寒漏，斜月初沉见远灯。
夜静邻船问行计，晓帆相与向巴陵。

寒食寄郑起侍郎

清明时节出郊原，寂寂山城柳映门。水隔澹烟修竹寺，
路经疏雨落花村。天寒酒薄难成醉，地迥楼高易断魂。回首
故山千里外，别离心绪向谁言？仲猷二诗，极有风调。

徐　铉

字鼎臣，会稽人。与弟锴未弱冠以文行称。仕南唐三主，
历官至吏部尚书、右仆射。机命制诰，咸出其手。文章议论，
与韩熙载齐名。宋问罪江南，请使见太祖乞存，辨论不屈，
太祖亦嘉礼之。后随后主归宋，授太子率更令，改左散骑常侍，
累封东海郡开国侯、检校工部尚书。卒年七十六。有《骑省集》。

送郝郎中为浙西判官

大藩从事本优贤，幕府仍当北固前。花绕楼台山倚郭，
寺临江海水连天。恐君到即忘归日，忆我游曾历二年。若许

他时作闲伴，殷勤为买钓鱼船。后半流转。

赠维扬故人

东京少长认维桑，书剑谁家入帝乡？"认维桑"欠妥，次句亦不明晰。一事无成空放逐，故人相见重凄凉。楼台寂寞官河晚，人物稀疏驿路长。莫怪临风惆怅久，十年春色忆维扬。

石延年

字曼卿，先世幽州人。晋以幽州遗契丹，其祖举族南走，家于宋城。延年跌宕任气节，为文劲健，于诗最工，且善书。真宗录三举进士以为三班奉职，延年耻不就，张知白素奇之。历太子中允，同判登闻鼓院。年四十八，卒官。有《石曼卿集》。

金乡张氏园亭

亭馆连城敌谢家，四时园色斗明霞。窗迎西渭封侯竹，地接东陵隐士瓜。乐意相关禽对语，生香不断树交花。五六佳句，可传。纵游会约无留事，醉待参横月落斜。七句不成语，末句"斜"字凑。

魏　野

　　字仲先，陕州人。母梦引袂于月中，承兔而生。嗜吟咏，不求闻达。居州之东郊，凿土屋方丈，曰乐天洞，弹琴其中，歌啸自得。性不喜巾帻，见宾客惟纱帽白衣，出则跨白驴。真宗闻之，累征不起，卒年六十，诏赠秘书省著作郎。有《草堂集》。

晨兴

　　夜长已待得晨兴，首句欠妥。耽枕僮犹唤不应。烧叶炉中无宿火，读书窗下有残灯。临阶短发梳和月，傍岸衰容洗带冰。料得巢禽翻怪讶，寻常日午起慵能。末句即怪讶意，言如寻常日午慵起能否，然不成语矣。

林　逋

　　字君复，杭州钱塘人。少刻志为学，结庐隐西湖之孤山。真宗闻其名，诏郡县常存遇之。善行书，喜为诗，其语孤峭澄淡。赐谥曰和靖先生。有《林和靖集》。

湖上初春偶作

君复诗格，不脱晚唐，然清新工雅，静气迎人，读其诗而知其品。

梅花开尽腊亦尽，晴暖便如寒食天。春色半归湖岸柳，人家多上郭门船。文禽相并映短草，翠潋欲生浮嫩烟。几处酒旗山影下，细风时已弄繁弦。末句欠醒。

湖山小隐二首　录一首

闲搭纶巾拥缥囊，此心随分识兴亡。黑头为相虽无谓，白眼看人亦未妨。次联不承明"识兴亡"意，且"虽无谓"三字，于本句亦不醒。云喷石花生剑壁，雨敲松子落琴床。清猿幽鸟遥相叫，数笔湖山又夕阳。"数笔"只作如画解，然未妥。

西岩夏日

蕙帐萧闲掩敝庐，子真岩石坐来初。为惊野鸟巢间乳，懒过邻僧竹里居。新溜迸凉侵静语，晚云浮润上残书。君复工炼句眼，如"迸""侵""浮""上"等字，俱极用意。何烦强捉白团扇，一柄青松自有馀。

夏日即事

石枕凉生菌阁虚，已应梅润入图书。不辞齿发多衰病，所喜林泉有隐居。粉竹亚梢垂薄露，翠荷差影聚游鱼。"亚"字、"差"字炼得好。北窗人在羲皇上，时为渊明一起予。末句欠圆稳。

秋日湖西晚归舟中书事

水痕秋落蟹螯肥，闲过黄公酒舍归。起有意致。鱼觉船行沉草岸，犬闻人语出柴扉。苍山半带寒云重，丹叶疏分夕照微。却忆清溪谢太傅，当时未解惜蓑衣。

深居杂兴六首　录二首

四壁垣衣钓具腥，已甘衡泌号沉冥。伶伦近日无侯白，奴仆当时有卫青。无对不工。花月病怀看酒谱，云萝幽信寄茶经。茅君使者萧闲甚，独理丛毛向户庭。

上书可有三千牍，下笔曾无一百函。闲卷孤怀背尘世，独营幽事傍云岩。僧分乳食来阴洞，鹤触茶薪落蠹杉。未似周君少贞胜，北山应免略相衔。末句韵欠稳。

杂兴四首　录二首

短褐萧萧顶幅巾，拥书才罢即噸呻。耕樵可似居山者，饮馔长如病酒人。闭户不无慵答客，焚香除是静朝真。前贤风概聊希拟，一刺偏多井大春。风格亦近皮陆。

472

湖上山林画不如，霜天时候属园庐。次句不清爽。梯斜晚树收红柿，筒直寒流得白鱼。石上琴尊苔色静，篱阴鸡犬竹丛疏。一关兼是和云掩，敢道门无卿相车。

西湖

混元神巧本无形，匠出西湖作画屏。起太作意，反形其拙。春水净于僧眼碧，晚山浓似佛头青。栾栌粉堵摇鱼影，兰杜烟丛阁鹭翎。往往鸣榔与横笛，细风斜雨不堪听。

孤山寺端上人房写望

西湖景移置别处不得。

底处凭阑思渺然，孤山塔后阁西偏。阴沉画轴林间寺，零落棋枰葑上田。秋景有时飞独鸟，夕阳无事起寒烟。"无事"二字凑。迟留更爱吾庐近，只待重来看雪天。

池阳山店

数家村店簇山旁，下马危桥已夕阳。惊鸟忽冲溪蔼破，暗花闲堕堑风香。精炼之句，渐近自然。时间盘泊心犹恋，日后寻思兴必狂。可惜回头一声笛，酒旗摇曳出疏篁。

473

无为军

掩映军城隔水乡，人烟景物共苍苍。酒家楼阁摇风旆，茶客舟船簇雨樯。略似许丁卯句。残笛远砧闻野墅，老苔寒桧看僧房。狎鸥更有江湖兴，珍重江头白一行。

寄太白李山人

颜如童子发如鬒，卜筑深当太白西。身上只衣粗直掇，马前长带古偏提。鹓鹏懒击三千水，龙虎闲封六一泥。几独枕肱人迹外，"几独"二字不妥。半窗松雪论天倪。

◎案："几独"，一本作"几度"。

山园小梅

众芳摇落独暄妍，"暄妍"不切梅。占尽风情向小园。疏影横斜水清浅，暗香浮动月黄昏。此与"雪后园林"一联皆佳句，山谷诸人纷纷弃取，殊多事也。霜禽欲下先偷眼，粉蝶如知合断魂。幸有微吟可相狎，不须檀板共金樽。

梅花

吟怀长恨负芳时，为见梅花辄入诗。雪后园林才半树，

474

水边篱落忽横枝。人怜红艳多应俗，天与清香似有私。五六近俗。堪笑胡儿亦风味，解将声调角中吹。

张　咏

字复之，濮州人。太平兴国中进士，累擢至枢密直学士、御史中丞、礼部尚书。卒年七十。为文尚气，不事雕饰，自号乖崖公。有《张乖崖集》。

再会傅逸人

分到知心死不轻，“死不轻”难解。几年曾是怆离情。微风吹雨雁初下，落叶满阶蛩正鸣。灯烬苦嫌论剑术，簟凉频喜转琴声。笔力尚健。从来共约云泉老，肯向人间占好名。

郊居寄朝中知己

年来流水坏平田，客径穷愁自可怜。“客径”字生，亦与“穷愁”不贯。汀苇乱摇寒夜雨，沙鸥闲弄夕阳天。狂嫌浊酒难成醉，冷笑清诗不直钱。碧落故人知我否，几回相忆上渔船。

幽居

落花时节掩关初，请绝江城旧酒徒。满屋烟霞春睡足，一溪风雨夜灯孤。易中有象闲消息，身外无求免叹吁。易象不宜以空滑句对。多谢岩僧频见访，欲回流水又踟蹰。"欲回流水"不连贯，"流"字应是"临"字之误。

赵　抃

字阅道，号知非子，衢州西安人。景祐元年进士及第。任武安军节度推官，知崇安、海陵、江原三县，迁泗州通判。至和元年，授殿中侍御史。入为右司谏，论事不当，出知虔州。英宗即位，除天章阁待制、河北都转运使，以龙图阁直学士知成都知府。神宗时，任右谏议大夫、参知政事。元丰二年，以太子少保致仕。七年卒，年七十七，追赠少师，谥清献。有《赵清献集》。

除夜泊临江县言怀

县封萧索楚江澄，旅况吟怀冷似冰。漏促已交新岁鼓，酒阑犹剪隔宵灯。除夜诗，此联甚有意致。与简斋"多事鬓毛""尽情灯火"之句，各臻其妙。立身从道思无愧，得路由机患不能。
未报君恩逾四十，青春还是一番增。

同万州相里殿丞游溪西山寺

使君呼客入山行，晓径前驱照彩旌。蛮女背樵岩侧避，
野僧携剌马头迎。千层云水迷三峡，一閧人烟认百城。楼阁
凭馀清我听，竹风萧瑟涧泉鸣。

韩　琦

字稚圭，相州安阳人。弱冠举进士，名在第二。累官至
右仆射、侍中，历仪、卫、魏三国公，出备两镇，辅三朝，
立二帝，决大策，安社稷，制西夏，出入将相，事具史传。
卒年六十八。赠尚书令，谥忠献。诗率臆得之，而意思深长，
有锻炼所不及，理趣流露，皆贤相识度。有《安阳集》。

九日水阁

魏公诗不烦琢削，而意味深长，理趣流露。时寓比兴于写景句中，
品其诗格，亦于香山为近。

池馆摧颓古榭荒，此延嘉客会重阳。虽惭老圃秋容澹，且看寒花晚节香。酒味已醇新过热，蟹黄先实不须霜。年来饮兴衰难强，漫有高吟力尚强。

登广教院阁

岑寂禅扉启昼关，"扉""关"犯复。公馀为会一开颜。高台面垒包平野，老柏参天碍远山。风定晓枝蝴蝶闹，雨匀春圃桔槔闲。公罢相后，新进多凌侮之，故有此句，而托讽甚微婉。徘徊轩槛何时下，直待前枝倦鹊还。

暮春书事

榆荚空飞不算钱，韶光归速置何缘。次句不成语。惜春情味过年少，战酒英雄退日前。竹笋进阶抽兕角，杨花铺水涨龙涎。妖妍万变成凋谢，长养须资大夏权。

壬子十一月二十九日时雪方洽

近腊犹悭六出繁，忽惊盈尺及民宽。起二句韵俱凑。万方蒙泽人人贺，三句俚。通夕无风阵阵寒。危石盖深盐虎陷，老枝擎重玉龙寒。任重持危，隐然自寓身分，不独句之警切也。欲知灵鹫银为界，试陟高楼一望看。"望""看"字复。

观稼

一夕甘滋起瘵田，陡回炎沴作丰年。便晴唯恐禾生耳，将熟偏宜谷掩卷。云退不留驱旱迹，五句欠醒。气清浑露已秋天。衰翁岂独同民乐，更觉诗豪似有权。末句犷气。

暮春康乐园

榆荚纷纷掷乱钱，柳花相扑衮新绵。一年寂寞频来地，三月芳菲已过天。树密只喧闲鸟雀，台高犹得好山川。病夫不饮时如此，徒有诗情益自然。末句不成语。

次韵和子渊学士春雨

细润近西昆体。

天幕沉沉淑气温，雨丝轻软坠云根。洗开春色无多润，染尽花光不见痕。寂寞画楼和梦锁，依微芳树过人昏。"过人昏"不妥。堂虚座密珠帘下，试问淳于醉几樽？

早夏

十里溪源注北塘，贮成宽碧澹泱泱。新蒲弱荇参差绿，去鹜来凫断续行。一缆轻波摇鹢舸，满畦斜日晒鱼梁。清景入画。使君思拙无清梦，高柳阴成草自长。

张 先

字子野，乌程人。天圣八年进士，知吴江县。诗格清丽，尤长于乐府。李公择常守吴兴，招先及杨元素绘、陈令举舜俞、苏子瞻轼、刘孝叔述集于郡圃，为六客之会。晚岁优游乡里，常放舟钓鱼为乐。仕至都官郎中，年八十九卒。有《张都官集》。

题西溪无相院

积水涵虚上下清，几家门静岸痕平。浮萍破处见山影，小艇归时闻棹声。此张"三影"之一，极为东坡所赏。入郭僧寻尘里去，过桥人似鉴中行。已凭暂雨添秋色，莫放修芦碍月生。

◎案：宋陈师道《后山诗话》："尚书郎张先善著词，有云'云破月来花弄影''帘幕卷花影''堕絮轻无影'，世称诵之，号张三影。"

孔平仲

字毅父，武仲之弟。登进士第，吕公著荐为秘书丞，集贤校理。出为江东转运判官，提点江浙铸钱、京西刑狱。绍圣中，以元祐党人屡谪韶、惠、英三州。徽宗召为户部金部郎中，提举永兴路刑狱，帅鄜延、环庆。党论再起，罢，主管景灵宫，卒。平仲长于史学，工词藻，故诗尤夭娇流丽。有《清江集》。

昼眠呈梦锡

亦脱胎苏子美《春睡》诗，而别有意趣。

百忙之际一闲身，更有高眠可诧君。春入四支浓似酒，风吹孤梦乱如云。风不能吹梦，理似未圆。诸生弦诵何妨静，满席图书不废勤。向晚欠伸徐出户，落花帘外自纷纷。

适值刘从道供奉往信阳镇用前韵送之

君马匆匆赴信阳，虽云同郡似他方。次句欠醒。村沙卷尽黄昏色，海水吹成半夜霜。别恨不须青草色，五句翻用《别赋》意而少趣。归期当及小桃香。闲官冷局遥相望，两觉迢迢岁月长。

◎案：南朝梁江淹《别赋》："春草碧色，春水渌波。送君南浦，伤如之何。"

西行

缭绕西行入乱山，白云深处据征鞍。荞花著雨相争秀，枣颊迎阳一半丹。幽秀。鞅掌未能逃物役，乾坤何处托身安？

莒台东向情无限，那更秋风作暮寒。

孔文仲

字经父，临江军新淦人，武仲之兄。少刻苦问学，号博洽。举进士，又举贤良方正。召试对策，极论新法之害，不为王安石所喜，黜不用。哲宗即位，为校书郎，迁礼部员外郎。擢起居舍人，拜左谏议大夫。论青苗、免役之法为首困天下，论保甲、保马、茶盐之法为遗螫留蠹。迁中书舍人，卒，年五十。文仲学识高远，天资狷介，寡言笑，少所合。有《清江集》。

江上

万里长江一叶舟，客心萧索已惊秋。乱霞影照山根寺，落日光翻水面楼。浅浦耀金知跃鲤，前滩点雪见栖鸥。少年壮气悲寥廓，未忍沧江下钓钩。

苏　洵

字明允，眉州眉山人。年二十七始发愤为学，岁馀举进士。至和中，欧阳修荐除校书郎，食霸州文安县主簿禄，与姚辟同修《太常因革礼》。书成而卒。有《嘉祐集》。

九日和韩魏公

老苏不以诗名，而格殊老健。

晚岁登门最不才，萧萧华发映金罍。不堪丞相延东阁，闲伴诸儒老曲台。佳节已从愁里过，壮心偶傍醉中来。暮归冲雨寒无睡，自把新诗百遍开。

韩　维

字持国，开封雍丘人。父亿，参知政事。维受荫入官。父没，闭门不仕。欧阳修荐为检讨，知太常礼院，出判泾州。英宗免丧，除同修起居注，侍迩英，进知制诰，知通进银台司。神宗初，除龙图阁直学士，充群牧使，出知襄州、许州。入为学士承旨。会其兄绛入相，出知河阳，知许州，提举嵩山崇福宫，召兼侍读，加大学士，拜门下侍郎，出知汝州，以太子少傅致仕，转少师。绍圣中，坐元祐党，安置均州。元符元年卒，年八十二。徽宗初追复旧官。维同时唱和者为圣俞、永叔，其深远不及圣俞，温润不及永叔，然古淡疏畅，故足为两家之鼓吹。有《韩南阳集》。

登湖光亭

雪尽尘消径露沙，公家池馆似山家。翠痕满地初生草，红气通林未放花。佳句。匝岸平波清照雁，压城危榭斗回鸦。自惭白首犹圭组，此地年年赏物华。

谢尧夫寄新酒

故人一别两重阳，每欲从之道路长。有客忽传龙坂至，开樽如对马军尝。老格。定将琼液都为色，疑有金英密借香。却笑当年彭泽令，篱边终日叹空觞。

李　觏

字泰伯，盱江人。有富国强兵之学，著《礼论》《易论》

行于世。以海门簿召赴太学说书以卒。有《庐江集》。

暮春始游西城

病多无力逐纷华，三月衡门未见花。长恐后期成索莫，果逢残景独咨嗟。栏干倚望山空在，杯酒迟留日易斜。谩说明年更春色，不知园囿属谁家。一气清折，老杜之遗。

灵源洞

才出尘来尚未知，渐攀藤竹渐临危。伏流自是龙藏处，古树应无春到时。谁把石崖齐划削，直教云气当帘帷。良工画得犹宜秘，莫与凡夫肉眼窥。结句俗。

望海亭席上作

七闽山水掌中窥，乘兴登临到落晖。谁在画帘沽酒处，几多鸣橹趁潮归。晴来海色依稀见，醉后乡心积渐微。山鸟不知红粉乐，一声檀板便惊飞。时有闻歌越墙而遁者，故云。

苏 轼

字子瞻，一字和仲，眉州眉山人。嘉祐二年进士，调福昌主簿。对制策，入三等，除大理评事，签书凤翔府判官，入判登闻鼓院。召试直史馆。丁父忧。熙宁二年，还朝，判官告院，权开封府推官，出判杭州，知密、徐、湖三州。以为诗谤讪，逮赴台狱，谪黄州团练副使安置。筑室于东坡，自号东坡居士。移常州。哲宗立，复朝奉郎，知登州，召为礼部郎中，迁起居舍人。寻除翰林学士，兼侍读，拜龙图阁学士。出知杭州，召为翰林承旨。数月，知颍州、扬州，复召为兵部尚书，兼侍读。改礼部，兼端明殿翰林侍读两学士，出知定州。绍圣初，贬宁远军节度副使，惠州安置。又贬琼州别驾，居儋耳。徽宗立，移舒州团练副使，徙永州。更三赦，遂提举玉局观，复朝奉郎。建中靖国元年，卒于常州，年六十六。南渡后，赠太师，谥文忠。子瞻诗气象洪阔，铺叙宛转，子美之后，一人而已。然用事太多，不免失之丰缛，虽其学问所溢，要亦洗削之功未尽也。有《东坡诗集》。

新城道中

东坡才大气雄，横绝千古，直写胸臆而风调自高，意境自阔，少陵后一人而已。

东风知我欲山行，吹断檐前积雨声。岭上晴云披絮帽，树头初日挂铜钲。野桃含笑竹篱短，溪柳自摇沙水清。西崦人家应最乐，煮芹烧笋饷春耕。

病中游祖塔院

紫李黄瓜村路香，乌巾白葛道衣凉。开门野寺松阴转，欹枕风轩客梦长。因病得闲殊不恶，安心是药更无方。道人不惜阶前水，借与匏樽自在尝。

与毛令方尉游西菩提寺

清驶得之欧公，而笔较豪健。

推挤不去已三年，鱼鸟依然笑我顽。人未放归江北路，天教看尽浙西山。尚书清节衣冠后，处士风流水石间。一笑相闻那易得，数诗狂语不须删。

代书寄桃山居士张圣可

十日春寒不出门，不知江柳已摇村。稍闻决决流冰谷，尽放青青没烧痕。劲气流转，神逼少陵。数亩荒田留我住，半瓶浊酒待君温。去年今日关山路，细雨梅花正断魂。

二月三日点灯会客

江上东风浪接天，苦寒无赖破春妍。试开云梦羔儿酒，快泻钱塘药玉船。蚕市光阴非故国，马行灯火记当年。冷烟湿雪梅花在，留得新春作上元。元字出韵。后半人苦意尽，公独纵横有馀。

和人见赠

只写东坡不著名，此身已是一长亭。善说无生。壮心无复春流起，衰鬓从教病叶零。知有雪儿供笔砚，应嗤灶妇洗盆瓶。回来索酒公应厌，京口新传作客经。

连雨江涨

越井冈头云出山，牂柯江上水如天。床床避漏幽人屋，浦浦移家蜑子船。龙卷鱼虾并雨落，人随鸡犬上墙眠。曹松《霍山》诗："月将河汉分岩转，人与龙蛇共窟眠。"极力作奇语，无此真切也。只应楼下平阶水，长记先生过岭年。

上元夜过赴儋守召独坐有感

使君置酒莫相违，守舍何妨独掩扉。静看月窗盘蜥蜴，卧闻风幔落蚍蜉。此时有此二物，亦见南方气候之殊。灯花结尽吾

488

犹梦，香篆消时汝欲归。搔首凄凉十年事，传柑归遗满朝衣。

"满朝衣"欠圆。

过岭寄子由

七年来往我何堪，又试曹溪一勺甘。梦里似曾迁海外，醉中不觉到江南。逸气横空。波生濯足鸣空涧，雾绕征衣滴翠岚。谁遣山鸡忽惊起，半岩花雨落毿毿。

龟山

我生飘荡去何求，再过龟山岁五周。身行万里半天下，僧卧一庵初白头。三四失粘，而读之不觉，其气盛也。地隔中原劳北望，潮连沧海欲东游。元嘉旧事无人记，故垒摧颓今在不。

过永乐文长老已卒

初惊鹤瘦不可识，旋觉云归无处寻。三过门间老病死，一弹指顷去来今。存亡惯见浑无泪，乡井难忘尚有心。欲向钱塘访圆泽，葛洪川畔待秋深。

初到黄州

自笑平生为口忙，老来事业转荒唐。长江绕郭知鱼美，好竹连山觉笋香。*此等句意，晚唐人时有之，然无此老健浑成。*逐客不妨员外置，诗人例作水曹郎。只惭无补丝毫事，尚费官家压酒囊。

天竺寺 *引不录*

香山居士留遗迹，天竺禅师有故家。空咏连珠吟叠璧，已亡飞鸟失惊蛇。*三四颇嫌堆垛。*林深野桂寒无子，雨渑山姜病有花。四十七年真一梦，天涯流落涕横斜。

留题显圣寺

渺渺疏林集晚鸦，孤村烟火梵王家。幽人自种千头橘，远客来寻百结花。浮石已乾霜后水，焦坑闲试雨前茶。只疑归梦西南去，翠竹江村绕白沙。

出颍口初见淮山是日至寿州

我行日夜向江海，枫叶芦花秋兴长。平淮忽迷天远近，青山久与船低昂。*拗字体，雄浑胜山谷。*寿州已见白石塔，短棹未转黄茆冈。波平风软望不到，故人久立烟苍茫。

寿星院寒碧轩

清风肃肃摇窗扉，窗前修竹一尺围。纷纷苍雪落夏簟，冉冉绿雾沾人衣。日高山蝉抱叶响，人静翠羽穿林飞。写得深透，笔底亦有寒碧袭人。道人绝粒对寒碧，为问鹤骨何缘肥。

夜微雪明日早往南溪小酌至晚

直以叙事为诗，得之老杜。

南溪得雪真无价，走马来看及未消。独自披榛寻履迹，最先犯晓过朱桥。谁怜屋破眠无处，坐觉村饥语不嚣。唯有暮鸦知客意，惊飞千片落寒条。

宿水陆寺寄北山清顺僧

草没河堤雨暗村，寺藏修竹不知门。拾薪煮药怜僧病，扫地烧香净客魂。农事未休侵小雪，佛灯初上报黄昏。年来渐识幽居味，思与高人对榻论。篇法从老杜化出，而不摹其调，此坡公高于黄、陈处。

除夜野宿常州城外

行歌野哭两堪悲，远火低星渐向微。病眼不眠非守岁，乡音无伴苦思归。重衾脚冷知霜重，新沐头轻感发稀。多谢

491

残灯不嫌客，孤舟一夜许相依。

与参寥师行园中得黄耳蕈

遣化何时取众香，法筵斋钵久凄凉。寒蔬病甲谁能采，落叶空畦半已荒。老楮忽生黄耳蕈，故人兼致白芽姜。萧然放箸东南去，又入春山笋蕨乡。亦老杜篇法。结有远神。

贺　铸

字方回，卫州人。长七尺，面铁色，眉目耸拔。喜谈当世事，可否不少假借，人以为近侠。博学强记，工语言，深婉丽密，如次组绣。尤长于度曲，掇拾人所弃遗，少加檃括，皆为新奇。是时江淮间有米芾以魁岸奇谲知名，二人每相遇，瞋目抵掌，论辩锋起，终日不能屈，谈者传为口实。元祐中，换通直郎，通判泗州，又倅太平州。竟以尚气使酒，不得美官，悒悒不得志。食祠禄，退居吴下，稍务引远世故，亦无复轩轾如平日。家藏书万馀卷，手自校雠。所为词章，往往传播人口。尝自言知章之后，且推本其初，出王子庆忌，以庆为姓，居越之湖泽所谓镜湖者，本庆湖也。避汉安帝父清河王讳，改为贺氏，庆湖亦转为镜。故铸自号庆湖遗老。有《庆湖遗老集》。

海陵西楼寓目

天涯尊酒与谁开，风外徂春挽不回。次句不妥。扫地可怜花更落，卷帘无奈燕还来。王孙莫顾漳滨卧，渔父何知楚客才。强策驽筋怀故国，浮云千里思悠哉。结句凑，"驽筋"与"怀"字不贯。

乌江东乡往还马上作

悠悠东去欲何之，草草西还可是归。残日两竿荒戍远，青山满眼故园非。江田经雨菰蒋熟，石路无风蟏蟷飞。六句景人未写到。回羡耕夫闲胜我，早收鸡犬闭柴扉。

江上有怀李易初

何处经行特惘然，津头曾送木兰船。桃花春水生前夜，杨柳秋风忆故年。驿路尺书疑断绝，官仓斗米愧留连。飘飘复作江湖计，从此长安是日边。

怀寄寇元弼

君投笔库可知非，我饱官粮又愿违。旧国秋高鸿雁过，长淮水落白鱼肥。西风吹梦端相觅，南物留人也念归。何日芦轩下双榻，满持尊酒洗尘机。此诗气格，略似东坡。

黄庭坚

　　字鲁直，分宁人。游灊皖山谷寺石牛洞，乐其胜，自号山谷老人。天下因称山谷，以配东坡。过涪，又号涪翁。第进士，历知太和。哲宗召为校书郎、《神宗实录》检讨官、起居舍人，除秘书丞、国史编修官。绍圣间，出知宣、鄂。章、蔡论《实录》多诬，责问，条对不屈，贬涪州别驾，安置黔州。即日上道，投床大鼾，人以是贤之。徽宗起监鄂州税，历知舒州。丐郡，得太平州，旋罢。尝忤赵挺之，及相，嗾除名，编管宜州。卒，年六十一。宋初诗承唐馀，至苏、梅、欧阳变以大雅，然各极其天才笔力，非必锻炼勤苦而成也。庭坚出而会萃百家句律之长，究极历代体制之变，自成一家，虽只字半句不轻出，为宋诗家宗祖，江西诗派皆师承之。史称自黔州以后，句法尤高，实天下之奇作，自宋兴以来一人而已，非规模唐调者所能梦见也。惟本领为禅学，不免苏门习气，是用为病耳。有《山谷诗集》。

和高仲本喜相见

山谷学杜之一体，锻炼刻苦，别成一家，遂开西江宗派。然其诗脱去蹊径，为时世妆者，多不喜之。东坡所谓"如蝤蛑、江瑶柱，格韵绝高，不可多食"，此公论也。

雨昏南浦曾相对，雪满荆州喜再逢。有子才如不羁马，知君心似后凋松。闲寻书册应多味，老傍人门似更慵。何日晴轩观笔砚，一尊相属要从容。

寄黄幾复

我居北海君南海，寄雁传书谢不能。桃李春风一杯酒，江湖夜雨十年灯。持家但有四立壁，治病不蕲三折肱。想得读书头已白，隔溪猿哭瘴溪藤。

汴岸置酒赠黄十七

百丈暮卷篙人休，侵星争前犹几舟。黄流不解浣明月，碧树为我生凉秋。三四中有禅悟。诗吟吾党夜来句，酒买田翁社后篘。谁倚柂楼吹玉笛，斗杓寒挂屋山头。

新喻道中寄元明

中年畏病不举酒，孤负东来数百觞。唤客煎茶山店远，

495

看人秧稻午风凉。另是一种景色。但知家里俱无恙，不用书来细作行。五六西江体之不佳者。一百八盘携手上，至今犹梦绕羊肠。

讲武台南有感

月明犹在搭衣竿，晓蹋台南路屈盘。驺子雨中先马去，村童烟外倚墙看。鸦啼宰木秋风急，鹭立渔船野水乾。花似去年堪折赠，插花人去泪阑干。写野寂之景，语语生僻。

戏咏江南土风

十月江南未得霜，高林残水下寒塘。"高林""残水"不贯。饭香猎户分熊白，酒熟渔家擘蟹黄。工丽乃尔。山谷诗实清而腴，后人徒得其粗疏、失其雅炼，西江派遂堕入恶道。橘摘金苞随驿使，禾春玉粒送官仓。蹋歌夜结田神社，游女多随陌上郎。

题落星寺

落星开士深结屋，龙阁老翁来赋诗。小雨藏山客坐久，长江接天帆到迟。拗体老健，不减少陵。宴寝清香与世隔，画图妙绝无人知。蜂房各自开户牖，处处煮茶藤一枝。末句凑。

次韵裴仲谋同年

交盖春风汝水边，客床相对卧僧毡。舞阳去叶才百里，贱子与公俱少年。白发齐生如有种，五句拙。青山好去坐无钱。烟沙篁竹江南岸，输与鸬鹚取次眠。

次韵胡彦明同年羁旅京师寄李子飞三章　录一首

看除日月坐中铨，首句欠清爽。一岁应无官九迁。葱韭盈盘市门食，诗书满枕客床毡。留连节物孤朋酒，恼乱邻翁谒子钱。谁料丹徒布衣侣，困穷且忍试新年。

游北沙亭观江涨

沙岸人家报急流，官船解缆正夷犹。震雷将雨度绝壑，远水粘天吞钓舟。"粘"字、"吞"字，状出奇景，此公独造。甚欲去挥白羽箑，可堪更着紫茸裘。平生得意无人会，浩荡春锄且自由。

夏日梦伯兄寄江南

故园相见略雍容，睡起南窗日射红。诗酒一年谈笑隔，江山千里梦魂通。河天月晕鱼分子，槲叶风高鹿养茸。双出双入，此为辘轳格。几度白沙青影里，审听嘶马自揩筇。

◎ 案：辘轳格，一种律诗用韵的方法。律诗中第二、第四句如果用甲韵，则第六、第八两句须用与甲韵相通的乙韵。此诗"红""通"用一东韵，"茸""筇"用二冬韵。因其用韵双出双入，此起彼落，有似辘轳，故称为"辘轳格"。

雪中连日行役戏书简同僚

简书催出似驱鸡，闻道饥寒满屋啼。炙背宵眠榾柮火，嚼冰晨饭萨波蘸。风如利剑穿狐腋，雪似流沙饮马蹄。官小责轻聊自慰，犹胜擐甲去征西。

客自潭府来称明因寺僧作静照堂求予作

客从潭府渡河梁，籍甚传夸静照堂。正苦穷年对尘土，坐令合眼梦湖湘。市门晓日鱼虾白，邻舍秋风橘柚黄。去马来舟争岁月，老僧原不下胡床。清转如话，弥觉老苍，真得老杜三昧。

寄舒申之户曹

吉州司户官虽小，曾屈诗人杜审言。今日宣城读书客，还趋手板傍辕门。律法又变。江山依旧岁时改，桃李欲开烟雨昏。公退但呼红袖饮，剩传歌曲教新翻。

元明题哥罗驿竹枝词

尺五攀天天惨颜，盐烟溪瘴锁诸蛮。平生梦亦未尝处，闻有鸦飞不到山。风黑马蹉驴瘦岭，日黄人度鬼门关。黔南去此无多远，想在夕阳猿啸间。

奕棋一首呈任公渐

偶无公事客休时，席上谈兵角两棋。心似蛛丝游碧落，身如蜩甲化枯枝。湘东一目诚甘死，天下中分尚可持。三四自佳，五六太拙。谁谓吾徒犹爱日，参横月落不曾知。

秦　观

字少游，一字太虚，扬州高邮人。豪隽慷慨，溢于文词。举进士不中，盛气好奇，读兵家书。见苏轼于徐，为《黄楼赋》，轼以为有屈、宋才。介其诗于王安石，亦谓清新如鲍、谢。轼勉以应举为亲养，始登第筮仕。元祐初，轼以贤良方正荐于朝，除秘书正字，兼国史院编修官。绍圣初，坐党籍，出判杭州。以增损《实录》，贬监处州酒税。使者承风旨，伺过失，无所得，则以谒告写佛书为罪，削秩，编管横州，徙雷州。徽宗放还，至藤州，出游华光亭，为客道梦中长短句，索水饮，笑视水而卒。
有《淮海集》。

次韵子瞻赠金山宝觉大师

云峰一变隔炎凉，犹喜重来饭积香。宿鸟水干迎晓闹，
乱帆天际受风忙。秀炼。青鞋蹑雨寻幽径，朱火笼纱语上方。
珍重故人敦妙契，自怜身世两微茫。

春日寓直有怀参寥

觚棱金爵自岧峣，藏室春深更寂寥。扪虱幽花欹露叶，
岸巾高柳转风条。巉峭之句，颇近半山。文书几上须髯变，鞍马
尘中岁月销。何日一筇江海上，与君徐步看生潮。

俞紫芝

字秀老，扬州人。少有高行，不娶，得浮屠心法，所至
翛然，而工于作诗。王荆公居钟山，秀老数相往来，尤爱重之。
卒于元祐初，惜时无发明之者。

旅中喻怀

清老有高行，得浮屠氏心法，翛然尘外。此诗次联极为荆公所赏。

白浪红尘二十春，就中奔走费光阴。有时俗事不称意，无数好山都上心。一面琴为方外友，几篇诗当橐中金。会须将尔同归去，家在碧溪烟树深。

水村闲望

画桡两两枕汀沙，隔岸烟芜一望赊。翡翠闲居眠藕叶，鹭鸶别业在芦花。溪云淡淡迷渔屋，野莳翩翩露酒家。可惜一绷真水墨，无人写得寄京华。

陈师道

字履常，一字无己，号后山，彭城人。年十六，谒曾南丰，大器之，遂受业焉。元丰初，曾典史事，以白衣荐为属。寻以忧去，不果。章惇冀其来见，将特荐之，卒不一往。苏东坡与侍从列荐为教授。未几，除太学博士。后以苏氏私党，罢移颍州，又换彭泽，以母忧不仕者四年。元符间，除秘书省正字。侍南郊，寒甚，因其妻于僚婿借副裘，盖熙丰党也，

501

竟不衣，病寒，卒。初学于曾，后见黄鲁直诗，格律一变。鲁直谓其读书如禹之治水，知天下之脉络，有开有塞，至于九川涤源、四海会同者。作文知古人关键，其诗深得老杜之法，今之诗人，不能当也。有《后山集》。

九日寄秦觏

后山亦西江之祖，其诗学杜之一体，闭门觅句，用功最深。元遗山所谓无补费精神者也。

疾风回雨水明霞，沙步丛祠欲暮鸦。九日清樽欺白发，十年为客负黄花。登高望远心如在，向老逢辰意有加。淮海少年天下士，可能无地落乌纱。五六无意支吾，句尤拙滞，结意亦欠醒。

次韵李节推九日登南山

平林广野骑台荒，山寺鸣钟报夕阳。人事自生今日意，寒花只作去年香。三四本郑谷"自缘今日人心别，未必秋香一夜衰"之句，然出句殊不了了。巾欹更觉霜侵鬓，语妙何妨石作肠。"石作肠"不妥。落木无边江不尽，此身此日更须忙。末句鄙俚，亦不连上。

502

寄晁无斁

稍听春鸟语丁宁，又见官池出断冰。雪后蹋青谁与共，花间着语我犹能。笑谈莫倦寻常听，山院终同一再登。今日已知他日恨，抢榆况得及飞腾。起句有风味，中两联全无意，只是口头禅翻来覆去，结句尤含糊费解，只此便是西江不济处。

早起

邻鸡接响作三鸣，残点连声杀五更。寒气挟霜侵败絮，宾鸿将子度微明。有家无食唯高枕，百巧千穷只短檠。翰墨日疏身日远，世间安得尚虚名。后山入手最老健有格，后半便意尽支吾。盖学杜不得其变化，徒以空衍为清折，乃其所以为西江也。

春怀示邻里

断墙着雨蜗成字，老屋无僧燕作家。剩欲出门追笑语，却嫌归鬓着尘沙。风翻蛛网开三面，雷动蜂窠趁两衙。屡失南邻春事约，只今容有未开花。此首无衍句，然两联写景，"蜗""燕""蛛""蜂"又相犯，知其前四句意已尽，后半另起为一绝句耳。

送欧阳叔弼知蔡州

颍阴为别悔匆匆，十载相望信不通。晚遇圣朝收放逸，旋遭官禁限西东。又为太守专淮右，剩喜郎君类若翁。梅柳作新诗兴动，可令千里不同风。此首曲折似杜，然头绪欠清爽，"又为"二字接得平实，杜殊不然。末句支吾，亦不醒。

立春

马蹄残雪未成尘，梅子梢头已着春。巧胜向人真奈老，衰颜从俗不宜新。高门肯送青丝菜，下里谁思白发人。共学少年天下士，独能濡湿辙中鳞。结句调与《九日》诗同，而殊不佳，总是支吾伎俩。

城南

白下官杨小弄黄，骑台南路绿无央。含红破白连连好，度水吹香故故长。蹲滑踿青穿马耳，转危缘险出羊肠。孰知南杜风流在，预怯排门有断章。起有韵致，然"小弄""无央"俱作意，欠妥。三四红白香不知何属，"连连好""故故长"尤劣。结句亦难解。

和南丰先生西游之作

孤云秀壁共崔嵬，倚壁看云足懒回。"足懒回"欠妥。睡眼剩缘寒绿洗，醉头强为好峰抬。山僧煮茗留宽坐，寺板题名卜再来。有愧野人能自在，尘樊束缚久低徊。末句支吾可厌。

简李伯益

虀盐度岁每无馀，垂橐东归口未糊。贫里交游新断绝，老来光景半消除。"除"字出韵。时情视我门前雀，人好看君屋上乌。尚喜敝庐连蒋径，愿求佳句递髯奴。

韩　驹

字子苍，蜀仙井监人。尝在许下从苏辙学，称其诗似储光羲，遂名于时。政和以献颂，补假将仕郎。召试，赐进士，除秘书正字。寻坐苏氏党，谪知分宁。召为著作郎，奏旧祠祭乐章，辞多牴牾，因更撰定五十馀章。迁中书舍人，兼修国史，权直学士院。复坐乡党曲学，提举江州太平观，卒于抚州。诗有磨淬剪截之功，不吝改窜，有寄人数年，复追取更定一二字者。故其集不多，而密栗以幽，意味老淡，直欲别作一家。紫微引之入江西派，驹不乐也。有《陵阳集》。

和李上舍冬日书事

北风吹日昼多阴，日暮拥阶黄叶深。"黄叶"句盛为当时推赏，亦不可解。倦鹊绕枝翻冻影，飞鸿摩月堕孤音。推愁不去如相觅，与老无期稍见侵。五六拙极，更无意思，西江派之最可憎者。顾籍微官少年事，病来那复一分心。结句尤不成语。

夜泊宁陵

汴水日驰三百里，扁舟东下便开帆。旦辞杞国风微北，夜泊宁陵月政南。风北月南，太做作，亦非佳句。老树挟霜鸣窣窣，寒花垂露落毵毵。五六却苍秀，"挟霜"二字袭后山。茫然不悟身何处，水色天光共蔚蓝。

即席送吕居仁

一樽相属两华颠，落日临分更泫然。蹀躞鸣珂君得路，伶俜散策我归田。近闻南国生涯尽，厌见西江杀气缠。欲买扁舟吴越去，看山看水乐馀年。的是老格，却近东坡。

晁补之

字无咎，巨野人。元祐初，应进士举，试开封府及礼部别试，皆第一。除秘书省正字，迁校书郎。以秘阁校理通判扬州，寻召还，为著作郎。坐党籍徙，放还后葺归来园，自号归来子，又称济北诗人。大观末，起知泗州。有《鸡肋集》。

鱼沟怀家

生涯身事任东西，药笥书囊偶自赍。柳嫩桑柔鸦欲乳，雪消冰动麦初齐。秀润。沙头晚日樯竿直，淮上春风雁鹜低。归去未应芳物老，桃花如锦遍松溪。

张　耒

字文潜，淮阴人。第进士。历官起居舍人，以直龙图阁知润州。坐党籍谪官，晚监南岳庙，主管崇福宫。建炎初，赠集英殿修撰。有《宛丘集》。尝从苏轼游，与黄庭坚、秦观、晁补之称苏门四学士。

将至寿州初见淮山

文潜诗学香山，藻饰可观，兼饶韵致。

浩荡平波欲接天，天光波色远相连。风鸣雨桨初离浦，岸转青山忽对船。泽国秋高添气象，人家南去好风烟。步兵何必江东走，自有鲈鱼不直钱。

夏日杂兴

墙下溪流清且长，夹溪乔木雨苍苍。袅风翠果擎枝重，照水圆荷舞叶凉。蜗壳已枯黏粉壁，燕泥时落污书床。刻划细润，不脱晚唐。南山野客闲相过，赠我能携药满筐。

泊舟候水

一水悠悠断复连，卸帆终日小滩前。青旗招饮篙工醉，五两歆风贾客眠。与唐人"贾客昼眠""舟人夜语"之句，各入画景。树色远分芳草路，鸟行斜断夕阳天。渔舟惯伴危樯宿，馈我霜鳞不用钱。

◎案：卢纶《晚次鄂州》："贾客昼眠知浪静，舟人夜语觉潮生。"

将至海州明山有作

望望孤城沧海边，好云深处是人烟。鸟飞山静晴秋日，水阔人闲熟稻天。写景尚不落纤。旗影远摇沽酒市，棹歌归去隔村船。功名富贵非吾事，誓剧明山数亩田。

屋东

苍鸠呼雨屋东啼，麦穗初长燕子飞。竹里人家鸡犬静，水边官舍吏民稀。句法全学王右丞"禁里疏钟""省中啼鸟"一联，而意味甚薄，不逮前人，乏风骨也。溪声夜涨寒通枕，山色朝晴翠染衣。赖有西邻好诗句，赓酬终日自忘饥。

◎案：王维《酬郭给事》："禁里疏钟官舍晚，省中啼鸟吏人稀。"

和即事

溪如圆堑木如城，鱼鸟从游信此情。啅雀蹑枝飞尚袅，仰荷承雨侧还倾。弹琴废久重寻谱，种药多求旋记名。五六亦皮陆派。干世久判无妙策，七句"判"字欠贴。直应归学老农耕。

和周廉彦

天光不动晚云垂，芳草初长衬马蹄。新月已生飞鸟外，

509

落霞更在夕阳西。花开有客时携酒，门冷无车出畏泥。修禊洛滨期一醉，天津春浪绿浮堤。句格清拔，然晚云新月，落霞夕阳，未免复沓。宛丘诗多以词胜，往往入许丁卯一派也。

题淮阴孙簿壁

荒凉官舍对淮流，樽酒相逢为少留。夹道老椿鸦哺子，隔墙芳草牧呼牛。野景入画。渡头人散前村市，天际帆来何处舟。自古诗人最多感，新篇应解写骚愁。

三乡怀古

清洛东流去不还，汉唐遗事有无间。庙荒古木连空谷，宫废春芜入乱山。不失唐人句格。南陌絮飞人寂寂，空城花落鸟关关。登临几度游人老，又对东风鬓欲班。

登海州城楼

城外沧溟日夜流，城南山直对城楼。溪田雨足禾先熟，海树风高叶易秋。深稳，耐人寻味。疏傅里闾询故老，秦皇车甲想东游。客心不待伤千里，槛外风烟尽是愁。

唐 庚

字子西，眉州丹棱人。年十四能诗文，赋《明妃曲》《题醉仙崖》诸作，老师匠手皆畏之。中绍圣进士，为州县官。至大观始入为博士，张商英荐其才，除提举京畿常平。商英罢相，庚坐贬，安置惠州。会赦，复官承议郎，提举上清太平宫。归蜀，道病卒，年五十一。自南迁海表，诗格益进，曲尽南州景物，略无憔悴悲酸之态。有《眉山集》。

春日郊外

子西轩爽精悍，于西江外自拔一军。

城中未省有春光，城外榆槐已半黄。山好更宜馀积雪，水生看欲到垂杨。莺边日暖如人语，草际风来作药香。疑此江头有佳句，为君寻取却茫茫。

收家书

西州消息到南州，骨肉无他岁有秋。骥子解吟青玉案，木兰堪战黑山头。即时旅思春冰拆，昨夜灯花黍穗抽。从此归田应坐享，故山已为理莞裘。

北风累日不止寒甚寄郑潮阳

山前腊雪想纷纷，风到南讹尽处村。瓮面不容存酒子，床头几欲爨桐孙。园林呼舞知衰怯，窗户奔驰觉眩昏。咫尺潮阳五裤国，可能分我一襦温？

夜闻蜑户叩船作长江礑欣然乐之殊觉有启予之兴因念涪上所作招渔父词非是更作此诗反之示舍弟端孺

当年无奈气狂何，醉檄涪翁弃短蓑。晚落炎州磨岁月，欲从诸蜑丐烟波。与君共作长江礑，况我能为南海歌。身世即今良可见，不应老子尚婆娑。一气劲折，豪情逸兴，得之东坡。

谢　逸

字无逸，临川人。布衣而名重缙绅，于书无所不读，于文无所不能，有韵之言，尤超轶绝尘。秉性峻洁，生平不喜对书生，山巅水湄，多从衲子游。朱世英守抚日，以德行荐于朝，意不欲行，不得已诣之，信宿而返。无逸负出世之才，年未五十，一命不沾而殒。有《溪堂》《竹友》二集。

寄隐士

先生骨相不封侯，卜居但得林塘幽。家藏玉唾几千卷，手校韦编三十秋。相知四海孰青眼，高卧一庵今白头。拗体，得杜之骨。襄阳耆旧节独苦，只有庞公不入州。

苏　过

字叔党，轼之第三子。当时号为小坡。初监太原府税，次知颍昌府郾城县，皆坐党人子弟去官。终于通判中山府。留家颍昌，经营湖阴水竹数亩，名曰小斜川，自号斜川居士，有《斜川集》。

送昙秀诗

三年避地少经过，十日论诗喜琢磨。自欲灰心老南岳，犹能茧足慰东坡。来时野寺无鱼鼓，去后闲门有雀罗。从此期师真似月，断云时复挂星河。瘦劲而极工整，东坡所云"此篇殆咄咄逼老人者"。

七律指南乙编卷三 宋一百三十首

曾 幾

　　字吉甫，河南人。幼有识度，入太学有声。以兄弼恤恩授将仕郎。试吏部优等，赐上舍出身，擢国子正，历校书郎。久之，为应天少尹，历江西提刑。除广西转运副使，徙京南路，请闲得崇道观。复为广西运判，固辞，侨居上饶。桧死，起为浙西提刑，知台州。贺允中荐，召对，以疾辞。除直秘阁，归故治。未几，复召对。授秘书少监。承平时已为馆职，去三十八年而复至，须鬓皓白，衣冠伟然。每会同舍，多谈前辈言行、台阁典章，荐绅推重焉。孝宗受禅，将召，屡请老，乃迁通奉大夫。致仕，卒，年八十二。谥文清。有《茶山集》。

自七月二十五日大雨三日秋苗以苏喜雨有作

一夕骄阳转作霖，梦回凉冷润衣襟。"衣襟"应作"衣衾"，方与"梦回"贯。不愁屋漏床床湿，且喜溪流岸岸深。千里稻花应秀色，五更桐叶最知音。"最知音"太作意，反拙。无田似我犹欣舞，何况田家望岁心。

◎案：梦回，梦醒，披襟出居室，雨水润衣襟也。若作"衾"，犹在室内，何以润衣衾？

雪后梅花盛开折置灯下

满城桃李望东君，"望东君"欠妥。破腊江梅未上春。窗几数枝逾静好，园林一雪倍清新。已无妙语形容汝，不用幽香触拨人。迨此暇时常举酒，明朝风雨恐伤神。昵昵儿女语，却无甚意趣。

雪作

卧闻霰集却无声，起看阶前又不能。一夜纸窗明似月，多年布被冷如冰。履穿过我柴门客，笠重归来竹院僧。三白自佳情亦好，诸山粉黛见层层。次句鄙拙之极。五六非卧时情景。结句是雪后，非雪作，此诗应是续凑而成。"情"字疑"晴"字之讹。

◎案："情"，双关语。

八月十五夜月

云日晶荧固自佳，幽人有待至昏鸦。远分岩际松枫树，复乱洲前芦荻花。曳屦商声怜此老，倚楼长笛问谁家。霜螯玉柱姚江上，作意三年醉月华。从待月起太迂拙，不点出"月"字，三四便是谜语。"曳屦""商声"不连属，"谁家""长笛"加一"问"字，呆相。末句亦太做作。

癸未八月十四日至十六夜月色皆佳

年年岁岁望中秋，岁岁年年雾雨愁。凉月风光三夜好，老夫怀抱一生休。明时谅费银河洗，缺处应须玉斧修。京洛胡尘满人眼，不知能似浙江不？起调打油，三句"凉月""风光"不贯，五六亦拙，结句尚有杜意。

壬戌岁除作明朝六十岁矣

禅榻萧然丈室空，薰销火冷闭门中。光阴大似烛见跋，学问只如船逆风。一岁临分惊老大，五更相守笑儿童。三四用意自佳，五六尤有情致。休言四十明朝过，看取霜髯六十翁。

寒食自旬日间风雨不已

年光胡不少留连，熟食清明又眼前。敢望深官传蜡烛，可堪小市禁炊烟。满城风雨无杯酒，故国松楸欠纸钱。老病心情冷时节，只将书策替幽禅。"替幽禅"欠妥。

荔子

异方风物鬖成斑，荔子尝新得破颜。兰蕙香浮襟解后，雪冰肤在酒酣间。绝知高韵倾瑶柱，未觉丰肌病玉环。似是看来终不近，寄声龙目尽追攀。首句"风物""鬖斑"不贯，四句"在"字欠熨贴，五六工而雅矣，结又含糊不成语。大约茶山诗，系先有一联佳句在胸，而先后足成者。

食笋

花事阑珊竹事初，一番风味殿春蔬。龙蛇戢戢风雷后，虎豹斑斑雾雨馀。但使此君常有子，不忧每食叹无鱼。"忧""叹"字复。丁宁下番多留取，障日遮风却要渠。

张子公召饮灵感院

竹舆响肩舻哑呕，芙蕖城晓六月秋。次句不清爽。露华犹泫草光合，晨气欲动荷香浮。三四写晨景宛然。给孤独园赖君到，伊蒲塞供为我修。僧窗各自占山色，处处熏炉茶一瓯。结句刻摹山谷，调殊不佳。

517

吕本中

字居仁，寿州人，好问之子，公著之曾孙。幼敏悟，少长，从杨时、游酢、尹焞游。以公著遗表恩授承务郎，坐党事被黜。绍兴初召见，特赐进士，累官中书舍人，权直学士院。忤时相，罢，奉祠，卒，赐谥文清，学者称东莱先生。有《紫微集》。

西归舟中怀通泰诸君

一双一只路傍堠，乍有乍无天际星。乱叶入船侵破衲，疾风吹水拥枯萍。山林何谢难方驾，诗语曹刘可乞灵。酒碗茶瓯俱不厌，为公醉倒为公醒。前四句归舟，后四句怀人，篇法尚清。

雨后至城外

日日思归未就归，只今行露已沾衣。"雨""露"嫌杂出。江村过雨蓬麻乱，野水连天鹳鹤飞。尘务却嫌经意少，故人新更得书稀。鹿门纵隐犹多事，苦向人前说是非。结意无着。

柳州开元寺夏雨

风雨翛翛似晚秋，鸦归门掩伴僧幽。云深不见千岩秀，水涨初闻万壑流。钟唤梦回空怅望，人传书至竟沉浮。面如田字非吾相，莫羡班超封列侯。题只"夏雨"，结句虽写情亦太泛。

夜坐

所至留连不计程，两年坚卧厌南征。"坚卧"则竟不出矣，与上"留连"亦不甚贯。荒城日短溪山静，野寺人稀鹳雀鸣。药裹向人闲自好，"药裹向人"欠妥。文书到眼病犹明。较量定力差精进，夜夜蒲团坐五更。

孟明田舍

未嫌衰病出无驴，"衰病"与"出无驴"不贯。尚喜冬来食有鱼。往事高低半枕梦，三句凑。故人南北数行书。茅茨独倚风霜下，粳稻微收雁鹜馀。六句"微收"二字欠妥。欲识渊明只公是，七句拙，亦不贯下。尔来吾亦爱吾庐。

用寄璧上人韵寄范元实赵才仲及从叔知止

故人瓶锡各西东，吾道从来冀北空。次句不成语。病去渐于文字懒，南来犹觉岁时公。"岁时公"不妥。江回夜雨千岩黑，霜着高林万叶红。政好还家君未肯，莫教惭愧北窗风。

张祎秀才乞诗

白莲庵中张居士，梦断世间风马牛。次句模糊。风尘表物自无意，三句亦不了了。神仙中人聊与游。澄江似趁北城晓，五句澄江趁晓，理未足。苦雨不放南山秋。六句佳。君当先行我继往，句吴东亭留小舟。

竹夫人

与君宿昔尚同床，起句恶俗。正坐西风一夜凉。便学短檠墙角弃，不如团扇箧中藏。次联雅音，然此种题本俗，大雅不为也。人情易变乃如此，世事多虞只自伤。却笑班姬与陈后，一生辛苦望专房。

黄公度

字师宪，闽之莆田人。绍兴八年进士第一。任签书平海军节度判官。代还，除秘书省正字。秦桧以公度与赵丞相鼎善，不悦。小人希桧意，论公度著私史以谤时政，罢归，主管台州崇道观。后通判肇庆府事，摄守南恩。桧死，召除尚书考功员外郎。无何，疾卒。有《知稼翁集》。

悲秋

万里西风入晚扉，高斋怅望独移时。迢迢别浦帆双去，漠漠平芜天四垂。雨意欲晴山鸟乐，寒声初到井梧知。六句自然入妙，观此益知茶山桐叶知音句之拙矣。丈夫感慨关人事，不学楚人儿女悲。结句粗率，"关人事"尤不成语。

◎案：曾幾《自七月二十五日大雨三日秋苗以苏喜雨有作》颈联："千里稻花应秀色，五更桐叶最知音。"

秋城晚望

断续悲笳起丽谯，冥冥晚色四山椒。隔江人散墟分米，十里津喧蜃趁潮。夕照含山心悄怆，西风动地鬓飘萧。低头自笑微官缚，东望沧溟归路遥。

西园招陈彦昭同饮

稻粱未饱且纷纷，鸿雁低徊鸡鹜群。万里归心闽峤月，十年旅梦瘴溪云。健格。邻谙好事频赊酒，家不全贫肯卖文。未用天涯叹离索，一尊满意说桑枌。

陈　造

字唐卿，淮之高邮人。自以无补于世，置江湖乃宜，又以物无用曰长物，言无当曰长语，故称江湖长翁。年二十五始学儒，四十三登乙未科，尉繁昌，改教授平江府。寻知定海县，授朝散郎，淮南路安抚司参议官。病卒。陆放翁序其集，谓"能居今笃古，卓然杰立于颓波之外"。其诗椎炼，不事浮响，故见许如此。有《江湖长翁集》。

寄陈居仁

尚记诛茅柳外堤，水光摇雾润窗扉。桑间曾是僧三宿，海上能忘鹤一归。野店樽罍醅脚酽，比邻鸡鹜稿头肥。解颜一醉平生事，更向行藏计是非。末句"更"字贯不去，当是"莫"字。

陆　游

字务观，越州山阴人。十二能诗文，荫补登仕郎。锁厅荐送第一，秦桧孙埙居次，桧不说。明年试礼部，复置游前列，桧显黜之，由是为所嫉。桧死，始赴宁德簿，以荐除敕令所删定官。孝宗初，迁枢密院编修，编类圣政所检讨官。召见，赐进士出身，寻免去。五为州别驾，西溯夔道。范成大帅蜀，为参议官，以文字交。不拘礼法，人讥其颓放，因自号放翁。后累迁，与祠，起知严州。再召见，同修三朝国史、《实录》，升宝章阁待制。致仕，封渭南伯。卒年八十五。诗稿最多，以居蜀久，不能忘，统署其稿曰《剑南》以见志。孝宗尝问周必大曰："今诗人亦有如唐李白者乎？"必大以游对，人因呼为小太白。刘后村谓："近岁诗人，杂博者堆队仗，空疏者窘材料，出奇者费搜索，缚律者少变化。惟放翁记问足以贯通，力量足以驱使，才思足以发越，气魄足以陵暴，南渡而下，故当为一大宗。"有《剑南集》。

自咏示客

放翁亦从香山入手，而取材于张王皮陆，故情景曲达，队仗精工。惜气格未遒，与少陵尚有一关之隔。

衰发萧萧老郡丞，洪州又看上元灯。羞将枉直分寻尺，宁走东西就斗升。吏进饱谙钳纸尾，客来苦劝摸床棱。归装渐理君知否，笑指庐山古涧藤。

上虞逆旅见旧题岁月感怀

舴艋为家东复西，今朝破晓下前溪。青山缺处日初上，孤店开时莺乱啼。倦枕不成千里梦，坏墙闲觅十年题。漆园傲吏犹非达，物我区区岂足齐。

山寺

篮舆送客过江村，小寺无人半掩门。古佛负墙尘漠漠，孤灯照殿雨昏昏。喜投禅榻聊寻梦，懒为啼猿更断魂。要识人间盛衰理，岸沙君看去年痕。

赴成都泛舟自三泉至益昌谋以明年下峡

诗酒清狂二十年，又摩病眼看西川。入手有气格。心如老骥常千里，身似春蚕已再眠。暮雪乌奴停醉帽，秋风白帝放归船。飘零自是关天命，错被人呼作地仙。结意不相呼应。

卜居

皮陆派。

历尽人间行路难，老来要觅数年闲。供家米少因添鹤，买宅钱多为见山。池面纹生风细细，花根土润雨斑斑。借春乞火依邻里，剩酿村醪约往还。

南定楼遇急雨

行遍梁州到益州，今年又作度泸游。江山重复争供眼，
风雨纵横乱入楼。自是高格。人语朱离逢峒獠，棹歌欸乃下吴舟。
天涯住稳归心懒，登览茫然却欲愁。

舟行蕲黄间雨霁得便风有感

天青云白十分晴，帆饱舟轻尽日行。江底鱼龙贪昼睡，
淮南草木借秋声。警健。好山缥缈何由住，华发萧条只自惊。
莫怪时人笑疏懒，宦情原不似诗情。

登赏心亭

蜀栈秦关岁月遒，今年乘兴却东游。全家稳下黄牛峡，
半醉来寻白鹭洲。黯黯江云瓜步雨，萧萧木叶石城秋。孤臣
老抱忧时意，欲请迁都涕已流。气机流动，声调慨慷，耿耿之怀，
不忘君国，此种诗于杜亦称具体。

将至京口

卧听金山古寺钟，三巴昨梦已成空。船头坎坎回帆鼓，
旗尾舒舒下水风。气格亦苍老。城角危楼晴霭碧，林间双塔夕
阳红。铜瓶愁汲中濡水，不见茶山九十翁。

临安春雨初霁

世味年来薄似纱，*起句趁韵*。谁令骑马客京华。小楼一夜听春雨，深巷明朝卖杏花。*时俗所称，非放翁佳境*。矮纸斜行闲作草，晴窗细乳戏分茶。素衣莫起风尘叹，犹及清明可到家。

送七兄赴扬州帅幕

初报边烽照石头，旋闻胡马集瓜州。诸公谁听刍荛策，吾辈空怀畎亩忧。急雪打窗心共碎，危楼望远涕俱流。岂知今日淮南路，乱絮飞花送客舟。*一气挥成，笔力豪健*。

村居初夏

天遣为农老故乡，山园三亩镜湖傍。嫩莎经雨如秧绿，小蝶穿花似茧黄。*细巧有致*。斗酒只鸡人笑乐，十风五雨岁丰穰。相逢但喜桑麻长，欲话穷通已两忘。

有怀梁益旧游

放翁怀旧诗颇雄健，老骥壮心，实有寄托也。

土堠累累只复双，悠然残梦对寒釭。乱山落日葭萌驿，古渡悲风桔柏江。虎印雪泥馀过迹，树经野火有空腔。四方行役男儿事，常笑韩公赋下泷。

526

冬晴闲步东村由故塘还舍作

红藤拄杖独相羊，路绕东村小岭旁。水落枯萍黏蟹椴，云开寒日上渔梁。洛阳二顷言良是，光范三书计本狂。历尽危机识天意，要令闲健反耕桑。

雪夜感旧

江月亭前桦烛香，龙门阁上驮声长。乱山古驿经三折，小市孤城宿两当。晚岁犹思事鞍马，当时那信老耕桑。绿沉金锁俱尘委，雪洒寒灯泪数行。*沉郁之作，后半尤见笔力。末句点"雪夜"。*

六日云重有雪意独酌

意曲而达，放翁擅场。

偏游薮泽一渔舠，尽历风霜只缊袍。天为念贫偏与健，人因见懒误称高。地连海潴涛声近，云冒山椒雪意豪。偶得名樽当痛饮，凉州那得直蒲萄。*前半泛写情，题于后三句始出，似觉平率。*

初寒

船尾寒风不满旗，江边丛祠常掩扉。行人畏虎少晨起，

527

舟子捕鱼多夜归。拗体雅整。茆叶翻翻带夜雨，苇花漠漠弄斜晖。伤心到处闻砧杵，九月今年未授衣。

冬夜不寐至四鼓起作此诗

秦吴万里车辙遍，重到故乡如隔生。岁晚酒边身老大，夜阑枕畔书纵横。残灯无焰穴鼠出，槁叶有声村犬行。八十将军能破虏，白头吾欲事功名。

故山

落涧泉奔舞玉虹，护丹松老卧苍龙。霜柑篱角寒初熟，野碓云边夜自舂。挈榼人沽村市酒，打包僧趁寺楼钟。画意。幽寻自是年来懒，枉道山灵不见容。

西村

村景宛然。

乱山深处小桃源，往岁求浆忆叩门。高柳簇桥初转马，数家临水自成村。茂林风送幽禽语，坏壁苔侵醉墨痕。一首新诗记今夕，细云新月耿黄昏。

尤 袤

字延之，无锡人。少颖异，入太学，以词赋冠多士，寻冠南宫。绍兴十八年，登进士第。尝为泰兴令，修筑外城，不为金寇所陷，吏民为立生祠。荐召除将作监簿。除袤大宗正丞，复授秘书丞，历著作郎兼太子侍读。累迁枢密院正兼左谕德。高宗崩前一日，除太常少卿。孝宗内禅，权礼部侍郎。后罢官。光宗绍熙元年，起知婺州，改太平州，召除给事中。除礼部尚书。疾笃，乞致仕，不报，遂卒，年七十。赠金紫光禄大夫。有《遂初小稿》。

次韵德翁苦雨

十年江国水如淫，"水如淫"不成语。尤、杨、范、陆齐称，观其诗，不逮三家远矣。怕见三秋雨作霖。可念田家妨卒岁，须烦风伯荡层阴。禾头昨夜忧生耳，木德何时却守心。兀坐书窗诗作祟，七句不雅。寒虫鸣咽伴愁吟。

梅花

竹外篱边一树斜，可怜芳意自萌芽。"萌芽"不切"花"。也知春到先舒蕊，又被寒欺不放花。索笑几回惊岁晚，相思

529

一夜绕天涯。直须待得垂垂发，踽月相携过酒家。

落梅

清溪西畔小桥东，落月纷纷水映空。"月"字添出，与本句不贯。五夜客愁花片里，一年春事角声中。歌残玉树人何在，舞破山香曲未终。却忆孤山醉归路，马蹄香雪衬东风。衬"马蹄"则顺，衬"东风"便不妥。

萧德藻

字东夫，闽清人。所居屏山千岩竞秀，自号千岩老人。杨诚斋称云："近世诗人若范石湖之清新，尤梁溪之平淡，陆放翁之敷腴，萧千岩之工致，皆余所畏也。"有《千岩择槁》。

次韵傅维肖

杨诚斋亦以萧、尤、范、陆并论，然萧、尤俱不及范、陆。

竹根蟋蟀太多事，唤得秋来篱落间。又过暑天如许久，未偿诗债若为颜。肝肠与世苦相反，岩壑嗔人不早还。八月放船飞样去，"飞样"二字俚。芦花丛外数青山。

530

范成大

字致能，吴郡人也。绍兴擢进士第。授户曹，监和剂局，迁正字，累迁著作佐郎，除吏部郎官。奉祠，起知处州，入为礼部员外郎，兼崇政殿大学士。使金国归，除中书舍人，出知广西静江府，除敷文阁待制、四川制置使。召对，除权吏部尚书，拜参知政事。奉祠，起知明州，除端明殿学士。寻帅金陵，进资政殿学士，再领洞霄宫，加大学士，卒。所居石湖在太湖之滨，阜陵宸翰扁之，因以为号。其诗缛而不酿，缩而不窘，新清妩媚，奄有鲍谢；奔逸俊伟，穷追太白。当是时，石湖与杨诚斋、陆放翁、尤遂初皆南渡之大家。有《石湖集》。

暮春上塘道中

石湖小结裹多与放翁相类，而风格既卑，才力亦薄，豪壮之作远不逮也。

客舍无烟野水寒，竞船人散鼓阑珊。石门柳绿清明市，洞口桃红上巳山。飞絮著人春共老，片云将梦晚俱还。五六不甚醒。明朝遮入长安道，惭愧江湖钓手闲。

531

鄂州南楼

谁将玉笛弄中秋，黄鹤飞来识旧游。汉树有情横北渚，
蜀江无语抱南楼。气格尚壮伟。烛天灯火三更市，摇月旌旗万
里舟。却笑鲈乡垂钓手，武昌鱼好便淹留。

客中呈幼度

手板头衔意已慵，墨池书枕兴无穷。酿泥深巷五更雨，
吹酒小楼三面风。草色有无春最好，客心去住水长东。今朝
合有家书到，昨夜灯花缀玉虫。后半无甚意，"客心"句欠醒。

再游天平有怀旧事且得卓庵之处呈寿老

访旧光阴二十年，残僧相对两依然。木兰已老无花发，
石竹依前有麝眠。清老。万户直须龟手药，一夔何用买山钱。
从今半座须分我，共说昏昏一觉禅。

光福塘上

指点炊烟隔莽苍，午餐应可寄前庄。鸡声人语小家乐，
木叶草花深巷香。春去已空衣尚絮，"春去已空"欠妥。雨来何
晚稻初芒。只今农事村村急，第一先陂贮水塘。

发荆州

初上蓬笼竹笮船，入手有意致。始知身是剑南官。沙头沽酒市楼暖，径步买薪江墅寒。自古秦吴称绝国，于今归峡有名滩。千山万水垂垂老，只欠天西蜀道难。

判命坡

钻天岭上已飞魂，判命坡前更骇闻。侧足三分垂坏磴，举头一握到孤云。用成句裁对，甚称。微生敢列千金子，后福犹几万石君。早晚北窗寻噩梦，故应含笑老榆枌。

初归石湖

晓雾朝暾绀碧烘，横塘西岸越城东。行人半出稻花上，宿鹭孤明菱叶中。画景。信脚自能知旧路，惊心时复认邻翁。当时手种斜桥柳，无限鸣蜩翠扫空。

婆罗平

仙圣飞行此是家，路逢真境但惊呀。神农尝外尽灵药，天女散馀多异花。岚雨逼衣寒似铁，冰泉炊米硬于沙。峰头事事殊尘世，缺甓跳梁笑井蛙。

高淳道中

路入高淳麦更深，草泥沾润马骎骎。雨归陇首云凝黛，日漏山腰石渗金。四句佳景。老柳不春花自蔓，古祠无壁树空阴。一箪定属前村店，袅袅炊烟起竹林。

晚登木渎小楼

万象当楼黼绣张，栏干一士立苍茫。次句甚劣。云堆不动山深碧，星出无多月澹黄。宿鸟尽时犹数点，归鸿惊处更斜行。松陵政有鲈鱼上，安得长竿坐钓航。

早衰

早衰头脑已冬烘，信拙心情似苦空。僚旧姓名多健忘，家人长短总佯聋。一窗暖日棋声里，四壁寒灯药气中。晚景只消如此过，不堪拈出教儿童。善写老年情事，结句率。

亲戚小集

避湿违寒不出门，一冬未省正冠巾。月从雪后皆奇夜，天向梅边有别春。三四当时以为绝调，其实是常语。秉烛登临空话旧，拥炉情味莫怀新。六句不明晰。荣华势利输人惯，赢得尊前现在身。结亦粗。

闰月四日石湖众芳烂熳

北垞南冈总是家，儿童随逐任喧哗。开尝腊尾蒸来酒，点数春头接过花。尽把园林蒙锦绣，多添门户锁烟霞。杖藜想被东风笑，扶却衰翁管物华。从杖藜生情，有意趣。

阴寒终日兀坐

东风微解缀檐冰，仍喜朝来井水清。腊浅得春全未暖，雪悭和雨最难晴。小窗日煖犹棋局，穷巷更深尚屐声。莫把摧颓嫌暮景，且将闲散替劳生。

杨万里

字廷秀，吉州吉水人。中绍兴进士，为零陵丞。张浚勉以正心诚意之学，遂自名其室曰诚斋。历官国学、太常，知漳州、常州，提举广东常平茶盐，帝亲擢东宫侍读。以议配飨忤孝宗，出知筠州。光宗召为秘书监，寻出江东转运，总领淮西、江东。朝议行铁钱，万里不奉诏，改赣州，乞祠，自是不复出。韩侂胄筑南园，属为记，许以拔擢，曰："官可弃，记不可得。"侂胄权日盛，遂忧愤成疾，家人不敢进邸报。适族子自外至，言侂胄近状，万里恸哭，呼纸书曰："奸臣专权，谋危社稷，吾头颅如许，报国无路，惟有孤愤。"别妻子，笔落而逝，年八十三。谥文节。有《诚斋集》。

乙酉社日偶题

诚斋诗始学西江，既而解脱拘系，自成一家，时称新体。然算踽跛倚，嬉笑俳谐，边幅家摈之，唯恐不速矣。

愁边节里两相关，茶罢呼儿检历看。社日雨多晴较少，春风晚暖晓犹寒。也知散策郊行去，其奈缘溪路未乾。绿暗红明非我事，且寻野蕨作蔬盘。

和昌英叔久雨

积雨今晨也解休，殷勤日脚傍花流。半明衣桁收梅润，全为农家放麦秋。更着好风堕清句，不知何地顿闲愁。新晴佳处无人会，隔柳一声黄栗留。

明发青塘芦包

青塘无店亦无人，只有青蛙紫蚓声。芦荻叶深蒲叶浅，荔枝花暗楝花明。写僻寂景，意趣横生。船行两岸山都动，水入诸村海旋成。回望月台烟雨外，万峰尽处五羊城。

六月将晦夜出凝归门

暑里街头可久停，起句俚。今宵无月也宵征。一天星点明归路，十里荷香送出城。清景出以自然。山轿声声柔橹紧，葛衣眼眼野风清。五更月出还家下，"还家下"不妥。不早相期作伴行。

◎案："还家下"，一本作"还家了"。

春晴怀故园海棠

竹边台榭水边亭，不要人随只独行。乍暖柳条无气力，淡晴花影不分明。佳句。一番过雨来幽径，无数新禽有喜声。只欠翠纱红映肉，两年寒食负先生。

早炊董家店

长亭深处小亭奇，杂蒻粗蕤亦有姿。羊角豆缠松叶架，鸡冠花隔竹枪篱。不辞雨卧风餐里，可惜橙黄橘绿时。行到前头杨柳径，平分红白两莲池。

迓使客夜归

起视青天分外青，满天一点更无星。忽惊平地化成水，乃是月华光满庭。脱尽蹊径。笔下何知有前辈，醉来未肯赦空瓶。

儿曹夜诵何书册，也遣先生细细听。

题南雄驿外计堂

携家度岭夜乘槎，小泊凌江水北涯。二月山城无菜把，一年春事又杨花。举头海国星辰近，回顾梅山草树遮。客子相逢闻好语，看山只欠到南华。

樱桃

樱桃一雨半凋零，更与黄鹂翠羽争。入手趣甚。计会小风留紫脆，殷勤落日弄红明。摘来珠颗光如湿，走下金盘不待倾。天庙荐新旧分赐，儿童犹解忆寅清。

发赵屯得风宿杨林池是日行二百里

动地风来觉地浮，拍天浪起带天流。舞翻柳树知何喜，拜杀芦花未肯休。两岸万山如走马，一帆千里送归舟。出笼病鹤孤飞后，回首金笼始欲愁。写江风声势俱出，不独句之奇诡也。

◎案："两岸"句，袭苏轼《江上看山》"船上看山如走马，倏忽过去数百群"也。

晨炊横塘桥酒家小窗

饥望炊烟眼欲穿，可人最是一青帘。双渠走水穿三店，独树歇流荫两檐。水村山店，景物宛然。窗扇透明仍挂上，炉香未烬又多添。山中只苦无良酝，嫌杀芳醪似蜜酣。

宿金陵镇栖隐寺望横山

再见横山滴眼新，山僧劝我脱官身。灯笼箫鼓村村社，酒盏莺花处处人。忽忆诸公牡丹会，转头五柞去年春。斜斜整整，旋转自如。野云墟月空荒寺，两袖寒风一帽尘。

明发周村湾

不住宽乡住瓮门，那知世上有乾坤。环将峻岭包深谷，围出馀天与别村。茅屋相挨无着处，花溪百折不教奔。江淮地迥寒无价，"寒无价"不妥。宣歙山寒更莫论。

过淮阴县题韩信庙

鸿沟只道万夫雄，云梦何消武士功。九死不分天下鼎，一生还负室前钟。古来犬毙愁无盖，此后禽空悔作弓。兵火荒馀非旧庙，三间破屋两株松。此首进退格。

明发南屏

新晴在在野花香，过雨迢迢沙路长。两度立朝今结局，一生行客老还乡。犹嫌数骑传书札，剩喜千山入肺肠。到得前头上船处，莫将白发照沧浪。

程　俱

字致道，衢之开化人。以外祖邓润甫恩补官，坐上书论绍述罢归。宣政间进颂，赐上舍出身，历官礼部郎。建炎，直秘阁，知秀州。南渡，航海趋行在。绍兴初，为秘书少监。时庶事草创，俱摭三馆旧闻，为书曰《麟台故事》，上之，擢中书舍人，兼侍讲。旋除徽猷阁待制。晚病风痹。秦桧荐领史事，不至。卒，年六十七。为文典雅闳奥，诗则取途韦柳，以窥陶谢，萧散古澹，有忘言自足之趣。有《北山小集》。

九日写怀

此诗自注系用高适《九日酬颜少府》诗中语也。自来选家，俱误作适诗，承讹踵谬，以南宋诗附入盛唐而不觉，尚断断于唐宋之辨，何哉？

节物惊心两鬓华，东篱空绕未开花。百年将半仕三已，五亩就荒天一涯。岂有白衣来剥啄，亦从乌帽自欹斜。真成独坐空搔首，门柳萧萧噪暮鸦。高适《九日》诗："纵使登高枉断肠，不如独坐空搔首。"

周　孚

字信道，自号蠹斋，济南人。天资颖悟，七岁通《春秋左氏传》。既长，于书无不窥，而尤邃于楚《骚》。乾道二年举进士。家素贫乏，又所值多寒，登第十年后，始为仪真郡学博。不数岁，卒于官。有《蠹斋铅刀集》。

送辛幼安

西风掠面不胜尘，老欲从君自濯薰。两意未成还忤俗，一饥相迫又离群。只今参佐须孙楚，何日公卿属范云。老格。节物关心那可别，断红疏绿正春分。

楼　钥

字大防，自号攻媿主人，鄞人。登第，历太府宗正寺丞，出知温州。光宗初，累擢中书舍人，迁给事中。进吏部尚书，以显谟阁学士奉外祠夺职。韩侂胄诛，复官，兼翰林侍讲。年过七十，精敏绝人。除端明殿大学士，位两府。五年，进资政殿大学士。卒，赠少师，谥宣献。有《攻媿集》。

顷游龙井得一联王伯齐同儿辈游因足成之

路入风篁上翠微，老龙蟠井四山围。水真绿净不可唾，鱼若空行无所依。二语不落边际，于"龙井"极切。胜处虽多终莫及，旧游谁在事皆非。只今鞄系何由到，徒羡联镳带月归。

华　岳

字子西，池州人。初为武学生。开禧元年，上书忤韩侂胄，系狱，侂胄伏诛放还。嘉定十年，擢廷试第一，授殿前司官属。郁不得志，谋去丞相史弥远。事觉，坐议大臣罪，竟以杖死。岳生平尚气侠，轻施与，善画工诗。有《翠微南征录》。

早春即事

杨柳丝丝弄淡黄，怯寒燕子未归梁。晓迷芳草骓髾湿，夜宿闲花蝶翅香。细腻风光，已开元人诗派。得句自惭非子美，赏音犹恐误中郎。愿言相约花前醉，莫放春容过海棠。

别馆即事

十年客里过春光，客里逢春分外狂。半堵碧云蜗路湿，一帘红雨燕泥香。衔山西日辞香阁，拍岸春风趁夜航。莫向钱塘苏小说，东吴新髻李红娘。

王十朋

字龟龄，乐清人。绍兴二十七年进士第一。孝宗朝，累迁起居舍人、侍御史，改吏部侍郎，历四郡守。以龙图阁学士致仕。卒，谥忠文。有《梅溪集》。

题湖边庄

十里青山荫碧湖，湖边风物画难如。次句弱。夕阳茅舍客沽酒，明月小桥人钓鱼。旧卜草庄临水竹，来寻野叟问耕锄。

他年待挂衣冠后，乘兴扁舟取次居。末句韵不稳。

周　弼

字伯弜，汉阳人，文璞子。自幼博闻强记，有俊声。嘉
定间登进士。尝令江夏，历官吴楚江汉间垂四十年，名誉腾著。
有《端平集》。

荻港

波眼泞泞浪复轻，"波""浪"字复。稍苏羁束过清明。倩
人觅路先寻酒，久客怀乡始见饧。松下紫芽肥野菜，竹间青
叶带山樱。自从一别齐安后，直到今朝始听莺。

中和节

时节匆忙过隙驹，可堪岑寂就船居。不禁衰病慵耽酒，
无益闲交懒报书。善写意中语。风暖暮田归海燕，雨酣春水上
潮鱼。客中自是光阴速，才见新正又月初。

钱端琮

淳安人。淳佑元年进士。

暮春

园林深处绿成堆，起太滞。更著松阴一径苔。烟欲过墙风约转，水将争港石冲回。极炼句眼。断雪收雨鸠呼妇，嫩麦盈堤雉应媒。独有残红春不管，等闲飞入酒卮来。

李彭老

字商隐，号篑房。淳祐中，沿江制置司属官。有《篑房集》。

元夕

斜阳尽处荡轻烟，辇路东风入管弦。五夜好春随步暖，一年明月打头圆。香尘掠粉翻罗带，蜜炬笼绡斗玉钿。五六秾腻不清。人影渐稀花露冷，蹋歌声彻晓云边。

方　岳

字巨山，自号秋崖，祁门人。绍定间乡荐，为别省第一，登徐元杰榜进士。累官至吏部侍郎，历知饶、抚、袁三州，加朝散大夫。有《秋崖先生小稿》。

感怀

巨山学西江，征事选词，工于点化，往往逸趣横流，然格调颓唐，未免率尔操觚之病。

三十年前气挂天，起句犷。老来身世竟茫然。穷愁正坐识丁字，生事不聊称子钱。得见古人千载上，已忘今我一沤边。刘伶坟上宁须酒，并与声名不用传。

次韵程料院

久矣寒窗羡曲肱，绝交书到短檠灯。向来问舍渔樵侣，肯作归堂粥饭僧。耕罢夕阳牛觳觫，睡残明月鹤鬅鬙。年来老懒略相似，见兔何能便放鹰。起结俱率易。

水月园送王侍郎

送别孤山步绕湖，阑干尽处倚菰蒲。翁之乐者山林也，客亦知夫水月乎？点化成句，趣甚。万事不如归自好，百年聊与醉为徒。藕花初退莼丝老，唤住罾船脍腹腴。

旅思

索米长安鬓易丝，向来书剑亦奚为。无诗传与鸡林去，有赋羞令狗监知。两戒山河饶虎落，五湖烟水欠鸥夷。喜无光范三书草，此段差强韩退之。

登瓜步山

系船孤屿重跻攀，衰草荒烟亦厚颜。丁日不为春燕许，卯年犹放佛狸还。诸贤所恃江千尺，此房奚为第一间。"第一间"不可解。欲访前朝无故老，浪痕自溅藓花斑。

次韵行甫小集平山

客愁聊以酒防闲，起句率易。非复春风桃李颜。北望未忘诸老在，中兴已是百年间。非无烟雨无奇语，自有乾坤有此山。盘硬而能妥贴。杨柳岂知兴废事，夕阳依旧舞腰蛮。"腰蛮"不妥。

简季桐庐

愧面何堪见客星，移舟且莫近前汀。鸥沙草长连江暗，蟹舍潮回带雨腥。归去尚馀初茧栗，以"茧栗"代牛，未妥。"初"字亦赘。生来能费几筹筹。诗肠一夜生芒角，试问故人双玉瓶。结句率易。

梦寻梅

野径深藏隐者家，岸沙分路带溪斜。马蹄残雪六七里，山觜有梅三四花。黄叶拥篱埋药草，青灯煨芋话桑麻。一生烟雨蓬茅底，不梦金貂侍玉华。结句关合"梦"字，而于"梅"字太远。

赵师秀

字紫芝，与徐照、徐玑、翁卷称永嘉四灵。四灵之中，唯师秀尝登科改官，然亦不显。四灵尤尚五言律体，紫芝之言曰："一篇幸止有四十字，更增一字，吾末如之何矣。"其精苦如此。有《天乐堂集》。

送臾上人抄化

四灵唱为复古之说，其所学不出仲初、武功一派，虽名清苦唐音，而气格卑弱，又出西江下矣。

冒寒独向何方去，为建灵山阁未能。诗卷带呈看疏客，药炉留借共房僧。夕阳岸上行枯叶，瀑布岩前听拆冰。事到有缘随处应，回来金碧入云层。

移居谢友人见过

赁得民居亦自清，病身于此寄飘零。笋从坏砌砖中出，山在邻家树上青。四句佳，馀皆卑格。有井极甘便试茗，无花可插任空瓶。巷南巷北相知少，感尔诗人远扣扃。

孤山寒食

二月芳菲在水边，旅人消困亦随缘。晴舒蝶翅初匀粉，雨压杨花未放绵。有句自题闲处壁，无钱难买贵时船。最怜隐者高眠地，日日春风是管弦。

润陂山上作

一山大半皆槠叶，绝顶闲寻得径微。无日谩劳携纸扇，有风犹怯去绵衣。起调平弱，三四亦意中语，而无笔力以达之，便是白话，奄奄欲尽矣。野花可爱移难活，啼鸟多情望即飞。惟与寺僧居渐熟，煮茶深院待人归。

秋夜偶书

此生谩与蠹鱼同，白发难收纸上功。辅嗣易行无汉学，玄晖诗变有唐风。夜长灯烬挑频落，秋老虫声听不穷。多少故人天禄贵，犹将寂寞叹扬雄。此首便有气格。

徐　玑

字文渊。从晋江迁永嘉。历官建安主簿，龙溪丞，武当、长泰令。嘉定七年，卒，年五十九。有《二薇亭集》。

壬戌二月

山城二月景如何，行处时时听踏歌。起句稚，次句引不起下联。淡色似黄杨叶小，浓香如蜜菜花多。四句佳。春容每到晴时改，天气偏从雨后和。好向溪头寻钓侣，小溪连夕涨清波。

题东山道院

古院嵚嶔石作层，绿苔芳草近郊坰。溪流偶到门前合，山色偏来竹里青。句格圆润。静与黄蜂通户牖，闲将白鸟共沙汀。道人亦有能琴者，一曲清徽最可听。

六月归途

星明残点数峰晴，夜静唯闻水有声。六月行人须早起，一天凉露湿衣轻。宦情每向途中薄，诗句多于马上成。五六真切。故里诸公应念我，稻花香里计归程。

登滕王阁

重重楼阁倚江干，岸草汀烟远近间。春水生时都是水，西山青外别无山。云归长若真人在，风过犹疑帝子还。自古舟船城下泊，几人来此望乡关。结句劣甚。

泊马公岭

维舟拂晓步平沙，晚泊云根第一家。新取菜蔬沾野露，旋编篱落带山花。门前相对青峰小，屋后流来白水斜。可爱山翁无一事，藤墙西畔看蜂衙。

刘克庄

字潜夫，莆阳人，后村其号。学于真西山。以荫入仕，除潮倅，迁建阳令，移仙都。以诗遭黜，闲废十载。后起至将作簿，兼参议。端平初，为玉牒所主簿，奉祠，起知袁州，累迁广东运判。又奉祠，起江东提刑。召对，以将作监直华文阁，赐同进士出身，专史事。寻入经筵，直纶省。无何，以留黄不奉诏，用秘阁修撰出为福建提刑。有《后村集》。

冶城

后村诗格平缓，其句法亦本张王姚合而时出入于西江。

断镞遗枪不可求，西风古意满原头。孙刘数子如春梦，王谢千年有旧游。高塔不知何代作，暮筇似说昔人愁。六句拙。神州只在阑干北，度度来时怕上楼。

新亭

此是晋人游集处，起平钝。当时风景与今同。不干铁锁楼船力，似是蒲葵麈柄功。几簇旌旗秋色里，百年陵阙泪痕中。兴亡毕竟缘何事，专罪清谈恐未公。借题寄慨时事。

题系年录

炎绍诸贤虑未精，起亦平。今追遗恨尚难平。区区王谢营南渡，草草江徐议北征。往日中丞甘结好，暮年都督始知兵。可怜白发宗留守，力请銮舆幸旧京。

华严知客寮

檐外苍榕六月秋，小年来此爱深幽。坏墙萤出如渔火，古壁蜂穿似射侯。四句新。涉世昏昏忘旧话，入山历历记前游。故人埋玉僧归塔，独听疏钟起暮愁。

自勉

海滨荒浅幼无师，前哲藩篱尚未窥。玄咏易流西晋学，苦吟不脱晚唐诗。以晚唐自居，正其不欺处，贤于严羽之高谈无实也。远僧庵就勤求记，亡友坟成累索碑。天若假予金石寿，所为讵肯止于斯？结腐。

为圃二首

屋边废地稍平治，装点风光要自怡。爱敬古梅如宿士，护持新笋似婴儿。花窠易买姑添价，亭子难营且筑基。老矣四科无入处，旋锄小圃学樊迟。

衰病归来占把茅，譬如僧葺退居寮。因存橘树斜通径，怕碍荷花小著桥。张、王句格。古有功名兴钓筑，今无物色到渔樵。可怜岁晚闲双手，种罢芜菁撷菊苗。

即事四首　录二首

买得荒郊五亩馀，旋营花木置琴书。柳能樊圃犹须种，兰纵当门亦不锄。无力改墙姑覆草，多方存井要浇蔬。意曲而句极圆。区区才志聊如此，谁谓先生广且疏。

待凿新池引一湾，更规高阜敞三间。缩墙恐犯邻家地，减树图看屋后山。身隐免贻千载笑，书成犹要十年闲。门前蓦有相寻者，但说翁今怕往还。结句粗率。

送叶士岩

曾约还辕访雀罗，"访雀罗"不妥。几回扫榻伫经过。待先生敬虽如此，与老人期奈何们。用成语有逸趣。走马看花消许急，杀鸡为黍误侬多。吴中故旧还相问，一臂偏枯两鬓旛。

◎案："访雀罗"，一本作"访爵罗"。

林景熙

字德阳，号霁山，温之平阳人。咸淳辛未太学释褐，授泉州教官，历礼部架阁，转从政郎。宋亡不仕，客于会稽王修竹英孙之家。会杨琏真伽发宋陵，英孙使客收其弃骨，景熙得高孝两函与唐珏所收者，葬于兰亭，树冬青以识。庚戌卒于家，年六十九。所居在白石巷。有《白石樵唱》，大概凄怆故旧之作，与谢翱相表里。

归白石故庐

霁山七律，雅炼有格。

四邻井灶出荒墟，独鹤归来认旧庐。一径苍苔供瘦策，半簪华发伴残书。斜阳巷陌语初燕，新水池塘生细鱼。小立春风怜寂寞，忽吹花片入襟裾。

和王德游夜感

小池荷净雨初晴，世念消磨未到僧。衣带长江空北固，舳舻旧月隔西兴。一春空负花前酒，独夜相知竹下灯。自笑老来甘鹢退，少年云路健追鹏。

酬合沙徐君寅

归鹤悠悠渡海迟，闲来野寺看僧棋。乡心荔子薰风国，客路槐花细雨时。天地一身愁自语，江湖诸老淡相知。乌丝醉后淋漓墨，片月涓涓照砚池。

新晴偶出

琴床茶鼎淡相依，偶为寻僧出竹扉。风动松枝山鹊语，雪消菜甲野虫飞。四句新。看花春入栃榔杖，听瀑寒生薜荔衣。古寺无人云漠漠，溪行唤得小船归。

真山民

《四库提要》云：山民，始末不可考。宋末窜迹隐沦，以所至好题咏，因传于世。或自呼山民，因以称之。或云李生乔尝叹其不愧乃祖文忠西山。考真德秀，号曰西山，谥曰文忠，以是疑其姓真。或云本名桂芳，括苍人，宋末尝登进士。要之亡国遗民，鸿冥物外，自成采薇之志，本不求见知于世，世亦无从而知之。姓名里籍，疑皆好事者以意为之，未必遂确。今从旧本，题曰《真山民集》，姑仍世之所称而已。

游凤栖寺

此宋之遗民也，隐身灭迹，名字不传。其诗之秀润清和，颇似林君复。

十载重游古凤栖，连官新绕绿杨堤。欲谈世事佛无语，不管客愁禽自啼。苔滑空廊妨散步，尘昏老壁失留题。僧家山地邻家种，菜甲春生绿满畦。

渔浦晚秋旅怀

西风吹梦越中游，剪剪轻寒入短裘。雁字不将乡信写，
蛩声空和旅吟愁。邮亭冷雨孤灯夜，渔市斜阳一笛秋。是处
山川即吾土，仲宣何用怯登楼？

三峰寺

寂寞烟林噪乱鸦，青鞋步入野僧家。云深不碍钟声出，
日转还移塔影斜。*四句未经人道。*廊下蜗粘沿砌藓，佛前蜂恋插
瓶花。竹床纸帐清如水，一枕松风听煮茶。

夜饮赵园次徐君实韵

银台绛蜡泪成堆，四面轩窗尽放开。花影忽生知月到，
竹梢微响觉风来。*于极闹中写出极静之景，想见高人胸次。*豪挥彩
笔诗千首，醉倚红妆酒百杯。游玩未阑归未得，高城漏箭几
相催。

宿南峰寺

禅房花木锁深幽，借与诗人信宿留。幡影分来半廊月，

磬声敲破一林秋。僧偏好事能青眼，佛本无心亦白头。试问青松峰外鹤，闲边曾见几人游？

春晓山行

风扫连阴作快晴，瘦筇伴我出山扃。"扃"字出韵。路从初日红边过，人在野花香里行。古木殊无趋世态，幽禽懒作弄春声。于写景中寓身分。棕鞋蹋遍山南北，只与白云相送迎。

僧惠洪

字觉范，江西新昌喻氏子。又曰姓彭氏，剃染之后，以冒故牒，责令还俗。用张商英奏，仍得为僧。又以郭天信之请，赐号宝觉圆明禅师。及张、郭得罪，惠洪亦坐交结，窜崖州。未几，赦还。建炎初示寂。有《石门文字禅》。

大风夕怀道夫敦素

觉范诗雄杰，无酸馅气，然常坐张郭决配，非安分僧也。蔡元度夫人见其诗，斥为浪子和尚，信哉。

病觉春寒花信重，起来散策夕阳中。方收一霎挂龙雨，忽起千岩撷鹞风。淮水粘天云作浪，吴山吞月镜缘空。二豪诗眼应惊醒，觅句遥知与我同。

送莹上人游衡岳

紫盖峰头楼阁生，“生”字不妥。朱灵洞口水云晴。盘空路作惊蛇去，落日人如冻蚁行。重郭老师今健否，藏年珍木但闻名。“重郭”“藏年”生造。定应自扫岩前石，时发披云啸月声。

题天王圆证大师房壁

闭户不妨依聚落，开轩随分有山林。残经半掩世情断，好鸟一声村意深。高逸。篱外霜筠森束玉，屋头露橘欲垂金。能营野饭羹红酱，渡水何时数访寻。

寄黄龙来道者

问讯黄龙来道者，住山况味定何如？齿牢未怯和沙饭，眼倦应嫌夹注书。杜荀鹤“诗老犹看夹注书”，较此意曲。但见衣胜寒薜荔，不妨心赛白芙蕖。都疑生近楂田市，时觉淮南语未除。

送海印蒐老住东林

湘容岳色中秋后，古寺闲房小寝馀。扫径帚粘新落叶，开窗风掩读残书。吹云又作他山去，种漆何时伴我居？洞上闲名犹在世，未应容易与人除。结句不妥。

送轸上人之匡山

何处高人云路迷，相逢忽荐目前机。偶逢菜叶随流水，用"菜叶"便新。知有茅茨在翠微。琐碎夜谈皆可听，烟霏秋岭欲同归。翛然又向诸方去，无数山供玉麈挥。

560

七律指南乙编卷四　元一百四十首

方　回

字万里，号虚谷，歙人。初为随州教授，上书数贾似道罪，有十可斩。入元，授建德路总管。有《桐江集》。

有感

虚谷自言"七言决不为许浑体，妄希黄、陈、老杜，力不逮，则退为白乐天、张文潜体"，此亦非欺人语也。

十年归把钓鱼竿，万变唯凭冷眼看。白发相寻点鬼簿，紫金焉得反魂丹。渐惊老旧遗民尽，欲问承平往事难。秋日未须畏残暑，浙江潮退即天寒。

次韵仇仁近至日

浪说春回地底阳，驼裘正怯北风凉。未来事甚云难测，已老身无日再长。"云""日"切冬至，关合甚巧。紫逻招魂千里雪，彤廷待漏五更霜。闲人幸脱拘挛外，客枕何庸早起忙。

长安

客从函谷过南州，脱胎山谷"客从潭府渡河梁"，是为偷势。略说长安旧日愁。仙隐有峰存紫阁，僧居无寺问红楼。兰亭古癖藏狐貉，椒壁遗基牧马牛。万古不随人事改，独馀清渭向东流。

题苦竹港寓壁

三十年前此路行，来车去马唱歌声。旗亭沽酒家家好，驿舍开花处处明。白羽宵驰四川道，青楼春接九江城。如今何事无人住，移向深山说避兵。笔老气清，字句修整，无权桠之习，盖学西江而能去所短者。

雪中忆昔

忆昔繁华侣俊游，宁知后死挂闲愁。无人复唱鱼儿曲，何处重寻燕子楼。张敞空思前汉尹，邵平谁识故秦侯。定应冥漠犹遗恨，蔗节瓜犀启夜丘。清丽，此即所云学张文潜体也。

闰二月十六日清明

日日楼头柳色浓，年年为客负春风。莺花时节兵还动，诗酒生涯老更穷。逆料未来犹有几，悬知所过即成空。故乡寒食浇松处，亦想儿曹念乃翁。亦近陈简斋。

次韵仇仁近有怀见寄

身历干戈百战尘，休官仍似布衣贫。每看事有难行处，未见心无不愧人。山谷句格。秋稔粥饘犹可继，夜凉灯火已堪亲。闭门读易吾谋决，莫用蓍龟问鬼神。

追用徐廉使参政子方申屠侍御致远张御史鹏飞元日倡酬韵

七十翁非浪走时，夜窗自恨赋归迟。睡稀枕上无春梦，吟苦楼前有月知。深婉。茅索愿追田畯喜，瓜薪遥念室人悲。却须天上纶言手，小为农氓缓茧丝。
△

春半久雨走笔二首

月馀不浴不梳头，垢服埃巾独倚楼。万古事销闲里醉，一年春向雨中休。天时才暖又还冷，人世少欢多是愁。治乱无穷如纠缠，华山高卧最为优。"最为优"三字稚。

万事心空口亦钳，如何感事气犹炎。落花满砚慵磨墨，乳燕归梁急卷帘。诗句妄希敲月贾，郡符深愧钓滩严。千愁万恨都消处，笑指邻楼一酒帘。

戴表元

字帅初，一字曾伯，庆元奉化州人。咸淳中登进士乙科，教授建宁府。后迁临安教授。大德八年，起信州教授，调婺州。晚年翰林集贤以修撰、博士二职论荐，而老疾不可起，年六十七卒。有《剡源集》。

金陵赠友

帅初句格清真，善写意中语，盖亦学香山而兼姚武功一派者。

虎变龙迁此一时，春风得似旧城池。宫闲军卖偷来果，寺废僧寻断去碑。水水鱼肥供白鲊，家家蚕熟衣红丝。太平尚属穷诗客，酒贱如泥醉不知。

己卯岁初葺剡居

休言声迹转沉沦，百折江湖乱后身。贫未卖书留教子，饥宁食粥省求人。坐来齿避樵苏长，往处踪迷木石邻。翻笑古来逃世者，标名先制隐衣巾。句可姬解，颇胜香山。

秋尽

秋尽空山无处寻，西风吹入鬓华深。十年世事同纨扇，一夜交情到楮衾。骨警如医知冷热，诗多当历记晴阴。意中语却刻炼。无聊最苦梧桐树，搅动江湖万里心。

游阳明一洞天呈王理得诸君

《全唐诗》以此为唐彦谦诗，味其意境，于帅初为近。

禹穴苍茫不可探，人传灵笈锁烟岚。初晴鹤点青边嶂，欲雨龙移黑处潭。北斗斋坛天寂寂，东风仙洞草毵毵。堪怜尹叟非关吏，犹向江南逐老聃。

同陈养晦兵后过邑

搜山马退馀春草，避世人归起夏蚕。破屋烟沙飞飒飒，遗民须鬓雪毵毵。青山几处杨梅坞，白酒谁家榉柳潭。休学丁仙反辽左，聊同庾老赋江南。

四明山中逢晴

一冈一涧一萦隈，新岁新晴始此回。"始此回"欠妥。莎坂南风寅蛤出，茅檐西日一禽来。人迷白路羊群石，水卷青天雪里雷。六句不醒。犹是深山有寒食，梨花无数绕岩开。

辛巳岁六月三日书事

急报传来又不真，门前翁稚笑声频。情怀经苦思平世，颜貌缘愁似老人。兵后尚多难料事，山中谁是自由身。处乱世情事真切。沙瓶酒酽鲑蔬有，领取灯花一树春。"一树春"不贴"灯花"。

舒子俊见过

来往通家不厌频，青山心性白云身。阴林石溜风传语，霜月溪梁水写真。三四清新，通体亦修洁。岁俭鱼鲑难猝致，天寒乌鸟自相亲。燎炉新暖糟床响，随分相留作好春。

兵后复还白岩山所舍作

脱命归来意恍然，馀生堪喜复堪怜。次句滑。财逢乱世真如土，人到穷途始信天。问讯比邻哺爨后，呻吟儿女夜灯前。明朝又作安西计，饭后谁家沁雪田。"爨后""饭后"复，末句亦欠醒。

林村寒食

出门杨柳碧依依，木笔花开客未归。市远无饧供熟食，村深有纻试生衣。寒沙犬逐游鞍吠，落日鸦衔祭肉飞。闻说旧时春赛罢，家家鼓笛醉成围。通体有情致。

黄　庚

字星甫，天台人。自称龆龀时习举子业，无暇为诗。自科目不行，始得脱屣场屋，放浪湖海，凡平生豪放之气，尽发而为诗。尝客山阴王修竹监簿家，与严陵胡天放、永嘉林霁山游越中诗社，试《枕易》题，推为第一。有《月屋漫稿》。

小酌

星甫修词饰句，亦出入于晚唐，而意致自清远。

小酌园林酒半醺，落红影里惜馀春。插花归去蜂随帽，傍柳行来莺避人。白发尚为千里客，黄金难铸百年身。何时归赋沧浪水，浣我征衣万斛尘。

月夜次修竹韵

徙倚吟阑傍野塘，古谯莲漏滴更长。月阶夜静蛩声切，竹院秋深鹤梦凉。坐挹水风侵袂冷，眠分花露满身香。浩歌欲遡明河去，醉唤天孙织锦裳。

题吴实斋北山别业

北山佳景胜南山，乘兴登临眼界宽。*次句稚。*樵斧伐云春谷暗，渔榔敲月夜溪寒。一区地占林泉胜，四面天开图画看。竹屋数间尘不到，主人日日凭阑干。

枕易　越中诗社试题

古鼎烟销倦点朱，翛然高卧夜寒初。四檐寂寂半床梦，两鬓萧萧一卷书。日月冥心知代谢，阴阳回首验盈虚。起来万象皆吾有，收拾乾坤在草庐。*原批：题莫难于《枕易》。此诗起句"倦"字，便含睡意。颔联曲尽枕易之妙。颈联"冥心""回首"四字，极其精到。结句如万马横奔，势不可遏、且有力量。*

书馆

池馆深深锁翠凉，课馀多暇日偏长。屋连湖水琴书润，窗近花阴笔砚香。吾道尚存贫亦乐，客身长健老何妨。十年心事闲搔首，厌听蝉声送夕阳。

江上客怀

镜里从渠白发添，吟边抵掌复掀髯。*次句犷。* 十年为客甘清苦，一枕忘情付黑甜。短褐怯风绵未絮，破窗漏月纸重粘。梅花应念人孤寂，寒夜吹香入竹帘。

和杜柳溪韵

白发垂垂一老夫，年来渐觉世情疏。石床梦冷和云卧，茅屋灯残共月居。*"居"字韵终不稳。* 客至何妨赊鲁酒，家贫不肯典唐书。羡君种柳清溪上，借我苔矶学钓鱼。

赠通玄观唐道士竹乡

通玄道士苦修行，坐见桑田几变更。云屋苔封烧药灶，风林花落煮茶铛。休粮剩有青松啖，却老应无白发生。月满竹乡骑鹤去，欲邀子晋学吹笙。

方夔

一名一夔,字时佐,淳安人。生于宋季,尝从何潜斋游,究心义理之学,攻举子业,不利于有司,亦无所系念于其间。迨其后,遂退隐富山之麓,扁其堂曰绿猗,授徒讲学其间,自号知非子,学者称富山先生。有《富山懒稿》。

杂兴四首

放翁一派,神味逼真。

老去蹉跎万事休,襟期甚不入时流。倦飞已作归林鸟,懒起犹如落草牛。一点眉黄无宦况,五分头白总诗愁。玉人期我沧洲上,未拟他年赋远游。

已更门户自持锄,谢绝交游与世疏。处变卿还用卿法,养高吾自爱吾庐。三四袭放翁句。屏张前世无声画,架插今生未见书。水北山人偏解意,求分半席间樵渔。

冷落门墙绝似冰,夜窗风雨耿孤灯。采盆任我翻成雉,浇墨从渠画作蝇。休说文章只小技,由来富贵总无能。六句率。依稀杨李无人忆,但忆襄西杜少陵。

先生高寄此林泉,懒拙方知此乐全。足屦两忘便不借,人琴俱隐付无弦。运化圆巧。云归书帙留残润,日上香盘袅细烟。

勘破世纷无一事，又拈枯笔续前编。

田家杂兴二首

樵路通村暗蒺藜，数椽茅蕝护疏篱。阴阴清樾风生树，拍拍苍鹅水满陂。记日旋锄烧地粟，上时新卖落车丝。晚晴惭愧逢端午，醉卧黄昏自不知。结句尚未圆醒。

两两苍髯笑杖藜，蒨裙儿女隔笆篱。斜阳鸦噪烧钱社，细雨牛眠放牧陂。酒熟十千沽玉瀣，面香三丈卷银丝。客来偶及兴亡事，说与衰翁也自知。

初夏杂兴二首　录一首

肥梅贴晕麦摇芒，四月山居取次凉。古砌月铺铜沓冒，寒松风撼铁琅珰。儿孙犹有将军臭，厮役空知太尉香。骂世语，用古入妙。有客纵谈当世事，薜萝深处更移床。

溪上

古木阴中溪上村，隔溪呼唤隔溪应。柳堤渔艇水双港，山崦人家云半层。早麦熟随芹菜饷，晚茶香和树芽蒸。自惭未得亢桑乐，痴坐寒窗似冻蝇。一片机趣。

杂兴

衰草含烟木叶黄，空城摇落客思乡。雁高孤月临空塞，鱼退残星过曲梁。四句真景，人未写到。醉眼昏花迷野马，帖书戏草掣风樯。闲来更试丝纶手，新钓江鲈一尺长。

晚眺

依稀风景小羌村，不欠东屯稻菽园。阿魏捣香风送响，雕胡擘玉水开痕。景物俱新。招邀紫翠山当座，摽拨红黄菊上盆。世上去来俱是客，随风吹送梦归魂。

陈　深

字子微，平江人。天历间，屡荐不出，自号清全。有《宁极斋稿》。

次韵子封承之游桃花坞

阊门行乐送韶华，闲访城阴野老家。黄蝶得晴飞菜叶，翠禽隔浦啄桃花。衡门倒廜临官路，"倒廜"二字不贯。古渡横舟阁浅沙。亦有诗人时一到，醉吟行尽夕阳斜。"行尽"与"夕阳"不贯。

熊　鉌

字位辛。初名禾，字去非。居建阳之鳌峰，志求濂洛之学，访朱子门人辅氏而从游焉。宋度宗咸淳十年，登进士第，授宁武州司户参军。宋亡，遂隐不仕。创云谷书院，四方来学者翕然归之。有《翰墨全书》。

越州道中

野田秋溜正潺潺，新翠乔林绕舍环。"绕""环"字复。淡日凝烟横别浦，斜风吹雨过前山。柴扉初放牛羊出，渔艇方携蟹蛤还。自笑平生爱游览，天教长在水云间。

仇　远

字仁近，一字仁父，自号近村，又号山村民，钱塘人。

宋咸淳中，与白珽同以有诗名，人谓之"仇白"。张雨、张
翥皆出其门。元至元中，部使者强起之，为溧阳州学教授，
寻以杭州知事致仕。有《山村遗稿》。

高卧

山村诗格近皮、陆，藻饰不足，而冲澹过之。

人生天地一蘧庐，耕凿虽劳乐有馀。因阅杜诗删旧稿，
为观羲帖习行书。三四用意而拙。山公醉后犹骑马，渭叟闲来只
钓鱼。世道秋风总萧索，七句不贯。何如高卧白云居。

元友山南新居再赋

幽居稳占南山下，人迹稀疏水竹村。转巷始知犹有路，
傍湖更好别开门。酒樽尽日尝谋妇，诗课闲时略抱孙。孤鹤
不来高士少，暗香且伴月黄昏。结意欠清爽。

奉寄恬上人

竹筇轻健草鞋宽，野外消磨半日闲。病叶已霜犹恋树，
片云欲雨又归山。灯分寺塔晴偏见，水隔渔家夜不关。愧我
莫如霜上鹭，"霜上鹭"不可解，疑有误。霎时飞去便飞还。

◎案："霜上鹭"，据《山村遗稿》当作"沙上鹭"。

和范爱竹

秉烛追游忆盛时，欢惊终较昔年稀。柳多客折凉阴薄，薇少人餐雨绿肥。胡蝶觉来方识梦，海鸥飞去未忘机。相逢且可谈风月，莫话兴亡与是非。

寄赵春洲莫两山

湖山满目旧游空，风景荒凉客路穷。雨意忽生桐叶外，秋光多在木犀中。景清思淡。乾坤混混多游骑，江汉寥寥有断鸿。自古隐人多嗜酒，却怜无酒醉新丰。

湖上值雨

波痕新绿草新青，有约寻芳苦不晴。莎径泥深双燕湿，柳桥烟澹一莺鸣。山围故苑春常锁，泉落低畦暖未耕。十载旧游时入梦，画船多处看倾城。

同陈彦国泛湖

斜堤高柳绿连天，且系闲人书画船。花事已空三月后，湖光还似百年前。洛阳园囿惟诗在，江左英雄托酒传。亦欲扣舷歌小海，恐惊沙上白鸥眠。结豪宕。

题李公略示高郎中吴山观月图

凭高宜晚更宜秋，下马归来即倚楼。纳纳乾坤双老眼，滔滔江汉一扁舟。满城明月空吴苑，隔岸青山认越州。李白酒豪高适笔，当时人物总风流。

春日田园杂兴

一湾新绿护茆庐，草细泥松已可锄。野老但知分社酒，地官宁复进农书。莺花眼界人烟外，蚕麦生涯谷雨馀。我爱赋归陶令尹，柳边时见小篮舆。

◎案：此诗盖以应浦阳吴渭月泉吟社征诗而作，咏田园之景，兴黍离之思，而未为谢翱、方凤、吴思齐辈所选中者也。

过李山人居

数椽竹屋傍秋江，屋外疏篱隔柳桩。客至旋分垂钓石，雨来自掩读书窗。痴儿弄镜时翻背，小妇弹筝不识腔。自古渔樵有遗逸，未应只说鹿门庞。用险韵，稳贴。

耶律楚材

字晋卿，号玉泉老人、湛然居士，契丹族。辽东丹王耶律倍八世孙、金朝尚书右丞耶律履之子，在金仕至左右司员外郎。金亡，入元为臣，辅弼元主成吉思汗父子三十馀年，任中书令十四年之久。马真后称制，遭排挤，抑郁死。赠经国议制寅亮佐运功臣太师上柱国，封广宁王，谥文正。有《湛然居士集》。

早行

马驮残梦过寒塘，低转银河夜已央。雁迹印开沙岸月，马蹄蹋破板桥霜。汤寒卯酒两三盏，*汤音党*。引睡新诗四五章。古道迟迟四十里，千山清晓日苍凉。

◎案："马驮"，一本作"马驼"。

戏秀玉

清溪掀倒打油房，五卫凋零三径荒。未信塞翁嗟失马，须知御寇觅亡羊。东湖菡萏从君赏，西域蒲萄输我尝。各在天涯会何日，临风休忘老髯郎。

577

蒲道源

字得之，号顺斋。自眉州徙居兴元，尝为郡学正。罢归，晚以遗逸征入翰林，改国子博士。岁馀引去，起提举陕西儒学，不就，优游林泉。病，弗肯御医药，饮酒赋诗而逝。以仲子机贵赠秘书少监。有《顺斋集》。

辞陕西儒学提举闲居言志

布谷声中雨散丝，晓窗浓睡正忺时。"睡正忺"未妥。春来暖透黄细被，老去甜归白粲糜。仕及引年何况病，官虽闲局亦当辞。为余多谢门前客，莫怪慵夫应接迟。

许有壬

字可用，汤阴人。年二十，畅师文荐入翰林，不报。授开宁路学正，登延祐二年进士第，累官参议中书省事。元统二年，拜参知政事。至正初，转中书左丞。六年，召为翰林学士承旨，改御史中丞。以病归，起河南行省左丞。十五年，迁集贤大学士，复拜中书左丞，寻兼太子左谕德。十七年，致仕，给俸赐终其身，越七年卒，年七十八，谥文忠。有《圭塘集》。

闲居杂诗

半山云树接修篁，镇日无尘到草堂。瓮牖风来书叶乱，胆瓶花落砚池香。壶觞自酌教微醉，松菊犹存及未荒。护果灌园常不暇，谁知闲里更多忙。

鹄山东北接郊墟，郭影岚光画不如。九十日春朝暮雨，两三间屋古今书。香山句格。庭花红碍经行处，园竹青回剪伐馀。满地苍苔愁蹋破，年来深喜故人疏。

何 中

字太虚，抚之乐安人。少颖拔，以古学自任。家有藏书万卷，手自校雠。其学弘深该博，广平程钜夫，清河元明善，柳城姚燧，东平王构，同郡吴澄、揭傒斯皆推服之。至顺二年，江西行省平章全岳柱聘为龙兴郡学师。明年六月，以疾卒。有《知非堂稿》。

酬揭曼硕赠别

来日君还在我前，归时我独占君先。冰寒断道鸣驼外，雪暗空村落雁边。画省诸公扶日月，南州孤客记山川。松声多处黄精好，举手青霞始学仙。结殊杂凑。

偶成

初啼山鸟篆香斜，首句不贯。茌苒明时玩岁华。三日雨深春在水，一林烟湿暖生花。寻盟旧卷钩帘展，开禁新醅隔竹赊。却忆去年归渐近，半篷残雪上寒沙。

壬子元夕

村市人归啼倦鸦，常年歌吹稍喧哗。夜风十里火灯影，春雪一林寒杏花。冻泞渐深缄蛰户，新滩微壮夺鸥沙。刻不伤浑，由其理足。西林樵客同炉炭，闲试香芳品舜茶。

于　石

字介翁，浦江人。生于宋，宋亡，乃高尚其事。郑柏《贤达传》载其从王定庵游，接闻诸老绪论，学有根据。世变来，遂一意于诗，寄遗民之思。

秋思

远水遥天起断鸿，秋光冷淡客情浓。一川疏雨平沙牧，
半树斜阳隔坞舂。落叶轻于流落态，五句直致。寒花羞作少年容。
凭高不碍乾坤眼，兴入晴岚第几重。结句未免支撑。

半山亭

万叠岚光冷滴衣，清泉白石锁烟扉。半山落日樵相语，
一径寒松僧独归。画意。叶堕误惊幽鸟去，林空不碍断云飞。
层崖峭壁疑无路，忽有钟声出翠微。

清明次韵赵登

九十春光半晦明，东郊携手趁新晴。飘零风絮如行客，
冷暖厨烟见世情。关合清明，别致。宿雨秋千花有泪，五句不贯。
斜阳古冢草无名。劝君且尽樽前兴，柳外一声何处莺？结意竭。

西湖

西湖胜概甲东南，满眼繁华今几年。钟鼓相闻南北寺，
笙歌不断往来船。山围花柳春风地，水浸楼台夜月天。士女

只知游赏乐，谁能轸念及三边？

汪　珍

字聘之，太平人。隐居黄山。博学工诗，卢疏斋挚雅重之，汪泽民一见心服，每称南山先生。

述怀呈殿干碧梧友云

门巷萧萧叶拥篱，僻居犹自畏人知。读书未及半袁豹，问士谁当甲蔡尼？万窍风号天欲雪，一溪梅发梦寻诗。百年将半犹羁旅，可待麻鞋受拾遗。结欠醒。

次答兑峰殿干见寄

题得新诗寄所思，从公始恨十年迟。灯残暗壁虫催织，月满空庭鹊绕枝。客路飘零秋易感，老年情味夜偏知。真切。烟江一舸芦花雪，还忆往年相别时。

春雨留胡振甫

故园春合早莺栖，堂上溪深水拍堤。十里桑畦蚕脱纸，一帘花雨燕争泥。秀润。年饥畎亩还堪隐，世难功名莫厌低。"低"字韵欠稳贴。寂寞淮南门下士，赠君惟有数行啼。

题从兄希深书堂

衡檐睥睨压疏棂，平割黄山一半青。落日卷云随鹘没，黑风吹雨带龙腥。人间轩冕驹闲皂，身外乾坤水载萍。我政江湖子林壑，客星未减少微星。

宋　无

字子虚，其先固始人，父迁于吴，宋无遂为吴人。以才略应枢府辟，典东征万户书檄。入海，遭飓风失道，漂经高丽诸山，罹沉疴，归以病薄味清斋，日从林下游，与赵孟頫、邓光荐辈称诗。年八十一卒。有《翠寒》《啽呓》二集。

次友人春别

波流云散碧天空，鱼雁沉沉信不通。杨柳昏黄晚西月，梨花明白夜东风。秋千庭院人初下，春半园林酒正中。背倚阑干思往事，画楼魂梦可曾同？字字裁对，出句终觉生凑。子虚刻意求新，未免堕入魔道。

废宅

金谷花开得几春，东风吹逐路旁尘。蛙鸣私地为官地，燕认新人是故人。运化有意趣。珠履卖钱豪客散，玉钗乘传舞娥颦。兽环一锁歌钟断，时有鸦声恐四邻。

初夏别业

别墅清深无俗人，起句劣。蛛丝窗户网游尘。绿阴镂日新欢夏，红雨鏖花故恼春。句眼伤浑，裁对亦生，与前同病。病去情怀逢酒恶，困来天气与茶亲。壁间乌帽长闲却，肯学陶家戴漉巾。"漉巾"不妥。

春日野步书田家

翳日桤林翠幄遮，荠围高下奕枰斜。陂塘几曲浅深水，桃李一溪红白花。赪尾自跳鱼放子，绿头相并鸭眠沙。此却自然清丽。春郊景物堪图写，输与烟樵雨牧家。

李孝先

字介叔，号五峰，含章子。以任为太庙斋郎，历虞部员外郎，改朝散郎，赐三品服，勋上轻车都尉，卒。诗篆琴棋并登妙品。有《柯山集》。

苦竹村

五峰琢句精工，情景俱到，晚唐中不亚许丁卯也。

篮舆轧轧路高低，苦竹村南古岘西。草舍爨莴留客饭，麦田焚棘断人蹊。花梢春意关禽语，石磴霜痕印马蹄。心自爱闲身尚役，好山何处是真栖。

十里

官河十里数家庄，石埠门前系野航。梅月逢庚江雨歇，稻花迎午水风凉。工致。桥横自界村南北，堠断难知里短长。倦矣野塘行瘦马，云山杳杳复苍苍。结无意。

秋晚别业偶成

平原渺渺路西东，豆叶才黄柿半红。獭下江潭塘水涸，鼠归墙屋野田空。句清新而情事极切。烧烟不断经秋旱，草露无多彻夜风。行过小桥人住处，短篱清晓护畦菘。

饮濡须守子衡君宅

客子东来向西楚，起殊率尔。河流兀兀舞轻舠。雪消巢县青山出，雨后焦湖春水高。三四句格自高。赖有使君持玉节，未须故旧问绨袍。眼中贺监文章伯，又使时人见凤毛。

越乡次旧韵

兴来不买剡溪船，匹马冲寒款著鞭。绕驿水声残雪后，半桥山影夕阳天。雁横云岩犹千里，春入梅花又一年。唤仆更寻前处宿，有诗还和旧时篇。秀逸有风格。

次晚春韵

燕幕沉沉春昼永，闲敲棋子小阑东。拍天涨绿连朝雨，满地残红昨夜风。草际梦回诗有债，柳边寒薄絮无功。五六欠清爽。韶光暗换年年事，莫遣闲愁著鬓中。

白沙早程

听得邻鸡便问程，前涂犹有客先登。官河半落长桥月，僧塔疏明昨夜灯。晓行景亦亲切。古渡潮生鸥浸梦，野田风急浪归塍。雁山喜入新诗眼，蹋破秋云最上层。

刘　诜

字桂翁，号桂隐，庐陵人。性颖悟。幼失父，知自树立。年十二作为科场律赋论策之文，蔚然有老成气象。宋之遗老巨公一见，即以斯文之任期之。既冠，重厚醇雅，素以师道自居，教学者有法，声誉日隆。江南行御史台屡以教官馆职，遗逸荐，皆不报。诜为文根柢六经，蹣跞诸子百家，融液今古，而不露其踔厉风发之状。四方求文者日至于门。至正十年卒，年八十三。有《桂隐集》。

和萧孚有新年

闭门十日雨漫漫，诗思焦枯酒盏乾。杜若水生江舫集，海棠风起郡斋寒。千年竞转青春易，"百年"作"千年"，终欠妥。百药重回白发难。知子颇忧天下事，可能参错立朝端。

再用韵酬同游诸公

听尽城钟听寺钟，暖风扶醉觉衣重。粥鱼饷午催僧饭，酒榼行春酹墓松。羁客得晴辞枥马，归人分路各房蜂。簪花泥饮田间老，我自不如渠兴浓。末句率。

清明和李亦愚

煮茶闭户看残编，风味凄凉似玉川。春到名花偏久雨，人逢佳节恨衰年。句外有神味。棠梨野馆轻寒燕，杨柳人家薄暮烟。新水夜来生郭外，麦畦桑垄不论钱。末句欠醒。

十五夜再和

林下杯盘夜未收，尊前何必尽名流。人生快意原轻日，客里中年易感秋。真切。酒满恨无歌赤壁，五句欠圆足。月明闲听说扬州。故人只隔行云外，剩著新诗寄四愁。

金 涓

字德原，义乌人。天性高朗，淹博经史。闻白云先生许谦讲学八华山中，涓往从之。谦语曰："学以五性人伦为本，以为己为立心之要。"涓体认践履，深造自得。时婺何、王、金、许称朱学嫡传，疏解益细，涓独超然冥悟。赋诗云："至理从来无古今，只因笺注转迷沉。遗经独抱加潜玩，始识羲文广大心。"盖已会朱陆之同矣。诗文简远古洁，与宋濂、王祎同游文献公黄溍之门，王、宋皆畏友事之。州郡荐辟，俱不就。即二公为之推毂，亦复坚谢。有诗云："生计喜添供鹤料，闲身幸结住山缘。客来不话功名事，且诵庄生第一篇。"宋濂称其"为己功深，有卓乎不可及者"。隐居青村，授徒著书，学者称"青村先生"。有《青村遗稿》。

秋日客中

久客归来静闭门，秋风落叶自纷纷。夜来一暖作成雨，早起满溪流出云。山色只宜闲里看，雁声那可客边闻。黄花开遍归无计，吟老秋光又几分。

晓发金华

一带寒林古木齐，濛濛山色乱云迷。沿村问酒难寻店，隔岸呼舟欲渡溪。景地极肖。夜雨草深蛙蛤闹，晓风花落子规啼。可怜客路多岑寂，何处垂杨驻马蹄。

山庄值岁暮

坐久那能笑口开，篆烟烧尽石炉灰。山厨度腊贫无肉，茅屋逢春富有梅。冻鸟缩身依雪立，饥驴直耳望人来。六语未经人道。窗前更展《离骚》读，消得茶瓯当酒杯。

周　权

字衡之，丽水松阳人。通经史，工诗。至京师，欧阳玄荐与馆职，以母老辞不受。有《此山集》。

春初宿湖山僧舍次云崖道士韵

竹床纸阁净无尘，僧芋闲边偶共分。炉火夜红松节耐，渚波春绿荻芽新。林深瀑润全疑雨，日落山寒半是云。"渚波"以下三句非夜景，宜安放"宿"字前方合。相对不知身是客，了然房琯悟前因。此首用进退格。

西村

松声翠气薄吟衣，曲径盘盘护槿篱。野碓春泉分涧急，山钟送曙出云迟。炼句眼尚近唐人。人家绿艾端阳节，天气黄梅细雨时。刈麦稼秧农事足，西郊生意绿无涯。

590

次韵孟韶卿

知道庞公不出山，客来访鹤借山看。海棠开尽雨方歇，燕子来迟春尚寒。一坞烟霞随步屦，千峰紫翠入凭阑。掉头巢父成何事，漫向珊瑚拂钓竿。

九日

座上风流忆孟嘉，凭高目断楚天涯。百年岁月催蓬鬓，十载江湖负菊花。小雨酿寒侵白苎，西风怜醉避乌纱。意翻新。闲携榔栗吟归路，流水残云带晚鸦。

◎案："醉"，原作"老"，据《此山诗集》改。

袁士元

字彦章，宋忠臣镛之孙，鄞县人。自幼嗜学，讲诵至废寝食，父母怜而禁止之。乃端坐默记不少辍。长益旁搜远辑，务期深博。聘为郡庠五经师，学者翕然宗之。御史奥林以茂才异等荐，授鄞学教谕。调西湖书院山长，改郧山书院。未几，危参政素荐为平江路儒学教授，道梗未上。又用荐升翰林国史院检阅官，引年弗就。晚隐城西别墅，种菊数百本，自号菊村。有《菊村集》。

和嵊县梁公辅夏夜泛东湖

短棹乘风湖上游，湖光一鉴湛于秋。小桥夜静人横笛，古渡月明僧唤舟。鸳浦藕花初过雨，渔家灯影半临流。酒阑兴尽归来后，依旧青山绕客楼。

寄小溪周复礼

书阁闲吟只自凭，短帘风峭酒微醒。向阳溪岸梅先白，得雨山田麦渐青。写景妙有理趣。老衲倚筇林下寺，野翁待渡水边亭。寄言归隐濂溪客，新岁还来了旧经。

黄镇成

字元镇，福建邵武人。弱冠即厌弃荣利，慨然以圣贤道学自励，学者号曰存斋先生。至正间隐居不仕，筑室城南曰南田耕舍。部使者相继论荐，后授江西等处儒学提举，不应，以寿终，集贤定谥曰贞文处士。有《秋声集》。

舟过石门梁安峡

书画船头载酒回，沧洲斜日隔风埃。一双白鸟背人去，无数青山似马来。峭健。天际雨帆梁峡出，水心云寺石门开。同游有客如高李，授简唯惭赋岘台。

王　冕

字元章，一字元肃，号竹斋，一号山农，诸暨田家子。幼贫，父命牧牛陇上，潜入学听村童诵书，亡其牛，父怒挞之。冕因去，依僧寺，夜坐佛膝，映长明镫读书，会稽韩性见而异之，录为弟子，遂称通儒。冕通《春秋》，尝一试进士，举不第，焚所为文，读古兵法。善诗工画。至正丙午，移家九里山，相与种荳梅竹灌园自给，隐居终身。与陈士奎、魏寿延、李孝光、朱右诸名士相酬唱，有《敦交集》。

雨中

江南江北水滔天，羁客相逢亦可怜。坐觉青山沉席底，行惊白浪上窗前。鹁鸠衔草栖危塔，鸂鶒翻波浴败船。水涝景物，无人写到。转首百蛮寥落甚，绝无茅屋起炊烟。

曹文晦

字辉伯，天台人。少从兄文炳学，颖悟多识，雅尚潇洒，好吟咏，乐府尤有情致。筑室读书，自号新山道人。有《新山稿》。

和山居六咏 录二首

玉川家口尽风流，绝爱长须不裹头。拾菌断崖双屐雨，捣茶破屋一灯秋。饥寒未得文章力，忠孝空遗简册愁。何用枯肠五千卷，无怀时节有书不。结句拙甚。

早年节概慕长缨，晚入玄关探杳冥。岁计仅馀供鹤米，家传只有相牛经。三更清气坐生白，千载空名避杀青。儿辈幸能书姓字，底须辛苦学《黄庭》。

张　宪

字思廉，会稽山阴人。家玉笥山，自号玉笥生。少力学有志。既壮负才不羁，薄游四方。年四十犹不娶。方承平时，走京师，谒贵人，谈天下事，众谓之狂。及淮西兵起，入富春山为方外游。

为文章，谈王道，从容礼法，虽老儒先生避之。尝学于杨廉夫，往来郡中最久，湖山名迹，多见之诗云。

留别赛景初

暖云将雨骤阴晴，四月罗衣尚未成。万点愁心飞絮影，五更残梦卖花声。方空越白承恩厚，绣裾诸于照道明。自笑穷途不归去，空怀漫刺阛阓城。

黄复圭

字均瑞，江西安仁人。博学以诗鸣。至正兵起，复圭陷贼庭，为诗骂之。贼怒，将剖其腹，复圭骂曰："腹可剖，赤心不可剖。"遂死之。

赠舍农叟春耕者

六角黄牛二顷田，晓蓑星月晚犁烟。治塍布谷清明后，伐鼓烧钱社日边。急雨放宽科斗水，乱云遮断鹭鸶天。烘染新丽。太平四海无征战，念此安居不偶然。

何景福

字介夫，淳安人。为人学博行修，以所遇非其时，累辟不赴，惟诗酒自娱，以终其身。有《铁牛翁诗集》。

东安即事

春来日日醉琼螺，起甚劣。嗟叹流光去掷梭。夜雨落花三月暮，东风啼鸟五更多。文章官样千机锦，落魄仙人一足靴。世态升平应有象，小儿争戏午桥坡。结亦拙。

己卯冬书江头段家楼

问酒江头解黑貂，朔风吹面冷萧萧。云黏海树天浮雨，土屑盐花水不潮。能作不经人道语。钱氏箭埋金镞壮，张侯祠镇石塘遥。吟边多少兴亡事，猛拍阑干恨未消。末句笨。

童尧夫招饮回途偶成

东君容我出郊行，过却清明日日晴。怕损落花移屐缓，恐妨啼鸟策筇轻。春风入髓红颜晕，世事萦心白发生。花下小车如共载，绿阴深处听啼莺。"啼鸟""啼莺"复。

倪 瓒

字元镇，号云林子，毗陵人。酷好读书，尊师重友，操履修洁。诗趣淡雅如韦苏州。所居有云林堂、萧闲馆、清閟阁，作小山水如高房山，自号经锄隐者。有《清閟阁遗稿》。

与伯雨登溪山胜概楼

楼下清溪夏亦寒，溪头个个白鸥闲。风回绿卷平堤水，林缺青分隔岸山。若士振衣千仞表，何人泛宅五湖间。绝怜与子同清赏，拟向云霄共往还。云林恬淡高远，类其为人。

东林隐所寄陆徵士

寝扉桃李昼阴阴，耕凿居人有远心。一夜池塘春草绿，孤村风雨落花深。句格浑成。不嗔野老群争席，时有游鱼出听琴。白发多情陆徵士，松间石上续幽吟。

次韵郯九成见寄

郭外青山旧结庐，微茫野径望中无。残生竟抱烟霞癖，好事犹传海岳图。三四老健。夜壁松风悬雅乐，秋池菊水酌商瓠。倘从世事求玄赏，好趁轻舟看浴凫。

怀归

久客怀归思惘然，松间茆屋女萝牵。三杯桃李春风酒，一榻菰蒲夜雨船。鸿迹偶曾留雪渚，鹤情原只在芝田。他乡未若还家乐，绿树年年叫杜鹃。通体深稳。

钱维善

字思复，钱塘人，号曲江。元乡贡进士，寓居华亭。经明行修，有《罗刹江赋》著名于时。诗法唐人，尤极清致。

送陈众仲之官翰林应奉

画鹢齐飞发棹讴，泛江几日过扬州。晓云最白梅花驿，春雨初香杜若洲。一代文章关气运，十年馆阁擅风流。绿波草色连天远，不是寻常送别愁。

述怀寄光远并简城南诸友

野人无事久忘机，肯信纷华有是非。花信欲阑莺百啭，麦芒初长雉双飞。风韵绝佳。书中岁月仍为客，枕上江山屡梦归。时复思君倚深树，不知残雨湿春衣。

渔村意

丙穴鱼来江尽头，玄真卜筑更深幽。对门灯火三家市，何处烟波万里舟。明月竹枝扬子夜，西风木叶洞庭秋。棹歌一曲闲来往，指点侬家鹦鹉洲。

次陈君瑞游凤皇山光明寺

左瞻剑戟龙门并，起句欠明晰，亦不妥。上脱冠巾风髻双。斋近木鱼鸣昼庑，行迟松鼠落晴窗。云深不觉山藏寺，溪涨应随雨到江。未识此中真乐地，三生先喜俗缘降。

郯　韶

字九成，吴兴人。好读书，慷慨有气节。辟试府掾，不事奔竞，淡然以诗酒自乐。作赋不习近世体，欲追唐人之盛。杨铁崖以为与北州李才相上下，骏马新銮蹄，骎骎未可知也。有《云台集》。

用杨铁崖新居书画船亭韵与玉山同赋

卜筑喜过杨子宅，"卜筑"不贯下。城居曲曲抱溪流。夕阳在波人影乱，秋水上帘竹色幽。载酒过门从问字，五句复首句。据床吹笛不惊鸥。月明后夜溪山雪，乘兴还能具小舟。

刘永之

字仲修，江西清江人。少随父宦游，能文词。至正间，与杨伯谦等讲论风雅，当世宗之。明洪武初，征至金陵，以重听辞归。性好书，篆楷行草皆有法，因自号山阴道士。有《山阴集》。

渊明入社图

空山楼观远苍苍，路出深溪石磴长。近瀑飞云经树湿，穿花流水过桥香。高僧喜识桄榔杖，稚子欢迎薜荔裳。入社几时还出社，松阴十里到柴桑。

谢应芳

字子兰，毗陵人。避兵寓居荇门，尝修复顾元公荣祠墓，有《怀古录》一卷。平生好古博雅，所著曰《龟巢摘稿》。

赠庆别驾

台州别驾不之官，烟水孤村共岁寒。偶有浊醪留晚酌，旋挑生菜簇春盘。三年邻里通家好，四海兵戈行路难。且喜门前金色柳，东风堪作画图看。此首一气折旋，犹有杜格。

刘旭斋过娄江客舍作诗赠之

方欲题诗寄草堂，远劳移棹过沧浪。十年同饮三江水，一笑相逢两鬓霜。句敲字炼，体骨通灵。田野无人鸦种麦，漕渠通海蟹输芒。凭君莫话悲秋事，且复持杯送夕阳。

次韵答许君善

小径纡回草欲迷，村居如在瀼东西。为煎新茗频敲火，自扫残花恐污泥。白首十年吴下客，伤心千古越来溪。群贤何日能相顾，重为湖山一品题。

次韵赠本兰亭上人

庭前手植婆罗树，树下频翻竺国书。失鹿不知秦二世，葬鱼那问楚三闾。园收柿叶皆新纸，林养松花当宿储。十里双溪春水绿，浮杯时复访樵渔。

岁暮独归

浩浩北风吹战尘，还乡无复见乡人。四郊荒草斜阳外，一树寒梅野水滨。偶有新诗题甲子，勿惊初度过庚寅。支干作对，尚非□□□。僧庐夜宿明朝别，默念莪蒿泪满巾。

答徐伯枢见寄二首　录一首

十载风尘走朔南，白头如雪面如蓝。借车载具家频徙，应俗为文笔大惭。茅屋雨添苔上壁，竹林烟护笋抽簪。别来行路难行甚，何夕挑灯细与谈。

马　臻

字志道，别号虚中。少慕陶贞白为人，着道士服，隐于西湖之滨。手画桑乾、龙门二图传于世。善画花鸟山水。有《霞外集》。

越中言怀

分甘茆屋老苍苔，不是明时弃不才。避社燕归杨柳合，趁墟人散鹭鸶来。半江落日明渔浦，两岸回潮掠钓台。五六移置别处不得。吴越争雄俱一梦，年年杜若满汀开。

春日写望

远山重叠限空明，淡拂生绡绝点尘。半舸夕阳喧酒客，一楼寒色倚诗人。真画幅。早莺怀旧随时至，芳草无情著处新。却忆城中有贫者，杏花开尽不知春。

雨久江边饯别

别意千重酒暂停，放歌一曲向君听。"向君听"，不妥。家贫礼数多相失，雨久支干尽不灵。古巷聚人祠栎社，暮潮催客散樟亭。孤帆又傍谁家宿？遥见沙田燐火青。

拜墓

一别松楸又一年，归来拜扫一茫然。老乌下竹窥盘饤，稚子攀松挂纸钱。心断野花春色里，愁生杜宇夕阳边。东风不管流年恨，只向西湖送管弦。

浙江晚眺

昔年吴越事并吞，留得青山只断魂。落日正明渔浦渡，归鸦遥点范家村。云分雨脚回沙溆，帆趁潮头出海门。欲问凄凉千古意，鸱夷何处有儿孙？中两联只是写景，首尾却硬装吴楚事，无谓，且末句尤劣。

张　雨

字伯雨，一名天雨，别号贞居子，钱塘人。宋崇国公九成之后。年二十，遍游天台、括苍诸名山，弃家为道士。登茅山，授大洞经箓。开元宫王真人偕之入京，玺书赐驿传，欲官之，自誓不更出。往来华阳、云石间，作黄篾楼，储古图史甚富，世称句曲外史。至正间，卒于开元宫斋舍。有《句曲外史集》。

范以善云林清远馆

伯雨诗多学老杜吴体，奇僻古拗，非餐霞人不能道也。

华阳范监居幽渺，不至玄窗未易逢。山气半为湖外雨，松声遥答岭头钟。常闻神女骑龙过，亦有仙人控鹤从。安用乘流三万里，小天元在积金峰。

答杨廉夫

黄簸楼中惟饮酒，楼下长沟凫雁多。溪头桥断浮青草，湖面风来生白波。馋奴竟煮脱绷笋，老鱼戏嗫如钱荷。搜意选词，俱极生僻。诏书宽大到海角，河北饥民净倒戈。

寄倪元镇

雨水初寒雪复作，春风相欺何太颠。谁依井灶皆兽迹，独拥书册犹鸢肩。三四语，鬼才。枸杞埋根乍难劚，樱桃放花殊可怜。贺监宅前旧游处，快放柳条维酒船。

怀茅山

我有草堂南洞门，常时行坐虎同群。丹光出林掩明月，玉气上天为白云。三四语，仙才。遥忆田泉洗苍术，更思陶涧采香芹。归来闭户偿高卧，莫遣人书白练裙。

次韵答吴兴黄伯成

行尽松阴黄叶株，三叉路口问茆庐。青山对语唯扪虱，落日催归独跨驴。土木形骸嵇叔夜，波澜文字木玄虚。残年记得相存问，莫道天寒无鲤鱼。意境清寂，都非尘凡吐属。

赠别休休庵了堂上人

老僧十年不出户，袈裟搭架风披披。祖衣留在阿兰若，佛法传过高句丽。客床雪练一瓯茗，经藏苔昏三尺碑。不向旧房看偃盖，卷中原有古松枝。清劲有神味，又非西江一派。

丹阳道中观稼

行遍山东黄叶村，纵横草路细难分。荒鸡户暗蟆蛸月，落雁天黏穤稬云。自然奇警。下泽车傍悬酒榼，延陵祠畔读碑文。空山更觅牛羊径，入兽依然不乱群。

金陵僧来闻笑隐住持事繁风雨有怀

忆曾共坐翻经石，语我松花压酒方。一自宜城居辅国，几时天竺话连床？栖栖春草亢桑楚，历历风铃替庾冈。乞得江东今夕雨，与君聊洗梦中忙。清折得之少陵，而自成方外风味。

善　住

字无住，别号云屋。尝居吴郡城之报恩寺，往来吴淞江上，与仇远、白珽、虞集、宋无诸人相酬唱，盖宋氏遗民。秀骨天成，绝无蔬笋之气，佳处亦未易及，在当时诗僧中，固宜首屈一指云。有《谷响集》。

送人入杭寻弟及谒山村先生

之子难忘骨肉情，远寻仲弟入杭城。好山半向舟中看，佳句多于枕上成。驿路牛羊归暮色，江桥鼓角动秋声。端淳耆旧今无几，为问湖边老净名。

经故人所居

桃花灼灼柳依依，院落荒凉昼掩扉。石沼水乾鱼逝久，杏梁巢覆燕来稀。废宅情景亦肖。陇头未说人浇酒，世上先传客卖衣。欲对东风写离恨，郡谯吹角暮云飞。

无照林亭

累土崇丘作小亭，手栽花木满林坰。郡中高树已全绿，屋外远山才半青。过眼荣枯荒圃草，到头聚散野池萍。比体写景，恰合题。馀生但愿身长健，杖策时来对翠屏。

与无照暮出西郊

阛阓城边烟草昏，自携禅侣过孤村。阴云垂地鸟归树，寒色满空人闭门。清景，画不能到。山径雨馀留虎迹，野塘秋尽露潮痕。一声牧笛前峰起，回首残阳欲断魂。

明　本

号中峰，钱塘人。住雁荡村，姓孙氏，出家吴山圣水寺。闻高峰原妙禅师居天目山，往叩之，一见欢然，剃染于师子院，遂契妙旨。与断崖义公俱为高峰座下。登皖山，游庐阜，至金陵，结庵庐州弁山。及平江雁荡，已而还山，领师子院。宰相大臣以五山主席交聘，俱力辞。因日避走南北间，朝廷闻其名，特赐金襕伽梨衣，进号佛慈圆照广慧禅师，欲召见阙廷，终不一至。至治三年八月，安坐而逝，世寿六十一，僧腊三十七。有《中峰广录》。

山居十首　录二首

数朵奇峰列画屏，参差泉石畅幽情。青茅旋蓝尖头屋，黄叶频煨折脚铛。云合暮山千种态，鸟啼春树百般声。世间出世闲消息，不用安排总现成。

见山浑不厌居山，就树诛茆缚半间。对竹忽惊禅影瘦，倚松殊觉老心闲。束腰懒用三条篾，扣己谁参一字关。幸有埋尘砖子在，待磨成镜照空颜。

水居十首 录二首

年晚那能与世期，水云深处分相宜。茭蒲绕屋供晨爨，菱藕堆盘代午炊。三四只是一意。老岸欲隳添野葑，废塘将种补新泥。无心道者何多事，也要消闲十二时。

水国庵居最寂寥，世涂何事苦相招。去村十里无行路，隔岸三家有断桥。数点鸦声迎暮雨，一行鱼影涨春潮。陈年佛法从教烂，岂是头陀懒折腰。句法流动自然。

清 珙

字石屋，常熟温氏子。首参高峰，后嗣法于及庵信禅师，住当湖之福源。尝作偈曰："拾得断麻穿破衲，不知身在寂寥中。"退居雪溪之西曰天湖，吟讽其间以自适。至正间，朝廷闻其名，降香币旌异，赐金襕衣。壬辰秋示寂。有《石屋诗》。

闲咏

道法寥寥不可模，一庵深隐是良图。门前养竹高遮屋，石上分泉直到厨。猿抱子来崖果熟，鹤移巢去涧松枯。禅边大有闲情绪，收拾乾柴向地炉。

大　圭

字恒白，姓廖氏，泉州晋江人。得法于妙恩，博极群书。尝曰："不读东鲁论，不知西来意。"为文简严古雅，诗尤有风致。自号梦观道人。有《梦观集》。

湖月简闲中

秋近清波荷叶圆，叶阴疏处见青天。偶临湖坐得佳树，欲傍花行无小船。三四高淡，入王孟佳境。林院鹤归山色外，水亭人去夕阳前。深知碧玉壶中乐，一笑临风揖地仙。前六句从未有月前，层层脱卸，结句只以"碧玉壶中"四字点出"湖月"，亦是一法。

梵 琦

俗姓朱，字楚石，一字昙耀，晚号西斋老人，明州象山人。有《六会语录》《净土诗》《北游集》《凤山集》《西斋集》等。

晓过西湖

船上见月如可呼，爱之且复留斯须。青山倒影水连郭，白藕作花香满湖。仙林寺远钟已动，灵隐塔高灯欲无。西风吹人不得寐，坐听鱼响翻菰蒲。以古行律，拗体之最娇变者。

宗 泐

字季潭，号全室，台之临海人。族姓周，父吉甫，母葛氏。幼辄跏趺坐。八岁，从笑隐訢公学法。十四剃度，二十受具。訢公开山龙翔，师与俱寄意词章，尤精隶古。后谒元叟于径山掌记室，出世水西，迁中竺升双径，次五十五代。洪武初，诏师与演福法师大璞玘公笺释《心经》《金刚》《楞伽》三经，点简《藏经》，制献佛乐章。往西域求法，得《庄严》《宝王》

611

《文殊》等经，授僧录司善世，掌天下僧教。建凤阳槎峰圆通庵，辟一室曰松下居。寿七十四。有《全室集》。

钱塘怀古

欲识钱塘王气徂，紫宸宫殿入青芜。朔方铁骑飞天堑，师相楼船宿里湖。议论深稳。白雁不知南国破，青山还傍海门孤。百年又见城池改，多少英雄屈壮图。